Paolo Roversi

Schwarze Sonne über Mailand

Kriminalroman

Aus dem Italienischen von
Esther Hansen

Ullstein

Besuchen Sie uns im Internet:
www.ullstein-taschenbuch.de

Deutsche Erstausgabe im Ullstein Taschenbuch
1. Auflage Juni 2016
© für die deutsche Ausgabe Ullstein Buchverlage GmbH, Berlin 2016
Copyright © 2015, Paolo Roversi
Titel der italienischen Originalausgabe: *Solo il tempo di morire* (Marsilio Editori)
Umschlaggestaltung: ZERO Werbeagentur, München
Titelabbildung: © Roy Bishop / arcangel images
Satz: Pinkuin Satz und Datentechnik, Berlin
Gesetzt aus der Caslon
Druck und Bindearbeiten: CPI books GmbH, Leck
Printed in Germany
ISBN 978-3-548-28662-4

Die Personen

Franco Tarantino, genannt Cicciobanana oder König von Lambrate, Glücksspiel-Boss mit dem Engelsgesicht

Cesare Argenta, sein Stellvertreter, Vizekönig der Stadt

Agostino Ebale, der Catanier, Spielbankbetreiber und Kokain-König

Salvo Giuffrida, der Magier des Banküberfalls

Nino Aiello, der Brutalste der Indianer

Giovanni Frediani, der Verleger auf dem Strommast

Roberto Vandelli, der Bandit aus dem Giambellino

Nina, Frau des Banditen und der pure Sex

Vittorio Pini, genannt Barrakuda, der Verbrecher mit dem furchterregenden Grinsen

Antonio Santi, der Bulle, der niemals aufgibt

Carla, Leidenschaft und Idealismus

Giuseppe Di Stefano, hartnäckiger Staatsanwalt

Giovanni Catalano, aus der Politischen Abteilung, Feind der Anarchisten

O' Professore, Kopf der Neuen Organisierten Camorra

Leandro Lampis, der Solist an der Maschinenpistole

René Bellini, der Marseiller, Mitglied der Unterwelt in weißen Handschuhen

Giorgio Castelli, Anführer der Studentenproteste

Mario Basile, Reporter von *La Notte*, historisches Gedächtnis der Stadt

Molosser, der Philosoph des Verbrechens aus Flügel V

Wer auf Rache sinnt, der grabe zwei Gräber.

Konfuzius

Prolog

Wenn du einem Tiger in die Augen blickst, verändert sich dein Leben für immer.

Mir ist das mit acht Jahren passiert und jetzt, wo ich auf die siebzig zugehe – unglaublich, dass mich nicht schon vor Jahrzehnten eine Kugel erwischt hat –, kann ich mit Gewissheit sagen: Niemals gewinnt man so ganz. Natürlich kann man nahe herankommen, für einige Augenblicke die Spitze erklimmen, man kann sich sogar unbesiegbar, unantastbar fühlen. Doch das hält nicht lange an.

Das Tigerweibchen war in einen Käfig gesperrt und hieß Rachele. Nach einer Stunde war es wieder eingefangen. Es hatte neben den Gitterstäben gekauert und alle Hoffnung verloren, resigniert.

Der Anwalt raunt mir etwas zu, doch ich höre nicht hin. Tausend Prozesse habe ich miterlebt. Immer als Angeklagter. Ich war seit jeher Bandit: als Dieb geboren, klaute ich von klein auf Zinnsoldaten.

Dieses Mal sitze ich ganz schön in der Scheiße. Ich war Staatsfeind Nummer eins, der meistgesuchte Mann Italiens. Sie haben mich erwischt.

Nun fühle ich mich genau wie der Tiger, den ich damals aus seinem Zirkuskäfig befreit habe, vor fast sechzig Jahren: keine

Lust mehr, zu kratzen oder jemandem an die Gurgel zu sprin-
gen.

Einen Instinkt aber gibt es, der sich nicht unterdrücken lässt:
Wenn ich Blut rieche, kann ich nicht widerstehen, dann hält
mich nichts mehr.

ERSTER TEIL

Erbsünden

Gute Jungs

Cachet Fiat

1.

»Dieser Stoff ist paradiesisch! Und das Schöne ist, du gehst nicht drauf dabei! Nein, Süße, ich rede mit mir selbst, du brauchst nicht zu antworten. Mach nur weiter so, sehr gut.«

Agostino Ebale ist einer der Ersten, der begriffen hat, dass ein neuer Wind weht. Der das Geschäft gerochen hat. Als der Schnee über Mailand fällt. Nicht der, der vom Himmel rieselt, kalt und nass, der niemanden interessiert, sondern der andere, den man sich durch die Nase zieht und von dem man high wird, der eine Menge Kohle kostet. Und der dir die Seele wärmt.

Zuerst hat er ihn flüchtig im Santa Tecla und im Pum Pum wahrgenommen, dann im Parco delle Rose und im Big Bang, und dann nach und nach in allen anderen Läden. Selbst auf den Toiletten vom Sesso&Piattole fängt man an, wie verrückt zu sniffen.

Alle lassen sich davon anstecken. Sind begeistert. Koks baut dich auf, erregt, verleiht Mut, bringt dich auf Touren, so dass du die ganze Nacht tanzen und vögeln kannst.

Agostino beobachtet diese Welt, die für das weiße Pulver

kopfsteht, und begreift, dass dies erst der Anfang ist: Das Ding wird bald schon explodieren. Der weiße Stoff kommt einfach zu gut an, und das sollte man ausnutzen, denn noch findet nur wenig davon den Weg nach Mailand, während die Zahl der Abhängigen von Tag zu Tag größer wird.

›Angefangen bei mir‹, denkt Ebale, während er sich hinter der verschlossenen Toilettentür eine schöne Line zieht und das Mädchen zu seinen Füßen ihm für eine ebensolche Line einen traumhaften Blowjob serviert. Die Hose hängt ihm in den Kniekehlen, sein Hemd steht offen. Er schwitzt.

Der Big-Bang kommt sofort. Wie ein Stromschlag direkt ins Gehirn, wie ein Pfriem, der sich dir in die Stirn bohrt. Er packt den Kopf der Frau und hält ihn still, sie erstickt fast, denn in ebendiesem Moment explodiert er, ein doppelter, totaler Genuss.

»Das Zeug ist phantastisch«, flüstert er und stößt das Mädchen weg. »Mailand wird ausrasten, es muss davon überschwemmt werden. Und ich werde dabei sein.«

2.

Der Vormittag ist immer ein Alptraum. Und er hat einfach keine Lust mehr, im Morgengrauen aufzustehen, wenn er erst vor zwei Stunden ins Bett gekommen ist. Das ist doch kein Leben.

»Scheiße«, flucht er. »Dieses Hundeleben halte ich einfach nicht mehr aus. Ich kann nicht mehr.«

Francesco schaut von seinem Stapel mit Zubehörteilen aus Kunststoff auf, die er in ein Regal sortiert, und blickt den Bruder an wie einen Außerirdischen.

»Was sagst du?«

14

»Ich hör auf mit dem Dreck hier. Aus und vorbei!«

»Aber von diesem Dreck, wie du es nennst, leben wir, Agostino!«

»Das ist doch nicht mehr als Überleben, bei der schlechten Bezahlung. Das schöne Geld, *i bei dané,* wie die hier sagen, verdient man anders. Nicht, indem man diese Scheiße hier rumräumt!«

Francesco schüttelt den Kopf. Er versucht, ruhig zu bleiben. Er kennt die Aussetzer seines Bruders, aber heute hat er keine Lust, ihm nachzugeben. Er selbst hat sich beim Chef für den Bruder starkgemacht, damit er eingestellt wird, und nun will Agostino nach nur einer Woche alles hinschmeißen.

»Worüber beklagst du dich eigentlich, wenn ich fragen darf? Hier hast du eine Zukunft.«

»Ja, na klar. Wenn ich noch einen Tag länger diesen Mist hier machen muss, ist mein Hirn nur noch Brei. Schau mich an, siehst du, was ich hier tue? Ich hänge Bademätten über Bügel! Und davor habe ich Dutzende Seifenschalen in ein Regal geräumt. Das nennst du Arbeit?«

»Du spinnst!«

»Du willst halt nicht kapieren, wie es läuft auf der Welt, Francé! Dir ist schon klar, dass wir hier Scheißhäuser verkaufen, oder?«

»Wir verkaufen Einrichtungsgegenstände fürs Badezimmer!«, gibt der Bruder mit zornesrotem Gesicht zurück. »Und überhaupt, was soll das? Wichtig ist doch, dass wir pünktlich unseren Lohn bekommen, oder?«

»Das ist nichts für mich.«

»Was ist nichts für dich? Eine ehrliche Arbeit? Du willst mir doch nicht erzählen, dass du lieber wieder zu deinen krummen Geschäften zurückkehren möchtest ...«

»Doch, genau das. Besser eine große Nummer in der Unterwelt als ein Niemand unter den Ehrlichen.«

Mit diesen Worten dreht Ebale sich um und kehrt dem Laden für immer den Rücken zu.

Francesco kann nicht anders, als hinter ihm herzubrüllen, das herauszuschreien, was der Bruder nicht hören will: »Ja, geh nur, hau ab. Ganz toll! Aber vergiss nicht, dass du eine Frau und einen Sohn hast, die du ernähren musst!«

Agostino dreht sich nicht um. Nie würde er Gloria und Matteo vergessen, wie könnte er! Doch sie sind ihm egal in diesem Moment. Vielleicht hat er noch nicht richtig begriffen, wie das funktioniert hier im Norden. Oder er hat es ganz genau begriffen. Seit er hier ist, kommt es ihm vor, als sei er in einen Strudel geraten, in dem er sich lange – viel zu lange – hat treiben lassen und erst jetzt die ersten Schwimmzüge wagt. Jetzt hat er den Schnee entdeckt. In ihm liegt die Zukunft, und er muss nur herausfinden, wie er einsteigen kann.

Noch bevor er die Wohnung betritt, ist Gloria bereits auf hundertachtzig. Francesco muss sie angerufen haben, dieser Mistkerl.

»Stimmt es, dass du deinen Job hingeschmissen hast? Bist du wahnsinnig geworden?«, schreit sie ihm auf der Türschwelle entgegen. »Weißt du nicht, dass du Frau und Kind zu Hause hast? Wovon sollen wir leben?«

»Ich werde mir schon was einfallen lassen«, sagt Agostino kurz angebunden und verschwindet im Bad.

»Ja klar, du und deine tollen Ideen …«

Doch Ebale hört nicht mehr hin. Solche Szenen sind bei ihnen an der Tagesordnung.

›Wer kein Geld hat‹, denkt er und lässt sich auf die Toilette sinken, ›ist ein armer Schlucker. Das ist das Problem. Wenn Geld nicht glücklich macht, wie denn dann Armut!‹

Und von Armut versteht er eine Menge. Agostino Ebale, klein, pechschwarze Augen, platte Nase und Locken. Er war als Kind gegen seinen Willen nach Mailand gekommen, als der Vater von Sizilien die Schnauze voll hatte und mit der ganzen Familie nach Mailand auswanderte. Von Anfang an war er immer als »terrone« beschimpft worden, als »zurückgebliebenes Landei«. Und das war noch das kleinste Übel. Niemals Sonne, immer nur Kälte, und die Leute, Himmel noch mal, die grüßten höchstens mit einem knappen Kopfnicken, nie hörte er ein Guten Morgen, Guten Abend.

Die Ebales hatten Catania in aller Eile verlassen, weil der Vater vor seinen Schulden und den Eintreibern geflohen war. In einem Akt der Verzweiflung hatte er ihn, seine Frau und den Bruder mitgenommen. Nach einem Tag und einer Nacht im Zug hatte es sie von der sonnigen Insel in den Nebel von Cesano Maderno katapultiert, einer Ortschaft nördlich von Mailand. Ein großes Hochhaus, grau und hellblau, wo sie drei Zimmer ohne elektrischen Strom bewohnten.

Nach der Mittelschule hatte Agostino versucht, sich in der neuen Welt zurechtzufinden und zur Unterstützung der Eltern ein bisschen Geld nach Hause zu bringen. Ein Jahr lang hatte er als Fabrikarbeiter in der Metallverarbeitung malocht, hatte es aber nicht ausgehalten, vom Werkmeister herumkommandiert zu werden, und gekündigt. Danach begann er, Möbel zu polieren, doch als das Wachs durch chemische Produkte ersetzt wurde, die die Arbeit erleichterten, verdiente man nicht mehr genug damit. Ganz abgesehen davon, dass man Blasen an den Händen bekam und sie ganz und gar ekelhaft stanken. Er ging. Immer wieder stellte er fest, dass er nicht zum Arbeiten geschaffen war. Agostino liebte es, auszugehen, vor allem das Tanzen hatte es ihm angetan. Seinen gesamten Lohn gab er in den Lokalen an der Straße nach Como aus oder in den Diskotheken rund um Mailand.

Er war wie besessen: keine Veranstaltung, keinen Tanzwettbewerb, die er verpasste. Er konnte Boogie-Woogie und liebte den Shake.

Eines Abends lernte er dann in einem Tanzlokal in Garlasco beim wilden Hüftschwung Gloria kennen. Brünett, hübsch und etwas größer als er, wozu es allerdings nicht viel brauchte. Der Funke sprang sofort über: Sie war dabei, tanzte gut und zierte sich nicht lange. Sie gingen gemeinsam aus. Jeden Abend tanzen und anschließend vögeln, wie und wo es ging, ohne Sorgen, bis sie schwanger wurde. Nun mussten sie handeln. Mit achtzehn, als sie heirateten, war Gloria im fünften Monat und hatte zum Glück noch einen Job, denn zu dieser Zeit schmiss Agostino gerade seine Anstellung als Möbelpolier hin.

Ziemlich schnell lief es schlechter zwischen ihnen. Selbst nach der Geburt des Kindes ging er wieder Abend für Abend aus. Wenn er zurückkam, machte Gloria ihm denkwürdige Szenen. Sie schrie, brüllte, heulte, und was wirklich schmerzte: Sie ging eine geschlagene Woche nicht mehr ins Bett mit ihm. Für ihn war es mehr eine Frage des verletzten Stolzes, denn bei seinen neuen Touren fand Agostino fast immer eine, die ihn ranließ.

In dieser Zeit entdeckte er die Großstadt. Er hatte nun den Führerschein und einen gebrauchten Fiat 127, mit dem er jederzeit nach Mailand fliehen konnte und die Stadt Straße um Straße kennenlernte. Besonders nachts. Er mochte es, lange unterwegs zu sein, von einem Nachtclub in den nächsten zu ziehen.

Vor allem einen Ort gab es, wo er seine Nachmittage verbrachte. Eine Bar auf dem Corso Europa, wo bis drei Uhr nachts getanzt wurde. Das Lokal machte nicht viel her: eine Kaschemme mit Jukebox und Tanzfläche. Der Eintritt kostete zweihundert Lire, und dafür gab es sogar eine Kleinigkeit zu essen.

Er ging dorthin, um Frauen anzugraben, zu tanzen und Leute zu beobachten. Ihn faszinierten die Männer in eleganten Anzügen mit einer Rolle Geldscheinen in der Tasche. Er beneidete sie, wollte werden wie sie und versuchte ständig sie zu imitieren.

Die Leute, die hierherkamen, waren ganz unterschiedlich: darunter viel Diebespack natürlich und Arbeitslose, aber auch ledige Frauen, Schieber aller Art, vernachlässigte Ehegattinnen auf der Suche nach einem Abenteuer, Betrüger, Angestellte mit Aktenkoffer, Geschäftsleute. Alle waren am Tanzen oder hingen ab, und auf den Toiletten herrschte Hochbetrieb, nicht umsonst trug dieses viertklassige Drecksloch den Spitznamen Sesso&Piattole, Sex und Filzläuse.

Agostino frequentierte auch andere Lokale: fast ausschließlich Nachtclubs, die im Bermudadreieck aus Corso Europa, Piazza Diaz und Via Larga lagen, dem pulsierenden Herzen Mailands direkt hinter dem Viertel San Babila. Ein anderer Laden, wo er häufiger war, hieß San Quentin, und auch dieser Name war Programm. Hier blieben keine Wünsche offen: ein matt beleuchteter Saal mit Séparées, wo jeder machen konnte, was er wollte. Die Klientel war ein wenig exquisiter: Industrielle aus der Region Brianza, erkennbar an ihren dicken Wagen vor der Tür und an den fröhlichen Frauen, die sie mitbrachten. Steuerberater, Anwälte und Notare, in ihrem Gefolge feine Damen, die

19

todernste Gesichter machten und keine Unterwäsche trugen.

War das eine Welt, die Agostino Abend für Abend hier sah! Manchmal glaubte er, einer von ihnen zu sein, doch ohne sich ihren Luxus leisten zu können, ihre Getränke, ihre Frauen. Diese Männer hatten tatsächlich Geld, während Leute wie er sich jeden Tag abrackerten, um den Eintritt von fünfhundert Lire und ein paar Nasen Koks zusammenzukratzen. Manchmal handelte er schwarz mit Zigaretten, andere Male produzierte er sich als Stoffhändler oder versteigerte Töpfe. Einmal ging er sogar mit Malerfarbe von Haustür zu Haustür! Egal was, nur um ein bisschen Schotter aufzutreiben und wenigstens für ein paar Stunden dieser golden glänzenden Welt anzugehören.

»Los, trau dich!«, hatte ihm mehr als einmal einer der Stammgäste geraten, der zwar nicht minder abgewrackt aussah als er, aber immer da war. »Wenn du nichts mehr hast, scheiß drauf, mach mit Schecks weiter! Sterben müssen wir schließlich alle, oder?«

»Scheiß drauf, genau!«

Agostino zieht die Spülung und verdrängt die Gedanken. Seine Frau hinter der Holztür schreit immer weiter.

Er wäscht sich das Gesicht und blickt in den Spiegel. Dann kämmt er sich und macht sich ausgehfertig. Heute muss er ordentlich Schnee schaufeln. Und darüber nachdenken, wie er ein wenig zu Geld kommen kann.

»Mir wird schon was einfallen. Wie immer.«

Am nächsten Vormittag fühlt Ebale sich wie zerschlagen, er friert, und sein Kopf scheint zu zerspringen.

»Himmel, du siehst schlimm aus! Was hast du nur gemacht gestern Abend?«, forscht seine Frau misstrauisch.

»Nichts, was zum Teufel soll ich schon gemacht haben? Koch mir lieber einen Kaffee.«

Agostino setzt sich am Bettrand auf.

»Haben wir noch Aspirin?«

»Alles weg«, ruft Gloria aus der Küche.

»Dann geh ich mal in die Apotheke. Ich bin völlig fertig.«

Er schleppt sich in die Küche und kippt den Kaffee in sich hinein, während seine Frau ihn komisch ansieht. Sie hat Matteo auf dem Arm.

Agostino will ihm über die Wange streicheln, doch sie zieht ihn zurück.

»Nein, nein. Weg da! Das Kind soll sich doch nicht anstecken, oder?«

Ebale schlüpft grummelnd hinaus. Er muss schnell etwas einnehmen, so hundeelend fühlt er sich.

»Drecksstadt«, murmelt er und schlägt den Jackenkragen hoch, »es ist März und immer noch beschissen kalt!«

Die Apotheke ist zum Glück nur wenige Schritte entfernt.

3.

»Na, wen haben wir denn da? Agostino! Hey, verdammt, siehst du gut aus, hast du etwa die Madonnina vom Dom gestohlen und weiterverscherbelt?«

Ebale lächelt. Corso Europa sieht ihn in Topform und auf Hochglanz getrimmt. Vor seiner Stammbar steht ein Männergrüppchen, wie immer etwas abseits. Das sind die Catanier, aus seiner Heimat, eine für Außenstehende geschlossene, aber nach innen perfekt solidarische Gemeinschaft. Sie kommen fast alle aus derselben Ortschaft auf Sizilien und hier im Norden hilft man sich, wo man kann.

Er hat wenig mit ihnen zu tun, außer mit Sandro, der von allen Turinella genannt wird. Sie kennen sich von Kindesbeinen an und haben in Mailand hin und wieder ein paar nicht ganz saubere Jobs zusammen gemacht.

Agostino grüßt zu ihm rüber und bedeutet ihm, näher zu kommen. Die ganze Nacht hat er gegrübelt und schließlich beschlossen, dass Sandro der Mann ist, den er braucht.

»Ciao, Agostino, wie läuft's denn so?«

»Großartig.«

Sie küssen sich auf die Wangen.

»Und, Neuigkeiten?«

»Komm, wollen wir reingehen? Bei einem Getränk redet es sich besser.«

Sobald der Barmann die Gläser auf den Tisch gestellt hat, packt Ebale aus.

»Ich brauche einen Partner.«

Turinella kneift die Augen zusammen wie immer, wenn er sich konzentrieren muss. Dann bemerkt er die neuen Kleider, die Patek Philippe am Handgelenk und das Bündel Geldscheine, das der Freund aus der Tasche zieht, um die zwei Whiskey zu bezahlen, und er beschließt, ihm lieber mal zuzuhören.

»Bin ganz Ohr.«

Sein Gegenüber beginnt zu erzählen.

»Die Idee kam mir wegen dieses beschissenen Wetters hier in Mailand, ewig nur Kälte und *scighera*.«

»Du rennst ja auch immer nur in Hemd und Sommerjacke herum!«

»Ja sicher! Und mir läuft ständig der Rotz aus der Nase. Vor ein paar Tagen hatte ich dann so eine Erkältung, dass ich kaum mehr Luft bekam, und da bin ich in die Apotheke in Cesano, wo mir ein dickes Mädchen diese Pillen empfohlen hat.«

Er lässt zwei weiße Tabletten auf den Tisch rollen. Klein und rund.

»Ich lächele sie an, schlucke ein paar davon und stecke den Rest in die Hosentasche. Dann denke ich nicht mehr daran bis abends, als es mir wieder schlechter geht. Ich suche nach ihnen und stelle fest, dass ich mich auf sie draufgesetzt habe. Kurz gesagt, alle zerrieben. Stinksauer ziehe ich meine Hose aus und leere den Tascheninhalt auf den Tisch. Und dann hatte ich diese Idee.«

Agostino lächelt und zerdrückt mit dem Aschenbecher die zwei Pillen, bis sie nur noch Pulver sind.

»Da, sieh dir das an.«

Turinella lächelt.

»Du willst doch nicht sagen …«

»Genau! Pulver. Genau wie Koks. Dieselbe Farbe. Geschmacklos. Nicht rezeptpflichtig! Und dann hat es auch noch diese leicht betäubende Wirkung, und wenn du es dir durch die Nase ziehst, hast du dasselbe Gefühl wie beim Koksen.«

»Das kannst du nicht pur verkaufen!«

»Ist schon klar, verdammt! Aber ich kann damit strecken.«

»Und mit dem Trick hast du dir die noblen Klamotten und diesen Klotz da am Handgelenk gekauft?«

»So ist es. Aber ich brauche einen Partner. Es weht ein rauer Wind, und ich suche jemanden, der mir den Rücken freihält, mich beim Verkauf unterstützt und mit mir die Dosen präpariert.«

»Warum ich?«

»Weil mein Bruder eine ehrliche Haut ist. Und der Mensch, dem ich nach ihm am meisten auf der Welt vertraue, bist du. Also, bist du dabei?«

»Ich bin dabei.«

Sie reichen sich die Hand.

»Jetzt, wo wir Partner sind, kannst du es ja sagen. Was ist der geheime Stoff?«

Agostino grinst und hält Turinella eine Arzneimittelpackung hin. Zwei Wörter sind darauf zu lesen. *Cachet Fiat*, schlichte Kopfschmerztabletten.

»Mich trifft der Schlag! Davon hab ich bestimmt noch welche zu Hause.«

»Siehst du? Das lässt sich leicht beschaffen. Aber jetzt sprechen wir über die Geschäfte.«

»Klar, was brauchst du?«

»Das Startkapital. Wie viel hast du auf der hohen Kante?«

Cicciobanana

1.

Kugeln pfeifen durch die Luft, über die Scheitel der zwei Männer hinweg, die Hals über Kopf auf den schwarzen Fiat 125 zurennen, der mit laufendem Motor an der Ecke wartet.

Der Kerl vom Sicherheitsdienst kommt aus der Bank gesprungen und ballert drauflos. Zum Glück zielt er nicht besonders gut.

Franco Tarantino ist der Erste, der in den Wagen springt

und sich auf dem Beifahrersitz niederduckt. Mit entsetzter Miene und keuchendem Atem.

»Halt dich bereit«, sagt er.

Cesare Argenta hinter dem Lenkrad lässt den Motor aufheulen.

»Verdammt, was ist passiert?«

»Ein Arschloch hat sich gewehrt.«

»Und Rino?«

»Kommt. Und dann gibst du Gummi.«

»Habt ihr jemanden umgebracht?«

Franco antwortet nicht, und Polizeisirenen ertönen plötzlich aus nächster Nähe.

»Was verflucht heißt das, hat sich gewehrt? Du hattest doch gesagt, das wäre ein Kinderspiel.«

Eine der hinteren Türen geht auf, und Rino Melis wirft sich ausgestreckt auf die Rückbank.

»Weg hier!«, schreit er, während eine Kugel den Rückspiegel neben dem Kopf des Fahrers zerschmettert.

»Los, fahr!«, befiehlt Tarantino.

Argenta legt den ersten Gang ein und drückt das Gaspedal durch. Abgewürgt. Im Auto breitet sich tiefes Schweigen aus, als der Fiat mit einem Vorwärtsruck stehen bleibt.

»Cesare, du Vollidiot! Bring sofort diese Scheißkarre in Gang! Schnell!«

Argenta dreht den Zündschlüssel, während ein Kugelhagel die Karosserie durchlöchert.

»Scheiße, fahr schon! Los!«

»Ruhe!«, brüllt er, mehr um sich selbst als die Mitfahrer zu beruhigen. Er fleht den Motor an, dass er ihn nicht im Stich lassen möge. Das verfluchte Ding knattert und gibt leere Hustengeräusche von sich, doch schließlich springt er an.

Sobald die Reifen über den Asphalt schliddern, wirft

Rino den Geldsack vor Tarantinos Füße und zieht die Knarre heraus.

Sie werden nun nicht mehr von einem schlecht zielenden Wachmann verfolgt, sondern von zwei Streifenwagen, die schnell näher kommen. Schüsse fallen.

Die Heckscheibe birst. Tausend Splitter ergießen sich über Melis, der sich auf dem Rücksitz zusammenkauert und sein Gesicht bedeckt.

»Dreckskerle!«, brüllt Cesare.

Tarantino dreht sich zu seinem Kumpel um.

»Alles klar?«

Melis grunzt etwas in sich hinein, während er die Splitter abschüttelt.

Argenta behält die ganze Zeit die Straße im Blick und überfährt gnadenlos alle roten Ampeln. Doch das genügt nicht, um die Madama abzuhängen, die ihnen dicht auf den Fersen ist.

Rino erwidert durch die zerbrochene Heckscheibe das Feuer.

»Gib Vollgas!«

»Tu ich ja!«

»Sie haben uns gleich!«

»Nimm die Tangenziale.«

Argenta reißt das Lenkrad herum und fährt auf die westliche Stadtautobahn. Trotz bester Stoßzeit fließt der Verkehr gleichmäßig. Der Wagen schlängelt sich in einer rasanten Slalomfahrt zwischen den Autos durch, doch die Streifenwagen bleiben hinter ihnen. Immerhin haben die Bullen aufgehört zu schießen. Zu gefährlich.

Der Motor des Fiats grunzt.

»Nichts zu machen, die lassen uns nicht weg. Jetzt sind es schon drei Streifen!«

Tarantino schüttelt den Kopf und nimmt dann den Fahrer eines weißen Alfetta vor sich ins Visier.

»Überhol ihn und sorg dafür, dass er sich an uns dranheftet.«

Cesare stellt keine Fragen, sondern handelt. Das Manöver gelingt, und der Alfetta hängt sich hinter sie. Einen Moment lang fahren die Wagen alle in einer Reihe auf der Überholspur.

»Jetzt Vollbremsung!«, befiehlt Tarantino.

Der Fahrer überlegt eine Zehntelsekunde, bevor er agiert. Er nimmt den Fuß vom Gas und tritt mit voller Kraft auf die Bremse.

Rino schreit und schließt die Augen.

Der Fiat kommt nach zwanzig Metern zum Stehen. Er hat zwar Startprobleme, doch dafür exzellente Bremsen. Der Alfetta tut es ihnen gleich und stoppt exakt einen Zentimeter hinter ihrer Stoßstange. Das Gesicht des Fahrers ist totenbleich.

Die Bullen haben weniger Glück. Die drei Streifenwagen rasen ineinander, kommen von der Straße ab, rammen ein paar Autos auf der Nebenspur und knallen schließlich gegen die Leitplanke.

Melis bricht in schallendes Gelächter aus: Das war eine Szene, wie man sie sonst nur im Kino sieht!

Auch Cesare macht eine zufriedene Miene, als er den ersten Gang einlegt.

Am zufriedensten ist aber zweifellos Tarantino, der seine Hand in den Geldsack steckt und eine Faust mit Zehntausend-Lire-Scheinen daraus hervorzieht. Als sie wegfahren, lehnt er sich aus dem Fenster und wirft sie höhnisch grinsend Richtung Unfallstelle.

»Als Entschädigung!«

2.

Lorenteggio ist kein Stadtteil, in den ein Bulle gern seinen Fuß setzt. Weit außerhalb des Zentrums gelegen, trifft man hier nicht unbedingt die Leute, die sich die exklusive Via della Spiga leisten können. Immerhin ist die Lage auf der Piazza Frattini im Vergleich zu den umliegenden Straßen etwas besser.

Commissario Antonio Santi wäre liebend gern im Polizeipräsidium geblieben, doch nach der Schießerei in der Bank und dem Desaster auf der Stadtautobahn muss er den Ort des Geschehens persönlich in Augenschein nehmen.

Als er aus dem grünen Streifenwagen steigt, bildet sich um ihn herum sofort eine Art Vakuum. Um die Madama macht man am besten immer einen großen Bogen.

»Tolle Idee, hier eine Bank zu überfallen«, bemerkt Sovrintendente Pugliesi hinter dem Lenkrad.

Santi erwidert nichts. Sein Kollege weiß nicht, dass er in dieser Gegend geboren und aufgewachsen ist. Und nicht weit von hier, in der Via Osoppo, hat er den einen Bankraub beobachtet, der sein Leben verändert hat. Seines und das von Roberto Vandelli, dem Banditen aus dem nahe gelegenen Viertel Giambellino, den er vor knapp einem Monat nach einem furchtbaren Kugelhagel hinter Gitter gebracht hat.

›An diesen Tag erinnere ich mich noch gut‹, denkt der Commissario, ›und bestimmt auch Pugliesi, der einen Streifschuss an der Schulter abbekommen hat und gerade erst wieder in den Dienst zurückgekehrt ist. Und auch Santi hat viel riskiert. Er hat einer entsicherten Pistole in den Lauf geschaut und stand vor der schwierigsten Entscheidung seines Lebens: einen Mann zu erschießen. Eigentlich einen Jungen, Nicola Pinto. Er war der engste Vertraute von Vandelli, der jetzt mit einer Beinverletzung und blindem Hass auf ihn in der Haftanstalt San Vittore einsitzt.‹

Wie Blitze schießen ihm die Gedanken durch den Kopf, während er sich eine Esportazione anzündet.

Die Bank liegt genau vis-à-vis, ein Dutzend Beamte ist bereits vor Ort. Geleitet werden die Ermittlungen von einem Ispettore der örtlichen Polizeiwache, Giulio Donelli, der dem Vorgesetzten entgegenkommt und gleich Bericht erstattet. Ein weiterer Beamter nimmt in der Nähe die Zeugenaussage auf von einem Herrn mit schwarzem Schnurrbart und Glatze. Daneben steht ein dickerer Mann in der Uniform des Sicherheitsdienstes. Wahrscheinlich der, der auf die Bankräuber geschossen hat.

»Guten Morgen, Commissario.«

»Guten Morgen, Ispettore. Vermutlich wissen Sie schon, wie die Verfolgungsjagd ausgegangen ist?«

Donelli nickt teilnahmsvoll. Santi versucht sich einen Überblick über die Situation zu verschaffen. Er sieht die Kreidekringel auf dem Pflaster, wo die Patronenhülsen gefunden wurden, und die verstörten Gesichter der Bankangestellten. In einem Umkreis von zwanzig Metern halten ein paar Beamte die Menge der Schaulustigen fern, die minütlich anwächst.

»Was ist denn schiefgelaufen?«

»Wie bitte?«

Der Commissario gönnt sich vor seiner Erklärung einen tiefen Zug Tabak.

»Ich frage dich, wie es auf diesem Platz zu einem Wild-West-Showdown kommen konnte.«

»Also eigentlich, Dottore …«

»Vergiss den Dottore.«

29

Santi seufzt. Er packt den jungen Ispettore am Arm und zieht ihn beiseite.

»Sieh mal, Banküberfälle laufen immer nach dem gleichen Muster ab. Drei Szenarien gibt es. Wenn die Täter was draufhaben, läuft alles glatt und keiner tut sich weh. Das ist der Idealfall, vorausgesetzt, das Bankpersonal hat die Anweisung, das Geld rauszugeben; die Kreditinstitute sind doch eh alle versichert. Wenn aber die Täter Idioten sind oder Anfänger, legt der Wachmann einen oder alle beide um, und das war's dann, vielleicht mit Opfern unter den Unbeteiligten. Und dann gibt es noch die dritte Variante.«

»Und die wäre?«

»Irgendein Volltrottel spielt den Helden und richtet ein Blutbad an. So liegt dieser Fall hier, nicht wahr?«

»Das haben Sie schön gesagt, Dottore.«

Santi seufzt. Er hasst es, so genannt zu werden, doch da Donelli das nicht zu begreifen scheint, sagt er nichts mehr. Der hat sich nun endlich gefangen und spult seinen Bericht ab.

»Es waren drei. Zwei sind mit vermummten Gesichtern und Pistolen in die Bank rein, der Dritte hat draußen in einem Fiat 125 gewartet …«

»Komm zur Sache. Wer war der Volltrottel?«

»Ein Polizeibeamter in Zivil hat sich gewehrt. Er wollte einen der beiden entwaffnen, hat sich aber nur ein hartes Knie ins Gemächt gefangen … autsch. Daraufhin wurden auch die anderen Geiseln – insgesamt fünfzehn – unruhig.«

»Unsere Verbrecher waren anscheinend echte Knallerbsen: Wie kann man nur glauben, so viele Menschen zu zweit unter Kontrolle halten zu können?«

»Das kann man nicht! Da wurden sie panisch. Der mit

dem Geldsack, das müssen Sie sich vorstellen, hat vor lauter Eile die Hälfte der Kassen gar nicht von den Angestellten leeren lassen!«

»Und wer ist unser John Wayne?«

»Meinen Sie den, der auf die Verbrecher geschossen hat?«

»Genau, der andere Volltrottel. Hatten die ihn etwa nicht entwaffnet?«

»Doch, doch, das hatten sie. Aber ohne ihn zu durchsuchen. Der Wachmann hatte eine zweite Waffe am Fußgelenk, und kaum sind die geflüchtet, ist er hinter ihnen her und hat losgeballert.«

»Und soviel ich hörte, war es pures Glück, dass er sich nicht in die Füße geschossen hat …«

»Allerdings.«

»Und dann?«

»Der Bankdirektor hat die Polizei gerufen. Ein paar Streifenwagen vom Piazzale Bande Nere waren sofort da und haben die Verfolgung aufgenommen. Den Rest wissen Sie.«

»Was hältst du von der Sache?«

Der Ispettore zuckt mit den Schultern.

»Ich würde sagen, eine Bande aus blutigen Anfängern.«

»Nummernschild?«

»Haben wir. Eine Kontrolle hat schon ergeben, dass der Wagen heute Morgen auf dem Piazzale Corvetto gestohlen wurde, aber ich mache jede Wette, dass sie ihn jetzt schon auseinandergenommen haben und die Einzelteile an irgendeine Werkstatt verticken …«

Jetzt muss Santi lächeln. Der Ispettore wird ihm langsam sympathisch.

»Was wissen wir über die zwei Bankräuber? Hat sie jemand erkannt?«

»Leider nein. Obwohl …«

»Obwohl?«

»Na ja, alle sagten, der eine hatte eine Elvis-Tolle. Wissen Sie? Der Typ mit dem Lied *Tutti Frutti*?«

»Jetzt fang bloß nicht an zu singen …«

»Entschuldigung.«

»Und der andere?«

»Ein dunkler Typ, groß, sportlich. Sonst nichts.«

»Also gut, dann lassen wir ein paar Zeichner kommen, um Phantombilder anzufertigen. Bei fünfzehn Zeugen dürfte das ein Kinderspiel sein, oder?«

Das ist eine Falle, Santi will ihn auf die Probe stellen, da es keinen Bullen gibt, der nicht wüsste, wie unzuverlässig die Beobachtungen eines Augenzeugen sind. Und tatsächlich verzieht der Ispettore skeptisch den Mund. Test bestanden.

3.

»Scheiße, das war verdammt knapp dieses Mal!«

»Das kann man wohl sagen!«

Argenta und Tarantino lachen und lassen die Gläser klirren. Sie wissen, dass sie nur um Haaresbreite der Polizei entkommen sind.

Nun ist das Adrenalin wieder gesunken, und sie entspannen sich in Erwartung des dritten Kompagnons, Melis, der bald da sein wird: Er lässt gerade noch den Fiat 125 verschwinden, der für den Banküberfall benutzt wurde.

Sie sitzen am besten Tisch der Bar Raffaello. Ein trister Ort im Stadtteil Lambrate, wo sie zu Hause sind und sich als feine Herren aufspielen. Wer weiß, seit wann der Barmann die Pulle Champagner schon im Kühlschrank auf-bewahrt, die sie bestellt haben … Aber wen interessiert's? Heute haben sie jeder ein paar Millionen Lire verdient und feiern ihren ersten erfolgreichen Banküberfall! Und dafür haben sie sich fein gemacht.

Franco war beim Friseur, um sich die Haare legen zu lassen, die vorne länger sind und mit Brillantine nach oben gegelt werden, während sie seitlich eng anliegen, so dass die sogenannte Tolle entsteht. Seine Frisur sitzt so perfekt, dass selbst Little Tony vor Neid erblassen würde. Und seine Kleidung steht dem in nichts nach, das perfekte Teddy-Outfit: schwarzer Blazer, weißer Rollkragenpulli, Röhren-jeans, unter denen aus den auf Hochglanz polierten schwar-zen Lederschuhen rote Socken hervorlugen.

Die Frauen verschlingen ihn mit ihren Blicken. Sein an-gedeuteter Schnauzbart und die dunklen Augen kommen gut an.

Auch Cesare ist eine besondere Erscheinung. Größer als sein Partner, braunhaarig mit blauen Augen. Er trägt lässig einen Nadelstreifenanzug, der ihn wie einen Gangster aus dem Chicago der Prohibitionszeit aussehen lässt.

Die Bar ist bis auf ein paar Zufallsgäste leer, die fasziniert die Flasche Mumm anstarren, die in diesem Lokal sicher noch niemand gekostet hat.

Beim dritten Glas beginnt Franco, Klartext zu reden.

»Heute sind wir noch mal davongekommen, aber für Banken sind wir einfach noch nicht bereit. Wir sind zu wenige, um alle in Schach zu halten.«

»Stimmt.«

»Wir müssen das Genre wechseln. Etwas suchen, dass wir zu dritt machen können. Vorschläge?«

Argenta sieht sich nachdenklich um. Er zwinkert einem

Mädchen zu, das sogleich mit der Freundin in hysterisches Kichern ausbricht.

Als er den Blick wieder Franco zuwendet, blitzen seine Augen.

»Rinos Bruder arbeitet in Peschiera Borromeo in einer Verpackungsfirma. Er sagt, in dem Lohnbüro liegt eine Menge Geld herum …«

Tarantino denkt kurz nach. Einen Schluck Champagner und eine gute Zigarre. Wie Zuhälter sehen sie aus, aber niemand der Anwesenden hätte jemals den Mut, ihnen das zu sagen.

»Ja, aber selbst dafür sind wir zu wenig. Wir brauchen mehr Männer. Zumindest noch einen oder zwei, wenn wir eine ordentliche Bande auf die Beine stellen wollen.«

»Wenn wir wollen?«

»Klar wollen wir!«

Lachend heben die beiden ihr Glas.

»Wo steckt denn nur Rino?«, stößt Tarantino dann hervor. »Ich kenne ein paar Mädchen, die nur zu gern mit unserem Geld feiern gehen würden.«

Während er mit großen Gesten palavert, nähert sich vorsichtig ein Mann. Es ist Giuseppe Tussi, genannt Bepi, um die vierzig, Lederjacke und spitze Schuhe. Ein typischer Mailänder Kleinganove, der über Wohnungseinbrüche und kleinere Diebstähle noch nicht hinausgekommen ist. Auch er aus dem Viertel, sie kennen sich schon ewig. Lächelnd schlägt er Tarantino die Hand auf die Schulter.

»Hey, Ciccio, dir scheint's ja gutzugehen. Champagner!«

Der arme Kerl erstarrt, als Franco ihm ohne Vorwarnung einen mörderischen rechten Haken gegen den Kiefer verpasst. Bepi torkelt und muss sich an der Wand abstützen, um nicht umzukippen. In der Bar herrscht absolute Stille.

Tarantino hält den armen Kerl am Kragen fest und knurrt ihm leise ins Gesicht.

»Kennen wir uns, du blödes Arschloch? Nur meine Freunde dürfen mich so nennen. Haben wir uns verstanden?«

»Ja, ja, entschuldige, Franco. Ich dachte …«

»He, was ist denn hier los?«

Melis betritt großspurig das Raffaello, Arm in Arm mit ein paar stark geschminkten und leicht bekleideten Mädchen.

»Was ist denn in euch gefahren? Heute Abend wird gefeiert! Und nicht mit kleinen Fischen gestritten, stimmt's? Und überhaupt, schaut mal her: Ich habe zwei Mädchen mitgebracht, die gleich verdursten!«

Tarantino lächelt und stößt Bepi unsanft von sich, der sofort verschwindet.

»Recht hast du, Rino! Meine Damen, bitte, setzt euch doch.«

Melis setzt sich und zieht sich ein Mädchen auf den Schoß. Kurzes Kleid und hohe Absätze. Durchdringendes Parfüm, feuerrote Schlauchbootlippen.

Vor dem Vergnügen beugt Argenta sich noch einmal zu dem Freund hinüber.

»Alles klar mit dem Wagen?«

Melis lächelt und küsst seine Fingerspitzen.

»Ein herrliches Leuchtfeuer. Da hättest du ein ganzes Schwein drauf grillen können, so hoch schossen die Flammen!«

Alle brechen in Gelächter aus.

»Barmann, noch eine Flasche«, ruft Tarantino. »Setz sie auf meine Rechnung.«

4.

Sechs Stockwerke tiefer fließt gleichmäßig der Verkehr. Antonio beobachtet ihn von seinem Balkon an der Via Melzi d'Eril, in der Hand eine brennende Zigarette. Dann stößt er eine letzte Rauchwolke aus und geht wieder hinein.

Carla sitzt vor den Fernsehnachrichten und schüttelt den Kopf.

»Er hat es geschafft.«

»Wer?«

»Andreotti. Wer sonst? Jetzt ist er auch noch Ministerpräsident geworden. Eine Ein-Parteien-Regierung der Democrazia Cristiana, wie schrecklich!«

Antonio sagt nichts. Er hat keine Lust zu streiten, und wenn es um Politik geht, liefern er und seine Frau sich fast immer heiße Gefechte. Sie ist eingefleischte Kommunistin, auch wenn sie sich mit der Geburt ihrer Tochter Beatrice ein wenig beruhigt hat. Immerhin geht sie nicht mehr auf die Straße und errichtet Barrikaden.

Er auf der anderen Seite ist in einer erzkatholischen Familie aufgewachsen mit einer Mutter, die ihn zwang, jahrelang Messdiener zu sein, und der quasi bis zum Eintritt in den Polizeidienst in die katholische Jugendfreizeit fuhr. Dann wurde aus Antonio, der früher wegen seiner schräg geschnittenen Augen der Chinese genannt worden war, der Cumisari, darunter kannten ihn alle zwischen Piazzale Brescia und dem Giambellino, »ihren« Bullen. Er und Carla, die völlig anders aufgewachsen war – wohlhabend, mit einem linken Vater, der sie nicht einmal hatte taufen lassen –, hatten sich auf dem Gymnasium kennengelernt, fünf Jahre lang flüchtige Blicke und kein einziger Kuss; nach dem Abitur hatten ihre Interessen sie auseinandergeführt, bis sie sich Jahre später in einer Bar wiedertrafen. Er in Polizeiuniform, sie mit Büchern unterm Arm. Von da an waren sie unzertrennlich gewesen. Verheiratet nach langer Verlobungszeit, dann eine Tochter, Beatrice, die jetzt fast zwei war. Ihr Elternsein hatte sie allerdings nicht davon abgehalten, weiterzustreiten, heute wie damals, als sie sich gerade kennengelernt hatten, und immer aus demselben Grund: Politik. Antonio hielt seine Frau, die Philosophie studiert hatte und nun Italienisch am Einstein-Gymnasium unterrichtete, für eine »Maoistengenossin«, wie er sie aufzog; dafür nannte sie ihn einen »christdemokratischen Reaktionär«.

Bis vor ein paar Jahren war Carla eine reine und harte Aktivistin gewesen, so dass selbst die Politische Abteilung der Questura sich schon mit ihr beschäftigt und eine Akte angelegt hatte. Schnee von gestern, der Antonio nicht mehr interessiert: Er hat Zusammenstöße bei Demonstrationen gesehen, explodierende Molotowcocktails, tote Kollegen, Streiks, die mit Schlagstöcken und Tränengas aufgelöst und blutig unterdrückt wurden. Er ist sich nur zu bewusst, in welch schwierigen Zeiten sie leben, und möchte niemanden verurteilen, der anders denkt als er.

Sie bilden zweifellos ein eigenartiges Paar, die beiden.

Antonio zieht seine Jacke aus und nimmt Beatrice hoch. Das Mädchen strahlt.

›Himmel, wie schön sie ist! Genau wie Carla‹, denkt er und sieht seine Frau an.

Seit der Geburt hat sie zugenommen, ist aber immer noch eine attraktive Frau. Sie war früher sehr zierlich, doch ihm gefällt sie so besser. Und ihr Blick ist magnetisierend. In einem Moment legt er dich in Schutt und Asche, um in der nächsten Sekunde vor Liebe zu sprühen. Wenn sie zum

Beispiel ihre Tochter ansieht. Tough ist sie, seine Carla, und sie schafft es immer wieder, ihn zu überraschen. Heute Morgen zum Beispiel sah er beim Hinausgehen, wie sie mit dem Kind auf dem Arm durch das Zimmer tanzte. Er ging und legte seine Arme um sie, und beide sangen *Riderà*. In diesem Moment schienen sie alle drei wahrhaft glücklich zu sein. Tausend Kilometer weit weg von der Welt des Bösen, die da draußen wartete.

Jetzt schimpft seine Frau weiter auf den Premierminister, während er seine Tochter auf dem Arm hält. Als er sie auf das Sofa setzt, klingelt das Telefon. Carla reagiert nicht, sie ist viel zu sehr mit den Bildern der Abendnachrichten beschäftigt, auf denen der Staatspräsident Giovanni Leone dem verhassten Christdemokraten die Hand schüttelt.

Antonio streicht Beatrice über die Wange und nimmt den Hörer ab.

»Hallo?«

»Entschuldigen Sie die Störung, Commissario …«

»Was ist los, Pugliesi?«

»Wir wissen vielleicht, wer der eine Bankräuber vom Piazzale Frattini war.«

»Welcher?«

»Der mit der Tolle.«

»Erzähl.«

»Wir haben eben einen anonymen Anruf bekommen. Ein Mann behauptet, er habe ihn in der Zeitung wiedererkannt. Die Phantombilder, wissen Sie? Gut. Er meint, der Verdächtige feiert gerade mit zwei anderen Kumpels in einer Bar in Lambrate.«

»O. k. Schick eine Streife vorbei, aber wir verfolgen weiterhin alle Spuren, verstanden? Vielleicht kam der Anruf von einem Irren. Davon gibt es Tausende in dieser Stadt!«

San Vitùr

1.

Das schwarze Profil schiebt sich wie eine plötzliche Sonnenfinsternis vor das Licht und lässt dabei eine von Zigaretten verbrannte Stimme ertönen.

»Warst ja nicht gerade lang draußen.«

Roberto Vandelli steckt sich in aller Ruhe eine Nazionale an, bevor er antwortet.

»Was soll man machen, ich hatte eben Sehnsucht.«

Auf dem Bulldoggengesicht des Mannes vor ihm erscheint ein Lächeln. Sie haben Hofgang, und sie umarmen sich. Das Tier hat auch einen bürgerlichen Namen, doch alle kennen ihn unter Molosser.

Als die stählerne Klammer Vandelli wieder freigibt, steht hinter dem Berg von Mensch eine kleine Häftlingsdelegation. Aus allen Gefängnisflügeln sind sie herbeigekommen, um ihn zu begrüßen. Er ist eine bedeutende Nummer, zumindest innerhalb der Gefängnismauern.

Trotz seiner nicht einmal zweiundzwanzig Jahre weckt Robertos Name sowohl bei den Gefangenen als auch bei den Wärtern zahlreiche Erinnerungen. Alle wissen, wer er ist. Die Madama hat ihn nach heftigen Feuergefechten schließlich überwältigt und ihn zunächst, bis seine Schusswunde verheilt war, zwei Wochen in der Krankenstation des Gefängnisses San Vittore untergebracht. Eine Art Isolationshaft, obwohl die Tage in dieser Umgebung aus Weißkitteln und Desinfektionsmitteln schneller zu vergehen schienen als in der Zelle und es vielleicht nicht das Schlechteste gewesen wäre, die gesamte Zeit auf diese Art

39

abzusitzen. Ohne den hartnäckigen Schmerz im Bein natürlich. Ein Souvenir, das ihm dieses Arschloch von Kripobeamten mitgegeben hatte, der ihn fast lahmgeschossen hätte und vor seinen eigenen Augen seinen langjährigen Partner abgeknallt hatte, Nicola Pinto. Mit einem Schuss in die Brust, wie einen Hund. Der Bastard!

Nicola und er waren ein Leben lang Freunde gewesen, aufgewachsen zusammen in der Jugendgang, zusammen im Giambellino zwischen den schwarzen Bahngleisen der Endstation San Cristoforo und dem Naviglio, in der Hosentasche die Steinschleuder, an den Füßen der Staub von der Piazza Tirana und im Kopf den Traum vom ganz großen Bankraub, Tag für Tag.

Vandelli hatte geschworen, sich zu rächen. Irgendwann würde er Santi wieder gegenüberstehen und dann … Alles eine Frage der Zeit und der Strategie. Und in der Haft mangelt es wahrhaftig nicht an Zeit, um Rachepläne zu schmieden.

»Ich habe dir einen Platz in meiner Zelle besorgt«, verkündet Molosser.

»Einverstanden, aber die Süße mach ich dir trotzdem nicht, Dickwanst. Damit das klar ist.«

»Das werden wir ja sehen.«

Molosser ist ein alter Freund des jungen Banditen, eine Art Mentor in der Unterwelt. Vieles, was Roberto über die Kunst des Verbrechens weiß, hat er von ihm gelernt.

Kaum tritt das Tier beiseite, rücken die anderen nach und schütteln ihm die Hand. Zuerst die aus seiner Bande, allen voran Romolino und Pietra, die beiden Kumpels aus der Comasina. Sie sind im Flügel III, informieren sie ihn, während der noch minderjährige Gandula im Beccaria gelandet ist. Er kommt bald raus, weil er keine Vorstrafen hatte.

Ihr Anwalt, mit Kanzlei auf der Piazza Cordusio und gesalzenen Honoraren, behauptet, sie bekämen höchstens ein paar Jahre. Bei ihnen ist nicht viel zu finden, wohingegen die Sache für Vandelli um einiges schlimmer aussieht. Bei seinen Vorstrafen, der erdrückenden Beweislast aus seiner Wohnung und der Schießerei mit den Bullen drohen ihm mindestens sechs Jahre. Eine Ewigkeit. Obwohl die Prozesse erst in einigen Wochen anfangen, scheint sein Urteil bereits in Stein gemeißelt. Doch darüber reden sie jetzt nicht. Sie umarmen sich und tauschen banales Zeug aus. Zum Reden haben sie in den nächsten Wochen genug Zeit, jetzt, wo der Bandenchef nicht mehr auf der Krankenstation festhängt.

Es ist der erste Tag, dass Roberto wieder allein auf den Beinen steht. Er hat den Rollstuhl, in dem er sich wie ein Invalide fühlte, gegen zwei Krücken getauscht. Ihm wurde gesagt, er könne bald wieder laufen wie früher. Die Kugel hat ihn zum Glück nur gestreift.

Vandelli schüttelt Hände und umarmt alte Freunde. Doch richtig wohl fühlt er sich nicht, und nicht wegen seines lädierten Beins. Ihn wurmt, dass er Nina nicht in den Arm nehmen kann, seine Frau, die mit ihrem gemeinsamen Sohn schwanger ist. Auch sie sitzt dort in der Zwei, im Frauentrakt. Letztlich also in nächster Nähe, doch die Aufseher lassen sich nicht schmieren, und so konnte er sie noch kein einziges Mal sehen. Er ist überzeugt, dass auch dahinter der altbekannte Santi steckt. Das ist seine Art, es ihm heimzuzahlen. Er erinnert sich noch genau an dessen Worte am Tag der Festnahme, dass ein Verbrecher keine Liebesbeziehung führen könne.

»Wer als Bandit geboren wird, kann keine Familie haben.«
Dieser Gedanke macht ihn schier verrückt.

Die Häftlinge bewegen sich langsam in Richtung Tor. Roberto mit seinen Krücken bildet das Schlusslicht. Als er den Flur betritt, erklingt aus dem Radio wie als Erwiderung auf seine Gedanken das Lied der Camaleonti *Io per lei*.

Vandelli war noch nie ein großer Romantiker, überhaupt nicht, doch in diesem Moment hätte er seine Nina gerne neben sich. Ihm fallen die Worte eines alten Unterweltlers wieder ein, die er vor Jahren in der Krimenbar in der Via Novara gehört hat.

»Eine Frau ist nützlich, wenn du verlierst und sie deine Wunden pflegt. Das Problem ist nur, auf der Siegerspur merkst du das nicht und glaubst, du könntest so viele haben, wie du willst. Und am Ende hast du keine. Einsam wie ein Hund.«

2.

Die Zelle stinkt nach Zigarettenrauch und Schweiß, der Boden ist mit Kippen übersät.

Der Molosser hat noch nie gerne saubergemacht. Das hat sich offenbar nicht geändert.

Als der Aufseher abschließt und den Zellenschlüssel zweimal umdreht, sitzen Vandelli und sein Zellengenosse sich auf ihren Pritschen dicht gegenüber.

Keine Stockbetten. Bei seiner Masse kann das Tier sich kaum nach oben legen, würde aber auch niemals jemanden über sich tolerieren.

»Der einzige Mensch, der sich über mich legen darf, ist meine Frau, wenn ich sie bumse.«

Diese Nachricht ist auch zu den Wärtern vorgedrungen, so dass sie ihn in eine größere Zelle mit zwei Betten verlegt haben, an jeder Wand eins. Respektvolle Behandlung. Die V ist ohnehin ein besonderer Gefängnistrakt. Der mit den guten Jungs. Wenn du wer bist, landest du dort. Die Wärter bringen dir Respekt entgegen, und solange du das Räderwerk ordentlich schmierst, gestatten sie dir mehr oder weniger alles, was du wünschst, außer rauskommen natürlich. Im Knast kannst du alles kaufen, nur nicht die Freiheit.

Vandelli seufzt.

»Da hast du dir ein schönes Plätzchen organisiert.«

»Irgendwie muss man ja überleben. Der Knast zermürbt dich, macht dich vorzeitig alt, wenn du nicht aufpasst.«

»Amen.«

Roberto streckt sich auf der Pritsche aus, die in den nächsten Wochen oder vielleicht Jahren seine Schlafstatt sein wird, und er fühlt sich ein wenig an früher und die Jugendstrafanstalt Beccaria erinnert, als er Tag und Nacht vom Ausbrechen träumte. Als Pinto noch bei ihm war als sein Leibwächter. Gemeinsam gegen den Rest der Welt, gegen alles und jeden. Ohne Kalkül, immer in Gefahr, nur weil jemand dich schief ansah. Vergangene Zeiten, die ihn melancholisch stimmen. Beim Anblick von Gitterstäben ist Vandelli schon immer der Schweiß ausgebrochen, das ist im Laufe der Jahre natürlich nicht besser geworden.

›Ich muss weg hier‹, denkt er und schließt die Augen, ›und zwar so schnell wie möglich.‹

3.

Im Knast verläuft jeder Tag gleich. Struktur geben allein der vorbeifahrende Essenswagen und der tägliche Hofgang. Kleine Rituale, die beim Überleben helfen.

Vandelli lehnt an der Mauer. Sein Rücken reibt sich an dem groben Putz, die Frühlingssonne scheint warm auf seine geschlossenen Augenlider. Pure Entspannung, bis ihn jemand am Arm packt.

»*Ué sbarbà*, auch hier in San Vitùr?«

Roberto tastet instinktiv nach seiner rechten Jackentasche, in der er ein selbstgebautes Messer aus einer Zahnbürste mit aufgeklebter Rasierklinge verbirgt. Primitiv, aber höchst effektiv, wenn man jemandem die Kehle durchschneiden muss.

Doch als er die Augen öffnet, stellt er fest, dass dies nicht nötig sein wird. Vor ihm steht mit ausladendem Schnurrbart, Locken und breitem Lächeln der Solist an der Maschinenpistole. So heißt er mittlerweile. Als sie sich vor mindestens zehn Jahren kennenlernten, trug Leandro Lampis noch den Spitznamen »Der Amerikaner«, weil er immer im Cadillac durch die Gegend fuhr. Dann ging er dazu über, Banken und Schmuckgeschäfte mit einer im Geigenkasten versteckten Maschinenpistole auszurauben, was ihm den neuen Spitznamen einbrachte.

Lampis lächelt, doch er sieht nicht gut aus. Sein Gesicht ist mausgrau, als sei er aus großer Höhe in die Tiefe gefallen. Fahl, fast totenbleich. Einst war er Staatsfeind Nummer eins, doch dann wurde er geschnappt. Aber nicht in Italien. Er war nach Frankreich geflohen, und auch dort liefen die Geschäfte wie geschmiert, bis er eines Tages einen Gendarmen verletzte und sich sämtliche *Flics* der Sureté an seine Fersen hefteten. Am Ende wurde er in Paris nach einer waghalsigen Verfolgungsjagd festgenommen, schwer verletzt.

Beim Prozess hatte Lampis geleugnet, auf den *Poulet* geschossen zu haben, und hatte, vielleicht um seine Position glaubwürdiger zu machen, sogar versucht, sich im Gefängnis

44

mit einer Überdosis Medikamente das Leben zu nehmen. Er war in letzter Sekunde gerettet und wieder aufgepeppelt worden, und in der Santé hatte er sich damit abgefunden, seine Strafe abzusitzen, und hatte angefangen zu schreiben. Dabei war eine Verteidigungsschrift herausgekommen, die er seiner Frau Chantal übergeben hatte, einer ehemaligen Animierdame. Auf diesen Seiten erzählte Lampis von seinem Leben als Verbrecher, ohne sich allzu lange bei den Geschehnissen aufzuhalten, die ihn ins Gefängnis gebracht hatten. Das Buch wurde veröffentlicht, zwei weitere folgten. Er hatte auch zu malen begonnen, kurz alles getan, um der Außenwelt zu beweisen, dass er Vernunft angenommen hatte. Und am Ende war es ihm gelungen, von Präsident Pompidou begnadigt zu werden.

Also frei? Keineswegs. Nun hatte er noch seine Schuld bei der italienischen Justiz zu begleichen, also musste der Solist an der Maschinenpistole wieder von vorne anfangen. Die Franzosen lieferten ihn den Italienern aus, die ihn auf dem kürzesten Weg nach San Vittore schickten.

Seit fast sechs Monaten ist Lampis also wieder in seinem Mailand, doch die Madonnina, die kleine Marienfigur auf der Spitze des Doms, hat er noch nicht zu Gesicht bekommen. Die Zwei ist nicht so schlimm wie die Santé, doch die Jahre im Gefängnis haben ein Netz aus Falten in sein Gesicht gezeichnet, das sich nie mehr glätten wird. Der ehemalige Staatsfeind Nummer eins wirkt wie ein Lämmlein. Er malt, schreibt und lächelt Vandelli verlegen an.

Obwohl sie sich seit Ewigkeiten nicht gesehen haben, bleiben sie distanziert. Ein Händedruck und ein Schlag auf die Schulter. Aus dem Jungen ist ein Schwergewicht geworden, und sein Gegenüber ist keine Legende mehr, sondern ein Gefangener unter vielen.

»Chantal hat mich verlassen«, seufzt er mit leiser Stimme. »Ich habe ihr gesagt, dass sie noch jung und schön ist. Dass sie nicht auf einen Knacki warten soll. Ich komme hier nie wieder raus.«

So trennen sie sich, Vandelli hält wieder sein Gesicht in die milde Sonne, und der andere schlendert langsam davon.

Eine halbe Stunde später bindet Lampis ein Laken an die Gitter vor dem Zellenfenster, knotet eine Schlaufe hinein, legt sie sich um den Hals und lässt sich auf die Knie fallen. Nicht gerade professionell, hätte aber funktionieren können, wenn nicht im selben Moment Roberto vorbeigekommen wäre, wegen seiner Krücken der letzte in der langen Reihe von Häftlingen, die vom Hofgang zurückkehren.

»Leandro!«, schreit er und weitet das Betttuch um seinen Hals. »Was zum Teufel fällt dir ein?«

Dem Mann laufen Tränen über die Wangen.

»Chantal«, wiederholt er mit erstickter Stimme. »Meine Chantal.«

Er weint immer noch, als der Wachmann ihn abholt und auf die Krankenstation bringt.

Vandelli humpelt weiter in seine Zelle, während ein Aufseher hinter ihm den Schlagstock kreisen lässt und dabei Celentanos *Si è spento il sole* vor sich hin pfeift.

Auf dem Strommast

1.

Mühelos klettert der Mann hinauf. Es ist nicht kalt, und er muss keine Handschuhe überstreifen, auch wenn der Stahl scharf in seine Finger schneidet. Oben angekommen hält er reglos inne, die Beine um die Querstreben geschlungen, die Ellbogen auf das gestützt, was wie ein Metallkäfig aussieht.

Von hier kann er in der Ferne die Lichter Mailands sehen. Die Stadt scheint zu pulsieren. Fasziniert beobachtet er diese Zusammenballung von Menschen und Häusern, die ihn gleichzeitig anzieht und abstößt. Die Großstadt ist nicht fassbar, entzieht sich jedem Zugriff. Und ist die meiste Zeit grausam.

Sie anzuschauen weckt zu viele Gedanken in ihm. Ein Großteil seines Lebens war er in der Welt unterwegs, auf der Suche nach Antworten oder wenigstens Alternativen. Vielleicht ist die Besteigung dieses Mastes ja eine. Während er darüber nachdenkt, scheint sein sonst so flinker Blick sich hinter den dicken Brillengläsern zu verschleiern.

Plötzlich kommt ein starker Wind auf – wie auf Kuba manchmal, wenn sich ein Hurrikan ankündigt – und zwingt ihn, festeren Halt zu suchen. Er muss sich konzentrieren, darf sich nicht ablenken lassen. Es ist riskant, was er da tut. Sehr. Ein kleiner Moment der Unachtsamkeit genügt, und das Schlimmste geschieht. Er atmet tief ein, um sich zu beruhigen.

Die Luft riecht nach Regen, doch es fällt kein einziger Tropfen. Alles kann passieren, vielleicht nichts. Der Mann weiß es nicht, verscheucht die Gedanken, während die

Nacht voranschreitet. Mit freiem Kopf macht er sich daran, das zu Ende zu bringen, weshalb er dort hinaufgeklettert ist.

Vor dem Morgengrauen muss er fertig sein.

2.

Als die Carabinieri den Ort erreichen, ist es fast Mittag. Jemand hat sie über verdächtige Vorgänge informiert: ein weißer VW-Bus, der seit einigen Tagen in der Gegend gesichtet wurde und seit letzter Nacht am Rand einer Schotterstraße parkt. Die Sonne versteckt sich hinter den Wolken. Rundherum nichts als Felder, ein paar Fabrikhallen und ein riesiger Metallmast, der ins Nichts aufragt und Segrate mit Licht versorgt.

»Wie hoch mag der wohl sein?«

»Woher soll ich das wissen?«, grunzt Brigadiere Lenzi. »Sehe ich aus wie ein Scheißingenieur?«

»Dreißig Meter mindestens«, fährt der junge Obergefreite Alvaro Proietti ungeachtet seines Kollegen fort.

In einigen Vierteln der brianzolischen Gemeinde ist der Strom ausgefallen, und eine Abordnung der Mailändischen Elektrizitätswerke AEM ist auf dem Weg, um den Schaden zu beheben.

Die beiden Carabinieri steigen aus dem Wagen und gehen ein paar Schritte auf die Metallkonstruktion zu.

»Was für ein Monstrum.«

»Lass uns mal einen Blick in den Bus werfen, komm.«

Nach einigen Metern bleibt der Brigadiere unvermittelt stehen.

»Scheiße!«

»Was ist los?«

»Da liegt einer.«

»Wo?«

»Im Gras, da. Etwa zwanzig Meter vom Mast entfernt.«
Sie nähern sich vorsichtig.

»Das ist ein Mann.«

Der Obergefreite wendet schnell den Blick ab, ganz blass
im Gesicht. Lenzi schüttelt den Kopf.

»Geh und sag den Kollegen über Funk Bescheid, wenn
du so zartbesaitet bist.«

Proietti tut wie geheißen, während der Brigadiere sich
mühsam zu der Leiche hinabbeugt, um sie zu begutachten.
Er hat ein paar Kilo zugenommen und ist längst nicht mehr
so beweglich wie mit zwanzig. Jetzt hat er dreißig Jahre
mehr auf dem Buckel, ein krankes Knie, Rückenschmerzen
bei jedem Jahreszeitenwechsel und die Neigung, nach dem
Abendessen ein bisschen zu tief ins Glas zu schauen.

Der Tote ist etwa fünfundvierzig Jahre alt, mit schnee-
weißer Gesichtsfarbe, dunklem Schnurrbart und kurzen
Haaren. Die Explosion, der er wahrscheinlich zum Opfer
gefallen ist, hat ihm ein Bein glatt abgetrennt, doch sein
Gesicht ist unversehrt. Die Kleider sind angesengt und seine Gliedmaßen steif. Das abgetrennte Bein liegt ein paar
Meter von der Leiche entfernt.

»Vielleicht weiß ich, was passiert ist«, sagt der Obergefreite, der vom Wagen zurückkommt. Er ist in der Nähe
stehen geblieben und zeigt auf etwas, das am Boden liegt:
Vom Gras halb verdeckt erkennt man ein Rohr mit Dyna-
mit.

Lenzi bleibt unbeeindruckt, er hat aufgehört, sich über
irgendetwas zu wundern, wenn er im Dienst ist. Er durchsucht die Taschen des Toten und findet eine Brieftasche.

49

Als Erstes fällt ihm ein Foto in die Hand mit einer Frau und einem kleinen Jungen darauf. Das Bild ist so abgegriffen, dass die Gesichter kaum zu erkennen sind. Der Carabiniere legt es beiseite und setzt seine Untersuchung fort.

»Ausweispapiere. Und eine ordentliche Menge Geld.«

Der Kollege kommt näher und reißt die Augen auf: dreihunderttausend Lire. Genug um mehrere Monatsraten für seinen Fiat 500 abzuzahlen.

»Auf dem Ausweis hat er keinen Schnurrbart«, stellt er dann fest. »Sechsundvierzig Jahre. Er hieß Valentino Moretti. Sagt mir nichts, aber auf dem Foto kommt er mir irgendwie bekannt vor. Vielleicht habe ich sein Gesicht in der Zeitung gesehen.«

Mit einem Achselzucken steht der Brigadiere auf.

»Sicher ist jedenfalls, Obergefreiter, dass du ihn auf den Titelseiten von morgen sehen wirst.«

3.

»Ich verstehe nicht, was wir da wollen, wenn die Caramba schon da ist …«

Am Steuer sieht Sovrintendente Pugliesi das Ortsschild von Segrate am Straßenrand auftauchen.

Santi starrt stumm nach vorn und zündet sich eine Zigarette an.

»Zumal es nicht mal in unserem Bezirk liegt«, fügt der Fahrer hinzu.

Der Commissario stößt den Rauch durch das heruntergekurbelte Seitenfenster aus.

»Die Ausweise, die beim Toten gefunden wurden, sind vermutlich gefälscht.«

»Das bedeutet?«

»Das bedeutet Ärger, Pugliesi. Und das wollen unsere Carabinieri-Verwandten nicht alleine regeln. Also haben sie Alarm geschlagen und alle zusammengetrommelt.«

»Gehen Sie von einem Terroranschlag aus?«

»Wovon würdest du ausgehen, wenn jemand mit TNT auf einen Hochspannungsmast klettert?«

An diesem Punkt stellt der Sovrintendente lieber keine weiteren Fragen.

»Wir sind da«, verkündet er ein paar Minuten später.

Die grüne Giulia hat die von Mailand kommende Landstraße Cassanese hinter sich gelassen und biegt nun in die Via Rombon ein. Von dort geht es weiter am Lambro-Park entlang. Den Mast sieht man schon von ferne, er kommt bedrohlich näher und wird mit jedem Meter mächtiger, bis er plötzlich rechter Hand aufragt, hinter einer Reihe von Feldern und niedrigen Schuppen. Groß wie ein japanischer Roboter, aber nicht so gemein.

›Ein bisschen wie ein trauriger, unbeleuchteter Eiffelturm‹, denkt der Commissario.

Die Überlandleitung, vor der die beiden Kommissare hier stehen, heißt unter Fachleuten Mast 71 der 220-Kilovolt-Linie und ist Eigentum der AEM: das Ziel des Anschlags.

Santi steigt aus dem Wagen, hebt den Blick und betrachtet das Monstrum.

»Ganz schön beeindruckend, nicht wahr?«, empfängt ihn Brigadiere Lenzi.

»Allerdings. Von nahem betrachtet ist er wirklich imposant.«

Die zwei Männer schütteln sich die Hände.

»Wo sollen wir anfangen?«

»Ich würde sagen, bei dem VW-Bus. Kommen Sie.«

»Warum?«, fragt Santi, während er ihm mit Pugliesi im Schlepptau folgt. »Haben Sie dort etwas festgestellt?«

»Das sehen Sie sich lieber selbst an.«

Der Carabiniere schiebt die Seitentür des VW-Busses auf, als wolle er Ali Babas Höhle präsentieren. Santi und Pugliesi sind einen Moment lang wie gelähmt. Der Innenraum ist in der Art eines Wohnwagens eingerichtet, in dem man für längere Zeit mit allem Nötigen versorgt ist. Besorgniserregend ist aber, was sie auf dem kleinen Campingtisch sehen: Hier liegen schön säuberlich sortiert ein Dutzend Landkarten von einigen italienischen und anderen europäischen Landschaften und daneben acht Dynamitkerzen mit TNT sowie mehrere Drahtspulen.

»Habt ihr die Spurensicherung verständigt?«

»Wir haben alle verständigt: unser Provinzkommando, euch von der Kripo, die Mordkommission und die Politische. Hier werden bald eine Menge Leute herumlaufen.«

Santi zeigt auf die Leiche.

»Was weiß man über unseren Mann?«

»Eigentlich würde ich sagen, er wollte den Mast in die Luft sprengen, doch dann ist was schiefgelaufen und er ist draufgegangen …«

Der Commissario legt neugierig den Kopf zur Seite.

»Und was lässt Sie daran zweifeln?«

»Die da«, erwidert der Brigadiere und zeigt auf zwei Männer, die zu elegant sind, um als Schaulustige oder beliebige Passanten durchzugehen.

»Geheimdienst«, raunt Pugliesi, während die beiden näher kommen.

Einer ist fast zwei Meter groß und hager, mit weichem Gesicht. Der andere ist von mittlerer Statur, hat braune, kurzgeschnittene Haare und trägt trotz des Regenwetters eine dunkle Sonnenbrille. Ein insgesamt unauffälliger Typ, der sicherlich ganz hervorragend in jeder Menschenmenge untertauchen kann. Jetzt aber will er bemerkt werden.

Beide sind tadellos gekleidet und wedeln mit ihren Dienstausweisen, als sie martialischen Schrittes auf die drei Polizeibeamten zukommen. Sie sind vom Sid, dem Geheimdienst für Spionageabwehr, das hat Pugliesi ganz richtig erkannt.

»Muss ja ein Riesending sein, wenn ihr schon hier seid«, empfängt der Brigadiere sie mit unverhohlener Ironie.

Der Größere blickt ihn an wie eine Schmeißfliege auf einem Hundehaufen und beschränkt sich auf ein beiläufiges Kopfnicken.

»Wir sehen uns mal um«, verkündet der andere im Weggehen.

Ende der Unterhaltung.

»Ich hatte ja schon gehört, dass sie Arschlöcher sind«, meint Lenzi leise und zieht ein Päckchen Esportazione aus der Tasche, das er den beiden anbietend hinhält.

Antonio zündet sich kommentarlos eine Zigarette an. Wenn Carla hier wäre mit ihrem Temperament und den ihr eigenen politischen Ansichten, hätte sie die »Sklaven der Macht« – ihr Sprachgebrauch –, diese »Vertuscher«, diese »Staatsterroristen«, wie sie nach dem Attentat auf der Piazza Fontana getauft wurden, komplett auseinandergenommen.

»Was halten Sie davon, Commissario: Terrorist oder Trottel?«

Antonio schüttelt den Kopf.

»Weiß ich noch nicht, Brigadiere. Da kommt jedenfalls mein Kollege von der Politischen Abteilung. Er wird uns sicher mehr über die gefälschten Papiere sagen können. Solche Sachen sind sein täglich Brot.«

Damit behält Santi recht. Nachdem er sich kurz umgeschaut hat, beginnt Commissario Catalano Befehle zu brüllen. Ein paar Minuten sprechen die zwei Sid-Leute eindringlich mit ihm, dann steigen sie wieder in ihren schwarzen BMW und rauschen ab.

Lenzi beugt sich zu Santi.

»Das ist doch der Commissario *De fenestra*, stimmt's?«

Eine absolut rhetorische Frage, auf die der Bulle keine Antwort verschwendet. Jeder weiß, wer Giovanni Catalano ist, sein Foto war monatelang in den Zeitungen, nachdem Gianni Parenti, der Anarchist, dem die Polizei vorwarf, die Bombe auf der Piazza Fontana gelegt zu haben, während eines Verhörs aus dem Fenster des Polizeibüros gestürzt war – so die offizielle Version. Die italienische Linke behauptet, die Sache sei vertuscht worden, und wann immer er mit Carla auf das Thema zu sprechen kam, gab es Streit. Die beliebteste Version aus allen politischen Kreisen lautete mittlerweile, dass Parenti »durch Selbstmord ermordet« worden war.

Seitdem schleppte Catalano ein schweres Päckchen mit diesem Stempel mit sich herum und wusste, dass es ihm sein Leben lang anhaften würde. Mehr als einmal war er mit dem Tode bedroht worden, man würde es ihm heimzahlen, und gegen die nächtlichen Beleidigungsanrufe schien er sich einen Panzer zugelegt zu haben.

Heute Morgen trägt der Commissario einen dunklen Mantel mit grauem Schal. Gedankenverloren tritt er zu den Kollegen. Auch Achille Piazza von der Mordkommission und ein Carabinieri-Tenente aus der Gegend sind mittlerweile eingetroffen.

Der Einzige, der nichts mit den Sicherheitskräften zu tun hat, hält sich abseits, ist aber dennoch derjenige, der als Erster zu Catalano geht und ihm die Hand schüttelt.

Als sie sich begrüßen, haben beide Männer das Gefühl eines Déjà-vu. Der Commissario ist im Dienstwagen gekommen, während Mario Basile wie aus dem Nichts auftaucht und wieder einmal seinen einzigartigen Spürsinn beweist, der auch mit den Jahren nicht abnimmt. Er ist der erste Reporter einer langen Reihe. Irgendjemand muss ihm Bescheid gegeben haben, nicht umsonst kennt er alle. Und wird respektiert. Auch Santi hatte bei vielen Gelegenheiten mit ihm zu tun, begonnen in der Via Osoppo, als der Bulle fast noch ein Kind war.

Catalano und er kennen sich seit dem Unfall, der Mattei und Bascapè das Leben gekostet hat. Der einzige Unterschied ist, dass es damals regnete und sie zehn Jahre jünger waren. Die man dem Reporter von *La Notte* deutlich ansieht: tiefe Falten im Gesicht und ein unsicherer Gang. Catalano dagegen ist immer noch in Topform, obwohl man in der Tiefe seiner Augen eine Resignation erahnen kann, die ihn nicht in Frieden altern lässt.

Ein kurzer Händedruck und ein paar Floskeln, dann kehrt Catalano für den ersten informellen Austausch zu den Kollegen zurück.

»Immerhin einmal nicht die Anarchisten«, verkündet er, und niemand der Anwesenden kapiert, ob es sich dabei um einen Scherz handelt oder nicht; das Gesicht des Commissario scheint völlig emotionslos.

»Unsere Quellen sagen«, fährt er fort, »dass der Tote der Bewegung Revolutionäre Aktion, MAR, angehören könnte, die schon für ein paar ähnliche Sabotageakte verantwortlich war.«

»Haben Sie einen Verdacht, wer das Opfer war?«, fragt der Tenente.

»Es gibt einen Hinweis unserer Quellen, dem wir noch nachgehen müssen. Es könnte sich um einen gewissen Armando Fumagalli handeln.«

Santi muss an die zwei Totengräber des Sid denken. Die kennen sich aus mit anonymen Hinweisen. Und auch mit Ablenkungsmanövern.

Als das Grüppchen sich auflöst und Catalano weggeht, platzt es aus Lenzi heraus.

»Ein gewisser Fumagalli? In Mailand ist das vergleichbar mit Herrn Rossi. Die Hälfte der Einheimischen heißt so, die andere Hälfte Brambilla. Das kannst du dir sonst wohin schieben, De fenestra.«

4.

Die Ermittlungen werden wenig überraschend Commissario Catalano anvertraut, der sie in enger Zusammenarbeit mit den Carabinieri vorantreibt. Santi verlässt die Bühne, zumindest offiziell. Seine Kripo ist für Terrorismus nicht zuständig, doch der Polizist weiß, dass sein Kollege ihn über die Entwicklungen auf dem Laufenden halten wird. Sie kennen und schätzen sich seit Jahren. Beide haben Nicolosis harte Schule aus Beschimpfungen und Demütigungen über sich ergehen lassen, des höchsten Chefs, an den Mailand sich erinnert, der die Bestie von San Gregorio in Handschellen gelegt hat, die sieben Goldjungs aus der Via Osoppo, den Bösen der Cavalieri-Bande, den unfassbaren Paesanino, den Franzosen aus dem Marseille-Clan und viele mehr. Und der auch Catalano und Santi Blut hat spucken lassen, um aus erbärmlichen Grünschnäbeln echte Bullen zu machen.

Antonio hat den Kollegen immer verteidigt. Er hat nie an das geglaubt, was die linke Presse über ihn geschrieben hat und was er Abend für Abend von seiner Frau zu hören bekam: Für ihn hatte sich der Anarchist Parenti selbst aus dem Fenster geworfen.

»Ein Bulle bringt im Polizeipräsidium keinen Verdächtigen um«, lautete seine Meinung. Womit er jede Diskussion im Keim erstickte.

Der Ermittlungsapparat läuft zuverlässig an: Der vom Stromschlag getroffene Mann könnte jeder sein, sicher, doch die Ansicht, dass es sich um den geheimnisvollen Armando Fumagalli der Bewegung MAR handelt, scheint vorzuherrschen.

Das Problem ist jedoch, dass nach einem Tag intensiver Suche durch Streifenwagen von Madama und Caramba an all seinen gewohnten Aufenthaltsorten der Mann tatsächlich aufgegriffen wird. Quicklebendig in einer Bar. Und in herzhaftes Gelächter ausbricht, als er begreift, dass alle ihn für den toten Dynamitleger halten.

Unter anderen Umständen wären die Ordnungskräfte nun erleichtert gewesen. Hier aber nicht, denn sie müssen ganz von vorn anfangen. Oder zumindest fast.

»Hast du noch andere Ideen?«, fragt Santi Catalano, als sie bei einem Espresso in der Questura eine Zigarette rauchen.

Der Kollege lächelt.

»So einige«, antwortet er und kehrt in sein Büro zurück.

Santi weiß, dass man beim Opfer eine fast unbrauchbare Fotografie gefunden hat und dass man seine Fingerabdrücke genommen hat, was angesichts der verkohlten Fingerspitzen nicht leicht war. Dennoch wichtige Indizien, die früher oder später irgendwohin führen werden.

Von diesem Augenblick an erhöht sich das Tempo und die Ermittlungen ändern die Richtung. Wahrscheinlich wollte der Commissario der Politischen seinen Freunden bei der Sid etwas Vorsprung lassen, oder er kann es einfach nicht mehr verhindern, dass in den Fluren der Via Fatebenefratelli mit Macht ein Name die Runde macht.

Sovrintendente Pugliesi, der stichhaltige Beweise für diesen Verdacht sucht, lässt sich eine Kopie des gefälschten Personalausweises des Toten schicken, auf die er einen prächtigen Schnauzer malt. Dann klebt er sie mit Tesafilm an den metallenen Aktenschrank.

»Da gibt es wohl keinen Zweifel mehr, was, Commissario?«

Antonio betrachtet das bekritzelte Bild.

»Keinen.«

Der Catanier

1.

»Hey, Catanier.«

Ebale dreht sich um. Der Spitzname zeigt, dass er mit seiner Ware eine gewisse Berühmtheit erlangt hat. Er findet ihn gut, das erhöht seinen Wiedererkennungseffekt. Vor ihm steht ein großer Typ in Jackett und Schlips, offensichtlich ein Bankangestellter. Jetzt hat er Feierabend und will noch ein wenig Spaß, bevor er nach Hause zu seiner Alten geht.

»Was brauchst du?«

»Ist die Ware heute gut?«

Agostino reagiert pikiert.

»Soll das ein Witz sein? Die beste, die du kriegen kannst!«

»Wie viel willst du dafür?«

»Fünfzehn.«

»Spinnst du? Gestern habe ich bei deinem Konkurrenten zehn bezahlt.«

»Gestern hast du dir Scheiße reingezogen, mein Freund! Das hier ist erste Klasse. Vertrau mir.«

Der Mann kommt fast um vor Gier auf eine Line, also ringt er sich durch und zahlt. Agostino gibt ihm das Tütchen und entfernt sich mit großen Schritten durch die Einkaufs-galerie am Corso Europa. Das ist sein kleines Reich, denn die Piazza Diaz wird von den Neapolitanern beherrscht, und auch in den anderen Gegenden des Zentrums agiert aggressiv die Konkurrenz.

Um Überraschungen zu vermeiden, bleibt Turinella im-mer zehn Meter hinter ihm. Wie ein Schatten, der sofort eingreift, wenn sich jemand aufregen sollte. Er wacht über seine Investition.

Die zwei Partner haben mit einem Minimum an finan-ziellen Mitteln angefangen. Gar nicht so einfach. Ja, denn dreihunderttausend Lire sind nichts, wenn du ins Drogen-geschäft einsteigen willst. Doch Ebale ließ sich nicht ent-mutigen. Er beweist Ausdauer und Überredungskunst.

»Du würdest selbst einem Pfaffen deinen Stoff andre-hen«, stellt Turinella belustigt fest, als der Kunde weg ist.

»Vielleicht tue ich das auch eines Tages. Lust auf einen Whiskey?«

Turinella nickt. Wenn man ihn jetzt so sieht, könnte man ihn für einen respektablen Ehrenmann halten. Auch er hat sich einen selbstgeschneiderten Anzug zugelegt, während Agostino den Schrott um sein Handgelenk in den Müll geworfen und sich eine goldene Rolex gekauft hat, bei einem Hehler auf der Via Torino, bestimmt gestohlen, aber immer noch teuer genug. Und echt.

Die Geschäfte laufen gut: Ihr Startkapital haben sie schon wieder eingespielt und sogar verdoppelt. Das war nicht weiter schwer.

»Immer noch besser, als zu arbeiten, oder?«, wiederholt Agostino, während er die Geldscheine zählt.

Dabei gibt es viel zu tun. Jeden Nachmittag treffen sie sich, bevor sie auf die Straße gehen, in Turinellas Bruchbude, einer Einzimmerwohnung in Precotto, und füllen die Tütchen mit dem Pulver der Träume ab.

Ebale kauft ein Dutzend Dosen »echtes« Kokain, unter das sie dann das Medikamentenpulver mischen. Zuerst nur wenig, um Kunden zu bekommen, doch bald schon wächst der Geiz, bis in den Tüten nicht mehr viel Koks zu finden ist.

»Scheiße, Agostino, das ist zu wenig!«

»Ach komm! Die kapieren doch sowieso nichts mehr. Hauptsache, sie können sich was in die Nase jagen!«

Turinella zuckt die Achseln und tut, was sein Partner sagt. Bisher hat er noch nichts falsch gemacht, warum sollte er ihm also nicht vertrauen?

Ihr Standard ist mittlerweile schwindelerregend: In einem Ein-Gramm-Tütchen, das sie zu fünfzehntausend Lire verkaufen, kommt auf drei Teile Medizin ein Teil Dope, das natürlich schon vorher von demjenigen, der es ihnen verkauft hat, gestreckt war.

»Irgendwann wird sich mal jemand schrecklich aufregen.«

»Sein Problem. Wir verdienen daran. Dagegen hast du wohl nichts, was?«

Der Partner lächelt, während Ebale sich eine Bahn reinsten Stoffs gönnt, nicht die Scheiße, mit der er dealt.

Turinella snifft nicht. Er bevorzugt die Frauen. Seine Erträge investiert er lieber in Huren. Im vierten Stock eines Hauses in der Via Senato gibt es ein Bordell. Nicht gerade erstklassig, doch zum Vögeln mehr als anständig. Die Madame kennt ihn und gibt ihm immer ein Mädchen nach seinem Geschmack. Eine Schwarze. Der Sizilianer liebt es exotisch.

Immer wenn das Mädchen sich unter ihn legt und die Beine spreizt, dankt Turinella dem Typen, der die Cachet Fiat erfunden hat. Bei dem Gedanken, dass er dank Kopfschmerztabletten ficken kann, muss er so lachen, dass er fast keinen mehr hochkriegt.

Agostino hingegen ist wie besessen von der Arbeit. Und vom Koks. Er verkauft und snifft bis zum Umfallen.

Morgens ist er dann wie betäubt. Er kann sich kaum an die Sause des Vorabends erinnern, und unter den verächtlichen Blicken seiner Frau – die sich allerdings nicht mehr beklagt, seit er ihr hunderttausend Lire zur freien Verfügung in die Hand gedrückt hat – tastet er in der Jackentasche nach dem halbleeren Koks-Döschen. Das, was fehlt, muss er selbst verbraucht haben. Um nicht draufzuzahlen, streckt er den Stoff immer weiter. Er trinkt seinen Kaffee, sagt dem Kleinen Ciao und zieht wieder los zum Verkaufen. Dabei ist er so geschickt, dass er jeden Tag ein Gramm mehr loswird.

Er ist stets am Lächeln, immer freundlich und darum bemüht, seinen besseren Kunden weniger gestreckte Tütchen zu verkaufen. Kurz, ein wahrer Geschäftsmann, der irgendwann seinen Wahlspruch findet, um die Konkurrenz auszuschalten: »Wer nicht bei Agostino kauft, wacht Tag für Tag mit Kopfweh auf.«

Den hat er sich ausgedacht, um den anderen die Kunden wegzunehmen. Doch das funktioniert keineswegs immer.

An diesem Spätnachmittag gegen sechs baut sich plötzlich ein dreitüriger Schrank vor ihm auf, dem er am Vorabend stark gestreckten Stoff angedreht hat. Zum Glück sind sie im belebten San Babila, inmitten von Passanten. Der Typ schaut ihn mit grimmiger Miene an.

»Dein Stoff ist totaler Dreck.«

Agostino lächelt. Er mustert die Hände des anderen: Das ist einer, der am Schreibtisch sitzt. Klar, groß und schwer, aber eben nicht von der Straße. Er ist zahm. Er hat nicht den Zorn der Armen in sich wie er selbst.

»Ihr seid doch alle gleich: zuerst koksen und dann rumjammern, wie schlecht es euch geht.«

»Mein Kopf platzt, du Arschloch.«

»Gut, wir machen es so: Heute bekommst du bei mir einen echten Freundschaftspreis, o.k.?«

»Du kannst mich mal!«

»Zehntausend.«

Dabei wedelt er ihm mit einem Tütchen vor der Nase herum.

Der Mann sieht sich um. Kein Bulle in Sicht.

Er senkt den Kopf und zieht unter Agostinos zufriedenem Lächeln das Geld aus der Tasche.

2.

»Was für ein Scheißwetter! Und ich dachte, wir haben Frühling.«

An diesem Abend schneit es zum Gotterbarmen. Ebale hat zwei Frauen im Schlepptau, die sich dicht an ihn drängen. Sie tragen Kleidchen bis kurz über den Po und keine Strümpfe.

»Wie viel Grad sind es? Drei? Verdammt noch mal!«

Das Trio verlässt gerade das Pussycat im Schatten des Mailänder Doms.

»Nehmen wir ein Taxi?«

»Nein, ich wohne um die Ecke.«

Kurz nachdem Turinella weg war, hatten die zwei sich zu Agostino an den Tisch gesetzt. Sie hatten sich Getränke spendieren lassen, und Agostino war sie nicht mehr losgeworden. Was ihm vielleicht auch sehr zupasskam. Die beiden ihrerseits wussten, dass er über Drogen ohne Ende verfügte, und hätten ihn niemals freiwillig gehen lassen.

Als die Flasche leer war und Agostino sich erhob, waren die zwei automatisch an seine Seite gesprungen. Beide blond, gut gebaut und entschlossen, die Nacht zum Tag zu machen.

›Ach, wenn mein Bruder mich jetzt sehen könnte!‹, denkt Ebale und saugt die eisige Nachtluft in sich ein. In seinen Kleidern sieht er wichtig aus. Alles Maßanfertigung. Nicht das Zeug aus den Kaufhäusern, was Francesco trägt. Er hat seinen Weg gemacht, seitdem er nicht mehr Klobrillen übereinanderstapelt!

›Und die beschissenen hunderttausend Lire Monatslohn verdiene ich jetzt an einem Wochenende!‹

Er streicht mit den Händen über die Pobacken der beiden Feger, und gemeinsam stemmen sie sich dem Schneesturm entgegen.

Er wohnt tatsächlich ganz in der Nähe. Vor einer Woche hat er eine Mietwohnung in der Via Larga bezogen. Ein Stützpunkt von etwa zwanzig Quadratmetern. Leer, ohne Möbel und auch ohne Heizung. Lediglich ein Bett, eine Decke und ein Kissen.

Er hat die Szenen nicht mehr ertragen, die Gloria ihm jeden Morgen beim Nachhausekommen machte. Das Geld hatte sie nur kurz ruhiggestellt.

»Wo warst du? Bei den Nutten, was?«

Sie schrie so laut herum, dass selbst der Kleine aufwachte und genauso zu schreien anfing. Ein Alptraum.

In dieser Nacht empfindet er die Wohnung wie ein Kühlhaus.

»Wo hast du uns denn jetzt hingebracht, Agosti'? Hier gibt's ja nicht mal einen Stuhl! Und eiskalt ist es!«

»Wollt ihr koksen oder nicht? Gut, hier ist der Stoff.«

Er wirft zwei Tütchen aufs Bett, deren Inhalt so gestreckt ist, dass er nicht einmal sicher ist, ob es überhaupt wirkt. Doch das ist ihm egal. Jetzt sind sie hier, betrunken. In seiner Hand.

»Zieht euch aus und dann vögeln wir. Wenn ihr keinen Bock habt, könnt ihr abdampfen.«

Die zwei Puppen verziehen keine Miene, sie müssen nicht mal einen Blick wechseln, um sich abzustimmen. Sie wissen genau, dass Ebale sie rauswerfen würde, mitten in der Nacht. Ohne Stoff. Ohne die kleinste Line zum Wärmen.

»Also?«

Es ist eiskalt, doch die beiden ziehen folgsam ihre Kleider aus.

»Du legst dich jetzt hin, und du legst mir eine schöne Bahn. Ich will sie direkt von ihrer Spielwiese ziehen.«

Er lächelt. Draußen tobt der Schneesturm, doch das interessiert keinen, denn der wahre Schnee ist allein der, den die Blondinen sich teilen, indem sie ihn direkt von Agostinos roter, pulsierender Schwanzspitze lecken.

»Ich liebe diese Scheißstadt!«

Wenn es einen Plattenspieler gäbe, wäre dies der richtige Moment für Musik. Zum Beispiel für den aktuellen Hit, der immer im Pum Pum läuft, *Sotto le lenzuola*.

3.

»Gestern hat auf der Piazza Diaz einer eine Kugel in den Bauch bekommen. Irgend so eine arme Sau, der Koks vertickt hat, um sich Huren zu kaufen. Und vor drei Tagen wurde ein anderer auf der Piazza Cordusio lahm geschossen. Hör zu, Agosti', wir brauchen eine Knarre.«

Es ist ein lustloser Abend auf dem Corso Europa. Ein typischer Montag. Nach dem Highlife vom Wochenende lecken die Junkies sich zu Hause bei ihren Ehefrauen die Wunden. Das bringt Turinella auf schlimme Gedanken.

»Ich bin zwar immer in deiner Nähe. Aber was soll ich tun, wenn dir mal einer seinen Lauf an die Schläfe presst? Spucken?«

»Weißt du, was passiert, wenn wir eine Pistole haben?«

»Was?«

»Wir benutzen sie.«

»Nein, Agostino. Wir nehmen sie nur, um uns zu verteidigen. Außerdem weißt du selbst, wir verdienen zu viel Geld in letzter Zeit. Mal abgesehen von dem Stoff. Früher

65

oder später kommt jemand auf die Idee, uns zu erleichtern.«

Ebale seufzt.

»Weißt du jemanden, der uns eine besorgen kann?«

»Ein sizilianischer Freund. Total vertrauenswürdig.«

Natürlich hatte Turinella das Geschäft mit dem Freund schon längst eingefädelt, denn keine vierundzwanzig Stunden später überreicht er ihm einen in Zeitungspapier gewickelten Revolver.

Sie trinken Campari an einem Tisch im Freien. Der Schnee ist schnell wieder geschmolzen, und in der Einkaufsgalerie ist es sehr angenehm.

Agostino starrt den Partner an, während er das Paket in der Tasche verschwinden lässt.

»Sind wir uns sicher? Von hier gibt es kein Zurück.«

»Klar. Für mich habe ich eine Beretta 70 besorgt.«

Er schlägt die Jacke zurück, wo sie gut sichtbar im Gürtel steckt.

Der Catanier bricht in Gelächter aus, das in dem Gewölbe der Galleria Vittorio Emanuele II. widerhallt.

»Jetzt sehen wir echt aus wie zwei verdammte Mafiosi!«

Turinella hebt sein Glas.

»Auf uns, Partner. Denen werden wir es zeigen!«

Die Gläser klirren. Sie sitzen im Wohnzimmer der Stadt und haben das Gefühl, dass ein kleines Stück der Metropole bereits ihnen gehört.

Am nächsten Morgen macht sich Ebale nach einer langen Dusche zum Ausgehen bereit. Er zieht Hose und Hemd an, bindet sich den Schlips um mit einem großen, runden Knoten wie ein echter Signore, dann reißt er das Zeitungspapier auf und schiebt sich die Waffe in den Gürtel.

Eine Kaliber 6,35 mm, so klein, dass sie unter der Jacke nicht auffällt.

Er betrachtet sich im Badspiegel. Er ist modisch gekleidet, perfekt: spitze Halbstiefel, enges Jackett, Schlaghose. Und die Knarre im Gürtel ist eine echte Perle. Doch sie dient nicht nur als Accessoire, das Klima in Mailand wird tatsächlich rauer.

Wie er letzte Nacht wieder feststellen konnte. Als er und Turinella das Pussycat verließen, stießen sie auf zwei Kleingruppen, die sich nur zu gern geprügelt und alles kurz und klein geschlagen hätten. Kalabresen gegen Sarden. Beleidigungen, Anrempeln und ein unaufhörliches »Ich schneid dir die Kehle durch«, »Ich reiß dir die Eingeweide aus dem Leib«, »Ich jag dir eine Kugel in die Birne«.

»Siehst du, dass wir die Knarren brauchen?«, hatte Turinella im Weggehen bekräftigt.

Ein Campingtisch und drei Stühle. Ebale hat seine Einrichtung in der Via Larga aufgestockt, um schneller arbeiten zu können.

Seit zwei Stunden befüllen er und Turinella schon ihre Tütchen und leeren dabei eine Flasche Zibibbo.

Die Pistole liegt auf dem zerwühlten Laken. Agostino ist mittlerweile froh, sie zu haben. Mit ihr fühlt er sich unbesiegbar. Sie macht ihm Mut, mehr zu riskieren.

»Heute Abend versuchen wir einen fiesen Coup«, verkündet er.

Sein Partner füllt ihre Gläser bis zum Rand.

»Wie denn?«

»Hiermit.«

Vier Tablettenschachteln fliegen über den Tisch.

»Und das Koks?«

»Nichts drin. Das ist der Coup, verstehst du?«

»Du spinnst.«

Ebale sieht ihn so brennend an, dass dem anderen ein kalter Schauer über den Rücken läuft.

»Schon gut, Agosti'. Sag einfach, was du vorhast.«

»Sieh mal, je länger ich mir die Leute so anschaue, desto klarer wird mir, dass die nicht die geringste Ahnung haben: Die sniffen jeden Mist, du musst nur behaupten, er sei gut und sauber, dann ziehen sie sich auch pulverisierten Scheißdreck rein.«

»Quatsch.«

»Meinst du? Da bin ich mir nicht so sicher. Und heute Abend beweise ich es dir.«

Er krempelt die Ärmel seines Hemdes hoch und fängt an, die Dosen herzurichten. Er verpackt vier Portionen zu je fünf Gramm. Eine schöne Mischung aus Mannit, Kopfschmerzpulver und Pervitin. Von Kokain keine Spur.

Turinella schüttelt skeptisch den Kopf.

»Ein Bombenerfolg, du wirst schon sehen«, versichert ihm Ebale.

Im Pum Pum ist wenig los. Es ist noch früh, doch Agostino und Turinella sind schon da, um das Terrain zu sichten. Dieses Lokal frequentieren sie nur selten.

»Manche Dinger landet man lieber weit weg vom eigenen Viertel.«

Mit zwei Negroni vor sich warten sie, dass der Nachtclub sich langsam füllt. Anwälte, Notare, Steuerberater, aber auch Angestellte und anderes Volk mit genug Geld, um sich ein bisschen Ablenkung leisten zu können.

Um Mitternacht entscheidet Ebale, seinen Joker auszuspielen.

»Showtime«, sagt er und erhebt sich.

Entschlossenen Schrittes geht er auf die Toiletten zu. Das ist das Zeichen. Die Interessierten wissen, dass dies bedeutet, dass die Ware da ist. Wer nicht leer ausgehen will, beeilt sich also besser, die Nase in das weiße Pulver zu tauchen.

Zwei Männer stehen sofort auf und gehen ihm nach.

Einer ist groß und elegant. Feingliedrige Chirurgenhände. Vielleicht Zahnarzt.

›Ein Arzt‹, denkt Ebale. ›Der geht mir nicht auf den Leim.‹

Der Zweite hingegen ist untersetzt und nassgeschwitzt, der Knoten seines Schlipses scheint ihn fast zu ersticken. Er braucht dringend eine Pause vom Leben. Das perfekte Opfer. Außerdem voll mit Geld, wie man an seinen Schuhen und der Cartier am Handgelenk sehen kann.

Agostino übergeht den Zahnarzt und hakt sich bei dem anderen unter.

»Heute Abend habe ich etwas besonders Feines, ganz sauber, nur in Tüten zu fünf Gramm. Das Zeug ist so gut, dass man es nicht einmal aufteilen will.«

»Ach nee, Catanier, das müssen wir zuerst probieren!«, mischt sich der Zahnarzt ein.

»Dann könnt ihr es vergessen! Wenn ihr knausern wollt, macht eine Sammlung und kauft euch zusammen eine Tüte!«

Der Mann zieht sofort ab, er riecht den Betrug, doch der andere fällt wie erwartet voll drauf rein.

»Wie viel?«, fragt er krächzend.

Seine Augen sind feucht und erzählen davon, dass er es eilig hat. Er will sich abschießen. Sofort.

»Du kriegst alles für dreihunderttausend. Ein Top-Geschäft. Fünfundzwanzig Gramm Stoff. Damit kommst du das ganze Wochenende aus.«

Nur sie zwei sind noch auf der Toilette. Sie sehen sich an. Ebale lächelt liebenswürdig.

»Ich tue dir einen Gefallen damit, mein Freund. Aber denk nicht zu lange nach, draußen warten noch andere.«

»O. k., o. k.! Gib her.«

›Die Mutter der Dummen ist immer schwanger‹, denkt Ebale, während er das Geld nachzählt und einsteckt. Ohne jede äußere Gefühlsregung.

Der Typ schiebt ihn weg und schließt sich auf der Toilette ein. Komplett im Rausch.

Agostino kehrt zu Turinella zurück und setzt sich wieder.

»Und? Wie ist es gelaufen?«

»Abwarten.«

Sein Partner sieht ihn fragend an. Gerade als sie sich einen weiteren Drink bestellt haben, geht die Toilettentür auf und ihr Opfer kommt heraus. Er kann sich kaum auf den Beinen halten, und auf seinem Gesicht liegt ein dümmliches Grinsen, das von einem Ohr zum anderen reicht.

»Scheiße, Catanier, dein Zeug ist einfach phantastisch! Eine echte Bombe!«

Dann seufzt er, und mit tränenden Augen von dem Dreck, den er sich durch die Nase eingesogen hat, geht er schwankend zu seinem Tisch.

Turinella traut seinen Augen nicht. Der zufriedene Gesichtsausdruck seines Partners aber vertreibt jeden Zweifel.

»Du bist ein Genie, Agostino. Ein gottverdammtes Genie.«

Weit weg

1.

Die schmächtige Gestalt drückt sich dicht an der Mauer entlang. Sie bewegt sich schnell mit gesenktem Kopf. Auf der anderen Hofseite ist gerade eine Schlägerei losgebrochen. Zwei Häftlinge prügeln aufeinander ein, doch er achtet nicht auf sie.

Vandelli weiß, dass man niemals zu einem Streit schauen soll. Das tun die Aufseher. Diese Szene spielt sich nur für sie ab, als Ablenkungsmanöver.

Also beobachtet er weiter die Bewegungen des Kleinen, der nun bei einem Grüppchen von drei Männern angekommen ist, die gespannt die Auseinandersetzung verfolgen. Wie geplant. Hinter einem von ihnen bleibt er stehen, doppelt so breit wie er selbst, groß und kräftig. Er handelt kaltblütig, innerhalb eines Wimpernschlags. Roberto sieht die hochschnellende Hand: drei, vier, fünf Hiebe in Rücken und Nieren. Dann weg, an der Mauer entlang zurück, gedeckt von einem Komplizen, während der getroffene Mann mit aufgerissenem Mund nach Luft schnappt wie ein Fisch auf dem Trockenen. Einen Moment lang hängt er im luftleeren Raum wie eine Marionette. Dann reißen die Fäden, und er sackt mit fahlem Gesicht auf die Knie. Keiner merkt etwas. Ob Häftling oder Aufseher, alle verfolgen den Zweikampf. Sie warten, dass er von selbst aufhört, und genießen das Spektakel. Der eine oder andere wettet auf den Ausgang.

Der Molosser tritt zu Roberto. Auch er hat den Vorgang beobachtet.

»Sizilianer. Befehl von oben.«

»Und wer wurde da niedergestochen?«

»Einer, der aus der Reihe getanzt ist.«

»Aus welcher Reihe?«

»Lass uns reingehen. Hier gibt es zu viele Ohren.«

Als sie bei verschlossener Zellentür auf ihren jeweiligen Pritschen sitzen, bittet Vandelli erneut um Aufklärung.

»Ist er tot?«

Molossers Antwort besteht aus einem Grunzen und einer Gegenfrage.

»Wie geht's dem Bein? Kannst du wieder anständig laufen, oder musst du dich immer noch wie ein Scheißkrüppel durch die Gegend schleppen?«

Die Frage ist ernst gemeint. Jeder weiß, dass es im Knast eine Wahrheit für das Wachpersonal gibt und eine andere für alle Übrigen und dass sie fast nie übereinstimmen.

Roberto beißt die Zähne zusammen und streicht sich mit der Hand über den Oberschenkel.

»Es tut höllisch weh, aber wenn ich weglaufen muss, kann ich es, das schwör ich dir.«

Molosser mustert ihn mit finsterer Miene. Er muss ihm etwas sagen, doch Vandelli weiß, dass er ihn nicht drängen darf. Er hat seinen eigenen Rhythmus, und wer ihn aus der Ruhe bringt, riskiert nicht wenig.

Also wartet er. Er zündet sich eine Nazionale an und streckt sein verletztes Bein auf der Liege aus.

Als der Filter auf dem Boden landet, beginnt Molosser zu reden.

»Der Zio ist nicht glücklich, wie die Dinge hier drin laufen.«

Frank Dreifinger, Lo Zio, ist der Abgesandte der Mafia hier in Mailand.

Die Madama konnte ihm noch nichts nachweisen, obwohl sie weiß, dass er von seinem Hauptquartier in der Via Albricci aus in aller Ruhe die Fäden zieht. Immerhin konnte sie ihm das eine oder andere Kopfzerbrechen bereiten, indem sie viele seiner Statthalter in Handschellen abgeführt hat.

»Sie sind nicht glücklich, wie sie hier behandelt werden: Es fehlt an Respekt.«

Molosser imitiert bei diesem Ausspruch den sizilianischen Akzent. In der Haftanstalt wird kein Unterschied zwischen einzelnen Häftlingen gemacht: Mafiosi, Camorramitglieder, Mörder, Hühnerdiebe. Alle bilden die große Familie der Zwei.

»Sie wollen einen eigenen Gefängnistrakt. Sie wollen mehr Güter von außen hereinschmuggeln, wollen aus dem Knast ein Grandhotel machen …«

»Und?«

»Sie haben sich so viele Häftlinge wie möglich gekauft, die restlichen bedroht, ihnen den Schwanz abzuschneiden und in den Hals zu stopfen. Der von heute war einer, der sich querstellte. Du hast ja gesehen, wie es ihm ergangen ist …«

»Wie geht es jetzt weiter?«

»Sie werden alles unternehmen, um die Aufseher in die Enge zu treiben. Sie planen einen Aufstand im ganz großen Stil, und es ist gut möglich, dass manch einer die Gelegenheit nutzen wird zu fliehen …«

»Sie? Heißt dass, du bist nicht dabei?«

Molosser kneift die Augen zu Schlitzen zusammen.

»Ich habe noch vierzig Tage, dann bin ich frei. Was würdest du tun?«

»Mich ruhig verhalten.«

»Genau. Wie steht es mit dir?«

Roberto senkt den Blick auf sein krankes Bein.

»Rennen muss man allerdings können«, setzt Molosser hinzu.

»Ich werde nicht hier drin verschimmeln. Und wenn ich wie ein Bekloppter auf einem Bein bis in den Giambellino hüpfe.«

Die Männer brechen in Gelächter aus.

»Also abgemacht. Ich werde dich später Dreifingers Männern vorstellen.«

»Danke.«

Sein Gegenüber macht eine abwiegelnde Handbewegung. Dann fügt er hinzu:

»Übrigens, Roberto: Die Sache soll morgen früh losgehen. Du übst also besser schon mal den aufrechten Gang.«

2.

Vandellis Morgen schmeckt nach Blut dank eines Schlagstocks, den er von einem Schließer schmerzhaft zu spüren bekommt: Zuerst wurde er mit einem Fußtritt geweckt und dann mit dem Knüppel aufgeklärt.

»Pack deine Sachen und mach keine Mätzchen, Arschloch!«, lautet die einzige Erklärung, die er von dem Aufseher hört, der ihm verächtlich das selbstgebaute Messer vors Gesicht hält, das der Bastard ihm im Schlaf aus der Tasche gezogen hat.

Drei seiner Kollegen halten unterdessen den fuchsteufelswilden Molosser in Schach. Er trägt Handschellen, und sein Gesicht ist eine einzige wutverzerrte Maske.

»Ihr Drecksschweine, ich bring euch alle um!«, schreit

er, kann sich aber nicht bewegen. Sie haben ihn im Schlaf überrascht und sofort seine Arme gefesselt.

Von Vandelli erwarten sie keine Gegenwehr. Nicht er ist das Schwergewicht in der Zelle, dazu noch ein Krüppel. Doch da irren sie sich gewaltig. Als Roberto die Krücken kreisen lässt und die Helme der Wärter trifft, begreifen sie, dass sie ihn unterschätzt haben. Um sie herum erhebt sich lautes Geschrei: Es geht etwas vor im Gefängnis, doch es ist nicht die geplante Revolte, sondern ein Präventivangriff seitens der Wärter.

Vandellis Faust schlägt einem Wärter zwei Zähne aus und bricht einem anderen den Arm: Das Krachen bei seinem wuchtigen Fußtritt ist unmissverständlich.

Die Wachmänner geben nicht auf; sie wussten von vorneherein, dass dies kein Zuckerschlecken werden würde. Den ersten vier eilen weitere Kollegen zu Hilfe. Zu viele für ihn, sie massakrieren ihn. Im wahrsten Sinne des Wortes. Immer weiter schlagen sie auf ihn ein, bis er besinnungslos am Boden liegt. Der mit dem gebrochenen Arm tritt ihm mit seinen Stiefeln einen Finger nach dem anderen kaputt. Als sie endlich zufrieden sind, schleifen sie ihn über den Boden fort, während Molosser so heftig an den Gitterstäben rüttelt, dass sie fast Angst bekommen, er könne sie aus ihrer Verankerung reißen.

Als Roberto die Augen öffnet, besser gesagt, als er sein gesundes Auge öffnet, denn das rechte ist dick zugeschwollen, findet er sich in einem Polizeibus wieder, mit anderen Häftlingen bei hoher Geschwindigkeit.

Sie werden alle verlegt, eine Kolonne grüner Minnas, die die Stadt verlässt.

»Ihr habt wohl geglaubt, wir kriegen das nicht mit, was,

ihr Arschlöcher?«, brüllt ein Aufseher einem von Frank Dreifingers Leuten ins Gesicht. »Dabei konntet ihr euren Scheißaufstand nicht einmal starten!«

Der Mann erwidert nichts. Auch er wurde geschlagen und zieht offenbar das Schweigen weiteren Prügeln vor. Er wird sich zu gegebener Zeit rächen.

Vandelli kapiert schnell, wie es gelaufen sein muss. Die alte Geschichte: Irgendjemand konnte den Mund nicht halten – vielleicht die arme Sau, die beim Hofgang erstochen wurde –, und die Schergen haben ihre Gegenmaßnahmen getroffen. Das hatte Molosser ihm zu verstehen geben wollen: Ein Geheimnis lässt sich zwischen zwei oder drei Partnern wahren, höchstens einer Bande, nicht aber zwischen dreihundert Knackis! Wie hatte er das nur glauben können, Idiot!

Er mustert die Gesichter um sich herum: alle Unterchefs des Zio, die bei der Revolte eine führende Rolle spielen sollten. Molosser ist nicht dabei. Es ist bekannt, dass er nicht einverstanden war und nicht mitgemacht hätte, und so haben sie ihn in San Vittore gelassen.

Durch die schmutzige Luke sieht Vandelli die Stadt an sich vorbeirauschen.

Die Karawane aus Panzerwagen folgt der Via Giambellino; in dieser Gegend ist er aufgewachsen, in einer der Sozialwohnungen, die nach dem Krieg hier entstanden sind, zwei Zimmer für vier. Sie erreichen die Piazza Tirana und überqueren sie. Hier war früher der Zoll, die Stadtgrenze. Dahinter nichts als endlose Felder und Nebel, der vom Naviglio aufstieg und in die Straßen des Viertels kroch. Ein vertrauter Freund für jemanden wie ihn, wenn er sich mit Überfällen und Wohnungseinbrüchen die Zeit vertrieb.

Doch das ist nur ferne Erinnerung. Wieder einmal ändert sich sein Leben nach wenigen Wochen in San Vittore.

Die Landschaft ist grün und sonnendurchflutet. Nina ist schwanger mit seinem Sohn, und mit aller Wahrscheinlichkeit wird er weder bei der Geburt dabei sein noch seine Frau mittelfristig wiedersehen.

»Wo bringt ihr uns hin?«, fragt er einen Aufseher.

Der Wächter sieht ihn schief an, dann hebt er abschätzig das Kinn.

»Weit weg«, erwidert er schließlich mit leisem Lächeln. »Sehr weit. Wie in diesem Lied von Tenco.«

Die anderen Uniformierten brechen in Gelächter aus.

Vandelli nicht. Hätte er noch ein Fitzelchen Kraft im Körper, würde er dem Arschloch das Gesicht zu Brei schlagen. Doch er ist erledigt, so hart haben sie ihn angepackt, in der Brust und in jedem Finger fühlt er den schneidenden Schmerz, das verletzte Bein tut erbärmlich weh, und gerade als der Gefangenentransport in die Straße Richtung Vigevano einbiegt, bricht er ohnmächtig auf dem Metallboden des Wagens zusammen.

Der König von Lambrate

1.

Der Damenstrumpf auf dem Kopf ruiniert ihm die Tolle, doch Cesare hat nicht lockergelassen, bis Franco am Ende kapituliert hat. Er weiß, dass es ein Risiko war, beim Banküberfall von der Piazza Frattini unvermummt zu bleiben.

Das soll jetzt anders werden. Auch als es darum ging, dass man eine Bande mit guten Jungs bräuchte, waren sich die beiden Freunde aus Lambrate einig. Also hat Argenta, der von der Leine gelassen zur Dogge wird, zwei Neuzugänge für die Gang organisiert: Marcopolo und Spinnerherz.

Die beiden sind im selben Viertel aufgewachsen wie sie, also vertrauenswürdig. Marcopolo ist klein, um die fünfund-zwanzig und eher schweigsam. Entgegen seinem Spitzna-men reist er nicht, im Gegenteil, er ist noch nie aus Mailand herausgekommen. Er heißt so, seit er im Alleingang eine Postfiliale im Viertel Musocco überfallen hat und dort mit einer glatten Million als Beute hinausmarschiert ist. Als er das in der Bar erzählte, bekam er diesen bleibenden Spitzna-men verpasst. Spinnerherz wiederum ist ein blonder Zwei-Meter-Koloss mit Armen wie Eichenstämme. Dabei ist er entgegen seinem Erscheinungsbild sanft wie ein Lamm. Er ist herzkrank und lebt von der Stütze, und wenn er sich zu sehr aufregt, riskiert er einen Infarkt. Er nimmt massenweise Medikamente gegen hohen Blutdruck, zur Blutverdünnung, gegen Herzrasen und so weiter, so dass ihn nach dem Song von Little Tony alle nur noch Spinnerherz nennen.

»Können wir denn sicher sein, dass er nicht vor Auf-regung abkratzt?«, hatte Tarantino gefragt.

Daran hatte Cesare auch schon gedacht.

»Ich würde ihm niemals eine Waffe in die Hand geben. Aber fahren kann er besser als Clay Regazzoni.«

Gesagt, getan. Damit Spinnerherz sich bei den Unter-nehmungen nicht zu sehr aufregt, haben sie ihn als Fahrer eingesetzt.

Und da sind sie nun, bereit für ihren ersten Coup in neu-er Formation.

Mit Strumpfmasken und Knarren in den Händen entsteigen sie dem Mercedes 280. Die Aktion ist bis ins Detail durchgeplant, nicht wie beim letzten Mal. Sie waren vor Ort, haben die Arbeitszeiten der Angestellten überprüft, Melis hat sich sogar als Paketbote ausgegeben, der sich in der Adresse geirrt hat, um einen Blick in die Räumlichkeiten zu werfen …

Im Laufschritt betreten sie die Manufaktur Squinzi in Sesto San Giovanni, Marcopolo bleibt als Wache auf der Türschwelle zurück und Spinnerherz bei laufendem Motor im Auto.

Tarantino steuert schnell auf das Lohnbüro zu, während Melis und Argenta die auf dem Boden liegenden Angestellten in Schach halten.

Alle begreifen sofort, was abgeht, außer dem Verwaltungsbeamten. Ein Buchhalter mit Hosenträgern und flaschendicken Brillengläsern.

»Was wollt ihr? Ihr dürft hier nicht rein!«, erregt er sich.

Franco lacht ihm ins Gesicht und zieht ihm den Pistolenknauf über den Kopf.

Der Mann stürzt zu Boden, das Blut sickert in seinen schönen blauen Kaufhausanzug. Mehr Überzeugungsarbeit braucht es nicht.

»Her mit dem Geld, du Arschloch. Und zwar ein bisschen plötzlich.«

Der Mann nickt hektisch, und während er sich mit einem Tuch das Blut stillt, lässt er das Schloss des Tresors aufschnappen.

»*Bravo fieu*. Rein in die Tasche damit. Schnell!«

Zwei Minuten später sind alle wieder draußen. Spinnerherz gibt mit quietschenden Reifen Gas.

»Heute ist Super-Zahltag!«, schreit Tarantino und reißt sich den Strumpf vom Gesicht.

»Das kann man wohl sagen, das sind bestimmt zehn Millionen!«

»Und nicht ein Sicherheitsmann, der hinter uns herballert!«

Die neue Bande macht schon bald von sich reden. Die Coups folgen Schlag auf Schlag und sind immer gut organisiert.

Tarantinos Strategie ist denkbar einfach: »Schluss mit den Banken. Dort rechnen sie damit, überfallen zu werden, die sind vorbereitet. Und wehren sich. Wir schlagen da zu, wo die Menschen sich sicher fühlen. Und trotzdem viel Geld im Umlauf ist. Größter Ertrag bei geringstem Aufwand.«

Irgendwann arbeiten sie auch nachts. Die bevorzugten Ziele sind Juweliere: ein Loch in der Mauer und fertig. Marcopolo ist auf diesem Gebiet Experte. Seine Erfahrung gibt er bald an die anderen weiter.

Sie erweitern ihren Aktionsradius dank eines von Argentas typischen Geistesblitzen: Großschlachtereien. Tarantino ist zunächst skeptisch, lässt sich aber nach den ersten Jobs eines Besseren belehren.

»Die haben hier Umsätze, die eine mailändische Volksbank vor Neid erblassen lassen!«

»Hab ich dir doch gesagt, Ciccio! Die Familien kommen extra aus ihren Dörfern, um hier einzukaufen. Die decken sich hier für einen ganzen Monat ein …«

»Und zahlen dafür! Ein Hoch auf unseren Vizekönig!«

»Wie nennst du mich, verflucht?«

»Weißt du das etwa nicht, Cesare?«, mischt sich Melis ein. »Seit einiger Zeit geht die Runde, dass Franco der neue König von Lambrate ist.«

»Und du, Brüderchen, der immer hinter mir steht, was wärst du lieber als mein Vizekönig?«

Argenta bricht in Gelächter aus, wie auch der Rest von Cicciobananas Bande. Nur dass ihn niemand mehr so nennt, jetzt ist er nur noch der »König von Lambrate«.

2.

Die Wohnung ist ein Drecksloch. Klein, schmutzig und dunkel. Zwei Stühle, zwei abgewetzte Sessel und keine einzige Flasche Whiskey im Regal. Sie liegt an der Via Porpora, und durch das Fenster sieht man nur Asphalt.

Marietto Stizzeri ist an einen Stuhl gefesselt, in Todesangst.

»Was wollt ihr von mir?«

Tarantino wirft ihm eine Tasche voller Geldscheine vor die Füße.

»Verstehe ich nicht.«

»Wir brauchen einen Kassenwart. Einen, der unser Geld verwaltet.«

»Und … da habt ihr an mich gedacht?«

»Du arbeitest doch in einer Bank, oder? Und wir wissen, wo du wohnst. In dieser hübschen Bruchbude! Und wir wissen auch, wo deine Eltern wohnen.«

Stizzeri schluckt schwer. Es fehlt nicht viel, dass ihm die Sinne schwinden.

Auf ein Zeichen von Tarantino hin geht Argenta zu ihm und schüttet ihm ein Glas Grappa in die Kehle.

»Du sollst nichts Illegales tun, Marietto. Du bist sauber, du bleibst draußen. Unverdächtig. Dafür vertrauen wir dir unser Geld an. Du verwaltest es und legst es gewinnbringend an. Wie, ist mir egal, aber denk immer daran, wenn irgendwelche Unregelmäßigkeiten auftauchen oder wir

Geld verlieren, besuchen wir dich wieder zu Hause und sind dann weniger umgänglich als jetzt, kapiert?«

Der Mann nickt mechanisch.

Franco tätschelt ihm die Wange.

»Gut so. Für dich wird natürlich auch was rausspringen. Dann kannst du dir eine bessere Wohnung leisten als dieses Drecksloch. Aber wenn du uns verarschst oder mit irgendjemandem darüber sprichst oder die falsche Person anrufst, findest du deine nächste Wohnung unter der Erde. Haben wir uns verstanden?«

Argento bindet ihn los, und Marietto sinkt kraftlos zu Boden. Er umarmt die Geldtasche und bricht in Tränen aus.

»Ob das so eine gute Idee war?«

»Vertrau mir, Vizekönig. Im Investmentbereich ist er top, auch wenn er wie ein Jammerlappen wirkt. Außerdem war er in meiner Klasse: Wenn ich bei ihm die Mathehausaufgaben abgeschrieben habe, gehörte ich immer zu den Besten!«

3.

Sovrintendente Pugliesi betritt, ohne anzuklopfen, Santis Büro. Er kann es kaum erwarten, dem Vorgesetzten von seiner jüngsten Entdeckung zu berichten.

An dem Schrank hängt immer noch das mit der Zeichnung verzierte Foto von dem Toten unter dem Mast.

»Was Neues?«

»Definitiv.«

»Es geht um die Gang, die Lohntüten in Firmen klaut, stimmt's?«

»Ja, wir wissen jetzt, dass sie zu fünft sind. Profis. Sie achten auf alles. Sie wissen, wo und wie sie zuschlagen müssen. Immer mit Strumpfmasken und nicht wiederzuerkennen.«

»Und die Autos, die sie fahren?«

»Alle aus verschiedenen Stadtteilen zusammengeklaut. Wir finden sie jedes Mal ein paar Stunden nach den Coups wieder.«

»Wir haben also nichts in der Hand.«

»Genau, Commissario.«

Santi rutscht unruhig auf seinem Stuhl hin und her und schaut Pugliesi schief an.

»Was wolltest du mir dann sagen?«

»Der Banküberfall auf der Piazza Frattini, wissen Sie noch?«

»Selbstverständlich. Bei dem Desaster, das wir auf der Tangenziale ausgelöst haben … Los, ich höre.«

Der Commissario wird ungeduldig: Der Polizeipräsident persönlich hat ihn schon mehrmals gefragt, wie die diesbezüglichen Ermittlungen vorankommen. Das war eine echte Schmach, und die ganze Mailänder Unterwelt hat über sie gelacht!

»Am Abend des Überfalls ging doch bei der Zentrale ein anonymer Anruf ein. Wissen Sie noch? Wenn wir die drei Täter schnappen wollten, sagte da einer, sollten wir schnellstens zur Bar Raffaello nach Lambrate fahren.«

»Ja, weiß ich noch.«

»Genau. Wir haben einen Streifenwagen hingeschickt, aber an dem beschriebenen Ort war niemand.«

»Und warum erzählst du mir das jetzt?«

»Weil dieselbe Person noch einmal angerufen hat und ich diesmal selbst am Apparat war.«

»Was hat er gesagt?«

»Nur ein paar Worte: ›Wenn ihr euch noch dafür interessiert, wer die Bank auf der Piazza Frattini überfallen hat, sollt ihr wissen, dass sein richtiger Name Franco Tarantino lautet und seine Freunde ihn Cicciobanana nennen. Er ist in Lambrate.‹ Dann hat er aufgelegt.«

Santi steht auf und tritt ans Fenster.

»Da scheint der anonyme Anrufer ja noch einige Rechnungen mit dem Typen offen zu haben.«

»Kann sein. Ich habe mir jedenfalls die Akte von diesem Franco Tarantino aus dem Archiv geholt.«

»Und was wissen wir über ihn?«

»Nur, dass er als Minderjähriger sechs Monate im Beccaria eingesessen hat. Dann wurde er noch ein paarmal wegen kleinerer Diebstähle gefasst. Insgesamt nicht viel.«

»Irgendwelche Vermutungen, wer die Komplizen sein könnten?«

Kopfschütteln.

»Also nichts«, seufzt Santi.

»Doch, wir haben ein Foto von ihm.«

Der Sovrintendente schiebt es über den Schreibtisch.

»Das wurde vor ein paar Monaten geschossen, als er das letzte Mal beim Klauen erwischt wurde. Guck dir die Tolle an.«

Antonio betrachtet zerstreut das Foto.

»Nur weil einer mit Elvis-Tolle rumläuft, kann man ihn noch nicht einsperren.«

»Auch nicht, wenn er von jemandem identifiziert wird?«

»Von wem denn?«

Pugliesi zuckt mit den Achseln.

»Vielleicht von dem Kassierer oder dem Direktor der ausgeraubten Bank.«

Santi sieht den Kollegen einen Moment lang an.

»In Ordnung«, seufzt er. »Zeig den beiden das Bild, und wir warten ab, ob etwas dabei herauskommt. Vorher möchte ich dich aber noch um etwas bitten …«

»Ja?«

»Dreh eine Runde durch Lambrate. Vielleicht gehst du bei dieser Bar Raffaello vorbei und findest heraus, wer dieser Franco Tarantino wirklich ist.«

4.

»Die ganzen Pillen, die du einwirfst, schenken dir ja tatsächlich manchmal lichte Momente!«, witzelt Argenta und klopft Spinnerherz anerkennend auf die Schulter.

»Gute Ideen inklusive!«, schließt sich Tarantino an. Er ist Vorschlägen gegenüber aufgeschlossen, vor allem wenn sie für wenig Mühe viel Geld einbringen.

Die Bande erweitert also ihren Aktionsradius und schaut nun auch in Pelzhandlungen vorbei. Nerz, Hermelin, Fuchs. Und da sich die Spur als einträglich herausstellt, nehmen sie auch noch Luxusbekleidung hinzu. Minimales Risiko und gute Geschäfte mit den Hehlern garantiert.

Ihr bevorzugter Hehler sitzt mitten im Zentrum, in der Via Torino. Er heißt Sergio und kauft alles: Lederjacken, Schlaghosen, Lederschuhe. Einfach alles, und er zahlt in bar.

Heute bringen sie ihm einen Lieferwagen voll mit Ware und verlassen ihn mit zwei Millionen Lire in der Tasche.

Sie steigen ins Auto und fahren los. Alle Mann, die gesamte Bande.

»Nicht so riskant wie ein Überfall bei ähnlich gutem Ertrag, was?«

Tarantino nickt gedankenverloren. Er ist mit dem Kopf woanders.

Der Vizekönig runzelt die Stirn.

»Was hast du?«

»Nichts. Ich denke nur seit ein paar Tagen über einen Coup nach …«

»Was für ein Coup?«

»Ach nichts, sage ich doch. Bisher ist es nur eine vage Idee.«

Argenta hakt nicht nach, während Spinnerherz schneller fährt.

»Was machen wir? Zurück nach Lambrate?«

»Nein, heute Abend will ich feiern. Wir fahren ins Zentrum und hauen mit unserem verdienten Geld mal ordentlich auf die Kacke!«

Der Rest der Bande jubelt.

»Was ist das denn für eine Kaschemme?«

»Hier kommen die richtigen Leute hin.«

»Was weißt du denn schon davon, Marcopolo?«

»Ich bin eben auf der Höhe der Zeit. Anstatt wie ihr in den Bars von Lambrate zu versauern …«

»He, mach mal halblang!«

Tarantino liest das Schild über der Kneipe und schüttelt den Kopf: Sankt Quentin.

»Der Name gefällt mir nicht.«

»Vertrau mir, Franco, der ist gut. Da in dem Schuppen warten eine Menge junger hübscher Mädchen nur darauf, dir einen …«

»Schon gut, schon gut.«

Beim Eintreten ändert der König von Lambrate schnell seine Meinung. Der Ort gefällt ihm auf Anhieb. Gedämpftes Licht, Séparées, gute Musik, livrierte Kellner und Tänzerinnen mit Endlosbeinen.

Sie bestellen einen Tisch und eine Flasche Krug.

»Heute lassen wir es uns gutgehen, was?«, kommentiert Argenta.

»Ja, es gibt was zu feiern.«

»Was denn?«, mischt sich Melis ein. »Das Geld von Sergio?«

»Ach was, das sind nur Brosamen. Heute habe ich Marietto einen Besuch abgestattet, unserem, ähm, Buchhalter. In nur knapp einem Monat hat er uns zehn Millionen Lire Gewinn erwirtschaftet. Nicht schlecht für eine arme Sau wie ihn, oder?«

Jetzt werden die Jungs langsam warm.

»Zehn Millionen?«

»Ja. Morgen könnt ihr bei ihm vorbeigehen und euch euren Anteil abholen.«

Die Gläser werden erhoben. Dann ändert sich Tarantinos Miene. Hinten im Raum hat er einen Mann entdeckt, der sie unauffällig beobachtet. Kein Bulle, das sieht man sofort.

»Wer ist denn die Kleiderpuppe da drüben?«, fragt er Marcopolo.

»Ah, der! Das ist der Catanier, so wird er genannt. Ein Dealer.«

»Ach ja? Dann besorg uns mal ein bisschen Stoff, heute Abend soll es uns an nichts fehlen.«

Er schiebt ihm ein Bündel Banknoten hin und zündet sich eine dicke Zigarre an.

Marcopolo erhebt sich und geht zu Ebales Tisch.

Agostino lächelt verträumt. Er hat Tarantino schon beim Hereinkommen erkannt. Sich Gesichter zu merken ist etwas, das er als Erstes gelernt hat. Zu unterscheiden, ob es sich um Bullen oder andere Dealer handelt. Und die jeweils notwendigen Maßnahmen zu ergreifen.

»Guten Abend«, begrüßt ihn Marcopolo.

»Guten Abend. Sieht so aus, als hätten du und deine Freunde was zu feiern.«

»Genau, Catanier. Hättest du vielleicht etwas für uns, das den Abend noch unvergesslicher macht?«

Ebale nickt kurz.

»Klar doch.«

Er steht auf und geht in Richtung Toiletten, dicht gefolgt von Tarantinos Mann.

Turinella beobachtet die Szene vom Tresen aus. Er trinkt Tonic-Water, weil er klar bleiben muss und sich bereithält. Auch er hat Tarantino wiedererkannt und hofft, dass sein Partner keinen Scheiß baut.

Der Kumpel enttäuscht ihn nicht. Er weiß, dass die Bande aus Lambrate auf der Erfolgsspur ist. Sie haben sich mit ihren Überfällen auf Luxusläden einen Ruf erarbeitet, und er will sich seinen nicht verderben, indem er ihnen schlechte Ware andreht. Also gibt er ihm eins von den Tütchen, die er selbst benutzt.

Marcopolo nickt und schiebt ihm eine Menge Geldscheine in die Jackentasche.

»Ist das nicht zu viel …«

»Wenn die Ware gut ist, geht das klar. Ist sie richtig gut, Catanier?«

»Erste Sahne.«

Nachdem die Go-go-Girls sich auf der Bühne präsentiert haben, wetteifern sie darum, wer auf dem Schoß der Lambrate-Jungs sitzen darf.

So findet sich Franco unversehens in den Armen einer

Blondine mit Akzent aus Bergamo wieder, der Vortänzerin. Sie lacht lauthals über jeden seiner Witze und reibt sich an seiner Brust.

»Hey, Kindchen, wie alt bist du überhaupt?«

»Zweiundzwanzig.«

»Und wie heißt du?«

»Lea, und du?«

»Kennst du mich denn nicht?«

»Aber klar, du bist Franco *al lader*.«

Tarantino erwidert nichts und wird ernst. Er streichelt sie an ihren weichesten Stellen und bedeutet Marcopolo, ihm das Tütchen rüberzuschieben. In ihrem Séparée sind sie ungestört, und eine Line auf dem Tisch scheint nicht die schlechteste Idee.

Er blickt sie fragend an, und Lea ist sofort dabei.

Als Franco aufschaut, sind seine Pupillen wie Stecknadelköpfe.

»Scheiße, ist das Zeug gut! Guter Typ, unser Catanier!«

Die anderen tun es ihnen gleich, während die Kellner Austern, Kaviar und noch mehr Champagner auftragen.

Lea lächelt, dann beugt sie sich über Franco und küsst ihn.

»Lebst du immer so?«

»Man nennt mich den König von Lambrate, Kindchen. Ich muss den Standard hochhalten.«

»Und gibt es auch eine Königin?«

»Im Moment nicht. Aber dagegen lässt sich was tun. Hast du Lust, später mit zu mir zu kommen? Dann zeige ich dir meine Pistolensammlung.«

»Wie romantisch.«

5.

Die Nacht wird schon zum Tag, als der Motor der Alfa Giulia 1600 über das Kopfsteinpflaster der Via Fatebenefratelli röhrt. Sicher lenkt Pugliesi den Wagen, während er Santi von seinen Entdeckungen berichtet. Hinter ihnen folgen weitere vier Polizeiwagen, bereit für den Einsatz.

»Sie nennen ihn den König von Lambrate«, erläutert der Fahrer. »Und er hat immer noch einen Zweiten bei sich, seinen rechten Arm Cesare Argenta. Der ist ebenfalls vorbestraft, wegen Peanuts. Er nennt sich Vizekönig.«

»Habe ich etwa die Rückkehr der Monarchie verpasst?«

»In Lambrate scheinen sie jedenfalls hohes Ansehen zu genießen. Und sie haben eine Gang.«

»Und von wem weißt du das alles? So etwas erfährt man ja kaum bei einer Tasse Kaffee …«

»Sagen wir, ein Vogel hat es mir gezwitschert.«

»Ich kann mir doch keinen Haftbefehl aufgrund von Gerüchten unterschreiben lassen, Sovrintendente.«

»Keine Sorge, Commissario, da ist mehr dahinter.«

»Das will ich hoffen.«

»Jedenfalls habe ich mich gestern in dieser Raffaello-Bar umgesehen. Trister Ort. Ich habe mich erkundigt, ob in letzter Zeit irgendwas vorgefallen ist …«

»Und was hast du erwartet? Dass sie dir den roten Teppich ausrollen?«

»Nein, und der Barmann hat auch dichtgehalten. Seine Kollegen auch. Aber als ich rausging, erzählte mir ein älterer Herr, dass er zwei Abende zuvor Zeuge war, wie Tarantino einen Mann verprügelt hat.«

»Wen?«

»Unseren Singvogel, den anonymen Anrufer! Also habe

ich ihn zu Hause besucht, und er hat sofort ausgepackt. Er heißt Giuseppe Colombo, aber alle nennen ihn nur Bepi. Beim ersten Mal rief er an, weil er gerade eine Abreibung von Tarantino erhalten hatte.«

»Und dieses Mal?«

»Weil er den Mann abgrundtief hasst. Er sagt, dass er gerade steil aufsteigt. Dass er eine Menge krummer Dinge am Laufen hat …«

»Welcher Art?«

»Das weiß er nicht. Aber er hat immer reichlich Geld.«

»Mit Gerüchten bringt man niemanden ins Gefängnis, Sovrintendente.«

»Ich weiß, deshalb habe ich einen Zeugen besorgt.«

»Wofür? Für die Prügelei in der Bar? Dass ich nicht lache …«

»Nein, einen Zeugen für den Banküberfall auf der Piazza Frattini.«

Endlich ändert Santi seinen Tonfall.

»Den Kassierer oder den Direktor?«

»Den Kassierer, Enzo Calvi. Er hat Tarantino ins Gesicht gesehen, und zwar länger als alle anderen, weil er das Geld in seine Tasche gefüllt hat.«

»Das heißt also …«

»Genau. An dem Abend, als Tarantino Bepi verprügelt hat, feierten sie gerade ihren Coup! Also habe ich alle Puzzleteilchen zusammengesetzt und mir aus dem Archiv ein Foto von Tarantino besorgt, um es Calvi zur Bestätigung vorzulegen. Er hat ihn sofort wiedererkannt.«

»Gute Arbeit, Pugliesi! Du hast Little Tony aus Lambrate überführt!«

»Danke, aber bevor wir den Schampus aufmachen, müssen Sie noch etwas wissen, Commissario.«

»Nämlich?«

»Dieser Franco Tarantino ist nicht irgendwer. Es heißt, er sei der Neffe von Dreifinger-Frank ...«

Antonio seufzt. Diesen Namen kennt in Mailand jeder, und er flößt Angst ein. Er gehört einem Italo-Amerikaner, der über die Drogenströme, das illegale Glücksspiel und Schmiergeldringe herrscht: Wer in der Stadt ein Haus bauen oder auch nur zwei Backsteine übereinanderlegen will, muss ihm Schutzgeld bezahlen, ansonsten landet er selbst schnell im Beton.

»Über den haben wir doch eine Akte, oder?«

»Ja, die habe ich heute noch mal durchgesehen. Franco Coppola, genannt Dreifinger-Frank, geboren in den Vereinigten Staaten und mit Lucky Luciano verwandt, wurde 1948 in den USA wegen bewaffneten Bandentums, Erpressung und Drogenhandels verurteilt. Als er wieder rauskam, war ihm nach einer Luftveränderung, und er beschloss, nach Italien zurückzukehren.«

»Ein feiner Herr.«

»Genau. Wissen Sie, wie er zu seinem Spitznamen gekommen ist? Eine echte Räubergeschichte! Damals lebte er noch in Amerika. Angeblich hat er sich den Zeige- und den kleinen Finger abgerissen, weil er sie sich in einer Tresortür eingeklemmt hatte und die Bullen unterwegs waren ... Jetzt ist er der Abgesandte der Palermitaner hier in Mailand.«

»Erzähl mir etwas, das ich noch nicht weiß, Pugliesi. Ist Tarantino wirklich sein Neffe?«

»Das behauptet er, aber man hört auch anderes ...«

»Will heißen?«

»Dass er in Wirklichkeit sein Sohn ist. Sie wissen ja, wie Mafiosi sind: großes Ehrgefühl und keine Blagen außerhalb der Ehe, wenn der Boss verheiratet ist. Tarantinos Mutter wurde als junges Mädchen schwanger und wollte nie sagen, wer der Vater ist. Doch weder sie noch der Kleine mussten je Not leiden. Die hatten immer scheffelweise Geld.«

»Was bedeutet, dass jemand für sie sorgte.«

»Klar. Wir sind gleich da. Soll ich das Martinshorn anmachen?«

»Spinnst du? Je weniger Aufsehen wir erregen, desto besser. Gib den anderen über Funk Anweisung, sich ruhig zu verhalten: Wir müssen sie überraschen.«

6.

›Einen guten Tag erkennt man am Morgen‹, denkt Tarantino. ›Da ist wirklich was dran.‹

Das Mädchen hat's echt drauf. Als er mit einem perfekten Fahnenappell erwachte, war sie schon da und umspielte ihn mit ihren weichen Lippen. Franco fährt sich mit der Rechten durch die Haare, taucht die Finger in die zerzauste Tolle und genießt den erstklassigen Blowjob. Mit der anderen Hand hält er Leas Kopf und weist ihr den Rhythmus.

Sie sind in Tarantinos Apartment in der Via dei Mille.

Gestern Nacht war ein Fest. Der Stoff vom Catanier hat sie auf Höchsttemperatur gebracht, leider ist er schon aufgebraucht.

Gerade als sein Genuss sich dem Höhepunkt nähert, klingelt irgendein Arschloch an der Tür.

Lea lässt sofort ab. Besorgt blickt sie auf den offen stehenden Schrank.

Der König von Lambrate hatte nicht gelogen, als er sagte, er wolle ihr seine Pistolen zeigen: In dem Kleiderschrank hat er ein wahres Waffenarsenal. Das die Bande für ihre Jobs benutzt.

»Aufmachen! Polizei!«

Tarantino bewahrt ruhig Blut. Er ist stinksauer, derart um seinen Spaß gebracht zu werden. Schnell zieht er sich an und geht zur Wohnungstür.

»Wer zum Teufel ist das um diese Uhrzeit?«

»Du weißt genau, wer wir sind, Tarantino. Polizei! Red nicht lang, mach auf!«

Santis Stimme klingt ruhig. Er weiß, wie eine Festnahme funktioniert. Zwei Männer hat er vor dem Haus postiert, falls der Verdächtige über den Balkon zu fliehen versucht. Aber sie sind im vierten Stock, da wird er kaum den Tarzan spielen wollen.

Franco regt sich einen Moment lang nicht. Er starrt auf die Waffe auf dem Nachttisch mit dem Schuss im Lauf und dann auf Lea, die nur mit einem Slip bekleidet verängstigt auf dem Bett sitzt.

»Tarantino!«, knurrt Pugliesi. »Mach die Scheißtür auf, und zwar sofort. Beeil dich, sonst ballern wir alles kurz und klein.«

Der Bandit geht zu Lea und streicht ihr über die Wange.

»Alles wird gut, Kindchen, keine Sorge.«

Sie bringt vor Angst kein Wort über die Lippen.

Tarantino rückt sich den Hemdkragen zurecht, streicht die Tolle glatt und öffnet die Tür.

Zu acht fallen sie über ihn her, mit gezückten Waffen und in Uniform. Pugliesi stößt den König zu Boden und legt ihm ohne viel Zartgefühl die Handschellen an, während ein anderer dafür sorgt, dass Lea sich anzieht.

Santi wirft derweil einen Blick durch die Wohnung. Er

übersieht weder die Luger auf dem Nachttisch noch die Waffensammlung im Kleiderschrank.

»Und was ist das da?«

Franco lächelt wie ein Unschuldsengel.

»Alles für den persönlichen Gebrauch, Commissario.«

»Ach ja? Und was wolltest du damit anzetteln? Einen Privatkrieg?«

Santi sieht Tarantino scharf an, der unbeirrt weiterlächelt.

»Dieses Mal hast du Glück gehabt, Commissario. Aber gewöhn dich lieber nicht daran. Ich bin schnell wieder draußen.«

Abrechnungen

Compañero

1.

Die Blase platzt in tiefster Nacht. Die Journalisten haben etwas gerochen, wie auch immer. Vielleicht geködert, vielleicht gesteuert. Mario Basile ist jedenfalls mal wieder der Erste, der kurz nach Mitternacht in Santis Büro aufläuft. Er ist komplett durchnässt, denn endlich hat da oben jemand entschieden, Regen herabzuschicken, und auf Regenschirme reagiert er allergisch.

»Bist du wegen Tarantino hier?«

»Wer soll das sein?«

»Der, den wir heute Morgen wegen des Bankraubs auf der Piazza Frattini festgenommen haben …«

»Nein, der interessiert mich im Moment nicht. Ich möchte etwas über den Typen wissen, der auf dem Strommast einen Schlag bekommen hat.«

»Das ist nicht mein Fall, Mario, das weißt du. Frag deinen Freund Catalano.«

Der alte Reporter – gelbe Augen wegen der kaputten Leber, Zähne und Finger der gleichen Farbe wegen der vielen Glimmstängel, dunkelrote Gesichtsfarbe wegen der vielen

Fernets, die er sich von morgens bis abends reinkippt – lässt sich in einen Bürosessel sinken.

»Aus dem ist nichts rauszukriegen«, murmelt er.

Antonio bietet dem *La Notte*-Reporter eine Esportazione an, die er gerne annimmt. Sie wechseln einen Blick, sie brauchen keine Höflichkeitsfloskeln. Vor vierzehn Jahren waren ihre Rollen vertauscht. Santi war fast noch ein Kind, das neugierig und fasziniert den »Bankraub des Jahrhunderts« mitverfolgt hatte, während Basile als Reporter auf der Höhe seines Erfolgs – aber auch da schon vom Leben gezeichnet – vor Ort Augenzeugenberichte sammelte. Und dieser Junge mit den Schlitzaugen, der den Blitzüberfall auf den Geldtransporter von Anfang bis Ende beobachtet hatte, wurde sein wertvollster Augenzeuge. Von dem Tag an war zwischen ihnen eine aufrichtige und loyale Freundschaft gewachsen, die sich häufig in Kollaboration verwandelte, selbstredend nur solange beide Seiten davon profitierten.

»Ich brauche eine Bestätigung für das, was ich eh schon weiß«, verlangt der Reporter knapp. »Mehr will ich nicht, und dein Name taucht in dem Artikel nicht auf. Ist der Tote wirklich der, von dem alle ausgehen?«

»Ich weiß nicht, von wem alle ausgehen …«

»Sagen wir mal, er war unter anderem Verleger.«

Antonio ist müde. Er ist vor Morgengrauen aufgestanden, um Tarantino festzunehmen, und seitdem hatte er keine Sekunde Ruhe. Er ist seit bald zwanzig Stunden auf den Beinen.

Schweigend wirft er einen beiläufigen Blick auf das Foto, das Pugliesi bearbeitet und an den Metallschrank gehängt hat. Da es bisher niemand abgenommen hat, ist es nun die ideale Antwort, um seinem Gegenüber jeden Zweifel zu nehmen. Der Reporter mustert es ausdruckslos.

Santi weiß, dass er Basile vertrauen kann; er ist Journalist der alten Schule, der Wort hält.

»Danke, Commissario. Und gutes Gelingen.«

Ohne ein weiteres Wort steht der Journalist auf und geht.

2.

Toter am Strommast Giovanni Frediani?

Die Schlagzeile auf der Titelseite von *La Notte* schlägt ein wie der Blitz.

Die Grafiker der Tageszeitung haben dem Fahndungsfoto denselben falschen Schnäuzer verpasst wie Pugliesi. Das Ergebnis ist identisch mit einem zweiten Foto daneben, das den Verleger eines bekannten Mailänder Verlagshauses zeigt. Obwohl es sich um eine Fotomontage handelt, verfehlt die auffällige Ähnlichkeit nicht ihre Wirkung. Die Nachricht wird von allen Kreisen mit größter Ungläubigkeit aufgenommen, selbst bei den Journalisten, aus dem einfachen Grund: Frediani ist einer der wichtigsten italienischen Verleger und entstammt einer der reichsten Familien Italiens. Kann das wirklich wahr sein?

Doch als alter Fuchs begnügt Basile sich nicht mit einer Aneinanderreihung vager Verdächtigungen, sondern sucht nach Ursachen, indem er schreibt: »Zurzeit ist davon auszugehen, dass Frediani erst ermordet und dann tot unter den Mast gelegt wurde. Noch fehlt es an Beweisen für diesen ungeheuerlichen Verdacht, doch das schnelle Auftauchen der Geheimdienste vor Ort stimmt zumindest nachdenklich.«

Der Artikel endet wie schon seine Überschrift mit einem Fragezeichen: »Wurde Giovanni Frediani, der Mann, der vergangenen Mittwoch tot unter dem Strommast von Segrate aufgefunden wurde, das Opfer einer Verschwörung? Oder war er selbst verantwortlich für die tragische Explosion, die ihn in den Tod riss?«

Absolut ausreichend, um ein großes Zeter-und-Mordio auszulösen.

In den Nachmittagsredaktionen der Zeitungen wird das Gerücht auch ohne offizielle Bestätigung schlagartig zur Gewissheit: Als Wortführer fungieren die Pressesprecher des Verlags selbst, die nicht nur bestätigen, dass es sich beim Toten um ihren Verleger handelt, sondern zur Verwunderung aller den Verdacht bekräftigen, er sei ermordet worden.

Während der ersten Pressekonferenz um halb acht am Abend muss Commissario Catalano im Kreuzverhör der Reporter einräumen, zur Identität des Opfers noch keine gesicherten Angaben machen zu können. Doch das Warten hat schnell ein Ende: Kurz vor Mitternacht identifiziert Imke Schuster, Giovannis dritte Frau, den Leichnam ihres Exmannes. Am nächsten Morgen bestätigt auch seine vierte Frau, Sabrina Malerba, die Identität der Leiche. Endlich herrscht Gewissheit: Bei dem Toten handelt es sich tatsächlich um Frediani.

3.

»Er wurde ermordet! Die Imperialistenschweine haben ihn kaltgemacht!«

An der Staatlichen Universität herrscht Chaos, die Anführer der Studentenbewegung haben sich in der Aula versammelt und versuchen, den Zorn der Zuhörerschaft unter Kontrolle zu halten. Die Atmosphäre ist aufgeheizt, wie schon monatelang auf dieser Seite.

Großer Wortführer ist ihr unbestrittener Leader Giorgio Castelli, Dreitagebart, wacher Blick und roter Schal um den Hals. Die Studentinnen sind verrückt nach ihm, und selbst die Männer können sich seinem Charisma nicht ganz entziehen.

»Giovanni Frediano wurde ermordet«, verkündet er angriffslustig. »Mit ihren reaktionären Methoden wollen sie ihm die gesamte Schuld aufhalsen. Sie behaupten, er sei Finanzier und Anstifter aller den Anarchisten zugeschriebenen Anschläge, begonnen bei den Bomben vom 25. April 1969. Dieser Faschistenkommissar De fenestra hat sich auf ihn versteift!«

Tosender Applaus brandet auf, der Castelli zu einer Pause zwingt.

»Und leider nicht nur er«, fährt er dann fort, »die politische Klasse, die Regierung, der internationale Kapitalismus brauchten einen Drahtzieher, und nun haben sie ihn gefunden. Wen wollen sie das glauben machen? Meinen sie wirklich, eine Handvoll Anarchisten sei in der Lage, ein solches Verbrecherszenario zu planen und durchzuführen, das zu dem Staatsterror auf der Piazza Fontana geführt hat? Seien wir doch mal ehrlich! Unser Verleger war der ideale Drahtzieher. Befreundet mit Fidel Castro, Verbindungen zu der lateinamerikanischen Befreiungsbewegung, ein konsequenter Linker – er war der perfekte Sündenbock. Und als wäre das nicht genug, machten sein Reichtum und seine gesellschaftliche Stellung ihn auch noch zu der passenden Person, um die Proteste der rechtschaffenen Spießer zum Schweigen zu bringen. Aber das lassen wir uns nicht einschenken: Der Staat hat ihn ermordet, um ihm die Schuld der anderen aufzuhalsen!«

Von der Versammlung steigt tosender Applaus auf. Alle

bejubeln den jungen Anführer, der mit den anderen des Direktoriums einvernehmliche Blicke wechselt. Jetzt geht es darum, die nächsten Schritte zu planen. Jedoch hinter verschlossenen Türen: nur Castelli, Landi und Santoni, das »Triumvirat« am Kopf der Bewegung. Die Versammlungen dienen dazu, die Menge anzuheizen, während in den geschlossenen Zirkeln Aktionsstrategien entwickelt werden. Als der Applaus abebbt, ertönt aus einem kleinen Radio, das jemand mitgebracht hat, *La locomotiva* von Guccini. Die meisten stimmen sofort in die Melodie ein, und viele erheben dabei die Faust zum Himmel.

4.

Seit zehn Minuten wartet Polizeigefreiter Proietti mit laufendem Motor auf seinen Vorgesetzten. Der junge Mann weiß, dass es noch dauern kann. Die Ordnungskräfte sind in Aufruhr, doch Brigadiere Lenzi hat seine eigene Zeit. Die Rückenschmerzen sind schlimmer geworden, und zu gerne würde er im Büro bleiben und Akten anlegen, anstatt sich draußen eine Erkältung zu holen. Doch der Kommandeur der Polizeistation von Segrate ist da anderer Meinung und schickt ihn und den Beamten noch einmal zum Strommast, wo bei einer genaueren Suche der Spurensicherung gerade die Brillenbügel des Opfers gefunden wurden.

Lenzi beobachtet die Kollegen kopfschüttelnd bei der Arbeit.

»Eins kann ich nicht verstehen: Warum muss so ein Milliardärssöhnchen unbedingt Bomben legen wie der letzte Penner?«

»Das frage ich mich auch, Brigadiere.«

Der Carabiniere zuckt zusammen, denn die antwortende Stimme gehört nicht seinem Untergebenen, sondern dem Commissario De fenestra, der wie aus dem Nichts hinter ihnen aufgetaucht ist.

»Guten Tag«, stammelt Lenzi verlegen, während er Proietti giftige Blicke zuwirft, weil er ihn nicht vorgewarnt hat.

»Guten Morgen. Wurden die Autoschlüssel des Busses gefunden?«, fragt Catalano.

»Negativ.«

Der Commissario verzieht verächtlich den Mund.

Durch seinen Kopf schlängelt sich eine lange Reihe unbeantworteter Fragen.

»Außerdem frage ich mich, mein lieber Brigadiere, wie unser Mann ohne Autoschlüssel hierherkommen konnte. Vielleicht war noch jemand bei ihm, der dann mit den Schlüsseln geflohen ist?«

Lenzi zuckt die Achseln und bietet seinem Gegenüber eine Zigarette an, die abgelehnt wird. Die Miene des anderen ist düster. Er lässt sich die Brillenbügel als Beweisstücke aushändigen und kehrt in die Questura zurück.

Während sich der Alfa des Commissario entfernt, kommt nach und nach Leben in den Ort. Autos, Fußgänger, Mofas, Fahrräder.

»Wer sind die alle?«, fragt der Brigadiere. Der junge Carabiniere wartet stumm ab, er kennt die Selbstgespräche seines Vorgesetzten schon.

Innerhalb von zwanzig Minuten verwandelt sich das graue Dreieck aus Erde und Zement in ein Pilgerziel für Hunderte von Menschen, Freunde und Genossen von Giovanni. Auch eine Abordnung der Studentenbewegung ist da, die dem Revoluzzer die letzte Ehre erweisen möchte. Allen voran Castelli, der ein rotes Tuch ausbreitet und eine kurze Rede hält, eine Kopie der Rede vom Vortag an der Universität.

»Scheiße, ein milliardenschwerer Kommunist! Ist das lächerlich«, kommentiert Lenzi, der die Völkerwanderung beobachtet. »Und die sind auch noch solidarisch mit ihm! Jetzt kann mich wirklich nichts mehr überraschen.«

Viele Menschen legen Blumen ab, andere stimmen die Internationale an. Manche der Jüngeren zünden sich einen Joint an und öffnen Bierflaschen, um auf den Compañero anzustoßen.

Der Brigadiere und Proietti beobachten alles aus sicherer Entfernung.

»Außerdem war der ja kein Kind von Traurigkeit, dieser Frediani. Hast du das in der Zeitung gelesen? Vier Ehen und ein Sohn von der dritten Frau, die mit dem deutschen Namen. Nicht schlecht, oder? Und alles schöne Frauen. Mit all der *dané* konnte er es sich ja erlauben … Er heiratete immer im Ausland, dann nach ein paar Jahren, also wenn er die Nase voll hatte, ließ er sich wieder scheiden und heiratete sofort die Nächste. Die Letzte, Sabrina, ist Model. Im *Corriere* war ein Foto von ihr, ein heißer Feger: blond, blauäugig und groß. Ich hätte nicht schlecht Lust, die Uniform an den Nagel zu hängen und auch Revoluzzer zu werden. Was meinst du, Proietti, wie wär's?«

Während der Carabiniere redet, kommen immer mehr Menschen. Die Wiese rund um den Mast ist voll.

»Schau dir die Faulpelze an«, stößt Lenzi aus, »sollten lieber mal arbeiten gehen!«

Doch das sagt er nur leise, damit ihn niemand hört.

»Die Leute haben scheinbar nichts zu tun, was?«

Der Polizist schüttelt den Kopf und vermeidet wie so oft eine Antwort.

Amnesie

1.

»Cesare, ich bin's.«

»Ciccio, alles klar?«

»Ja, ich bin in der Zwei. Das hier ist der eine Anruf, der mir zusteht.«

»Lea hat mir alles erzählt. Wie geht es dir?«

»Gut, sie fassen mich mit Samthandschuhen an. Außerdem haben sie nichts in der Hand. Einer, der ich weiß nicht was gesehen haben will, ein anderer, der mich beim Überfall von der Piazza Frattini wiedererkannt hat. Wird alles im Sande verlaufen. Ich bin bald wieder draußen.«

»Was soll ich tun?«

»Die legen niemanden in Handschellen bloß aufgrund von Gerüchten. Da hat jemand gesungen.«

»Ich kümmer mich drum. Sonst noch was?«

»Ruf einen Anwalt an.«

»Wen, Damiani?«

»Ja, und gib ihm einen Vorschuss. Dann kriegt er den Arsch schneller hoch.«

2.

Antonio mag den Regen über Mailand. Ein störendes Element im frenetischen Treiben, das alles und jedermann im Griff zu halten scheint. Die Rinnsale auf den Bürgersteigen, die feuchte Luft, die tief in die Stirn gezogenen Männerhüte, die bunten Regenschirme der Frauen.

Wenn es regnet, wirkt Mailand wie eine ganz normale Stadt, in der die größte Sorge der Menschen ist, sich irgendwo unterzustellen und nicht nass zu werden. Doch die Wirklichkeit sieht leider ganz anders aus.

Der Alfa Giulia mit Sovrintendente Valerio Pugliesi am Steuer frisst den Asphalt. Er und sein Vorgesetzter schweigen. Für beide hat das Jahr 1972 mit einer Schießerei begonnen. Pugliesi bekam dabei eine Kugel in die Schulter, und Santi wurde gezwungen, einen Menschen zu töten. Sein erster Toter im Polizeidienst. An dem Tag hat sich bei ihm ein Schalter umgelegt, eine Art innere Kälte umgibt ihn wie ein dichter, dunkler Vorhang, um die Schuldgefühle zu verhüllen. Die Kriminalität ist eine andere geworden, wie auch die Politik. Jetzt gibt es Bomben und Anschläge, man ballert um sich im Namen einer Utopie, in dem Glauben, man könne mit Kugeln neue Ideen in den Leuten verankern. Oder mit TNT auf einem Strommast die Welt verändern.

Doch das System funktioniert so nicht. Das haben sowohl die Rechten als auch die Linken begriffen. Schlagstöcke gegen Fahnen, eine schweigende Mehrheit gegen Brandbomben.

Und jetzt schon wieder eine Kugel, diesmal auf einen Verräter.

»Letztlich hat er es nicht anders gewollt«, kommentiert der Sovrintendente, als sie in die Via Pacini einbiegen.

»Quatsch! Es ist allein unsere Schuld, dass sie ihn erwischt haben.«

Der Krankenwagen ist schon vor Ort, um ihn herum ein paar Schaulustige. Auf dem Asphalt schwimmen Blutlachen, und die Sanitäter betten den Verletzten mit größter Vorsicht auf die Trage. Ein Polizeibeamter eskortiert sie zu dem Rettungswagen und wartet, bis er mit heulendem Martinshorn abfährt. Dann tritt er zu Santi, um ihm Bericht zu erstatten.

Viele Worte braucht es nicht: Sie wissen bereits, dass es sich bei dem Verletzten um Bepi handelt.

»Es ging alles sehr schnell, Commissario. Der Mann kam gerade aus dem Tabacchi-Laden, als eine weiße Limousine neben ihm abbremste und eine Maschinengewehrsalve auf ihn abgefeuert wurde. Sie haben ihn an den Beinen erwischt, offenbar schwebt er nicht in Lebensgefahr, wird aber möglicherweise sein Leben lang im Rollstuhl sitzen.«

3.

»Morgen erinnerst du dich an nichts mehr. Haben wir uns verstanden, Mistkerl?«

Argenta gehört nicht zu den Menschen, die lange Erklärungen brauchen. Er weiß alles. Nicht umsonst nennt man ihn den Vizekönig, weil er die Geschäfte in Tarantinos Abwesenheit vorantreibt. Und er hat seine Methoden.

Den Verräter aufzuspüren hat ihn zum Beispiel keine zwei Stunden gekostet. Als er erfuhr, dass ein Bulle in der Bar Raffaello herumgeschnüffelt hatte, war er schnell auf Bepi gekommen. Dem man wohl noch Manieren beibringen musste, damit er weiß, wo sein Platz ist. Also hatte Spinnerherz einen weißen Ascona geklaut, um dem Mann vor dem Tabakladen einen standesgemäßen Empfang zu bereiten. Es ging nicht darum, ihn umzubringen, Gott bewahre, nur um eine Warnung. Dass er nun vielleicht auf ewig im Rollstuhl sitzt, gehörte nicht zum Plan. Nur dass er sein Leben lang humpelte.

Bepi seinerseits hatte die Botschaft sofort verstanden. Als er im Krankenhaus von den Ermittlern verhört wurde, behauptete er, die Angreifer nicht erkannt zu haben, und nahm auch alles zurück, was er über Tarantino gesagt hatte. Totalamnesie.

Und nun kam der Nächste an die Reihe, der davon träumte, den König zu identifizieren.

Er und Melis haben ihn in seiner Wohnung aufgesucht, als er schlief. Sie zerrten ihn aus dem Bett und traktierten ihn mit Tritten, wobei sie ihm die Luger in den Rachen schoben. Über ihre Gesichter hatten sie Nylonstrümpfe gezogen und demonstrierten dem Unglücksraben grobschlächtig, dass mit ihnen nicht zu spaßen ist.

Zuerst rammen sie ihm ihre Fäuste in Magen und Nieren. Lassen das Gesicht aus, damit die Bullen keine blauen Flecken sehen. Dann muss er sich hinknien, und Argenta steckt ihm die Knarre in den Mund.

So vergehen zwei lange Minuten, in denen keiner ein Wort sagt. Nur einer keucht, schwitzt vor Angst und lutscht am Lauf der Waffe.

Bevor er sie herauszieht, wiederholt der Vizekönig seinen Satz.

»Verstanden, Enzo? Morgen erinnerst du dich an nichts!«

Ohne ihm Zeit für die Antwort zu lassen, fügen sie hinzu: »Sonst kommen wir wieder, und beim nächsten Mal …«

Argenta lässt den Satz unvollendet. Dann wenden sich Melis und er kopfschüttelnd ab, während sich vor ihren Füßen eine Urinpfütze bildet. Der Kassenwart hat sich vor Angst in die Hose gepinkelt.

4.

»Was soll ich Ihnen sagen, Commissario? Leute mit dieser Frisur gibt es dutzendweise in Mailand. Ich bin mir wirklich nicht sicher, ob er das ist.«

Santi blickt ihn wütend an, und Pugliesi würde dem Mann, der ihnen Erinnerungslücken weismachen will, am liebsten an die Gurgel springen. Denn als sie ihm das Foto von Tarantino gezeigt haben, hat er ihn sofort erkannt! Sonst hätten sie den ganzen Zirkus doch nicht veranstaltet, eine Gegenüberstellung nach amerikanischem Modell, für die Santi sich sogar das offizielle Placet eingeholt hat, damit die Anwälte später nichts einwenden können.

Und so wurden heute Morgen der Zeuge Enzo Calvi und Tarantinos Anwalt Ruggero Damiani einbestellt und in einem Zimmer fünf Männer mit je einer Nummer in der Hand in einer Reihe vor der Wand postiert. Alle mit Teddy-Tolle, alle mit Pomade im Haar. Unter ihnen auch der König von Lambrate mit der Nummer drei. Schön zentral, um das Wiedererkennen zu erleichtern.

Santi hat dem Kassierer einen Spalt in der Mauer gezeigt.

»Los, schauen Sie da durch. Und ganz ruhig bleiben, die können Sie nicht sehen.«

Der völlig verschüchterte Mann wagte einen schnellen Blick.

»Ist einer von denen der Mann, der Sie ausgeraubt hat?«

Der Kassierer nickte nervös. Pugliesi lächelte, während Tarantinos Anwalt sich stocksteif aufrichtete.

»Wer von den fünfen?«

»Die Nummer vier.«

»Wie bitte?«

»Die vier. Der mit der gestreiften Weste.«

Der Anwalt lächelt entspannt, während der Sovrintendente die Zähne fletscht.

»Ach ja? Mann, das ist kein Witz hier!«

»Ich weiß, Commissario. Aber was wollen Sie? Das ist
so lange her, und irgendwie sehen die sich alle ein bisschen
ähnlich …«

Santi schüttelt seufzend den Kopf.

»O. k., danke für Ihre Mitarbeit.«

5.

Der Vernehmungsraum im Gefängnis San Vittore ist ein
schmaler Schlauch. Die Wände sind grün gestrichen, und
trotz der offen stehenden Gitterfenster stinkt es nach
Rauch.

Ganz hinten bei der Panzertür sitzt ein Polizeibeamter
an der Schreibmaschine und protokolliert die Aussagen des
Häftlings. Ein weiterer Beamter steht mit dem Schlagstock
neben ihm, um eventuelle Aufreger schnell zu unterdrücken.

An dem groben Holztisch auf der anderen Seite des
Zimmers sitzen Commissario Santi und Franco Tarantino
einander gegenüber.

Der König von Lambrate wirkt trotz der Gefangenschaft
frisch, hat sich seinen unverfrorenen Blick und die toupierte
Haarsträhne erhalten. Der Knast scheint ihm nichts an-
zuhaben.

Antonio reicht ihm eine Zigarette und gibt ihm Feuer,
dann beginnt er zu reden.

»Wie geht es dir hier?«

»Was soll das, Commissario, machen Sie sich Sorgen um mich? Das brauchen Sie nicht, in Flügel V geht es mir prächtig. Ich habe einen Haufen alter Freunde wiedergetroffen.«

»Das freut mich, da du eine ganze Weile hierbleiben wirst.«

»Wirklich? Da hat mein Anwalt mir aber etwas anderes gesagt.«

»Ach ja?«

»Ja, er meint, der Kassierer hat mich bei der Gegenüberstellung nicht wiedererkannt … Wie sollte er auch, ich habe den Überfall ja auch nicht gemacht!«

»Klar, natürlich nicht. Das muss ein anderer mit Elvis-Tolle gewesen sein, nicht wahr?«

Tarantino zuckt mit den Schultern.

»Bei euch scheint der Gedächtnisschwund ja gerade zu grassieren, denn auch Giuseppe Colombo, den du in der Bar Raffaello zusammengeschlagen hast, hat seine Aussage zurückgezogen …«

»Colombo? Ach, Sie meinen Bepi. Tut mir wirklich leid, was ihm da passiert ist. Ich hoffe, Sie finden bald den Typen, der auf ihn geschossen hat.«

Santi lächelt bitter.

»Bravo, Tarantino, mach nur immer so weiter. Aber dich kriege ich noch.«

»Dann viel Glück, Commissario. Kann ich jetzt in meine Zelle zurück?«

»Ein Letztes noch: Warum nennen sie dich den König von Lambrate?«

»Oh, das weiß ich wirklich nicht.«

»Als Bepi noch nicht sein Gedächtnis verloren hatte, meinte er, das käme daher, weil du eine Menge Geschäfte in dem Viertel laufen hast.«

»Wirklich? Also davon weiß ich nichts …«

»Ach nein? Mir gefällt jedenfalls der Spitzname Ciccio-banana besser, der passt einfach besser zu dem dummen Jungen, der du letztlich bist.«

Ein Anflug von Hass flackert in Tarantinos Augen. Um gleich wieder zu verlöschen. Er steht auf, und der Wärter eilt herbei, um ihm Handschellen anzulegen.

»Wann werde ich entlassen?«

»Oh, wenn ich du wäre, hätte ich es damit nicht zu eilig. Hat dir das dein lieber Anwalt nicht gesagt? Du hast immer noch die Waffen auf dem Buckel, die wir in deiner Wohnung gefunden haben, und dafür kriegst du mindestens sechs Monate.«

Osvaldo

1.

»Es war kein kluger Schritt, jetzt damit an die Öffentlichkeit zu gehen«, knurrt Catalano im Gespräch mit seinen Leuten bitter.

Die Sache hat einigen Staub aufgewirbelt, der die öffentliche Meinung nicht unberührt lässt. Um Klarheit zu schaffen und nicht in die Falle der widersprüchlichen Versionen zu tappen – wie es im Kasus Parenti geschehen war –, informiert die Staatsanwaltschaft nach erfolgter Autopsie und entgegen ihren Ankündigungen die Presse über das Ergebnis: Frediano ist an dem Ort, wo er aufgefunden wurde, verblutet, sein Schädel weist Kontusionen auf, und es gibt weitere Verletzungen, deren Aufeinanderfolge sich chronologisch noch nicht zurückverfolgen lässt.

Der Commissario der Politischen muss jedoch die Entscheidung des Staatsanwaltes akzeptieren, auch weil er und seine Leute ins Grübeln gekommen sind. Es sind Zweifel aufgetaucht, seitdem einige Zeugen auf der Bildfläche erschienen sind und das Gerücht aufgebracht haben, dass es sich um den isolierten Terrorakt eines Einzelnen gehandelt habe.

Als Erster trat Furio Donati auf den Plan, ein Autohändler aus Segrate. Der Mann gibt an, den VW-Bus am Vortag des Todes gesehen zu haben, mit zwei Männern darin, die beide keinen Schnurrbart hatten.

Die wichtigsten Zeugen sind aber Luigi Gozzi und sein Sohn Pietro, ebenfalls aus Segrate. Auf ihrem Weg zur Arbeit in einer Autowerkstatt in der Umgebung nehmen sie tagtäglich diese Straße und behaupten, den Bus drei, vielleicht sogar vier Tage in Folge an besagtem Ort gesehen zu haben. Sie waren es im Übrigen auch, die die Carabinieri verständigt haben, als der Strom ausfiel. Der Sohn sagt außerdem aus, einen weißen Fiat 1100 beobachtet zu haben, als der sich kurz nach der Explosion vom Tatort entfernte.

Catalano brütet in seinem Büro im vierten Stock der Questura über den Akten. Aus den Ermittlungen der Politischen Abteilung der letzten Jahre geht hervor, dass Giovanni Frediani seit fast drei Jahren auf der Flucht war. Für den Bullen kommt das einem Schuldeingeständnis gleich.

In der Tat beschließt der Verleger am 12. Dezember 1969, als aus dem Radio die Nachrichten über das Blutbad von der Piazza Fontana tönen, nicht nach Mailand zurückzukehren, da nahestehende Freunde ihm berichten, das Verlagshaus werde von zwei Zivilbeamten bewacht, die ihn festnehmen wollten. Er erfährt außerdem, dass die Staatsanwaltschaft an Beweisen strickt, um ihn festzunageln. Alles nur, weil Frediani vor Zeiten, als er einen Staatsstreich der italienischen Neofaschisten fürchtete, begonnen hatte, ein paar Gruppen der extremen Linken finanziell zu unterstützen. Das war die Rache der Rechte an ihm. Daher schickt er aus dem Untergrund einen Brief an seine Mitarbeiter im Verlag und in die Buchhandlungen, in dem er seine Entscheidung erklärt und als Erster in ganz Italien die Vermutung äußert, dass hinter den Bomben keineswegs die Anarchisten stecken könnten, sondern der Staat.

Der Verleger verwendet auch als einer der Ersten den Begriff der »Strategie der Spannung« dafür, und er geht sogar noch weiter, indem er seine Überzeugungen in die Gründung von Partisanen-Aktionsgruppen, den GAP, münden lässt, eine Art paramilitärischer Kommandogruppen für den bewaffneten Kampf. Ihre Anhänger sind der Überzeugung, dass Togliatti den Partisanen 1946 in den Rücken gefallen sei, indem er die proletarische Revolution verhindert und damit Italien in die Arme der christdemokratischen DC getrieben habe.

Ihre berühmteste Aktion, an die Catalano sich noch gut erinnern kann, führten sie allerdings nicht mit Waffen durch, sondern über den Äther. Am 16. April 1970 legte sich über die abendlichen Fernsehnachrichten, in denen der Reporter Tito Stagno gerade die missglückte Apollo-13-Mission kommentierte, aus dem Nichts eine metallische Stimme. Die Urheber der Aktion melden sich mit den Worten: »Hier spricht Radio GAP: Wir bereiten uns vor auf den Kampf. Tod den Faschisten und ihren Bossen.« Begleitet wurde die Botschaft durch die Melodie von *Bandiera rossa*.

Aus den Akten geht hervor, dass Frediani ein ungestümer und entschiedener Mensch war: 1957 hatten die italienischen Kommunisten ihn aus ihrer Partei ausgeschlossen, weil er die Veröffentlichung des in der Sowjetunion verbotenen Romans »Doktor Schiwago« von Boris Pasternak plante.

Das entlockt Catalano das erste Lächeln des Tages.

Der Commissario steht von seinem Stuhl auf und tritt in die Nähe des Fensters. Nicht zu nah. Seit der Parenti-Geschichte muss er immer mindestens zwanzig Zentimeter vom Fensterbrett Abstand halten, wie bei Höhenangst. Er überlegt, was in dem Verleger vorgegangen sein mag, als er auf den Mast kletterte. Ein einfallsreicher und genialer Mann, dieser Frediani. Zum Beispiel in Kuba, als er bei dem Fotografen Albert »Korda« Díaz für zweihundert Dollar ein Foto von Ernesto »Che« Guevara erstand, der kurz zuvor verstorben war. Auf dem Schnappschuss ist der Comandante mit Baskenmütze und Zigarre im Mundwinkel zu sehen.

Catalano hat dieses Motiv schon hundertfach auf Titelseiten, Postkarten und Buchcovern gesehen: als Ikone eines Rebellen und Revolutionärs.

In diesem Moment klopft es an der Tür.

»Signore, hier sind die Unterlagen, nach denen Sie gefragt hatten.«

»Leg sie einfach auf den Schreibtisch, danke.«

Der Beamte geht wieder hinaus. Als Catalano die Papiere durchsieht, verändert sich sein Gesichtsausdruck augenblicklich.

Eine Kontrolle bei der Zulassungsstelle hat ergeben, dass der VW-Bus auf ein altes Ehepaar aus Monza angemeldet ist, das mittlerweile im Altersheim lebt, ohne Verwandte und mit seit Jahren abgelaufenem Führerschein. Auch die von anderen Polizeipräsidien angeforderten Akten bringen neue Erkenntnisse. Fredianis gefälschter Personalausweis zum Beispiel stammt aus einem Dokumentenbestand, der im Dezember 1969 in einer kleinen Gemeinde bei Treviso gestohlen worden war.

»Wie hat das nur hierhergefunden?«

Das Beste jedoch ist, dass der Versicherungsnehmer des Kleinbusses niemand anderer ist als Giuseppe Fiori, das prominenteste Mitglied von Potere Operaio, der ausgerechnet am Vortag von der Polizei zu der Entführung eines leitenden Angestellten der Firma Sit-Siemens vernommen worden war.

›Die Roten stecken knietief in der Sache drin‹, sagt sich der Commissario und greift zum Telefon.

2.

Tausend Theorien und hundert Kaffee, diese Nacht im Polizeipräsidium scheint niemals zu enden.

»Also hat Tarantino auf den einen Zeugen schießen lassen und den anderen eingeschüchtert …«

»Genau. Und bald ist er wieder draußen, weil wir nichts gegen ihn in der Hand haben«, seufzt Santi.

Aus einer Schreibtischschublade zieht Catalano eine halbvolle Flasche Whiskey hervor.

»Davon gönnen wir uns jetzt einen.«

Antonio stützt sich auf das Fensterbrett und bläst den Zigarettenrauch durch die halbgeöffneten Fensterläden nach draußen.

Den Mann von Potere Operaio, Fiori, hat er vor Tagen

selbst vernommen. Nachdem er also sozusagen durch das Fenster die Ermittlung verlassen hatte, ist er durch die Tür wieder hereingekommen. Gerade hat er seinem Kollegen berichtet, was er herausgefunden hat, nämlich nichts. Fiori scheint nichts mit den Dingen zu tun zu haben, die man ihm vorwirft.

»Bei denen, die den Betriebsleiter der Sit-Siemens entführt haben, handelt es sich um eine neue Gruppe, die nichts mit den Anarchisten zu tun hat. Sie nennen sich die Roten Brigaden.«

»Geht jetzt alles von vorne los?«, fragt er, nachdem beide einen tiefen Schluck Whiskey aus den Plastikbechern genommen haben, wo zuvor der Kaffee drin war.

»Was soll ich dazu noch sagen, Antonio. Du kennst die Fakten, oder?«

»Ja, aber von dem neuen Ansatz bin ich noch nicht überzeugt: Hat der Verleger auf eigene Faust gehandelt, wie die Verlagsleute behaupten, oder hat ihn jemand beiseitegeschafft?«

»Vergiss das Gerede! Was war Frediani denn letztlich außer ein reicher Schnösel, der den Revoluzzer spielt? Aus der Akte, die ich dir gegeben habe, geht doch eindeutig hervor: zuerst Sozialist, dann Kommunist, dann Außerparlamentarier, und alles nur, um sich um jeden Preis als Abweichler zu fühlen, nicht aufgrund echter Überzeugungen.«

»Das ist mir zu einfach, Giovanni. Immerhin hatte Frediani ein nicht ganz einfaches Verhältnis zu seinem Reichtum. Er nahm ihn nicht passiv hin, sondern versuchte, ihm einen Sinn zu geben, ganz so als fühle er sich schuldig, Milliardär zu sein.«

Beim Reden merkt Antonio plötzlich, dass er exakt Carlas Worte benutzt. In der Nacht zuvor hatten sie kein Auge zugetan, um der Frage ausführlich auf den Grund zu gehen.

Catalano bricht in Gelächter aus.

»Scheiße noch mal, Santi! Schuldig, weil man reich ist? Komm schon! Wenn er so sehr gelitten hat, hätte er sein ganzes Geld doch nur der KPdSU geben müssen, um seinen Seelenfrieden zu finden! Stattdessen profitierte er davon. Was war das denn für ein Genosse, der vier Ehefrauen zu ernähren hat?«

Nun ist es an Antonio, nicht darauf einzugehen.

»Bleiben wir doch mal bei den Fakten«, sagt er mit ruhigerer Stimme, »eben weil er so reich war, hätte er doch auch jemand anderen mit der Sabotage beauftragen können, anstatt es selbst zu tun, oder? Ist das nicht irgendwie unglaubwürdig, Frediani als Guerilla-Kämpfer verkleidet, der mit Sprengstoff beladen auf einen Strommast klettert, um ihn in die Luft zu jagen? Komm, Catalano, die Sache stinkt doch zum Himmel. Mit welchem Ziel hätte er das tun sollen? Sein Leben riskieren, damit in Segrate das Licht ausgeht? Wir reden hier ja nicht von der Piazza Duomo …«

Catalano ahnt, worauf er hinauswill, und sieht ihn schief an.

»Wenn man dich so hört, könnte man denken, du seist auch Kommunist geworden.«

»Völliger Unsinn, ich versuche nur, dich zum Nachdenken zu bringen. Mehr nicht.«

»Ach ja?«

»Ja. Weißt du, dass viele Freunde ihm geraten hatten, sich bedeckt zu halten, sich vor potentiellen Aktionen gegen ihn zu schützen, vor allem seitens der Geheimdienste?«

»Das sind so Märchen, die von den Kommunisten in Umlauf gebracht werden, ohne den Hauch eines Beweises.

Frediani ist an dem Ort, wo er gefunden wurde, verblutet, aufgrund einer Explosion, die ihm das rechte Bein weggerissen hat. Das sind die Fakten, alles andere ist Bullshit.«

»In Ordnung, und was sagst du zu den Zeugenaussagen von Vater und Sohn Gozzi und Furio Donati? Laut denen mehrere Personen in dem VW-Bus saßen. Hier, das hat Donati ausgesagt: ›Ich habe zwei Männer gesehen – einen auf dem Boden und einen am Lenkrad des Busses –, und keiner der beiden hatte einen Schnurrbart.‹ Warum sollten diese Männer nicht zu einer Gruppe gehören, die den Verleger entführt und ermordet haben und dann alles so inszeniert haben, um die Verantwortung von sich abzulenken?«

»Möglich, aber unwahrscheinlich. Du siehst verflucht noch mal überall Verschwörungen. Viel einfacher wäre es, anzunehmen, dass diese Männer, wenn es sie gab, Freunde von Frediani waren, die zusammen mit ihm dorthin gefahren sind, um den Sprengstoff anzubringen, oder?«

»Nein.«

»Jetzt hör mir mal gut zu: Frediani und seine Freunde kommen nach Segrate. Sie inspizieren den Ort und schreiten Dienstagnacht zur Tat. Er klettert auf den Mast, die anderen halten unten Wache. Aber während er die Sprengladung anbringt, läuft etwas schief, vielleicht die Feuchtigkeit, ein Kurzschluss, der Draht stößt versehentlich an einen Quermast, und das Ganze fliegt vorzeitig in die Luft. Er stürzt mausetot vom Mast. Die Freunde werden panisch und fliehen, lassen den Bus und sogar einen Mantel drinnen zurück. Was spricht gegen diese Hypothese?«

»Dass jemand, der so ein Attentat plant, nicht vier oder fünf Tage lang den Ort inspiziert mit dem Risiko, von allen gesehen zu werden. Was ja auch passierte. Das ist der reine

Wahnsinn. Da müssten Frediani und seine Freunde völlige Idioten gewesen sein!«

»Hat ja auch niemand behauptet, dass sie Genies waren ... Und was sollten sie, einfach um es mal durchzuspielen, deiner Meinung nach neben dem Bus tun?«

»Vielleicht warteten sie auf etwas. Auf eine Lieferung oder was. TNT, Waffen ...«

»Vier Tage lang? Komm schon! Und was ist mit den Autoschlüsseln vom Bus? Wo sind die hingekommen?«

»In die Taschen der Komplizen, das habe ich schon gesagt. Nach der Explosion hatten sie die Hosen voll und sind mit dem Fiat 1100 geflohen, den Luigi Gozzi gesehen hat. Passt doch alles zusammen, oder?«

»Dasselbe können auch seine Entführer getan haben. Und das erklärt noch nicht, warum Frediani mit falschen Papieren und einem Bild von Frau und Sohn in der Tasche ein Attentat verübt ... Die wurden ihm untergeschoben.«

Catalano seufzt.

»In Ordnung, gehen wir für den Moment mal von geheimen Machenschaften aus, aus welchem Grund sollten seine Entführer Frediani einen gefälschten Ausweis unterschieben?«

»Das war ein geschickter Schachzug. Um uns auf die falsche Fährte zu locken. Wenn nicht sofort erkannt worden wäre, dass die Leiche Frediani ist, wäre man ganz natürlich von einem Mord ausgegangen. Findest du es nicht verdächtig, dass ganz Mailand schon von Fredianis Tod wusste, während wir von der Polizei uns noch gar nicht sicher waren?«

Catalano öffnet eine zweite Flasche. Die erste ist leer. Die zwei Bullen trinken und rauchen und setzen die möglichen Szenarien zusammen.

»Das stimmt, Antonio. Aber das könnte auch ein Beweis sein, dass der Verleger bei der Vorbereitung des Attentats starb. Kommen wir kurz auf die Szene mit ihm auf dem Strommast zurück. Es kommt zur Explosion, er stirbt. Seine Kompagnons flüchten. Einer von ihnen fühlt sich verpflichtet, die Verwandten oder sonst eine nahestehende Person zu informieren. Es stimmt doch, dass die vierte Frau – wie zum Teufel kann man überhaupt vier Mal heiraten? – noch am Tag von Fredianis Tod in die Klinik eingeliefert wurde? Zufall? Und Fakt ist auch, dass am Donnerstag – also noch bevor der Staatsanwalt die Identität des Toten bekannt gegeben hat – der Verlag eine Mitteilung veröffentlicht, in der Fredianis Ermordung verbreitet wird. Woher wussten sie das?«

»Die Entführer werden es ihnen gesagt haben.«

»Quatsch. Seine Mittäter, die den Strommast sprengen wollten, haben es ihnen gesagt!«

»Warte, lass mich eins einwenden: Frediani wird ermordet, er hat Papiere bei sich, die wenn auch mit etwas Verspätung seine Identifizierung zulassen. Die Entführer nehmen die Autoschlüssel des Busses mit und fahren in die Stadt. Und warten ab, was passiert. Aber alles geht langsam. Die Mühlen der Bürokratie mahlen langsamer, als man denkt.«

»Und was war dann?«

»Dann beschließen die Entführer, die Nachricht von Fredianis Tod zu streuen. Und dieses Gerücht erreicht die Familie, seine Frauen, die Angestellten, die so reagieren, wie sie reagiert haben.«

»Das klingt wie aus einem Roman und setzt Fredianis gesamtes Umfeld in ein schlechtes Licht. Bei diesem merkwürdigen Verhalten müsste ich das halbe Verlagshaus wegen Mittäterschaft einsperren!«

Der Chef der Politischen macht eine vielsagende Pause und schüttelt den Kopf. Dann fügt er hinzu: »Glaube mir, Antonio: Wenn es diese Kräfte wirklich gäbe, wären sie schon offenbar geworden. Mehr noch, es wäre eine sträfliche Vernachlässigung, wenn wir sie nicht sofort entdeckt hätten. Beruhige dich: Frediani ist ums Leben gekommen, als er eine Sprengladung anbringen wollte, und er hatte ein paar Freunde dabei, die sich davongemacht haben, als er in die Luft flog. Für mich ist der Fall abgeschlossen: Es war ein Unfall.«

»Für dich oder für den Geheimdienst?«

»Red keinen Unsinn, das wäre Irreführung.«

»Das stimmt: Die Geheimdienste legen keine falschen Fährten und haben sich noch nie geirrt; die Geheimdienste führen einfach nur Befehle aus«, bemerkt Antonio spöttisch.

Jetzt blicken sie einander böse an. Catalano ist rot im Gesicht und schweigt, bis Santi schließlich aufsteht und grußlos den Raum verlässt.

3.

Es hat geregnet vor Sonnenaufgang, die Luft ist frisch, und der Frühlingsmorgen riecht nach Herbst.

Santi lässt sich von Pugliesi im Dienstwagen bis ans Ende der Via Certosa fahren. Das letzte Stück geht er lieber zu Fuß.

»Sind Sie sich ganz sicher?«, fragt der Sovrintendente ihn besorgt. »Wenn Sie entdeckt werden, reißen die Sie in Stücke.«

»Warte hier auf mich«, schneidet der Commissario ihm

121

das Wort ab und steigt aus dem Wagen. »Ich brauch nicht lang.«

Antonio will etwas anschauen, wenn möglich etwas verstehen. Die Zeit hat ihn gelehrt, dass die Wahrheit in diesem Land immer mehrere Gesichter hat, je nachdem, wer vor dir steht.

An diesem Tag ist der Hauptfriedhof voll mit Leuten. Angespannte Gesichter, Tränen, rote Tücher. Und ein paar Fahnen zum letzten Geleit des Verlegers. Mit erhobener Faust winken die Menschen zum Sarg hin, Frau und Ex-frauen gehen weinend nebenher.

Der Commissario hält sich abseits, um möglichst unbemerkt zu bleiben.

Neben dem Grab ist eine kleine Tribüne aufgebaut, auf der nacheinander verschiedene Freunde und Genossen Fredianis reden. Als Erstes ergreift einer das Wort, den Santi nicht kennt. Am Nachmittag zuvor hat er die Kartei der Politischen Abteilung durchgeschaut, um vorbereitet zu sein, doch dieses Gesicht sagt ihm nichts. Seine Worte aber umso mehr.

»Osvaldo ist kein Opfer, sondern ein Revolutionär, der im Kampf gefallen ist«, schreit der Mann. Allgemeiner Applaus, Fredianis Kampfname ist allen bekannt. »Er ist nicht das Opfer eines Unfalls geworden, sondern eines Anschlags! So ist es, Genossen, zuerst wurde er umgebracht, dann wurde der Unfall inszeniert, um die linksextreme Bewegung in Verruf zu bringen!«

Während die verschiedenen Berühmtheiten defilieren, kreuzt Santi den Blick von Castelli. Augenblicklich steht beiden Männern eine ganz bestimmte Begegnung vor Augen, haben sie ein Déjà-vu mit vertauschten Rollen. Drei Jahre zuvor trafen er und Castelli sich bei der Beerdigung des Polizeibeamten Martinez, einem Freund von Santi, der während einer Studentendemonstration ums Leben gekommen war, weil ihm junge Männer ein Eisenrohr in den Kopf gerammt hatten. Der Anführer der Studentenbewegung hatte die Unverschämtheit besessen, bei seiner Beerdigung ein rotes Tuch über seinen Sarg zu werfen. Das hatte einen Tumult ausgelöst, und wäre der Commissario nicht gewesen, hätte der Mob Castelli gelyncht.

Einen Moment lang, der Santi wie eine Ewigkeit vorkommt, starren sich die beiden gedankenversunken an. Der Commissario begreift, dass sein Leben in den Händen des Gegners liegt. Er müsste nur einen Finger heben, damit sie ihn zusammenschlagen oder Schlimmeres.

Andere Beamte sieht Santi nicht auf dem Friedhof, er ist allein, umgeben von Maoisten. Er, der »Faschisten-Bulle«, der sich als Staatsdiener und Mitwisser automatisch schuldig macht – auch am Tod ihres Genossen Frediani –, als Verteidiger eines Staates, den sie bekämpfen, der vielleicht sogar hier ist, um sie auszuspionieren.

Castelli starrt ihn weiter schweigend an, bis er den Blick plötzlich abwendet. Das ist ein klares Signal: fliehen, verschwinden, das Weite suchen.

Santi klappt den Mantelkragen hoch und geht schnellen Schrittes zum Ausgang.

Puder

1.

»Ausmachen.«

Vandelli tut nicht einmal so, als würde er auf den Gefängniswärter hören. Nach stundenlanger Fahrt im Panzerwagen will er nur noch rauchen. Sein eines Auge ist von den Schlägen, die er in San Vittore kassiert hat, noch dick geschwollen.

»Bist du taub, Arschloch? Ausmachen habe ich gesagt.«

Süditalienischer Akzent. Sie sind in Bari, tausend Kilometer von Nina und seinem Kind entfernt, das bald auf die Welt kommen wird. Roberto ignoriert den Bullen weiter und zieht seelenruhig an seiner Kippe. Der Aufseher ist entschlossen, sich Autorität zu verschaffen.

Er geht zu ihm und reißt ihm die Fluppe aus dem Mund.

»Ich habe gesagt, du sollst sie wegwerfen! Wir sind hier nicht in Mailand. Euch Saupack aus dem Norden muss man erst mal den Kamm stutzen. Hast du verstanden?«

Vandelli lächelt und hebt in einer resignierten Geste die Hände. Er wirkt fertig nach der anstrengenden Reise. Er tut einen Schritt auf den Tisch zu, an dem allen Neuankömmlingen die Fingerabdrücke genommen werden.

Der Wärter lächelt höhnisch, weil er annimmt, den Willen des Neuen gebrochen zu haben. Der ihm prompt seinen Ellbogen ins Gesicht rammt.

Dann geschieht das, was zu erwarten war. Vandelli wusste es schon vorher. Zu viert werfen sie sich auf ihn. Er versucht, sein Gesicht zu schützen, während die Schlagstöcke auf ihn einprasseln, bis er halb bewusstlos zu Boden sinkt.

Es ist noch nicht zu Ende. An den Beinen zerren sie ihn über den Fußboden.

»Ab in die Isolierzelle!«

»Sollen wir die Trage holen?«, fragt ein Wärter.

»Nicht für das Arschloch.«

Danach hört Roberto nichts mehr. Als er die Augen aufschlägt, liegt er in einer stinkenden Zelle von zwei mal drei Metern. Sie haben ihm nur die Unterhose angelassen, was angesichts der Hitze in dem Räumchen fast noch zu viel ist.

Die Enge stört ihn nicht. Was ihn fast wahnsinnig macht, ist, dass sein Abschiebeort wie eine Gummizelle aussieht: gepolsterte Wände, ohne Luftzufuhr und ohne Licht. Seine Auflehnung wird gleich von der Müdigkeit und den Schmerzen erstickt. Er fällt auf die Liege und schläft sofort ein.

Am nächsten Morgen wacht er völlig zerschlagen auf. Obwohl sein Bein komplett geheilt ist, wecken die Prügel, die er bezogen hat, erneut die Schmerzen.

In diesem Loch geht man ein vor Hitze, und Antonio braucht dringend medizinische Versorgung. Niemand kümmert sich um ihn, und nach der Show, die er im Registrierbüro abgezogen hat, lassen sie ihn bestimmt noch eine Weile schmoren. Seine Kehle ist wie ausgetrocknet und er hat seit Stunden nichts Richtiges mehr gegessen. Nur ein Brötchen während der Verlegung, sonst nichts.

Um die Mittagszeit schlägt einer der Beamten, die ihn verprügelt haben, mit dem Schlagstock gegen die Zellenstäbe.

»Und, Vandelli, immer noch Lust, uns auf den Sack zu gehen?«

Roberto reagiert nicht.

»Möchtest du eine Zigarette? Hier darfst du rauchen …«

Seine Stimme klingt verächtlich, doch er hat ein Päckchen Alfa aus der Jackentasche gezogen und hält es dem Häftling durch das Gitter hin.

Vandelli humpelt heran. Dann packt er blitzschnell mit beiden Händen die Arme des Wärters und zieht sie mit ganzer Kraft an sich heran. Der Beamte knallt völlig überrumpelt mit dem Gesicht gegen die Stäbe und büßt zwei Schneidezähne ein.

»Steck dir deine Scheißkippen in den Arsch!«

Der Wärter sieht ihn fuchsteufelswild an und hält sich ein Taschentuch vor den blutenden Mund.

Kein Geschrei, keine Drohungen, nicht einmal eine Antwort. Es herrscht Krieg.

Eine Viertelstunde später kommen sie zurück, zu zehnt.

Roberto versucht sich irgendwie in seiner Zelle zu verbarrikadieren. Doch die Pritsche ist am Boden festgeschraubt und lässt sich nicht verrücken.

Brutal zerren sie ihn in den Flur und schlagen ihn gnadenlos zusammen. Tritte, Faustschläge, Stockhiebe. Aus den anderen Zellen erhebt sich Geschrei.

»Ihr Mistkerle!«

»Ihr bringt ihn um!«

Die Aufseher lassen sich nicht beirren. Sie setzen ihre Behandlung fort, methodisch und stumm.

Dann beginnt Vandelli sie zu reizen.

»Los, ihr Drecksäue! Ich will noch mehr!«

Die Angesprochenen wechseln kurz einen verwirrten Blick, als wollten sie sagen: »Hat er jetzt komplett den Verstand verloren?«

Am Ende jedoch siegt das Tier in ihnen, und sie lassen ihre Schläge auf ihn niederprasseln. Roberto verteidigt sich

126

blind, den einen oder anderen Haken kann er platzieren. Ein Tropfen auf den heißen Stein.

»Ihr Schwuchteln! Das sind reine Liebkosungen. Mein Vater konnte richtig zuschlagen. Wenn er seinen Gürtel aus der Hose zog, wusste man, was Schmerzen sind. Das von euch zehn macht mir nichts aus. Gar nichts!«

Die anderen Häftlinge applaudieren und versuchen, ihm Mut zu machen.

»Soso, das macht dir also nichts aus?«

Diesmal nimmt der Wärter mit den ausgeschlagenen Zähnen ihn beim Wort. Er lässt ihn auf eine Rolltrage schnallen, die er aus der Krankenstation bestellt. Da wird Roberto ohnehin landen, wenn sie fertig sind, also sparen sie sich die Mühe schon mal.

»Ihr Verräter! Feiglinge!«, schreit der Gefangene, der sich nicht mehr wehren kann.

Mit festgeschnallten Händen und Armen ist er in ihrer Gewalt.

»Dann wollen wir mal sehen, wer hier eine Schwuchtel ist!«

Der erste Schlagstock trifft ihn mitten in die Genitalien. Der Schmerz ist unbeschreiblich. Er raubt ihm den Atem, bringt ihn zum Heulen und Schreien. Den darauffolgenden spürt er nicht mehr, weil er das Bewusstsein verliert.

Als er wieder zu sich kommt, ist es tiefe Nacht. Die Schmerzen, die seinen ganzen Körper martern, sind unerträglich. Sicher sind ein paar Rippen gebrochen, und sein eines Knie scheint Funken zu sprühen.

Am meisten Sorgen bereiten ihm seine Eier. Mit den Händen, die immer noch festgeschnallt sind, kann er sie nicht betasten, aber sie stehen in Flammen. Also hebt er den Kopf, um einen Blick auf seine Wunden zu werfen.

Seine Unterhose ist blutgetränkt, und ein Hoden schaut dick geschwollen seitlich hervor, groß wie eine Orange. Eine Ader muss geplatzt sein und den Hoden mit Blut gefüllt haben.

Sein Kopf dreht sich weg, und der grausame Schmerz schrillt so unerträglich bis in sein Gehirn, dass ihm wieder die Sinne schwinden.

2.

»Wach auf, Arschloch! Wir müssen dich herrichten.«

Widerwillig öffnet Vandelli die Augen. Er hat einen ganzen Tag geschlafen und ist immer noch ganz benommen von dem vielen Morphium, das sie ihm in die Venen gepumpt haben, um den Schmerz zu dämpfen.

Er liegt noch auf der Krankenliege, doch sie haben ihn losgebunden. Er reibt sich die Handgelenke, an denen die Abdrücke der Riemen zu sehen sind, und aus seinem Hoden schießt sofort ein fürchterlicher Schmerz herauf.

»Was ist los?«

»Du kriegst Besuch.«

Der Wärter reicht ihm ein Telegramm: von seiner Frau.

Bin heute rausgekommen. Mir geht's gut, in zwei Tagen Besuchstermin bei Dir. Deine Nina.

Auf Robertos Gesicht erscheint das erste Lächeln, seit er in dieses Gefängnis überführt wurde.

»Und was wollt ihr machen? Gesichtschirurgie?«

»Uns wird schon was einfallen, keine Sorge. Jetzt lass dich behandeln.«

Als der Chef der Krankenstation ihn in diesem Zustand sieht, wird er bleich.

»Was habt ihr denn mit dem angestellt?«

Der Beamte zuckt die Schultern.

»Er hat Widerstand geleistet. Und einem Wärter zwei Zähne ausgeschlagen. Ein Pfleger hat ihm Morphium gegeben, um seine Schmerzen zu mildern.«

Der Arzt schüttelt den Kopf, sagt aber nichts. Er weiß, wie der Knast funktioniert.

»Und das hier?«

Er zeigt auf den geschwollenen Hoden.

»Tun Sie, was Sie können. Oder schneiden Sie ihn ab, er wird ihn eh in den nächsten hundert Jahren nicht mehr brauchen«, grinst der Aufseher und entfernt sich.

Vandelli beobachtet, wie der Doktor eine große Spritze vom Wagen nimmt.

»Was machen Sie damit?«

»Willst du ihn so lassen?«

»Nein.«

»Gut. Dann lass mich machen.«

Als die Nadel in den Sack eindringt, fühlt es sich an, als bekäme er einen Nagel in die Handfläche geschlagen. Roberto beißt die Zähne zusammen, während der Arzt mit der Spritze mehrere Kolben geronnenes Blut heraussaugt. Nach dem ersten Schmerz überkommt Vandelli sofort ein Gefühl der Erleichterung, und die Schwellung geht zurück.

»Kapiert?«

»Wird er denn noch funktionieren?«

Der Arzt zuckt die Achseln und gibt ihm Eis zum Kühlen.

»Das musst du selbst herausfinden.«

Um die Blutergüsse im Gesicht zu verstecken, lassen sie aus dem Frauentrakt Puder kommen.

Roberto sieht den Wachmann, der es ihm hinhält, befremdet an.

»Ich bin doch keine Tunte.«

»Nimm. Wir haben gehört, dass deine Frau sich in anderen Umständen befindet und sich lieber nicht aufregen sollte. Anordnung vom Direktor. Entweder du puderst dir die Nase, oder der Besuch fällt aus.«

3.

Mit einem basketballgroßen, runden Bauch und zehn Kilo mehr am Leib fällt Nina das Laufen nicht mehr ganz leicht. Und die weite Strecke im Nachtzug von Mailand bis Bari hätte selbst jemanden in guter körperlicher Verfassung abgeschreckt. Nicht sie! Mitten im neunten Monat beißt sie die Zähne zusammen und nimmt den Weg alleine auf sich. Die Zeit der Übelkeit ist zum Glück vorüber, genau wie ihre Haft.

Es fehlt nicht mehr viel bis zum Ende der Schwangerschaft, und die Behörden wollten verhindern, dass sie in San Vittore niederkommt. Der Richter hatte ihr sechs Monate gegeben, abgesessen hat sie weniger als drei.

Als sie völlig fertig nach der langen Reise in Apulien ankommt, geht sie schnurstracks ins Gefängnis, um ihren Mann zu sehen.

»Schauen Sie, Signorina, ich kann leider niemanden mit diesem Namen finden.«

»Wie, nicht finden? Roberto Vandelli heißt er. Schauen Sie noch einmal genau nach.«

Der junge Uniformierte vertieft sich erneut in sein Register.

»Den gibt es nicht!«

»Das kann nicht sein! Er wurde vor drei Tagen hierherverlegt! Ich habe ihm sogar ein Telegramm geschickt!«

Nina beginnt zu schreien wie am Spieß, so dass der völlig überforderte Wachmann den Strafvollzugsrichter rufen lässt. Schließlich taucht Vandellis Überführungsbeleg doch noch auf.

»Der Beamte scheint etwas verwirrt zu sein«, gibt der Richter zu. »Der Häftling, den Sie suchen, befindet sich hier bei uns.«

»Gut, dann will ich ihn jetzt endlich sehen!«

»Kommen Sie besser morgen wieder«, schlägt der Richter ihr vor. »Dann können Sie sich etwas ausruhen, oder?«

»Nein! Ich mache doch nicht den ganzen Weg aus Mailand hierher, um mich dann in ein Hotel zu setzen. Ich will ihn jetzt sehen! Sofort!«

Der Richter seufzt. Bari ist an diesem Nachmittag ein Backofen, und diese junge Frau Anfang zwanzig regt sich viel zu sehr auf.

»Schon gut, schon gut. Dann bringe ich Sie jetzt in das Besuchszimmer. Setzen Sie sich. Wollen Sie ein Glas Wasser?«

Die Wartezeit zieht sich tatsächlich hin, so dass Nina mehrere Male die Geduld verliert: »Wann kommt er denn endlich?«

»Gleich, Signora, gleich«, versichert ihr der Wachmann, »regen Sie sich nicht auf. Er wird gerade geholt und dann sofort hergebracht.«

Um vier Uhr nachmittags geht endlich die Eisentür auf und zwei Wärter führen Roberto hinein.

In Wirklichkeit ist es mehr ein Tragen. Sie nehmen ihm

die Handschellen ab und lassen ihn seine Freundin umarmen.

Vandelli strahlt bei ihrem Anblick.

»Himmel, was für ein Bauch!«

Nina merkt sofort, dass er sich nur unter Schmerzen
bewegt, und das Puder kann die blauen Flecken kaum verbergen.

Sie wirft sich ihm um den Hals und drückt ihn fest an
sich. Ihre Augen sind voller Tränen.

Roberto unterdrückt mühsam ein Stöhnen. Sie küssen
sich lange, dann setzen sie sich auf das abgewetzte Sofa in
dem kleinen Raum.

»Wie geht es dir?«, fragt sie besorgt.

Er schwitzt.

»Wie geht es dir? Und dem Kind?«

»Gut, gut!«

Nina lächelt und fährt ihm mit einem Finger herausfordernd über den Hosenschritt. Diesmal kann Vandelli eine
Grimasse des Schmerzes nicht unterdrücken.

»Was hast du, Roberto? Was haben sie mit dir gemacht?
Lass mich sehen!«

Er wehrt sich schwach, ist aber noch zu benommen vom
Morphium. Nina hebt sein Hemd hoch und sieht die Blutergüsse und Schwellungen an seinem Brustkorb.

»Was haben diese Tiere dir angetan?«

»Vergiss es, halb so wild …«

»Halb so wild? Diese verdammten Schweine, das werden
sie mir büßen!«

Nina springt auf und hämmert mit den Fäusten gegen
die Metalltür.

»Ich zeig euch an, habt ihr gehört? Ich zeige euch alle
an!«

Vandelli muss lachen, so wütend hat er sie noch nie gesehen. Dann fällt ihm das Kind ein, und er steht auf, um sie zu beruhigen.

»Es wird alles wieder gut, Kleines. Wirklich. Ich hatte bisschen Ärger mit einer Wache, als ich hier ankam. Aber jetzt ist alles in Butter.«

Nina schüttelt den Kopf. Sie weiß, dass das nicht stimmt, doch sie kennt auch den aufbrausenden Charakter ihres Mannes. Ihm muss ganz schön der Kamm geschwollen sein, wenn sie ihn so zugerichtet haben. Ein von oben angeordnetes Exempel, vielleicht von dem glattzüngigen Richter oder dem Gefängnisdirektor.

»Der Fisch stinkt immer vom Kopf«, flüstert sie.

Vandelli drückt sie fest an sich.

Zaubertränke

1.

»Freunde sind wichtig, stimmt's?«

Ebale schaut seinen Partner schief an. Es ist früher Morgen, und sie sitzen an dem kleinen Tisch einer Bar. Turinella hat darauf bestanden, dass sie sich in Cesano Maderno treffen.

»Was ist los mit dir? Warum die Eile? Und warum mussten wir uns hier treffen, vor meinem Haus, anstatt wie immer auf dem Corso Europa?«

»Weil die Sache hier läuft.«

»Hier? Was redest du für einen Scheiß?«

»Agostino, ich will, dass du eins weißt: Was ich dir jetzt sage, sage ich dir als Freund.«

»Jetzt drucks nicht lange rum, spuck schon aus.«

»O. k. Ist dir bei deiner Frau Gloria in letzter Zeit nichts aufgefallen?«

Der Catanier schüttelt den Kopf. Er will schon mit einem Scherz darüber hinweggehen, hält aber inne. Wenn sein Partner ihn das fragt, wird er seine Gründe haben.

»Mir kommt es tatsächlich so vor«, überlegt er laut, »als hätten sich die Szenen, die sie mir macht, in letzter Zeit verändert. Nicht dass sie damit aufhört, nein. Aber sie nervt mich nicht mehr mit ihrer Eifersucht. Man könnte vielleicht sagen, sie beobachtet mich. Also, wenn ich so darüber nachdenke, spioniert sie mir geradezu nach … warum fragst du?«

»Das Bordell auf der Via Senato.«

»Hä?«

»Wo ich manchmal hingehe, um … du weißt schon. Tja, gestern bin ich auf der Treppe deiner Frau begegnet. Ich kam runter, sie ging rauf. Ich habe mir die Mütze tief ins Gesicht gezogen, ich glaube, sie hat mich nicht erkannt. Aber ich wurde neugierig und bin ihr gefolgt.«

»Jetzt tu nicht so geheimnisvoll. Was hat Gloria im Bordell zu suchen?«

»Das ist ja nicht nur ein Bordell! Es ist ein riesiges Haus mit zehn Stockwerken. Das Bordell ist im dritten, und sie ging in den fünften, zu einer Frau.«

»Zu was für einer Frau?«

»Einer Magierin.«

Agostino fängt an zu lachen.

»Reicht ihr das Geld nicht, das ich ihr gebe? Will sie im Lotto gewinnen?«

»Ich glaube nicht.«

»Was heißt das, du glaubst nicht?«

»Als sie weg war, bin ich rein zu der Quacksalberin und habe ihr die Knarre auf die Stirn gesetzt, damit sie mir alles erzählt. War das in Ordnung?«

Ebale ist nun wieder ernst. Er nickt zustimmend.

»Und was hat sie gesagt?«

»Gloria hat sie um ein Wundermittel gebeten, damit du zu ihr zurückkommst.«

»Scheiße, ein Zaubertrank hat mir gerade noch gefehlt!«

»Das ist kein Witz. Die Magierin hat ihr irgend so ein Rezept ›verschrieben‹«.

»Was für ein Rezept?«

»Sie soll ihr Monatsblut in deinen Kaffee mischen.«

Agostino springt wortlos vom Stuhl auf, auch Turinella schweigt. Ob diese Geschichte stimmt oder nicht, wird Ebale schleunigst herausfinden.

Als er sich von seinem Partner verabschiedet, ist es Zeit fürs Mittagessen. Er geht nach Hause, setzt sich an den gedeckten Tisch und isst in aller Ruhe seine Pasta.

Als der Augenblick für den Espresso gekommen ist, stellt Gloria für jeden ein Tässchen auf den Tisch. Sie lächelt, er auch.

Agostino nimmt die Tasse vor sich und vertauscht sie mit der seiner Frau.

»Was ist, Gloria, willst du deinen Kaffee gar nicht trinken?«

Sie wird bleich.

»Ich möchte keinen Kaffee.«

»Ach nein? Wie du willst. Dann trinkst du ihn halt kalt. Oder wann du willst, Scheiße noch mal. Ich verschwinde jetzt nämlich aus dieser Wohnung und werde nie mehr einen Fuß hier hereinsetzen! Blöde Kuh!«

Gloria bricht in Tränen aus, fleht ihn an, ihr zu verzeihen, aber Ebale hört nicht hin. Er knallt die Wohnungstür hinter sich zu, steigt ins Auto und rast mit Vollgas davon. Was seine Frau da mit ihm vorhatte, bringt sein Blut zum Kochen. Er drückt das Gaspedal seines Lancia Fulvia voll durch: ab nach Mailand, so schnell wie möglich, sich mit Koks vollpumpen und vielleicht ein paar Strichmädchen klarmachen, um die Nerven zu beruhigen.

Als er in die Via Lorenteggio einbiegt, taucht eine Kelle vor ihm auf.

»Scheiße, eine Straßensperre.«

Er stoppt und lächelt den Beamten an, der ihn nach den Papieren fragt. Die sind zum Glück in Ordnung. Nach ein paar Minuten kehrt der Bulle zurück und fordert ihn auf, aus dem Wagen zu steigen und den Kofferraum zu öffnen.

»Gibt es ein Problem?«

»Können Sie bitte aussteigen?«

»Warum?«

»Bitte steigen Sie aus.«

Agostino tut wie geheißen. Im Kofferraum finden sie nichts, doch als der andere Bulle anfängt, den Fahrerraum zu durchsuchen, bricht dem Cataniér der kalte Schweiß aus.

Im Handschuhfach stoßen sie auf seine 6,35 mm.

»Haben Sie dafür einen Waffenschein?«

Ebale sagt kein Wort, während sie ihm Handschellen anlegen und abführen.

»Darf ich rauchen?«

»Bitte.«

Antonio Santi mustert den Mann, der ihm gegenübersitzt. Von kleiner Statur mit lebhaften Augen und aus-
gemergeltem Gesicht, der sich die Zigarette mit einem gol-
denen Feuerzeug ansteckt. Genauso golden wie die *Baume
et Mercier* an seinem Handgelenk. Aus der Fahndungskartei
geht hervor, dass er Agostino Ebale heißt und aus Catania
kommt. Ispettore Donelli hat ihn bei einer Routinekon-
trolle im Stadtteil Lorenteggio aufgegriffen.

»Hab schon viel von dir gehört, Ebale«, beginnt er und
zündet sich seinerseits eine Esportazione an.

»Ach ja?«

»In den Nachtclubs am Corso Europa scheint dich jeder
zu kennen.«

»Ich mag nun mal Lokale mit Klasse, Commissario.«

»Und was arbeitest du so, um das jeden Abend zu finanzieren? Sie werden dich wohl kaum kostenlos da reinlas-
sen …«

»Mal dies, mal das. Ich komm zurecht, sagen wir's so.«

»In deinem Ausweis steht, du seist Fabrikarbeiter.«

»Das war ich früher. Heute bin ich Verkäufer.«

»So?«

»Ja. Lacke, Farben, Staubsauger. Was so reinkommt.«

»Klar, mit pulvrigem Material kennst du dich ja aus.«

Ebale verzieht keine Miene. Er blickt dem Polizisten
direkt in die Augen, herausfordernd.

»Was hattest du mit der Waffe vor?«

»Das ist ein Missverständnis. Gestern Abend habe ich
einen Freund nach Hause gefahren. Wissen Sie, er war be-

137

trunken, und damit sich niemand weh tut, haben wir die Knarre in das Handschuhfach gelegt. Und dann hat er sie da vergessen ...«

»Ist es wahr!«

»Ich fürchte, ja.«

»Und wie soll dieser Freund heißen?«

»Ich glaube, das habe ich auch vergessen.«

»Ebale, lass die Spielchen: Ich verbanne dich aus Mailand, diese Stadt siehst du nicht mal mehr als Ansichtskarte. Nicht nur dass du wegen der Knarre in den Knast wanderst, du bekommst auch einen Haufen Auflagen obendrauf.«

»Commissario, aus Mailand kriegen Sie mich nicht raus, da müssen Sie mich schon erschießen. Das ist kein Witz. Ich gehe hier nicht weg.«

Santi macht dem Wachmann Zeichen, ihn abzuführen.

Ebale lächelt höhnisch. Er weiß, was passieren wird, und hat vor dem großtuerischen Gehabe dieses Cumisari keine Angst.

Er wandert für ein paar Tage in den Knast und kommt dann wieder frei. Das hat Turinella ihm hundert Mal wiederholt.

»Keine Sorge. Hier im Norden sind die Gesetze weniger streng, wenn du mit einer Waffe erwischt wirst.«

Außerdem kennt Ebale ein paar Tricks, die er von ehemaligen Häftlingen gelernt hat: wenn man seinen Anwalt per Telegramm bestellt, das aufgrund einer versehentlich falschen Adresse verspätet eintrifft, hält dich wegen so kleiner Vergehen niemand länger fest. Der Prozess ist dir sicher, aber zwischendurch bist du draußen.

Abrechnungen

1.

Langsam setzt sich der Streifenwagen in Bewegung. Der Regen strömt über den Asphalt, und durch die Scheibenwischer erkennt Santi eine Schmiererei auf der Außenmauer der Zwei. Sie muss noch relativ frisch sein, da solche Aufschriften in der Regel schnell entfernt werden.

Vor allem diese sollte möglichst rasch verschwinden.

»Mörderbulle! Catalano, wir richten dich!«

Auch Pugliesi sieht den Spruch und kann sich einen Kommentar nicht verkneifen.

»Die sind immer noch mit De fenestra zugange, was?«

»Jetzt nenn du ihn nicht auch noch so!«, schnaubt Santi wütend.

»Stimmt es, dass er aus dem Fall abgezogen wurde?«, fragt der Sovrintendente ungerührt, während er in die Via Monti einbiegt.

»Ja, nach den Ermittlungen zu Fredianis Tod. Zu gefährlich.«

Santis düstere Miene bringt Pugliesi zum Schweigen.

Santi und Catalano kennen sich schon lange, und trotz aller Hochs und Tiefs würde Antonio das, was dem Kollegen gerade passiert, seinem ärgsten Feind nicht wünschen. Seit dem tragischen Tag, als Parenti »durch Selbstmord ermordet« wurde, gerät Catalano mit jedem Tag mehr ins Visier seiner Gegner. Sehr schnell tauchten Slogans gegen ihn auf. Und *Lotta Continua* versäumt keinen Tag, Worte auf ihn abzufeuern. Mailands Mauern sind voll mit Anklagen und Drohungen gegen den Commissario.

»Ihn mit den Ermittlungen zu Fredianis Tod zu betrauen«, fährt Antonio fort, als sie das Polizeipräsidium erreichen, »war kein besonders guter Einfall, vor allem bei dem Ergebnis …«

»Klar. Das Ganze als Selbstmord zu den Akten zu legen hat einen bestimmten Teil der öffentlichen Meinung auf die Palme gebracht. *Lotta Continua* spricht ja von nichts anderem mehr als Verschleierung.«

Santi steigt aus dem Wagen und nickt grüßend zu einem Kollegen hinüber. Er findet, er sollte zu Catalano gehen und mit ihm reden: Beim letzten Mal haben sie gestritten, jetzt ist es an der Zeit, das Kriegsbeil zu begraben.

»Darf ich?«

Trotz der offenen Tür klopft Antonio auf der Türschwelle an. Wie immer.

Giovanni Catalano schaut von den Akten auf und lächelt.

»Klar, setz dich, Antonio. Wie geht's?«

»Ich kann nicht klagen, und selbst?«

Santi lässt sich nieder, während der Commissario der Politischen die Achseln zuckt.

»Geht so. Der Polizeipräsident hat mich hinter den Schreibtisch verbannt. Er meint, es sei zu gefährlich für mich, für Ermittlungen durch Mailand zu kurven.«

»Das geht wieder vorüber. Wart mal ab, bis sich die Wogen ein wenig geglättet haben.«

Catalano zwinkert ihm zu und Antonio schweigt.

Ihm fällt es schwer, daran zu glauben, doch auch er hatte einen Moment, in dem er den Commissario am liebsten verprügelt hätte, als er nämlich gegen seine Frau Carla ermittelte. Doch das ist lange her, mittlerweile hat sie ihren linksextremistischen Freundeskreis verlassen ... Und einmal hat Catalano ihm das Leben gerettet, als die Menschenmenge auf der Beerdigung des Polizeibeamten Martinez Castelli lynchen wollte und er ihn beschützte.

Jetzt schaut er zu, wie der andere sich eine Zigarette anzündet. Er sieht müde aus, verständlicherweise: Antonio kann sich vorstellen, wie hart es ist, aufs Abstellgleis geschoben zu werden. Er hat ihn noch genau vor Augen, Catalano bei Demonstrationen und Sit-ins. Vor Energie strotzend. Damals hatte er selbst sich in die Studentenbewegung eingeschleust, während Catalano mit ihrem Anführer Castelli sprach oder wer immer ihn etwas fragte. Selbst zu den Katanga, den bewaffneten Schutztruppen der Bewegung, unterhielt er gute Beziehungen. Auf verschiedenen Seiten natürlich, Meilen voneinander entfernt, doch mit dem Commissario gab es immer die Auseinandersetzung. Catalano gehörte zu den Jüngeren im Polizeiapparat, er sprach mit Journalisten und Demonstranten. Er fuhr Straßenbahn und frequentierte die Bars, während alle anderen nur mit dem Dienstwagen unterwegs waren. Man kannte sein Gesicht. Und das ist immer noch so. Deswegen kann er nicht mehr allein auf die Straße.

»Letzte Woche habe ich einen Anruf aus dem Innenministerium bekommen.«

»Du hast mit dem Minister gesprochen?«

»Ja.«

»Und was hat er gesagt?«

»Sie wollen mich befördern und nach Rom versetzen.«

»Also, das ist doch eine gute Nachricht, oder?«

Santi versucht sich für den Kollegen zu freuen, doch dessen Miene wirkt angespannt.

»Eine gute Nachricht, meinst du? Ich habe abgelehnt.«

141

»Wirklich? Warum denn, Giovanni, das war doch die Gelegenheit, alles hinter sich zu lassen und ein neues Kapitel aufzuschlagen.«

Der Commissario der Politischen Abteilung sieht Antonio fest in die Augen.

»Der Staat kann vielleicht fliehen, ich nicht.«

»Du hast recht«, sagt Santi und steht auf. »Ich fahre jetzt nach Hause. Soll ich dich mitnehmen? Wir wohnen ja nicht weit voneinander entfernt.«

Catalano sieht ihn einen Moment an.

»Warum nicht? Danke.«

Er erhebt sich.

»Nimmst du deine Waffe nicht mit?«, fragt Santi.

»Nein, die lasse ich immer im Büro.«

»Aber …«

»Wenn sie mich töten wollen, schießen sie mir in den Rücken. Außerdem, wenn ich merken sollte, dass jemand mich umbringen will, wäre ich versucht, zuerst zu schießen. Und das will ich nicht.«

»Verstehe. Ich trage meine auch nie mit mir herum.«

Die beiden Beamten gehen die Treppe hinunter in den Innenhof der Questura.

»Wo ist denn dein Auto? Hast du nicht mehr den Bianchina Cabriolet?«

»Schön wär's«, seufzt Antonio. »Seit der Geburt meiner Tochter brauchen wir mehr Platz. Das da ist mein neues Baby.«

Santi zeigt auf einen grauen Fiat 124 metallic. Die beiden steigen ein, und der Wagen biegt träge in die Via Fatebenefratelli ein. Die Straßenlaternen brennen bereits, doch es ist noch hell. Die Tage werden länger und allmählich auch wärmer.

Sie drehen die Fensterscheiben herunter und rauchen schweigend. Catalano lebt mit seiner Frau in einer Wohnung auf der Via Capponi, unweit vom Park Pagano, der Santi immer an den Bankraub am Largo Zandonai erinnert, nur ein paar Schritte entfernt. Der Überfall hatte mit einer Verfolgungsjagd der Cavalieri-Bande geendet, bei der Antonio eine Kugel in die Schulter bekam. Am Ende jedoch waren alle festgenommen worden.

Kurz bevor sie da sind, schlägt Santis Stimmung um. Er hat eine Schmiererei auf einer Mauer gesehen, fast unter Catalanos Wohnung. Schon wieder eine.

Seinem Kollegen ist sie nicht entgangen.

»Keine Sorge, daran habe ich mich gewöhnt.«

»Ich glaube nicht, dass man sich an so etwas gewöhnen kann.«

»Das dachte ich früher auch …«

»Wir sind da.«

»Hast du Lust, auf ein Bier mit hochzukommen? Sandra würde sich bestimmt freuen. Wir bekommen nicht viel Besuch …«

Antonio zögert kurz, bevor er einwilligt.

»Einverstanden, aber nur zehn Minuten. Sonst lässt meine Frau mich nicht mehr in die Wohnung.«

2.

Catalanos Frau Sandra ist eine kleine Person mit hellen, lächelnden Augen. Mit ihrem großen Bauch wirkt sie noch zerbrechlicher. Sie und ihr Mann haben bereits zwei Kinder und erwarten das dritte. Sandra ist fast zehn Jahre jünger als der Commissario, und wenn man sie zusammen sieht, wirken sie wie zwei Kinder. Santi sieht sofort, wie glücklich sie ist, jemanden im Haus zu haben.

»Was möchtest du trinken, Antonio? Ein Bier?«

»Ja, danke.«

»Schön, dich zu sehen, so selten wie wir vor die Tür kommen …«

Catalano hat seinen Schlips abgelegt und über einen Sessel fallen lassen. Antonio tut es ihm gleich, während Sandra ein Glas auf den Tisch stellt.

»Carla und ich gehen auch selten aus. Unser Job kennt keine Zeiten.«

Er versucht, diplomatisch zu sein, doch die Frau fährt unbeirrt fort.

»Ich würde ja gerne in Brera spazieren gehen, aber dazu bräuchte ich Personenschutz.«

»Sandra, bitte …«

»Stimmt aber doch!«

Catalano steht auf.

»Entschuldigt mich einen Moment. Ich sage kurz den Kindern hallo.«

Er geht ins Nebenzimmer und nimmt seinen einen Sohn in den Arm.

»Komm, Papa, spiel mit!«, ruft der andere und hält ein Spielzeugauto in die Luft.

Santi begreift. Der Kollege möchte, dass seine Frau mit jemandem spricht, sich Luft macht.

Sie lächelt. Es ist ein angespanntes, förmliches Lächeln.

»Du hast keine Ahnung, wie hart das ist, Antonio.«

»Ich kann es mir vorstellen.«

»Ich gehe kaum raus. Und Giovanni hat gesagt, ich soll nicht unseren Nachnamen nennen, sondern meinen Mädchennamen.«

»Das wird sich wieder beruhigen. Die Zeit heilt alle Wunden …«

»Aber wieso haben sie ihn immer noch auf dem Kieker? Er war doch nicht mal im Raum, als Parenti aus dem Fenster gestürzt ist.«

»Weil er ein Symbol ist. Der Bulle, den sie kennen. Der mit den Reportern spricht. Er war nicht da, doch es war sein Büro.«

Sandra hört zu und bearbeitet dabei mit den Fingern ihren Rocksaum. Wahrscheinlich hat sie sich das in den letzten drei Jahren millionenfach selbst gesagt, seitdem ihr Leben wie zu Eis erstarrt ist.

Antonio weiß, dass es auch um den Strafprozess geht, mit dem Parentis Witwe Catalano und fünf weitere Beamte überzogen hat, die sich an diesem verhängnisvollen Abend in seinem Büro befanden.

»Am schlimmsten sind die Drohanrufe und die Schmierereien auf den Mauern … ganz abgesehen von den Briefen, die ich gar nicht erst zu lesen bekomme.«

»Was?«

»Ja, wir kriegen keine Post mehr. Vor zwei Tagen bin ich zum Portier und habe nachgefragt. Ich habe herausgefunden, dass Giovanni sie mitnimmt, wenn er zur Arbeit geht. Handadressierte Briefe, gespickt mit Beleidigungen und Todesdrohungen. Er will nicht, dass ich mich in meinem Zustand aufrege. Und dann die Zeitungen! Die Presse macht ihn fertig. Im *Espresso* haben achthundert Intellektuelle seinen Kopf gefordert, wusstest du das?«

Antonio nickt. Dann blickt er auf die Uhr und springt auf.

»Himmel, ist das spät. Entschuldige mich bei deinem Mann, ich muss wirklich los. Carla stellt gerade das Essen auf den Tisch …«

145

Die Frau steht auf und begleitet ihn zur Tür.

»Das geht vorüber, Sandra. Alles kommt wieder in Ordnung, du wirst schon sehen.«

Sie lächelt. Antonio zieht die Tür hinter sich zu und geht zur Treppe.

Er glaubt selbst nicht an das, was er gesagt hat, doch er weiß, dass man den Menschen nicht die Hoffnung nehmen darf. Sonst bleibt ihm nichts mehr.

3.

»Wollen wir los?«

Carla strahlt. Sie kann es nicht glauben, dass sie wirklich für einige Tage aus Mailand herauskommen.

Ihrer Tochter Beatrice geht es seit ein paar Wochen nicht besonders, und der Arzt hat ihnen geraten, mit ihr ans Meer zu fahren. Jod und Salzluft werden ihr guttun. So hat Carla alles versucht und ihrem Mann so lange zugesetzt, bis er in eine Woche Urlaub in Viareggio in der Versilia eingewilligt hat.

Antonio ist nicht begeistert davon. Der Mai ist traditionell ein arbeitsreicher Monat in der Questura. Doch der Polizeipräsident stimmte ohne Zögern zu, da der Commissario schon zu viele Urlaubstage angesammelt hat.

»Fahren Sie, Santi, schalten Sie mal ein bisschen ab. Wir werden schon ohne Sie klarkommen.«

Antonio wusste nicht, ob die Bemerkung ironisch gemeint war oder nicht. Doch seit ihr Fiat 124 nun mit offenen Seitenfenstern langsam am Meer des Toskana-Städtchens entlangrollt und die warme Luft zu ihnen hereinweht, ist er froh, auf seine Frau gehört zu haben.

Carla hält Beatrice im Arm.

»Siehst du, Schatz? Das ist das Meer.«

Das Mädchen lacht.

Die Frau dreht sich zu ihrem Mann um.

»Endlich ein wenig Ruhe«, sagt sie leise.

Die Tage an der Riviera plätschern langsam dahin. In der Jukebox laufen unaufhörlich die Schlager *La Canzone del Sole* von Battisti und Minas *Grande Grande Grande*. Carla wirft immer wieder Münzen ein, während sie in einer *Gelateria* ein Eis schlecken.

»Ich habe mich nach so kurzer Zeit schon lange nicht mehr so erholt gefühlt.«

Antonio nickt, auch er entspannt sich. Sie wohnen in einem kleinen, gemütlichen Hotel an der Strandpromenade, in dem sie um diese Jahreszeit fast die einzigen Gäste sind.

Morgens nach dem Frühstück gehen sie gleich an den Strand, und dann noch einmal am späten Nachmittag, damit ihre Kleine keinen Sonnenbrand bekommt.

Das Meer ist noch kalt, doch Antonio hat sich ein paarmal überwunden und ist zur Belebung hinausgeschwommen. Die Nachmittage sind lang. Santi hat Zeit, ein paar Tageszeitungen komplett durchzulesen, und Carla hält immer einen Roman griffbereit.

An einem Nachmittag mieten sie sich ein Tretboot und einmal abends eine Rikscha. Gegen acht wird zu Abend gegessen, Fisch und Weißwein, um vor dem Schlafengehen noch einen langen Spaziergang zu machen. Kurz, die Versilia gefällt ihnen, und die Ruhe können sie wirklich gebrauchen.

Doch als sie gegen Ende ihres Urlaubs nach ihrem gewohnten Strandbesuch im milden Sonnenschein ins Hotel zurückkehren, winkt der Mann an der Rezeption Antonio heran.

»Commissario Santi?«

Antonios Miene verändert sich schlagartig.

»Hat die Questura angerufen?«

Der junge Mann nickt.

»Ja, Sie sollen schnellstmöglich zurückrufen. Möchten Sie das Telefon benutzen?«

»Danke.«

Er nimmt den Hörer.

»Musst du nach Hause?«, fragt Carla mit Beatrice auf dem Arm.

»Nein, keine Sorge. Ich höre jetzt erst mal nach, was los ist.«

4.

Sandra fühlt sich schlecht an diesem Vormittag.

»Der Kleine turnt wohl wieder mal zu viel herum«, witzelt Catalano und streicht ihr über den Bauch.

Seine Frau lächelt.

»Alles in Ordnung. Ich mache dir jetzt erst mal einen Kaffee.«

»Nein, du schonst dich. Ich trinke im Polizeipräsidium einen. Da sind wir eh nur am Rauchen und Kaffeetrinken, das weißt du doch.«

Doch der Commissario funktioniert ohne Kaffee morgens nicht richtig. Zweimal kommt er noch zurück, das erste Mal, um einen anderen Schlips anzuziehen, und das zweite Mal, um sich zu kämmen. Größtmögliche Routine erleichtert ihm den Umgang mit der Angst. Geübte und immer wiederkehrende Handbewegungen geben ihm das Gefühl von Normalität.

Als er endlich auf der Straße steht, geht er den Bürgersteig entlang. Der Park vor ihm ist menschenleer bis auf ein paar Leute mit Hunden. Catalano hat seinen Fiat 500 fast erreicht, als Sandra einen schmerzhaften Stich im Bauch verspürt …

5.

»Wir fahren nach Hause.«

Ohne Vorwarnung präsentiert Antonio seiner Frau die Planänderung. Dann erklärt er mit knappen Worten, was geschehen ist. Carla macht ihm keine Vorwürfe, sie sieht das Glas lieber halbvoll: Immerhin konnten sie vier ruhige Urlaubstage miteinander verbringen, und das ist für die Frau eines Polizisten viel.

Nun schläft Beatrice selig in ihren Armen, während der Wagen die Kilometer runterreißt. Carla hätte gern, dass er langsamer fährt, sagt aber nichts. Nach dem, was passiert ist, ist schon der Gedanke, am Strand zu liegen, unerträglich für Santi; ganz zu schweigen davon, noch mehr Zeit im Straßenverkehr zu vergeuden.

Um vier Uhr am Nachmittag, nachdem er seine Familie zu Hause abgeliefert hat, betritt Antonio endlich das Polizeipräsidium.

Pugliesi wundert sich nicht, dass er schon zurück ist. Die Atmosphäre in den Gängen der Questura ist schwer wie Blei. Niemand spricht, und es herrscht eine seltsame Stille.

»Bist du heute Morgen hingefahren?«, fragt er.

»Ja, ich bin eben erst zurückgekommen.«

»Erzähl mir alles«, fordert Santi ihn auf.

Der Sovrintendente räuspert sich.

»Ein Zweier-Kommando auf einem Motorrad, unvermummt. Eine Frau und ein blonder junger Mann, laut Zeugenaussagen. Catalano war fast bei seinem Wagen angekommen, als das Motorrad neben ihm stoppte. Sie haben ihn von hinten erschossen, die Dreckskerle. Einen Schuss in den Kopf und einen in den Rücken.«

Antonio ballt die Fäuste. Er ist voller Zorn, versucht aber, klaren Kopf zu bewahren.

»Was ist dann passiert?«

»Der Blonde hat geschossen und ist über die Straße gerannt und in einen blauen Fiat 125 eingestiegen. Das Mädchen hat Gas gegeben und ist auf dem Motorrad davongerast.«

»Haben wir das Kennzeichen?«

»Nicht von dem Motorrad. Das von dem Fiat hat sich jemand notiert, das wird gerade bei der Zulassungsstelle überprüft …«

Antonio nickt. Er macht sich keine Illusionen: Das Auto wird gestohlen sein. Dennoch müssen sie allen Spuren nachgehen.

Pugliesi beobachtet still, wie sein Vorgesetzter nachdenkt.

»Sonst noch was?«

»Ja, in der Politischen haben sie schon Himmel und Hölle in Bewegung gesetzt.«

»Und?«

»Sie haben ein Kommuniqué abgefangen, das *Lotta Continua* morgen verbreiten wird.«

Er schiebt eine Hektographie über den Schreibtisch.

»Der politische Mord ist nicht die entscheidende Waffe für die

Emanzipation der Massen von der Herrschaft des Kapitals, wie auch die bewaffnete Geheimaktion nicht die entscheidende Form des Klassenkampfes in der Phase ist, in der wir uns befinden. Dennoch führen diese Überlegungen nicht dazu, dass wir die Ermordung Catalanos bedauern, die eine Aktion darstellt, in der die Ausgebeuteten sich in ihrem Willen nach Gerechtigkeit wiedererkennen.«

Santi liest schweigend. Mit zitternden Fingern und zusammengebissenen Zähnen.

»Der Staat hat ihm keine Leibwächter zugestanden, und die knallen ihn mit zwei Schüssen hinterrücks ab«, sagt Pugliesi leise.

»Seine Ermordung wurde seit Jahren geplant, Sovrintendente! Tag für Tag. Nicht erst heute«, stößt Santi hervor.

Er knüllt das Blatt Papier zusammen und wirft es heftig in den Mülleimer. Dann beugt er sich vor und übergibt sich.

ZWEITER TEIL

Spielfieber

Viva Las Vegas

Viva Las Vegas

1.

Es regnet stark, der Tag ist kalt. Die eisige Luft und die Nässe lassen das dunkle Gefängnistor von San Vittore noch düsterer erscheinen.

Nicht in Argentas Augen, der lächelnd unter seinem Regenschirm wartet. Heute wird der König von Lambrate entlassen.

Tarantino erscheint um kurz nach zehn. Er trägt einen dunklen Anzug, hält eine Ledertasche in der Hand, und die Tolle sitzt perfekt wie immer. Beim Anblick des Vizekönigs lächelt auch er.

Sie umarmen sich unter dem Sturzregen.

»Wie geht es dir?«

»Wunderbar. Ich habe sogar abgenommen!«

»Das glaube ich. Aber den Champagner, den ich dir geschickt habe, hast du getrunken …«

»Auf jeden Fall. Das war das i-Tüpfelchen …«

Während er redet, sieht er zu dem schwarzen Mercedes hinüber, der wenig entfernt parkt. Im Wageninnern erkennt er Leas Gestalt.

»Sie kann es kaum erwarten, dich in die Arme zu schließen«, raunt Argenta neckend.

»Zum Glück! Nach den sechs Monaten hat sich da ein
bisschen was aufgestaut.«

»Warum hat dieser Scheißanwalt dich nicht früher raus-
geholt?«

»Du weißt doch, wie das läuft. Wenn sie mich mit ein
oder zwei Knarren erwischt hätten, wäre ich im Nu wieder
draußen gewesen. Aber mit dem ganzen Arsenal in meiner
Wohnung brauchte es halt länger. Hast du das übrigens
wieder aufgefüllt?«

»Klar, und ich habe auch einen sicheren Ort für die Waffen gefunden. Ein Versteck auf dem Friedhof von Lambrate.«

»Du bist ein Genie, Vizekönig!«

»Sagen wir mal so, ich bemühe mich.«

»Wie viel ist noch in der Kasse?«

»Nicht mehr viel, aber für die nächsten paar Monate
reicht es. Marietto hat ganze Arbeit geleistet mit seinen
Geldanlagen.«

»Gut, ich habe einen Plan, wie wir die Geschäfte aus-
weiten können.«

»Ach ja? Überfälle? Erpressung? Was?«

»Nutten.«

»Die Muschis haben dir wohl ganz schön gefehlt im
Knast, was?«

Die beiden lachen, dann wird Tarantino wieder ernst.

»Das war kein Witz. Und ich weiß auch schon, wie wir
einen Fuß in die Tür kriegen.«

Lea hat in der Zwischenzeit das Fenster heruntergekur-
belt und ruft laut nach Franco.

Argenta deutet mit einer Kopfbewegung zu ihr hin.

»Geh zu ihr, wir reden später weiter. Gib erst mal Gas, nach der langen Zeit. Die Nutten laufen uns schon nicht weg.«

2.

Der Stadtteil Lambrate bleibt immer derselbe. Mit seinem Licht, seinem Geruch. Bekannte Gesichter, alte Gewohnheiten.

Im Gehen genießt Tarantino die frische Luft in vollen Zügen.

In der Bar Raffaello wird er von seinen Männern erwartet.

»Sie haben sämtliche Waffen mitgebracht, wie du es wolltest«, verkündet Argenta, als er ihn hereinkommen sieht.

Franco umarmt zur Begrüßung seine Jungs. Marcopolo, Melis und Spinnerherz.

»Gut seht ihr aus.«

»Fast zu gut, Franco. Wir sind fett geworden, während wir auf dich gewartet haben …«

Der König von Lambrate lächelt. Er trägt einen nagelneuen Anzug, und seine Teddy-Tolle steht voller denn je. Nach der Bettgymnastik mit Lea war er offenbar noch schnell beim Friseur und Schneider. Ihr Boss hält eben auf sein Äußeres.

»Ganz ruhig. Jetzt brechen wieder andere Zeiten an.«

»Cesare wollte uns nichts verraten. Wo geht es denn hin heute Abend?«

»Wir erweitern unser Geschäftsfeld. Setz dich ans Steuer, Spinnerherz, ich zeige dir den Weg.«

Der Mercedes rollt langsam die Via Porpora entlang.

157

»Machen wir einen Überfall?«, fragt Melis, als sie schon eine Weile unterwegs sind.

»Um zehn Uhr abends? Nein, viel weniger Risiko. Aber mit einem Batzen Geld als Belohnung. Davon werden wir ein bisschen was ausgeben, um euch neu einzukleiden – ihr tragt ja immer noch denselben Dreck vom letzten Jahr! –, und den Rest legen wir an.«

»Auf der Bank?«

»Ja, perfekt, um dann ausgeraubt zu werden! Nein, wie gesagt, wir investieren in etwas viel Rentableres: Nutten!«

»Die saugen einen doch noch mehr aus als die Banken …«

Allgemeines Gelächter im Fahrzeug.

»Hängt davon ab, ob du als Kunde zu ihnen gehst oder nicht.«

Argenta schaltet wie immer am schnellsten.

»Du weißt also schon, wo du anfangen willst?«

»Allerdings. Im Bau habe ich von diesem Ort gehört. Von einem vertrauenswürdigen Mann, einem Freund vom Zio. Wir sind da. Halt an. Dieses Haus da vorne ist ein Bordell, und es wird von einem Typen geführt, der unter niemandes Schutz steht und seine Frauen wie Sklaven hält.«

»Bist du der neue Robin Hood?«

»Wennschon, der Sheriff von Nottingham! Jetzt packt eure Knarren ein und zieht sie erst hervor, wenn ich es sage, o. k.? Los!«

3.

»Das interessiert mich einen Scheißdreck, wie du das siehst, dumme Sau.«

Um seine Aussage zu bekräftigen, packt Tarantino den

158

Mann am Kragen und schleudert ihn gegen die Wand. Der knallt mit dem Kopf dagegen und sinkt jammernd zu Boden. Er ist untersetzt in einem azurblauen Anzug. Dünner Schnurrbart und tief in den Höhlen vergrabene Augen. Er ist um die sechzig und wird seit mindestens dreißig Jahren Ratte genannt, weil er seit jeher im Dreck lebt.

Die anderen halten sich abseits und beobachten, was in der Halle des großen Hauses in der Via Plebiscito geschieht.

»Bei dem brauchen wir keine Waffen«, raunt Melis.

Argenta nickt und genießt die Szene.

»Aber ich …«

Tarantino bringt ihn mit einer Ohrfeige zum Schweigen.

»Du Ratte, du darfst nicht reden, nur zuhören.«

Der Mann nickt mechanisch. Aus seiner Nase sickert Blut. Franco mustert ihn angewidert. Ein Waschlappen, wie sein Kontaktmann schon gesagt hatte: ein Portier als Zuhälter. Einer, der nur das Kommen und Gehen kontrolliert, und im Falle, dass einer zu lange bleibt, nach oben geht und wartet, bis er die Hose wieder hochgezogen hat.

»Also: Die Nutten gehören von heute an mir, nicht mehr dir. Ich übernehme die Geschäfte. Haben wir uns verstanden?«

Ratte rappelt sich auf und breitet ergeben die Arme aus.

»Sicher, sicher. Du bist der Boss, Ciccio. Ich bin nur …«

Argenta und Melis verkneifen sich nur mühsam ein Lächeln, während sie beobachten, wie Franco das Blut ins Gesicht schießt.

Er packt den Portier am Hals und hebt ihn mühelos in die Luft.

»Wer zum Teufel hat dir erlaubt, mich so zu nennen?«

»Nein, nicht. Niemand.« Der Mann wird bleich und

ringt um Luft. »Entschuldigen Sie, Signor Tarantino. Ich bin doch zu dumm.«

Der König von Lambrate ist zufrieden mit dem reuigen Sünder und lockert seinen Griff, bis das Männlein erneut auf dem Boden zusammenbricht.

»Putzt du so auch deine Halle? Auf den Knien?«

Jetzt brechen Tarantinos Gefährten in Gelächter aus. Auch die Ratte hat wieder ein bisschen Farbe im Gesicht und massiert sich den Hals.

»Ich sage dir jetzt, wie es ab morgen hier läuft«, erklärt Franco. »Du bleibst hier in deinem Winkel und schwingst den Putzlappen in der Eingangshalle, während wir uns um die Mädchen kümmern. Als Alternative gibt es eine Kugel in den Kopf. Klar so weit?«

Die Ratte kann nicht antworten. Er hat sich vor Angst in die Hose gemacht.

»Sehr gut! Dann putz erst mal die Sauerei da auf.«

4.

Die neuen Besitzer des Bordells am Corso Plebiscito machen sich sofort an die Arbeit. Tarantino will keine Zeit verlieren, und er stellt schnell fest – nämlich im selben Moment, in dem er die Prostituierten sieht –, dass es viel zu tun gibt.

Die beste Beraterin sitzt bei ihm zu Hause: seine eigene Frau.

»Und, wie findest du sie?«

Lea verzieht den Mund.

»Würdest du zu denen gehen?«

»Was hat das damit zu tun?«

»Und ihr, wärt ihr scharf auf die?«

160

Argenta und Melis schütteln den Kopf. Das Rohmaterial ist wirklich in einem schlechten Zustand. Vier Frauen, nicht mehr in der Blüte ihrer Jugend. Durchschnittlich gekleidet, ungekämmt und mit dieser verlebten, ausgelaugten Aura, die nicht geil macht, sondern traurig. Deshalb blieben sie auch bei der Ratte, niemand anderes hätte sie genommen.

Tarantino seufzt.

»Einverstanden. Was können wir tun?«

Lea denkt kurz nach.

»Wie viel kannst du ausgeben?«

»So viel es braucht, damit die Leute Lust bekommen, sie zu vögeln.«

Gesagt, getan. Lea versucht alles, um diesen Frauen eine zweite Chance zu geben.

Sie übergibt sie einer Gruppe von Friseuren ihres Vertrauens, die mit Schere und Kamm umgehen können, und zwei Frauen, die sich mit Make-up auskennen und schon in Nachtclubs gearbeitet haben.

Dann dreht sie eine Runde durch die Geschäfte des Zentrums und kommt mit einem Berg von Klamotten aus spärlichem, aber hochwertigem Stoff zurück, mit Spitzenunterwäsche und Netzstrümpfen.

Als sie mit dem Ergebnis zufrieden ist, ruft sie Tarantino und seine Partner zusammen und lässt die Damen vor ihnen defilieren.

»Und?«

Melis pfeift anerkennend.

»Und das sollen dieselben von heute Morgen sein?«

»Allerdings!«

Tarantino lächelt.

»Da bekäme selbst ein Pfaffe einen Steifen! Was meint ihr?«

161

Außer Argenta und Melis sind noch Marcopolo und ein junger Mann namens Hundertlire dabei, den der Vizekönig angeworben hat. Und wenn Cesare ihn mag, mag ihn auch der Boss. Etwas abseits steht eine kurvenreiche Rothaarige, die nicht viel anhat. Die vier Männer nicken.

»Also gut. Ab heute übernehmen Marcopolo und Hundertlire hier die Geschäfte. Sie kassieren und setzen die vor die Tür, die sich nicht benehmen können. Leas Freundin Catia, die sich auf dem Gebiet auskennt, wird die Mätresse; sie kümmert sich um die Mädchen und macht die Preise.«

Die Rothaarige lächelt, als sie ihren Namen hört. Alle kennen nun ihre Rolle.

»Gut«, sagt Franco abschließend. »Ich weiß nicht, wie es euch geht, aber bei der ganzen Fleischbeschau bin ich hungrig geworden.«

Die Gruppe begibt sich in ein angesagtes Restaurant auf der Via Vittor Pisani. Champagner und Meeresfrüchte für alle außer Franco, der sich ein schönes blutiges Steak servieren lässt.

Als sie bei Zigarre und Whiskey angelangt sind, zieht Tarantino Argenta zur Seite.

»Für eine Weile musst du die Geschäfte übernehmen.«

»Warum?«

»Weil ich für eine Woche verreise. Lo Zio will mich eine Weile bei sich haben. Um mir Leute vorzustellen, verstehst du? Der Tipp mit dem Nuttenhaus war erst der Anfang. Sie wollten nur sehen, ob wir in der Lage sind, eine verfahrene Angelegenheit wie diese hier in den Griff zu bekommen.«

Der Name von Dreifinger-Frank genügt als Erklärung. Irgendetwas wird schon dabei rumkommen.

»Ich kümmere mich um alles«, versichert er ihm. »Du kannst in Ruhe fahren.«

Tarantino nickt. Er weiß, dass Argenta ihr Geschäft zum Erfolg führen wird.

Als sie mit den anderen in den Wagen steigen, tönt aus dem Radio *Io vagabondo*, ein Lied der Nomadi.

»Das passt doch, oder?«, witzelt Cesare.

»Warum, verreist du?«, fragt Melis.

Der König von Lambrate zündet sich eine Zigarette an, bevor er antwortet.

»Ja, ich muss weg. Aber ich bin bald wieder zurück. Ich habe große Pläne für diese Stadt!«

5.

Blinkende Lichter Tag und Nacht, himmelhohe Wolkenkratzer. Das sind die zwei Dinge, die Franco Tarantino am meisten beeindrucken, als er nach Las Vegas kommt. Eine unbekannte Welt. Von den Casinos ganz zu schweigen. Die sind der reine Wahnsinn! Elegante Orte, voll mit reichen Leuten und schönen Frauen. Seit fast einem Monat ist er nun in den USA, doch weder New York noch Chicago, noch irgendeine andere Stadt, die er gesehen hat, ist mit diesem Wunder aus Stroboskoplicht und Flitter mitten in der Wüste von Nevada vergleichbar.

Zum ersten Mal im Leben fühlt sich der König von Lambrate winzig klein.

Frank Dreifinger, Lo Zio, betrachtet ihn schläfrig. Sie sind gerade der Limousine entstiegen, und sein Neffe bekommt vor lauter Staunen den Mund nicht mehr zu. Nach einer Weile schlägt der Ältere ihm mit der gesunden Hand auf die Schulter.

»Du wirst dich dran gewöhnen. Beim ersten Mal hat

diese perverse Stadt auf jeden diese Wirkung. Dann mal los, wir werden erwartet.«

Die folgenden Stunden sind für den Jungen aus Lambrate zuerst ein Abstieg in die Hölle und dann ein rasender Lauf ins Paradies. Lichter und Farben, Trubel, wild springende Roulettekugeln, Auftritte von Musiklegenden wie Frank Sinatra und seinem geliebten Elvis.

Als er ihn auf der Bühne des Mirage tanzen sieht mit seinem berühmten Hüftschwung, wird er fast verrückt vor Freude. Und als Elvis dann *Viva Las Vegas* singt, scheint das ganze Theater in einem Begeisterungstaumel zu versinken.

Es ist ein Land der Verderbnis und des Wahnsinns. Franco schläft nie, und die Nächte, besser gesagt die frühen Morgenstunden, verbringt er mit immer anderen Prostituierten aus den Oben-ohne-Bars auf dem Strip.

Alles ist maßlos: Sein Hotelzimmer ist so groß wie seine gesamte Wohnung in der Via dei Mille, die Autos erinnern an Yachten auf vier Rädern. Eine Kingsize-Welt.

Für ihn ist es das Schlaraffenland: Er geht in Lokale, die bis morgens Vorstellungen geben, bimmelnde, gigantische Spielhöllen.

Am dritten Tag beginnt Tarantino sich langsam wohl zu fühlen. Zu wohl vielleicht, so dass der Zio ihn warnen muss.

Sie sitzen in der Flamingo-Bar an einem Pool mit beleuchtetem Wasserfall. Um sie herum pulsiert wie immer das Leben. Paare in Abendkleidung, Kellner in Livree, Smokings, reiche Texaner mit Cowboyhut, Spielautomaten und Roulette, Animierdamen und Croupiers.

»Las Vegas ist eine Schlange, die dich umschlingt und würgt, wenn du es am wenigsten erwartest. Glaube nichts von dem, was du hier siehst, Junge. Hier ist nichts echt. Alles Illusion, um dir das Geld aus der Tasche zu ziehen.«

»Das ist ein unfassbarer Ort. Wenn Mailand nur ein wenig wäre wie das hier, wäre ich der glücklichste Mensch auf der Welt!«

»Wenn du das willst, musst du dir die Stadt nehmen. Sie in der Hand halten! Hier in Las Vegas metzeln sie sich Tag für Tag ab, nur um sich ein Spielcasino oder eines der Lokale auf dem Strip zu sichern. Aber nicht alle haben die Kraft dazu. Hast du sie?«

»Ich habe sie.«

»Weißt du, dass ich dich als meinen Sohn erachte?«

Der König von Lambrate senkt den Kopf. Der Boss ist sein Vater, er hat es immer gewusst. Und jetzt ist es ausgerechnet Dreifinger-Frank selbst, der es ihm gesteht.

Doch für Rührseligkeiten haben sie keine Zeit. Der Alte bestellt eine Flasche vom besten Champagner.

»Jetzt, wo du auch noch im Bau warst, weißt du alles, was du wissen musst«, sagt er und füllt zwei Gläser.

»Wofür?«

»Um zu befehlen, mein Junge. Und meine Freunde werden sich freuen, dich dabei zu unterstützen.«

»Wolltest du deshalb, dass ich herkomme?«

»Ja, ich wollte, dass du meine Welt kennenlernst. Unsere Welt, Franco.«

»Unsere?«

»Genau, wenn ich meine Geschäfte in Mailand nicht mehr selbst überwachen kann, möchte ich sie in guten Händen wissen.«

»Das ehrt mich.«

»Keine Ursache. Das hast du dir verdient. Doch du musst den richtigen Leuten deinen Respekt erweisen, verstanden?«

»Ja.«

»Ich werde mich für dich bei den Palermitanern verbürgen. Wenn der Moment gekommen ist.«

»Und im Gegenzug?«

»Wird man dich um den einen oder anderen Gefallen bitten.«

»So wie das Bordell zu sanieren?«

»Nein, das war nur ein Knochen. Man wird dich um größere Sachen bitten. Willst du das?«

»Ich bin bereit.«

Die Bande der Catanier

1.

»Agostino, wir müssen hier weg. Hör auf mich.«

Die Mischung aus Flehen und Befehl kommt aus Turinellas Mund. Heute Nacht wurde einer der Junkies, dem sie »übermäßig« verschnittenen Stoff verkauft hatten, im Koma in die Poliklinik eingeliefert.

Auch Ebale hat nur ein Bild vor Augen: er lebenslänglich hinter Gittern.

»O.k.«, willigt er ein. »Was schlägst du vor?«

»Angesichts der Lage sollten wir lieber eine Weile verduften. In einem Monat kehren wir auf den Corso Europa zurück, und keiner erinnert sich mehr an den Zwischenfall.«

»Und wovon leben wir so lange? Ich fange auf gar keinen Fall wieder an, Lacke und Farben zu verkaufen.«

»Ich hatte auch nichts Legales im Kopf.«

Agostino lächelt.

»Jetzt erkenne ich dich wieder, mein Alter. Die Legalität ist einfach nichts für uns. Was schwebt dir vor?«

»Das Geld dort abzuholen, wo es liegt.«

»Willst du Banken ausrauben?«

»Ich kenne eine Truppe aus Catania, die immer, wenn es was zu tun gibt, nach Mailand kommt. Das sind Profis.«

Agostino überlegt einen Moment. Ohne den Drogenhandel geht ihm bei seinem Lebensstandard nach ein oder zwei Wochen das Geld aus.

»Ich habe auch ein paar Leute, die dazu passen könnten.«

»Sizilianer?«

»Catanier.«

»O. k., vertrauenswürdige Leute?«

»Ich kenne ihre Familien. Schwestern haben die …«

»Gut. Versuchen wir es mit ihnen. Hattest du an etwas Bestimmtes gedacht?«

Turinella lächelt nur. Ebale weiß mittlerweile, dass sein Partner erst dann redet, wenn er sich seiner Sache ganz sicher ist.

2.

»Als ob man studieren müsste für einen stinknormalen Banküberfall! Scheiße, das macht mich ganz verrückt!«

Das wiederholt Ebale nun schon den ganzen Morgen.

»Ob du es glaubst oder nicht, es ist so: Es gibt klar definierte Rollen. Jeder ist Teil eines gut geölten Räderwerks und hat seine spezielle Aufgabe zu erfullen.«

»Und ich dachte, ein Strumpf auf dem Kopf und eine Knarre im Hals des Schalterbeamten würden genügen!«

»Glaub mir, Agostì: Banküberfälle sind eine Kunst!«

Der da redet, heißt Salvo Giuffrida, der diese Spezialkunst zu seinem Beruf gemacht hat.

Zu fünft sitzen sie in Ebales kleiner Wohnung in der Via Larga und bereiten ihren ersten Coup vor. Giuffrida hat die größte Erfahrung und heckt Tag und Nacht neue Pläne für den perfekten Überfall aus.

»Hinter jedem Coup stecken eine lange Vorbereitung und eine ordentliche Portion Kaltblütigkeit, um schnell auf Unvorhergesehenes zu reagieren. Und Unvorhergesehenes gibt es immer.«

Er spricht wie ein Guru, und Agostino würde ihm am liebsten in den Hintern treten, doch Turinella hat ihm gesagt, dass dieser Mann trotz allem Gerede weiß, wovon er spricht. Er ist heute Morgen erst mit dem Flugzeug angereist und wird morgen Abend gleich nach dem Coup wieder zurückfliegen. Die anderen beiden sind Sandrone Zizza und Castorino, Vertrauensmänner.

»Hast du das jetzt begriffen, Agostino? Was nie fehlen darf, sind der Zieler, der Läufer und der Abräumer.«

»Hä?«

»Ich erklär's dir. Der Zieler ist normalerweise der Verrückteste der Bande – also ich, ha ha ha – und agiert als Erster, von ihm hängt der Erfolg des Coups ab. Er ist es, der hineingeht, die Sicherheitsleute findet und mit gezückter Pistole entwaffnet. Dann der Läufer, bei uns sind das Castorino und Turinella. Mit ihren Waffen, ob Maschinengewehr oder Knarren mit abgesägten Läufen, halten sie die Leute in Schach, damit niemand auf dumme Gedanken kommt. Und schließlich der Abräumer, in unserem Fall Sandrone, der über die Bankschalter springt und die Kasse leert. Verstanden?«

»Verstanden. Und was mache ich?«

»Tja, du bist der Fahrer. Du wartest draußen mit laufendem Motor und bringst uns aus der Gefahrenzone, wenn wir angerannt kommen.«

Alle brechen in Gelächter aus, auch Agostino. Er spielt mit, zumindest dieses Mal. Letztlich gibt es bei allem ein erstes Mal.

»Wo fangen wir an?«

»In der Provinz natürlich. Je weniger Polizei, desto weniger Aufmerksamkeit. Zuerst müssen wir uns aber ein Auto besorgen.«

»Darum kümmere ich mich«, meldet sich Zizza. »Ich gehe runter und klaue euch alles, was ihr wollt. Auto à la carte!«

»Habt ihr sie noch alle? Wollt ihr wirklich mit einer Karre herumfahren, wo offensichtlich an den Türschlössern rumgeschraubt wurde und anstelle des Zündschlosses Kabel herabhängen?«

Turinella und Ebale wechseln einen Blick. Castorino verzieht keine Miene, wie immer. Zizza gibt sich beleidigt.

»So arbeitet man nicht«, fährt Giuffrida fort. »Der Wagen muss in jeder Hinsicht perfekt sein. Schnell und vor dem Coup für die Bullerei unverdächtig.«

»Aber woher kriegen wir den?«

»Das werde ich euch zeigen. Dafür müsst ihr mich an einen Ort begleiten.«

Alle steigen in Ebales Wagen, und Giuffrida dirigiert ihn bis in den Vorort Pioltello.

»Hier, halt an.«

Giuffrida steigt aus und geht auf den Eingang einer Parkgarage zu.

Liebenswürdig wünscht er dem Hausmeister einen guten Tag und geht hinein.

»Was hat er nur vor?«

»Geduld, Agostino. Der weiß, was er tut.«

Fünf Minuten später kommt der Catanier am Steuer eines weißen BMW herausgefahren. Das Auto ist perfekt.

Er fährt an ihre Seite und hupt.

»Gesehen? Ganz einfach, wenn man weiß, wie es geht.«

Turinella hatte den richtigen Riecher, der Mann ist wahnsinnig, aber genial. Und Ebale gefällt er langsam richtig gut.

Am nächsten Morgen jedoch wird ihnen ein Strich durch die Rechnung gemacht.

»Was ist das nur für ein Scheißdreck!«, brüllt Turinella. »Der BMW ist geklaut!«

Wo sie den gestohlenen Wagen geparkt haben, klafft nun eine große Lücke.

»Ist ja irgendwie auch zum Lachen, was?«, rutscht es Castorino heraus, der sofort verstummt, als er die bösen Blicke der anderen bemerkt.

»Ich kümmere mich drum«, verkündet Giuffrida. »Wo ist der nächste Zeitungskiosk?«

»Was ist, willst du dir 'ne Zeitung kaufen und die Wirtschaftsnachrichten lesen?«

»Hör zu, Agostino: Wenn jemand vor einem Straßenkiosk anhält, lässt er immer die Schlüssel stecken und meistens sogar den Motor laufen.«

»Ach ja?«

»Du wirst es sehen.«

Die fünf gehen zu Fuß zu dem Zeitungsverkäufer auf dem Corso Italia.

Giuffrida lässt die anderen ein Stück hinter sich, die so tun, als kennen sie ihn nicht. Er stellt sich an den Kiosk und blättert teilnahmslos in einer Zeitschrift.

Das Opfer lässt nicht lang auf sich warten. Ein neureicher Mailänder im Zweireiher mit einem glänzenden Alfa 1750. Er steigt kurz aus, um den *Corriere* zu kaufen, und bleibt wie erstarrt mit offenem Mund stehen, als Giuffrida wendig wie eine Katze ins Auto springt und das Gaspedal durchdrückt.

»Ein wahres Genie, der Kerl«, meint Ebale anerkennend. »Hatte ich es dir nicht gesagt?«

3.

»Mailand ist komplizierter und riskanter: Die Schalter sind besser bewacht, draußen stehen bewaffnete Sicherheitsleute, und die Angestellten verbarrikadieren sich hinter einer schusssicheren Glaswand. Das ist nichts für uns.«

Das bläut ihnen Giuffrida wieder und wieder ein, und das ist auch der Grund, warum sie an jenem Morgen, nachdem er den Alfa geklaut hat, hinaus aufs Land fahren.

Ebale sitzt hinter dem Lenkrad. Castorino hat an alle Waffen ausgegeben, und sie haben Sturmhauben auf dem Kopf, die sie sich im passenden Moment über die Gesichter ziehen werden.

»Hier, halt an.«

Sie haben Melegnano erreicht, und die Bank, die sie überfallen wollen, liegt mitten im Ortskern.

»Alle bereit?«

Agostino bremst den Wagen vor dem Eingang und lässt die Gefährten aussteigen, allesamt vermummt. Dann fährt er weiter und dreht eine Runde um den Platz, um nicht aufzufallen.

Giuffrida hat ihm aufgetragen, eineinhalb, höchstens

zwei Minuten zu warten und sich dann vor dem Eingang zu postieren.

Die vier vermummten Männer brauchen eine Minute dreiundfünfzig. Ebale wartet schon, konzentriert und ruhig. Als die Türen zuschlagen, legt er den ersten Gang ein. Ohne zu rasen, biegt er in eine Straße zwischen Wiesen und Feldern ein, die nach Mailand zurückführt.

Turinella hat seine Nase in den Sack mit der Beute gesteckt und grinst.

»Scheiße, das sind bestimmt dreißig Millionen!«

Agostino hupt vor Freude.

»Jetzt sind wir eine Gang!«, schreit Castorino.

»Besser gesagt«, korrigiert ihn Ebale, »wir sind eine Bande: die Bande der Catanier!«

Die Freunde der Magliana-Bande

1.

Linate ist eine Oase im Nebel, und beim Landeanflug kann Tarantino nur vage Umrisse von Mailand erkennen. Gleich nach seiner Ankunft schwärmt er Argenta von Amerika vor.

»Sie sind uns Lichtjahre voraus, und wir müssen von ihnen lernen!«

Cesare nickt. Die Begeisterung seines Chefs hat ihm gefehlt.

»Das glaube ich gern, Franco!«

»Ach übrigens: Ab heute will ich nur noch Frank genannt werden, amerikanisch.«

»Wie Frank Sinatra?«

»Wie Frank Dreifinger. Der für mich weit mehr ist als ein Onkel.«

Argenta nickt.

»Wie du willst, Frank. Und wie sagt man? *Welcome home* in Lambrate!«

In der Bar Raffaello, die mittlerweile der Bande gehört, nachdem der ehemalige Inhaber tief bei einem Wucherer in der Schuld stand und sie ihn freikauften, erwartet ihn der Rest der Bande. Lea wird er später treffen, an Frauen hat es ihm in den letzten Tagen in Las Vegas wahrlich nicht gemangelt.

»Da ist ja unser Amerikaner!«, begrüßt ihn Melis.

»Von jetzt an sollen wir ihn Frank nennen«, verkündet Cesare und lächelt halb ernst, halb augenzwinkernd. Er ist der Einzige, der es sich erlauben darf, Tarantino auf den Arm zu nehmen.

»Willkommen zurück, Frank Tarantino!«, begrüßt ihn Marcopolo.

Aus dem Kühlschrank taucht eine Flasche Cristal auf, und alle stoßen an.

»Wie laufen die Geschäfte?«, fragt Frank, als sie bereits die zweite Flasche entkorken.

»Gut«, erwidert Argenta. »Wir haben noch mehr Nutten eingestellt, die wenigstens jung sind, und der Puff läuft auf Hochtouren.«

»Soll das ein Witz sein?«

»Überhaupt nicht. Es gibt eine Art Stammpublikum: Arbeiter, Angestellte, auch ein paar Anwälte und sogar zwei Bullen.«

»Unglaublich!«

»Kannste mir glauben, Frank! Fotzen kennen keine Klasse«, sagt Hundertlire spöttisch, der seinem Spitznamen zum Trotz endlich die Taschen voller Geldscheine hat.

Nach der dritten Flasche Champagner wird Tarantino ernst.

»Jetzt reden wir mal über Geschäftliches.«

Die Bande verstummt.

»Ich will Las Vegas nach Mailand holen!«, verkündet der König von Lambrate.

Argenta fängt an zu lachen.

»Du spinnst ja, Bruder!«

»Kann sein, aber nicht nur ich. Ich habe schon mit ein paar Freunden Kontakt aufgenommen, die uns dabei helfen werden.«

»Wobei?«, fragt Melis.

Tarantino steht auf und sieht seine Männer an.

»Wollt ihr wirklich auf ewig den Huren Geld abknöpfen und Lohntüten stehlen und Schlachtereien leerräumen, oder wollt ihr expandieren und einen Qualitätssprung machen?«

»Das fragst du noch?«

»Eben, sehr gut. Es gibt eine Art, wie man sich die Taschen mit richtig viel Geld füllen kann.«

»Ach ja?«

»Ja, und ohne sich von der Madama durch halb Mailand jagen zu lassen.«

»Müssen wir dabei jemanden umbringen?«

»Nein. Es gibt nur ein Problem …«

»Und das wäre?«

»Den Coup landen wir nicht hier. Wir müssen auswandern.«

»Und wohin?«

»Wart ihr schon mal in Rom? Um diese Jahreszeit muss

es dort schon traumhaft sein vom Wetter her. Im Gegensatz zu dem ewigen Nebel hier …«

Cesare schüttelt den Kopf.

»Aber was wollen wir denn da? Wir kennen niemanden in Rom, haben keine Stützpunkte …«

»Darin irrst du dich, mein Freund. Stützpunkte haben wir.«

»Wen?«

»René Bellini.«

»Den Marseiller?«

»Der Typ, der vor ein paar Jahren den Trubel auf der Via Montenapoleone veranstaltet hat?«

»Na klar! Der Millionenraub beim Juwelier Colombo.«

»Genau. Als er aus dem Knast kam, ist er in die Hauptstadt gezogen. Und macht dort Geschäfte mit den guten Jungs der Magliana.«

Cesare will etwas erwidern, doch Tarantinos Erklärung kommt ihm zuvor.

»Jemand hat für uns gebürgt. Es gibt keine Probleme.«

Alle lehnen sich entspannt zurück. Sie haben verstanden. Für gewöhnlich muss Dreifinger nicht erwähnt werden. Wenn Tarantino sagt, dass die guten Jungs und der Marseiller ihnen helfen, gibt es keinen Grund, daran zu zweifeln.

2.

»Vorbereitung ist alles«, wiederholt René Bellini nun schon zum dritten Mal, während Frank, Cesare, Marcopolo und Spinnerherz an ihren Drinks nippen und die Brise auf der römischen Dachterrasse genießen.

Hundertlire und Melis sind nicht dabei, denn Tarantino wollte, dass sie in Mailand die Geschäfte weiterführen.

Bellini ist ein großer Mann. Elegant, gebräunt, die Haare mit Brillantine nach hinten gekämmt, pflegt er einen gekünstelten römischen Akzent, um damit Eindruck zu schinden. Er wurde in Marseille geboren, hat aber italienische Eltern. Im Knast von Melun hatte er Jo Le Maire und dessen Gefährten kennengelernt und mit ihnen eine Bande gegründet. Nun ist er allein und hat die Gäste in sein Haus in Trastevere eingeladen, auf eine Terrasse mit wunderschönem Blick auf die Kuppel des Petersdoms. Er erklärt ihnen die Einzelheiten des bevorstehenden Coups.

Die Grundregeln hat Tarantino schon dargelegt: Die Magliana-Jungs besorgen das Versteck und die Waffen und erhalten im Gegenzug einen Teil der Beute. Der Grund für ihre Mitarbeit ist schnell erklärt: Bei einem Überfall dieses Ausmaßes wird die Polizei als Erstes an sie denken. Während Tarantino mit seinen Leuten mit dem Diebstahl beschäftigt ist, wird die Magliana gut sichtbar in einer Bar im Zentrum abhängen. Sogar Fotografen werden anwesend sein, um sie wie zufällig zu knipsen, damit kein Verdacht auf sie fallen kann.

»Wie ihr wisst, werden wir das Geld eines städtischen Betriebes von Rom stehlen. Die Lohntüten der Angestellten.«

»Das kommt mir bekannt vor!«

»In den letzten zwei Monaten haben wir den Geldtransporter beobachtet, einen Fiat 132 ohne Aufschrift, um nicht aufzufallen. An Bord zwei Männer. Immer dieselben. Am 27. jedes Monats kommen sie und holen in der Bank fast hundertfünfzig Millionen Lire ab, um sie zu einer Zentralstelle zu bringen, wo die einzelnen Lohntüten abgefüllt werden, die die Angestellten dann am Monatsende abholen.«

Die Mailänder lauschen gespannt. Sie sind nicht mehr in der Stimmung, Witze zu reißen.

»Es ist immer derselbe Ablauf: Die beiden Männer fahren dieselbe Runde und halten immer in derselben Bar für die Frühstückspause mit Cappuccino und Cornetto.«

»Unglaublich.«

»Ist aber so, und alles auch noch pünktlich. Dieselben Zeiten, dieselben Handbewegungen. Der Beifahrer hat eine braune Ledertasche dabei.«

»Mit dem Geld?«

»Genau. Sie ist völlig unauffällig, aber von dem Geld aus der Tasche könnt ihr euch ein paar Luxusapartments an der Piazza Duomo kaufen!«

Cesare stößt einen Pfiff aus. Die römische Nacht ist mild und voller Hoffnungen. Alle denken über Bellinis Worte nach, während sie sich nachschenken.

»Noch Fragen?«

»Wann geht's los?«

»Morgen ist Zahltag, also …«

Tarantino lächelt. Er liebt Herausforderungen.

»Erklär uns, was wir zu tun haben.«

3.

Am Morgen des Überfalls weht eine leichte Brise vom Meer her – davon kann Mailand nur träumen. Die baumgesäumte Straße, an der sie warten, erinnert an Alleen, wie es sie sonst nur am Meer gibt. Es ist kurz nach zehn und schon sehr warm.

»Wenn uns der Coup gelingt, ziehen wir hierher, was?«

Tarantino reagiert nicht auf Cesares Frage. Er ist konzentriert. Sie sitzen in einem Lancia Fulvia und warten.

Wenig entfernt ein BMW mit Spinnerherz an Bord, und ein paar Häuserblocks weiter Argenta im Sattel einer Guzzi.

Sie warten darauf, dass die zwei Männer des städtischen Betriebes ihr Frühstück in der Bar beenden.

»Wie lange brauchen die denn noch?«

»Lass sie! Hier herrschen andere Zeiten als in Mailand, klar?«

Als sie die Bar verlassen und in ihren Wagen steigen, schnappt die Falle zu. Nach etwa zehn Metern fährt Tarantino los und überholt den Fiat 132, dann stellt er sich quer auf die Fahrbahn und zwingt sie zum Anhalten. Gleich ist Spinnerherz in seinem BMW hinter ihnen und schneidet ihnen den Fluchtweg ab.

Nun springen Tarantino und Marcopolo aus dem Wagen, die Gesichter hinter einem Tuch versteckt. Mit einem dumpfen Schlag von Franks Totschläger birst die Fensterscheibe auf der Fahrerseite, während sein Partner die Beifahrertür aufreißt und den kleinen Koffer zwischen den Füßen des Kassierers packt.

Die beiden Sicherheitsleute sind vor Angst wie gelähmt. Die Räuber müssen nicht einmal die Waffen zücken.

Marcopolo überprüft den Tascheninhalt und lächelt.

»Bingo!«, ruft er.

Im selben Moment heult ein Motorrad auf: Wie aus dem Nichts taucht Argenta auf, ohne Sturzhelm, und übernimmt die Beute. Er hält sie fest und rast mit Vollgas davon. Er wird sie in das Versteck im Stadtteil Garbatella bringen, das Bellini besorgt hat und wo sie sich mit den Magliana-Jungs treffen werden, um die Beute aufzuteilen.

Bevor Tarantino ins Auto steigt, beugt er sich zu dem Fenster der beiden Unglücksraben hinab und knurrt: »Und ihr zwei Arschlöcher haltet schön das Maul. Wir wissen nämlich, wie ihr heißt und wo ihr wohnt.«

4.

»Commissario?«

»Ja?«

»Ich habe hier einen Ispettore der römischen Questura in der Leitung.«

»Was will er?«

»Mit Ihnen sprechen.«

»In Ordnung, stell ihn durch.«

Als Santi wieder auflegt, schaut Pugliesi ihn mit großen Augen an.

»Und?«

In den letzten Wochen haben die beiden Polizeibeamten viel Zeit miteinander verbracht und, so gut es ging, die Ermittlungen der Kollegen von der Mordkommission unterstützt, die zum Tod von Commissario Catalano offenbar nicht vorankommen. Die heißeste Spur führt weiterhin zu *Lotta Continua*, doch die Identität der beiden Scharfschützen ist noch immer ungeklärt. Sie scheinen sich in nichts aufgelöst zu haben, verschluckt von der Stadt. Oder haben sich bereits irgendwohin abgesetzt, vielleicht ins Ausland.

Sie stehen mit leeren Händen da. Und völlig mutlos.

Der Sovrintendente wartet ab, bis Santi zu ihm hinschaut.

»Was ist los?«, fragt er. »Eine neue Spur im Fall Catalano?«

Antonio schüttelt den Kopf.

179

»Nein, in Rom wurde gestern ein Raubüberfall verübt. Ein Angriff auf einen Geldtransporter, falls man zwei Unschuldslämmer in einem Zivilfahrzeug so nennen kann ...«

»Wie viel wurde gestohlen?«

»Fast hundertzwanzig Millionen.«

Pugliesi stößt einen anerkennenden Pfiff aus.

»Und was wollen die Römer von Ihnen?«

Endlich lächelt Antonio.

»Uns vielleicht ein Geschenk machen.«

Das Geschenk verdanken sie in Wirklichkeit den beiden Unschuldslämmern. Nachdem ihnen eine Nacht lang gehörig Dampf gemacht wurde und sie sogar unter den Verdacht der Mittäterschaft gerieten, haben sie schließlich ausgepackt.

»Entweder ihr seid Komplizen oder verrückt!«

Am Ende verwickelten sie sich an verschiedenen Punkten in Widersprüche, einig waren sie allerdings darin, dass einer der Räuber einen starken lombardischen Akzent hatte und, was für die Mailänder Beamten noch spannender ist, eine unter dem Tuch deutlich erkennbare Little-Tony-Tolle ...

»Glauben Sie wirklich, das waren ...«

»Keine Ahnung! Schick ihnen jedenfalls sofort die Karteibilder von Tarantino, Argenta und dem Rest der Bande. Mal sehen, ob sie sie wiedererkennen.«

»Aber was sollten sie in der Hauptstadt suchen?«

»Besseres Klima da unten.«

Santi wirkt abgelenkt. Er hat seine ersten Dienstmonate in Rom verbracht und nur gute Erinnerungen daran. Verblasst zwar nach all den Jahren, aber immer noch angenehm.

Ein paar Stunden später steht Pugliesi mit breitem Lächeln wieder in seinem Büro.

»Der überfallene Buchhalter hat Tarantino und Argenta wiedererkannt«, verkündet er.

»Aber sie hatten doch ihre Gesichter hinter Tüchern versteckt.«

»Ja, er meint, er würde Tarantino an der Frisur und der Augenform erkennen. Und Argenta saß auf dem Motorrad, ohne Helm.«

»Gut.«

»Reicht das vor Gericht?«

»Mir reicht das, Sovrintendente. Und es ist auf jeden Fall genug, um sie festzunehmen und ihre Wohnungen zu durchsuchen. Dann sehen wir, was daraus wird, o.k.? Ich besorge uns den Haftbefehl, und du stellst schon mal eine Mannschaft zusammen. In zwanzig Minuten geht's los.«

5.

»Mejo se ve date per un po'.«

Die Stimme am anderen Ende der Leitung gehört De Petris, dem Elegantesten der Bande, der Einzige, mit dem Frank außer dem Marseiller bisher zu tun hatte. Und man braucht nicht in den Vororten Roms aufgewachsen zu sein, um die Botschaft seiner römisch gefärbten Aussage zu erfassen.

»Ihr macht euch besser vom Acker. Keine Sorge. Wir kümmern uns um alles. Zwei Tage, dann könnt ihr wiederkommen.«

Tarantino legt auf. Sie sitzen in der Bar Raffaello, und dieser Anruf verändert ihren Tag.

»Was ist los?«, fragt Argenta, der am Tresen an einem Cynar nippt.

»Wir müssen eine Weile untertauchen.«

»Wegen etwas, das wir in Mailand getan haben?«

»Nein, der Raubüberfall in Rom. Einer der beiden, die wir erleichtert haben, hat uns beide auf den Fahndungsfotos wiedererkannt. Aber die Römer haben einen Maulwurf im Polizeipräsidium, der Alarm geschlagen hat. In wenigen Minuten werden die Bullen hier sein. Also weg hier.«

»Aber wie konnten sie … das ist unmöglich …«

»Ich weiß, ich weiß. Das werden die Anwälte für uns herausfinden. Wir nehmen uns jetzt jedenfalls einen Kurzurlaub. Sofort und ohne Umwege.«

»Wohin fahren wir?«

»Ach, wir finden schon was. Was hältst du von ein paar Tagen Monte-Carlo?«

Argenta grinst.

»Da muss ich noch Sonnencreme kaufen.«

6.

Die Wohnung ist ein völliges Chaos. Von oben bis unten durchkämmt.

Dennoch schüttelt Pugliesi den Kopf.

»Nichts, Commissario. Beide verschwunden! Und hier findet sich nicht einmal eine Patronenhülse. Ihre Pulverkammer haben sie jedenfalls an einen sichereren Ort verlegt.«

Antonio steht schweigend im Türrahmen.

»Tarantino hat seine Lektion gelernt«, fährt der Sovrintendente fort. »Und ist uns zuvorgekommen. Die sind abgetaucht. Wer weiß wo …«

»Habt ihr auch Argentas Wohnung durchsucht?«

»Ja, auch nichts zu finden. Nur ein bisschen Kleingeld und Schränke voll mit Kleidern, genau wie hier bei Tarantino. Ein ganzes Vermögen an Luxusklamotten!«

Die Kleider liegen nun alle über den Boden verstreut. Hemden, Krawatten, Maßanzüge, sogar ein Wolfspelzmantel …

Santis Miene ist düster. Er hat Himmel und Hölle für diesen Durchsuchungsbefehl in Bewegung gesetzt und am Ende trotzdem nichts in der Hand. Tarantino und Argenta sind verduftet, und ohne Untersuchungshaft bezweifelt er, dass die Sache vor Gericht kommt. Sie haben nichts als einen wenig vertrauenswürdigen Zeugen und keinerlei Beweise.

»Was sollen wir tun?«, fragt Pugliesi etwas verlegen.

»Wir hauen ab. Aber stell unten einen Beamten als Wache hin, versteckt. Am Ende kommt er noch zurück, um sich seinen Smoking zu holen …«

Les jeux sont faits

Leute mit dané

1.

»Einfach himmlisch hier!«

»Ja, nur schade, dass weit und breit keine Frau zu sehen ist!«

Die kleine Villa ist blitzblank geputzt, und die fünf Männer brechen in Gelächter aus. Fast alle von ihnen haben schon mal gesessen. Sie wissen, wie man einen Ort sauber aufräumt, damit es keinen Ärger gibt. Eine Reinigungsfirma könnte es nicht besser machen.

Seit einer Woche sind sie in Lido degli Estensi. Ebales Idee.

»So wie es aussieht, verziehen wir uns lieber für eine Weile.«

»Und wo schlagen wir unser Lager auf?«

»Tja, wo schon, bei dem schönen Wetter: am Meer natürlich, was?«

Also haben sie für einen Monat ein zweistöckiges Haus gemietet. Ab und zu fahren sie los, um einen Coup zu landen, doch am Wochenende kehren sie immer zurück. Um das Meer zu genießen, den Strand und die Touristinnen.

Sie bemühen sich, nicht zu sehr aufzufallen. Auch wenn die fünf Catanier mit der dicken Rolex am Handgelenk und den bei jeder Gelegenheit geköpften Champagnerflaschen kaum unbemerkt bleiben können: Turinella, Giuffrida, Zizza, Castorino und Ebale. Der harte Kern der Bande.

»Der Sommer geht zu Ende, und ich glaube, wir sollten allmählich zurückkehren, Jungs. Es gibt nichts Traurigeres und Melancholischeres als das Meer im Winter.«

»Oh doch, Agostino: den Knast!«

»Das stimmt. Aber uns geht das Geld aus, und auf den leeren Straßen hier fallen wir zu sehr auf.«

2.

»Warum zum Teufel sind wir zurückgekommen?«

Die Frage stellt sich Ebale mit wütender Stimme, während er Hals über Kopf die Bahngleise entlangrennt.

Diesmal hat wirklich nicht viel gefehlt, und die Bullen hätten ihn geschnappt. Und leider hatten seine Genossen weniger Glück als er.

Ihr jüngster Bankraub in der Stadt der Madonnina ist denkbar schlecht gelaufen. Doch sie hatten keine Wahl: Die Taschen waren leer, und nach der Prasserei im Sommer mussten sie in Mailand die Überfälle wieder aufnehmen.

»Alles ganz einfach«, hatte Castorino ihnen versichert. »Den Tresor trägt selbst ein Schuljunge zur Tür hinaus.«

Agostino hatte sich einen schnellen Überblick über die Örtlichkeiten verschafft und ansonsten seinem Partner vertraut. Der Junge mit dem Pferdegebiss mochte zwar nicht besonders helle sein, doch dieses Stadtviertel war sein Revier, hier war er aufgewachsen.

Via Gian Galeazzo, drei Schaufenster im Rücken der Piazza XXIV Maggio.

»In dem Geschäft ist kaum was los. Die einzige Hürde ist der Wachmann, der entwaffnet werden muss. Aber das ist für Salvo doch ein Kinderspiel, oder?«

Doch die Sache lief nicht rund. Angefangen bei dem misslichen Umstand, dass Giuffrida aufgrund eines Streiks der Fluggesellschaft nicht rechtzeitig in Mailand war.

Alle waren bereit, und abgebrannt.

»Los, Agostì, wir haben schon hundert Überfälle gemacht. Wir müssen nur einen anderen Läufer finden, dann geht das klar. Ich übernehme die Wache.«

Mit diesen Worten hatte sich Ebale von Turinella überzeugen lassen.

Um zwanzig nach neun am Morgen waren sie in die Bank gestürmt, doch drinnen war alles schiefgelaufen.

Agostino begriff nicht genau, wie es passiert war, doch irgendwann kamen nicht seine Jungs aus dem Gebäude gerannt, sondern der Wachmann, der auf ihn schoss.

Er gab Vollgas und raste mit seinem Alfa davon, entdeckte aber im Rückspiegel sogleich einen Streifenwagen, der ihm folgte.

Er wusste, dass er nun kühlen Kopf bewahren musste: Also zog er die Strumpfmaske über das Gesicht und fuhr bis nach Lorenteggio zur Piazza San Cristoforo. Danach kamen nur noch Felder und Nebel. Dichter, grauer Nebel.

Ebale sprang aus dem Auto und rannte ein Stück die Bahngleise entlang, um dann über die Felder zu verschwinden. Keiner war ihm gefolgt.

›Wir lassen das besser mit den Überfällen‹, hatte er sich gesagt, als er sich mit wild klopfendem Herzen ins Gras fallen ließ.

3.

»Es hat wieder einen Banküberfall gegeben, Commissario.«

»Wo?«

»Zone Navigli. Ein Streifenwagen ist schon vor Ort. Drei Festnahmen.«

»Waren das alle?«

»Nein, der Fahrer konnte fliehen. Die anderen werden gerade hergebracht.«

»Wie wurden sie geschnappt?«

Pugliesi zuckt die Achseln.

»Das Einzige, was ich weiß, ist, dass einer der Täter, als er in die Bank kam, in Panik geriet: Drinnen befanden sich wohl außer dem Wachmann noch ein Carabinieri-Maresciallo, aus Privatgründen. Sonst niemand. Als er die drei Vermummten sah, hat er sofort geschaltet und die Waffe gezogen. Da keine Zivilisten da waren, hat er gleich das Feuer eröffnet und einen von ihnen verletzt. Der Wachmann hat den anderen den Fluchtweg abgeschnitten, woraufhin sie sich ergeben haben.«

»Bis auf den Fahrer.«

»Genau. Als sie raus sind, um ihn zu stoppen, hat er sofort geschaltet und ist geflohen.«

Santi nickt.

»Seine Komplizen werden uns bald verraten, wer es ist.«

»Ich habe mir auch schon meine Gedanken gemacht.«

»Ach ja, Sovrintendente?«

»Ja. Einer von den Festgenommenen ist Sandro Turi, genannt Turinella.«

»Machst du Witze? Der Partner von Agostino Ebale, dem Dealer vom Corso Europa?«

»Genau der.«

4.

»Steh auf, Ebale, jetzt haben wir dich. Und du anziehen, schnell.«

Als Agostino die Augen aufschlägt, blickt er in den Lauf von Pugliesis Pistole. Die Frau neben ihm stößt einen erschrockenen Schrei aus, gehorcht dem Beamten aber und sucht auf dem Boden rasch ihre Kleider zusammen. Sie ist um die fünfundzwanzig, blond und auch ohne Make-up eine auffällige Schönheit.

Die winzige Wohnung in der Via Larga wimmelt von Polizisten und wirkt endlich einmal nicht so leer wie sonst.

»Dir auch einen guten Morgen, Bulle.«

»Los, los, du darfst jetzt zu deinen Kollegen in den Bau!«

»Welche Kollegen?«

Ebale guckt erstaunt, während er sich Hemd und Hose überstreift. Die Frau wird von einem Polizeibeamten weggeführt, der ihre Personalien aufnimmt.

»Mit denen du gestern die Bank in der Via Gian Galeazzo überfallen hast, weißt du nicht mehr?«

»Ich glaube, da habt ihr einen Bock geschossen.«

Pugliesi legt ihm Handschellen an und schiebt ihn Richtung Tür.

»Geh schon, los! Der Commissario kann es kaum erwarten, mit dir unter vier Augen zu reden.«

5.

Santi seufzt und schaut zum zehnten Mal auf die Uhr: fünf vor zwölf, gleich Mitternacht.

»In Ordnung, lasst ihn gehen.«

»Sind Sie sicher, Commissario?«

Antonio breitet die Arme aus.

»Ganz sicher, Pugliesi. Wir können ihn nicht länger festhalten. Diese Frau, Mirna Mariotti, bezeugt, dass sie gestern den ganzen Tag mit Ebale verbracht hat, seit den frühen Morgenstunden.«

»Sie waren den ganzen Tag im Bett ... aber können wir ihr glauben?«

»Müssen wir. Sie ist nicht vorbestraft.«

»Und wir haben keine Zeugen. Der Fahrer hatte das Gesicht vermummt, als er floh, weshalb wir unmöglich sagen können, ob es sich wirklich um den Catanier handelte.«

»Also müssen wir den Bastard laufenlassen. Hat Turinella ausgepackt?«

»Von wegen! Er behauptet, dass er den Fahrer nicht kannte. Angeblich haben sie ihn kurz zuvor in irgendeiner Bar aufgetan, und als er Ärger aufziehen sah, hat er sich verdünnisiert und sie einfach im Stich gelassen.«

»Ein geborener Schauspieler.«

»Unfassbar. Und leider ist das noch nicht alles, Commissario.«

»Was denn noch?«

»Eben kam ein Anruf aus der Questura in Rom. Schlechte Nachrichten.«

6.

Der Mond steht hoch am Himmel, als Ebale seine Wohnungstür aufschließen will. Er braucht den Schlüssel nicht umzudrehen, sie steht offen.

›Nicht einmal die Tür können die Scheißbullen hinter sich zumachen.‹

Er ist fertig. Nach stundenlangen Verhören will er sich nur noch mit einer Flasche Whiskey aufs Bett werfen und so schnell wie möglich einschlafen. Zum Glück hat Mirna ihre Rolle durchgehalten. Das Geld war gut investiert.

Agostino zieht sein Jackett aus und wirft es aufs Bett, als er in einer Zimmerecke einen Schatten bemerkt.

Instinktiv will er zur Waffe greifen, erinnert sich aber im selben Moment, dass er sie gleich nach der Verfolgungsjagd in den Naviglio geworfen hat: Hätten sie ein Schießeisen bei ihm gefunden, wäre die Strafe wesentlich härter ausgefallen.

»Entspann dich, Agostì.«

Als Ebale die Stimme erkennt, beruhigt er sich. Er tastet nach dem Lichtschalter, und kurz darauf fällt das Licht der Deckenlampe in Giuffridas ausgemergelte Gesichtszüge.

»Ihr macht nur Dummheiten ohne mich …«

Agostino erwidert nichts. Er nimmt eine Flasche und zwei Gläser und füllt sie bis zum Rand.

»Banküberfälle sind nicht mein Ding«, seufzt er und lässt sich auf einen der zwei Stühle fallen.

»Banküberfälle wollen sorgfältig vorbereitet sein.«

»Ja, aber das ist nichts für mich. Ich bin für anderes gemacht.«

»Koks?«

»Genau.«

»Auch dabei kann dein Freund Salvo dir behilflich sein.«

Ebale füllt die Gläser nach und wirft dem anderen einen skeptischen Blick zu.

»Soll heißen?«

»Dass ich unten in Catania einen guten Kontakt habe.«

Er zieht ein Tütchen aus der Tasche und wirft es auf den Campingtisch.

»Ich übernehme hin und wieder einen Transport für ihn. Wenig Stoff, circa zehn Gramm. Ich bin überzeugt davon, dass es die doppelte Menge werden könnte …«

Agostino betrachtet das Tütchen auf dem Tisch. Er hat unbändige Lust, sich eine Line zu ziehen, doch er weiß nur zu gut, dass diese Droge nicht für ihn ist. Sie ist ein sehr attraktiver Köder, ein Angebot.

»Was schwebt deinem Kontakt denn vor?«, fragt er schließlich.

»Zehn Gramm pro Woche. Die überführe ich zurzeit für einen anderen Abnehmer, einen Typen aus Agrigent, der es in den Diskotheken rund um den Comer See vertickt. Wenn wir miteinander ins Geschäft kommen, ist die Ladung nächste Woche für uns.«

»Uns?«

»Fifty-fifty, Agostino. Nur du und ich, die anderen sind eh im Bau. Wenn sie rauskommen, wird sich auch für sie was finden.«

»Wer ist dieser Kontakt in Catania?«

»Sein Name braucht dich nicht zu interessieren. Er ist ein hohes Tier in der Cosa Nostra, der lokale Boss. Ich bürge für ihn.«

»Warum wir?«

»Die Palermitaner setzen auf ein anderes Pferd, das den Cataniern nicht in den Kram passt.«

Agostino umklammert sein Glas mit den Händen, bis seine Fingerknöchel weiß werden. Geschäfte mit der Mafia können äußerst einträglich sein, können dich aber auch auf direktem Weg unter die Erde befördern.

Giuffrida ist klar, worüber sein Partner nachdenkt.

»Willst du ewig weiter für ein paar Lire kämpfen, oder willst du echtes Geld verdienen, Agostino?«

Das sind die richtigen Worte.

»Einverstanden. Sag deinem Boss, dass wir ins Geschäft kommen.«

»Wie viel hast du noch in der Kasse?«

»Höchstens ein paar Millionen.«

»Das reicht. Das Startkapital haben wir. Jetzt müssen wir dafür sorgen, dass es Gewinn abwirft.«

7.

Die Sonne steht hoch am Himmel, ein klarer Tag. Von der Terrasse des Hotels Negresco aus erahnt Argenta in der Ferne die Umrisse Korsikas. Er nimmt einen Schluck von seinem Pastis mit Wasser und wartet, dass Frank sein Telefonat beendet. Beide sind braungebrannt und wirken entspannt. Das Leben an der Côte d'Azur gefällt ihnen.

»Das war's mit Dolce Vita«, verkündet Tarantino und lässt sich seinem Freund gegenüber auf einen Stuhl fallen. Er trägt eine dunkle Sonnenbrille und hat sich einen weißen Panamahut über die Tolle gestülpt.

»Wirklich?«

»Ja, ich habe gerade mit Anwalt Damiani gesprochen: alles geklärt. Der Zeuge, der euch beschuldigt, hat seine Aussage zurückgezogen. Und die Anklagen gegen uns wurden fallengelassen.«

»Scheiße, dann müssen wir ja zurück!«

Tarantino lacht. Argenta hat recht, noch nie waren sie so komfortabel abgetaucht. Fünf-Sterne-Hotels in Nizza und Monte-Carlo. Cocktails und Champagner zwischen

Yachten, Spielcasinos und Animierdamen. Eine Menge des in Rom erbeuteten Geldes ist dabei draufgegangen, während Melis und die anderen aus der Bande in Mailand die Stellung gehalten haben.

»Haben die Magliana-Jungs an uns gedacht?«

»Genau. Und sie haben mir auch eine Nachricht zukommen lassen.«

Argenta runzelt die Stirn.

»Raus damit.«

»Weg mit der Tolle.«

Cesare prustet los und spuckt einen Schluck Pastis aus, den er noch im Mund hatte.

Auch Tarantino ist belustigt.

»Vielleicht haben sie recht«, flüstert er, »ich sollte mal die Frisur ändern.«

Dabei fällt ihm ein Lied ein, das er irgendwann im Radio gehört hat und gerade sehr passend findet. Er summt es vor sich hin und bestellt ein Glas Champagner.

»*Anima mia, torna a casa tua …*«

Argenta lacht und stimmt spontan in die Melodie ein. Die anderen Hotelgäste schauen empört zu ihnen hinüber, wovon sie sich nicht stören lassen. Sie sind frei und voller Geld. Es könnte nicht besser laufen.

8.

»Scheiße! Scheiße! Scheiße!«

Santi geht in seinem Büro auf und ab und wiederholt in Endlosschleife das gleiche Wort. Sovrintendente Pugliesi beobachtet stumm seinen Vorgesetzten. Er weiß, dass er ihn in Ruhe lassen muss.

Zwei äußerst bittere Pillen innerhalb weniger Minuten wären nicht nur für Antonio schwer zu schlucken: Nicht nur, dass er Ebale aus Mangel an Beweisen freilassen muss- te, jetzt werden auch noch die Anklagen gegen Tarantino und Argenta aufgehoben, weil der römische Zeuge alles widerruft.

»Mit Sicherheit wurde er bedroht!«, ruft er. »Und was bleibt uns jetzt noch? Nichts, wir haben nichts mehr in der Hand. Absolut nichts!«

»Irgendwann machen sie wieder einen Fehler«, wendet Pugliesi ein. »Und dann sind wir da.«

Antonio blickt den Kollegen an. Ohne ihn zu sehen, denn seine Gedanken sind ganz woanders. Also versucht der Sovrintendente, die Spannung mit einem Witz zu lo- ckern.

»Versuchen Sie doch mal das Positive zu sehen: Wenn Tarantino in seine Wohnung zurückkommt, wird er fuchs- teufelswild sein, dass wir seinen Kleiderschrank so zuge- richtet haben …«

»Glaubst du? Wie ich ihn kenne, wird er ihn komplett in die Tonne hauen und sich unverzüglich alles neu kaufen!«

9.

Tarantino weiß, dass er nicht zufällig die Verbrecherlauf- bahn eingeschlagen hat. Manches Talent braucht Ermuti- gung und Vorbilder und muss entsprechend gepflegt wer- den. Um König von Lambrate zu werden, ist er bei einem Meister in die Lehre gegangen, dem großen Alten der Mailänder Unterwelt.

Wenn er jetzt daran zurückdenkt, mag auch Dreifinger

seine Hand im Spiel gehabt haben, damit es vor vielen Jahren zu der Begegnung kam, doch auf jeden Fall war er ein fleißiger Lehrling.

Sein Lehrer war Ulisse Utri, der Mythos aller »guten Jungs« in Mailand. Als Frank und Argenta noch Kinder waren, hatte Ulisse den Coup seines Lebens versucht, der ihm überall Respekt verschaffte, obwohl er am Ende schiefging. Wagemut wird in der Welt des Verbrechens immer hoch geschätzt.

Utri hatte versucht, dem Fürsten Rainier von Monaco die Juwelen zu stehlen, als dieser in der Kirche Grace Kelly ehelichte. Während die halbe Welt vor dem Fernseher saß und die Liveübertragung verfolgte, schlich er sich auf die königliche Yacht im Hafen von Monte-Carlo, um den Tresor mit den Juwelen zu plündern. Den Geldschrank zu öffnen war keine Kunst, allerdings hatte er nicht mit den Katzen des Fürsten gerechnet. Drei wahre Kampfkatzen. Am Ende hatten ihn die monegassischen Wachen im Laderaum geschnappt, angelockt vom wilden Miauen der Katzen.

In Mailand trug Utri seitdem den Spitznamen König der Diebe, aufgrund seiner Kühnheit. Und an ihn wendet sich Tarantino, zurück aus seinem Fluchturlaub, um ein paar Tipps zu bekommen, wie er sein Las-Vegas-Projekt in Mailand umsetzen kann.

»Warum ausgerechnet er?«, fragt Argenta, der mit im Auto sitzt.

»Tja, Ulisse ist nicht mehr der Jüngste und hat sich daher, sagen wir mal, breiter aufgestellt …«

»Du meinst, er stiehlt nicht mehr?«

»Genau. Er betreibt jetzt Spieltische im Freien, auf den Straßen, in irgendwelchen stillen Winkeln oder unter Eisenbahnbrücken.«

»Und das lohnt sich?«

»Mehr oder weniger. Aber da kommt nur Gesindel hin. Ich ziele mehr auf ein Klientel mit einem gewissen Niveau, nicht diesen Abschaum.«

»Und was wollen wir dann bei ihm?«

»Ulisse ist immer eine Quelle an Ideen und Kontakten. Irgendetwas Nützliches wird dabei schon rumkommen.«

»Dafür brauchst du die richtigen Verbindungen, Ciccio. Das ist alles.«

Bei diesen Worten steckt sich Ulisse eine Amphetamin-pille in den Mund und grinst seinen ehemaligen Schützling zufrieden an. Er sitzt mit Tarantino und Argenta an dem Tischchen einer Bar in der Via Padova. Durch die Fenster-scheiben verfolgt er die Aktivitäten an einem seiner Spielti-sche auf dem gegenüberliegenden Bürgersteig. Würfel und Poker. Die Spieler unterschiedlichen Alters stehen neben einem Plastikklapptisch, den sie für ihre Partien benutzen. Wenn ein Bulle in Sicht kommt, hat der Aufpasser im Nu alles zusammengepackt. Doch das passiert sowieso fast nie, nicht umsonst drückt Utri regelmäßig ein hübsches Sümm-chen an die Madama ab, damit die ihn in Ruhe lässt.

»Verbindungen habe ich«, sagt Tarantino und denkt da-bei an Lo Zio. »Ich brauche nur ein paar Tipps, was ich anstellen muss, um das Glücksspiel ein bisschen ... ohne dir zu nahe treten zu wollen, Ulisse ... attraktiver für die bessere Gesellschaft zu gestalten. Für die Wohlhabenden.«

Utri lacht aus vollem Herzen.

»Keine Sorge, Ciccio! Ich weiß doch selbst, dass auf der Straße nur die Verzweifelten spielen. Du willst Anwälte, Notare, Politiker ...«

»Genau.«

»Dann musst du der Sache den angemessenen Rahmen geben. Schöne Wohnungen, schöne Villen. Orte, die etwas hermachen, und Strohmänner mit absolut reiner Weste. Die unverdächtig sind.«

»Das ist auch kein Problem.«

»Und dann brauchst du Kohle. Viel Kohle. Geeignete Lokalitäten zu finden, ist erst die halbe Miete. Dann musst du sie schön herrichten, sie deinen Zwecken anpassen, wenn du verstehst, was ich meine. Edles Ambiente, teure Möbel, alles mit Klasse. Und nicht zu vergessen das Personal: Du brauchst gute Croupiers und schöne Mädchen, die den Champagner in Strömen fließen lassen. Und zugänglich sind. Wenn du diese Zutaten zusammenpackst, hast du eine ideale Spielhölle für die bessere Gesellschaft.«

»Das wäre ein schöner Qualitätssprung!«, schwärmt Argenta mit leuchtenden Augen. »Dann kämen Leute mit Klasse, Schauspieler, Unternehmer …«

»Leute mit *dané*«, fasst Tarantino zusammen, der an das Klientel in Monte-Carlo denkt. Herren im Smoking, Damen in Abendroben. Und Unmengen an Geld, das ihnen durch die Hände fließt.

»Danke, Ulisse, das war sehr hilfreich.«

Frank erhebt sich und drückt seinem alten Meister herzlich die Hand. Als er wieder auf der Straße steht, sieht er die Stadt mit neuem Blick: Sein alter Traum, aus Mailand ein Klein-Las-Vegas zu machen, gewinnt an Konturen.

1.

Das Kind wiegt drei Kilo und achthundert Gramm. Nina und Max wohlauf.

Vandelli wird schier verrückt, als er das Telegramm liest.

»Nein, verflucht, nein! Ich muss hier raus! Ich muss raus!«

Seit zwei Tagen ist sein Sohn auf der Welt, und er erfährt es erst jetzt. Er kann ihn nicht sehen, ist nicht einmal in Mailand, sondern sitzt in einem Gefängnis in Bari fest, wo er mindestens einmal pro Woche im Loch landet, weil er sich wieder mit den Aufsehern angelegt hat.

»Scheiße, lasst mich raus! Scheiße!«

Er brüllt aus voller Kehle, schmettert alles, was nicht niet- und nagelfest ist, gegen die Mauer, tritt gegen die Gitterstäbe.

»Verlegt mich nach Mailand zurück! Ich muss meinen Sohn sehen!«

Den Kleinen haben sie Massimo getauft, der Name eines Fürsten, wie Nina und er bei ihrem letzten Treffen in der schmuddeligen Besuchszelle entschieden hatten.

Es schmerzt ihn fast körperlich, so weit weg von ihnen zu sein.

»Ich will nach Mailand verlegt werden! Sofort! Verdammt noch mal!«

Roberto tobt so lange, bis die Gefängniswärter zu fünft und in Schutzausrüstung anrücken.

»Mal sehen, wie lange du noch rumkrakeelst, Arschloch!«

Das Ende ist absehbar. Vandelli kassiert eine Abfuhr

nach allen Regeln der Kunst und landet mit mehreren Rippenbrüchen und grün- und blaugeschlagenem Gesicht im Loch. Dennoch war sein Wahnsinn zu etwas nutze: Fünf Tage später, als sie ihn herausziehen, unterschreibt der Gefängnisdirektor seine Verlegung.

Doch es ist eine höhnische Ohrfeige, die ihn noch wütender macht.

»Nach Lecce? Ihr Mistkerle verlegt mich nach Lecce? Nach Mailand will ich! Zu meinem Sohn!«

Die Aufseher lachen genüsslich, als sie ihn in die grüne Minna packen, die ihn in das neue Gefängnis im süditalienischen Stiefelabsatz bringen wird.

»Endlich sind wir die Landplage los!«

Die folgenden Wochen sind nicht leicht für Vandelli. Ihn treibt nur ein Gedanke: sich etwas einfallen zu lassen, um schnellstmöglich nach Mailand zu kommen. Koste es, was es wolle.

Nur dass wie zuvor in Bari auch in Lecce die Häftlinge aus dem Norden keinen guten Ruf haben, vor allem solche Hitzköpfe wie er.

Da ist es natürlich wenig hilfreich, dass Roberto, kaum ist er die Handschellen los, einem Wärter an die Gurgel springt. Das bekannte Tänzchen beginnt: Er bricht dem anderen die Nase, und der prügelt wahllos auf ihn ein.

Und mehr noch. Um seinen Willen zu brechen – wie die Kollegen in Bari ihnen bei der Übergabe der heißen Kartoffel empfohlen haben –, werfen sie ihn ins Loch, das hier noch einmal spezieller ist.

»Du wirst es mögen«, lacht einer höhnisch. »Den Ofen.«

»Ofen?«, brummt Vandelli benommen.

»Ja, Klugscheißer: Das ist unsere Isolierzelle. Sie heißt so, weil hier früher das Brot gebacken wurde. Und heute braten dort Arschlöcher wie du.«

Sie stoßen ihn hinein, und Roberto bricht geschunden und müde von der Reise auf dem Boden zusammen. Würde er zumindest, wenn genügend Platz wäre. Doch das hier ist kaum mehr als eine Nische, hier kann man sich nicht ausstrecken, sondern höchstens zusammenkauern.

Vor ihm waren schon andere hier, wie er sieht: Die Häftlinge sind gezwungen, in ihren eigenen Absonderungen zu liegen und in dem, was aus den Abwasserrohren über ihren Köpfen tropft.

Es gibt keinen Zentimeter trockenen Boden, und trotz Juli ist es eiskalt.

Ein erbärmlicher Ort. Nachts findet Vandelli höchstens ein paar Stunden Schlaf, wenn er einfach nicht mehr kann und zusammenbricht. Die übrige Zeit verbringt er auf den Fersen hockend mit dem Rücken gegen die Stahltür gelehnt. Das ist die einzige menschenähnliche Haltung in diesem Loch, die ansatzweise bequem ist.

Die Wärter wissen das – alle machen es so –, und sie lassen keine Gelegenheit aus, um im Vorbeigehen gegen die Tür zu pinkeln, damit der Urin sich seinen Weg bahnt und er mit den Füßen in der Pfütze steht.

»Wärm dich ein bisschen auf, Drecksack!«, lachen sie.

Eine Qual, die sechs Tage andauert und an deren Ende Roberto beschließt, klein beizugeben. Zumindest so lange, bis er wieder bei Kräften ist, denn allein die Vorstellung, wieder in den Ofen gesteckt zu werden, zermürbt ihn.

Vandellis gute Vorsätze halten fünf Monate, bis er an Silvester nach langwieriger Geduldsarbeit mit einer kleinen, gegen teures Geld auf dem Schwarzmarkt erstandenen Säge eine Eisenstange an seinem Zellenfenster herausgekratzt hat und sich an zusammengebundenen Laken in den Innenhof herabhangelt. Als er allerdings über die äußere Gefängnismauer klettern will, lässt ihn ein neben seinem Ohr einschlagendes Maschinengewehrfeuer augenblicklich erstarren.

»Brav. Und jetzt Hände hoch!«

Nach der üblichen Abreibung schleifen die Aufseher ihn in das Büro des Direktors. Ein kleiner, elegant gekleideter Mann, der offenbar eilends von einer Silvesterparty in sein Büro gerufen wurde.

Der Mann fährt sich über den Schnäuzer und lächelt ihn an.

»Netter Versuch, Vandelli. Wirklich. Leider schiefgegangen. Jetzt kommst du wieder in den Ofen, und in einer Woche verlegen wir dich, aber keine Sorge: bestimmt nicht nach Mailand. Darauf kannst du wetten. Den Gefallen werden wir dir niemals tun.«

Vandelli schweigt. Er hat verloren.

Dieses Mal sind die Tage im Ofen nicht so schrecklich. Es ist etwas wärmer aufgrund der Heizungsrohre, und die Aussicht auf Verlegung hält ihn am Leben und lenkt ihn von seinen Schmerzen ab.

Als sie ihn herausziehen, geht es ihm fast gut.

»Also, wo schickt ihr mich hin?«

Der Gefängnisdirektor grinst.

»Ans Meer, Vandelli. Nach Genua ins Gefängnis Marassi. Aber nicht für lange, nur ein paar Tage, dann besteigst du die Fähre Richtung Sardinien, nach Badu 'e Carros. Ein wirklich empfehlenswertes Örtchen.«

Er lacht laut auf, während die Wache Roberto in die grüne Minna schafft.

Nun macht Vandelli sich berechtigterweise Sorgen. Er

201

weiß, dass man nicht von der Insel und schon gar nicht aus diesem üblen Knast fliehen kann. Und selbst wenn, wohin dann? Du stehst im Nichts und wirst gleich wieder eingefangen.

Nein, er muss sich etwas einfallen lassen, bevor er das Festland verlässt, sonst sieht er seinen Max erst, wenn ihm schon der erste Bart sprießt …

Darüber denkt er die ganze Nacht nach, während der Transporter die Kilometer Richtung Norden frisst.

Als sie morgens in Genua ankommen, gibt er sich ausnahmsweise ganz zahm. Ungerührt lässt er sich Fingerabdrücke nehmen. Lammfromm. Sobald die Zellentür hinter ihm zufällt, reißt er mit Klauen und Zähnen den Matratzenstoff kaputt und zieht ein Dutzend Federn daraus hervor. Alt, verrostet und spitz.

›Das will ich sehen, ob ihr mich auf diese verfickte Insel schickt!‹, denkt er und verschluckt eine nach der anderen, als wäre es Zuckerwatte.

Mitten in der Nacht wird er mit dem Notarztwagen in die Poliklinik eingeliefert. Er hat reißende Schmerzen in Brust, Magen und Unterleib.

»Was hast du gemacht, Vandelli? Du hast doch nicht etwa die Bettfedern gefressen?«

Eine Stunde später liegt er unter dem Messer, und die Chirurgen retten ihm in letzter Sekunde das Leben.

In dem Befund steht, dass sie nicht alles herausholen konnten und er von nun an, mit dem Metall im Leib, bei jedem Detektor Alarm schlagen wird.

Die beste Nachricht aber überbringt ihm der Gefängnisdirektor von Marassi.

Roberto liegt noch geschwächt im Bett, bleich wie das Leintuch unter ihm.

»Du bist ein echter Irrer, Vandelli«, setzt er kopfschüttelnd an. »Aber fürs Erste hast du gewonnen. Sobald du entlassen wirst, schicken wir dich nach Mailand. Dann siehst du deinen Sohn und kannst dich beruhigen.«

Tutto il resto è noia

1.

Die Bar Raffaello ist morgens wie leergefegt. Die einzigen Gäste sind Argenta und Tarantino, die mit ihrem Espresso am Tresen lehnen.

»Diese Glücksspielidee fängt an, mich zu interessieren!«

»Habe ich dir doch gleich gesagt, Cesare.«

»Es gibt nur ein Problem, Frank: Wir müssen allmählich ranklotzen und ein bisschen frisches Moos beschaffen. Wir brauchen Geld.«

»Genau, und solange wir weiter mit dieser Bar und dem Puff Zeit verlieren, kommen wir nicht weiter.«

»Willst du wieder Überfälle machen?«

Tarantino kommt nicht dazu, zu antworten, denn der Barista winkt ihn mit dem Telefonhörer in der Hand heran.

»Ein Anruf für dich, Franco.«

»Wer ist es?«

»Er sagte nur, er sei ein alter Freund von dir.«

»Mal sehen.«

Der Typ am Telefon hat nicht gelogen: Tonino Pistelli ist wirklich ein alter Bekannter von Tarantino. Mehr noch: Eine Zeitlang waren sie beide zusammen bei Utri in der

Lehre. Zwei Schüler der Gangstermaterie. Dann schlug Tarantino seinen eigenen Weg ein, während Tonino im Windschatten seines alten Lehrers blieb und gewissermaßen in dessen Fußstapfen trat. Anhand von Ulisses Spielhöllen im Freien hatte er viel gelernt, und nach ein paar Jahren steckte er alles, was er besaß, in ein paar »überdachte« Spielcasinos. Nichts Besonderes im Vergleich zu denen, welche die drei Milords kontrollieren. Aber immerhin ein gutes Geschäft.

»Ciccio, einer meiner Läden geht den Bach runter«, sagt Tonino mit zitternder Stimme.

Tarantino ist es egal, bei seinem alten Spitznamen genannt zu werden: Sein Kumpel gehört zu denen, die das dürfen.

»Und warum rufst du mich an?«

»Ich weiß nicht, an wen ich mich wenden soll …«

»O.k. Was kann ich tun?«

Tarantino riecht schon den saftigen Brocken, den der andere ihm gleich hinhält.

»Du musst uns helfen.«

»Könnte ich. Aber was springt für mich dabei heraus?«

»Komm und dann reden wir, o.k.?«

Als der König von Lambrate auflegt, liegt ein triumphierender Ausdruck auf seinem Gesicht: Der Löwe hat eine einsame Gazelle gewittert, die verschlungen werden will.

Argenta entgeht das nicht.

»Gute Nachrichten?«

»Ich glaube, der Moment ist gekommen, den Gewinn aus dem Rom-Überfall zu investieren, besser gesagt das, was nach der Côte d'Azur noch davon übrig ist.«

2.

»Bitte nicht! Bitte, bitte nicht!«

Ungeachtet des Flehens schießt Melis dem blonden Jungen eine Kugel in die Kniescheibe. Ein verzweifelter Schrei steigt auf, den mitten im Weizenfeld niemand hören kann.

»Jetzt wirst du dein Leben lang humpeln«, brüllt Tarantino ihn an. »Als Erinnerung daran, dass man gewisse Späße besser nicht macht, verstanden, Arschloch?«

Der Blondschopf nickt hektisch und hält sich mit beiden Händen das Knie. Heulend zieht er die Nase hoch. Neben ihm völlig verängstigt seine drei Kumpels. Alle noch keine zwanzig und ganz offensichtlich zwischen Kohle, Einbrüchen und Zwangsaufenthalten im Beccaria aufgewachsen. Kleines Gesindel, noch lange nicht tough genug für Tarantinos Bande.

Argenta hat allen dreien mit einem Hammer die Finger der rechten Hand gebrochen, die Finger, die sie am Abzug hatten. Sie blicken zu Boden, ohne zu jammern. Noch wissen sie nicht, ob sie mit dem Leben davonkommen.

»Was hast du mit den Milchbubis vor?«, hatte Argenta gefragt, nachdem sie sie in einer Bar in Ticinese aufgegriffen hatten.

»Ihnen eine Lektion erteilen, die sie nie vergessen«, hatte Frank geantwortet. »Das sind bloß vier arme Würstchen ohne Rückendeckung. Wir machen ihnen ein bisschen Angst, schießen den Anführer lahm und lassen sie dann laufen.«

Das Quartett hatte mit Maschinenpistolen auf die Tür einer von Pistellis Spielcasinos in der Via Savona geschossen. Deshalb hatte Tonino sich an Frank gewandt: Auch wenn es weder Tote noch Verletzte gegeben hatte, war die

Lage ernst. Die Menschen, die sich hier um Lohn und Vermögen spielen, sollen sich wenigstens sicher fühlen.

Die Schuldigen ausfindig zu machen war nicht schwer. Der Croupier vor Ort konnte sich an ein paar Grünschnäbel erinnern, die einige Abende zuvor zehn Millionen Lire beim Würfelspiel verloren hatten. Wahrscheinlich die mühsam erarbeitete Beute eines Überfalls. Am Ende waren sie hinausgeworfen worden, weil sie Krawall gemacht hatten, die Würfel seien gezinkt und Pistelli wolle sie übers Ohr hauen.

Als Rache hatten sie die Kugeln geschickt, was man ihnen nicht durchgehen lassen durfte. Wenn ein glückloser Spieler auf die Idee kam, seinen Verlust zu rächen, und zur Knarre griff, bedeutete das nur eins: Es fehlte an Respekt gegenüber dem Inhaber, also Tonino Pistelli.

»Und niemand will irgendwo spielen, wo er sich nicht sicher fühlt, stimmt's?«

»Stimmt«, flüstert der Blondschopf. Durch seinen Blutverlust ist er leichenblass.

»Sehr gut.«

Tarantino tätschelt ihm leicht die Wange, bevor er sich an die drei mit den gebrochenen Fingern wendet.

»Jetzt helft eurem Freund hoch und bringt ihn ins Krankenhaus. Denkt euch irgendwas aus. Dass ihr Winnetou gespielt habt und die Cowboys hinter euch her waren oder so einen Müll. Und kommt mir nie mehr unter die Augen, denn beim nächsten Mal verscharren wir euch auf diesem Feld.«

3.

Tonino empfängt Tarantino und Argenta mit einem breiten Grinsen und einer eisgekühlten Flasche Krug.

»Danke, Ciccio, du bist ein wahrer Freund! Ich bin mir sicher, dass die vier Jungs mir nie wieder Ärger machen!«

Die Luftbläschen in der Flute steigen fröhlich auf, doch der König von Lambrate macht eine ernste Miene. Er will über Geschäftliches sprechen und nicht anstoßen.

»Schutz kostet, Tonino. Und ab heute nennst du mich nicht mehr Ciccio, sondern Frank, verstanden?«

»Aber ...«

»Sieh mal, du hast einfach keine Eier. Das war schon immer so. Du hast dir hier einen hübschen Spielsaal aufgebaut, aber wenn vier Halbstarke dir einfach alles zusammenschießen können, heißt das, dass du nicht ernst genommen wirst.«

Tonino senkt den Kopf. Er hat schon begriffen, doch Tarantino will es ihm ganz ausführlich erklären.

»Du bleibst der Direktor. Das kannst du, und die Leute kommen gern zu dir. Den Rest übernehmen wir. Du bekommst einen Anteil der Einnahmen und hast immer einen meiner Männer hier, der den Leuten die Lust vertreibt, sich zu rächen. Das scheint mir für alle ein gutes Geschäft zu sein, oder?«

Pistelli weiß nicht, was er sagen soll, also versucht Argenta das Eis zu brechen und hebt sein Sektglas.

»Lassen wir den Schampus nicht warm werden. Ein Hoch auf unser Abkommen!«

4.

Seit Tarantino mit Argentas Hilfe die Spielbank in der Via Savona aufbaut, hat sie sich verändert. Die Einrichtung erfährt eine Rundumerneuerung und Modernisierung, das Personal und die Croupiers bekommen eine Livree, die an die Casinos von Monte-Carlo erinnert: weißes Hemd mit Fliege, schwarze Hose und rotes Jackett. Die Bar bietet nun Alkohol jeglicher Art.

Doch auch bei den Glücksspielen kommt es zu einigen Verbesserungen.

»Findest du nicht, dass das ewige Würfelspiel langweilig ist?«

»Todlangweilig, Frank. Wir müssen uns was Neues ausdenken.«

Gesagt, getan. Tische für *Chemin de fer* werden aufgestellt, außerdem kommt ein Roulette hinzu, und das Pokerzimmer ist in Vorbereitung.

Die Gäste nehmen die Veränderungen gut auf, und die Geschäfte laufen schon nach wenigen Tagen besser.

»Siehst du, Tonino, das hat deiner Spielhölle gefehlt. Ein bisschen Klasse. Jetzt haben die Spieler das Gefühl, in einem echten Casino zu sein. Dann setzen sie auch mehr.«

»Wie du willst, Frank.«

»Wie ich will? Nein, lieber Freund, wir wollen das so. Geld will schließlich jeder!«

Die Spielbank in der Via Savona ist nur der erste Schritt. Das Geld, das Tarantinos Bande einnimmt, wird zusammen mit der übrigen Beute aus dem Raub in Rom komplett in den neuen Geschäftszweig investiert.

Frank hat es mittlerweile dank Lo Zios Verbindungen

in die wichtigen Zirkel geschafft und sich einigen Damen des Mailänder Adels und Großbürgertums mit luxuriösen Apartments angenähert. Ihnen will er ein sauberes und einträgliches Geschäft vorschlagen.

Innerhalb weniger Wochen werden aus historischen Gebäuden und vornehmen Wohnsitzen die neuen Spielcasinos des Königs von Lambrate.

»Genau wie Utri es vorgeschlagen hat«, sagt er, als er mit Argenta anstößt.

Die erste Eröffnung findet auf der Via Panizza statt, einer gutsituierten Wohngegend, wo die Männer Krawatte tragen und die Frauen in Abendrobe und Pelz kommen.

Die Möblierung ist erstklassig, an den Wänden hängen teure Gemälde, und die Bar ist gut sortiert.

»Das erinnert mich an das Flamingo in Las Vegas«, witzelt Tarantino am Abend der Einweihung. Es ist voll. Der Champagner fließt in Strömen. Sie müssen ein anspruchsvolles Publikum befriedigen: Politiker, Unternehmer, Geschäftsleute, Schauspieler, Anwälte.

In seine Spielcasinos darf jeder, der die richtigen Kontakte und ein gutgefülltes Bankkonto vorweist.

»Ich will hier keine Penner haben.« Das ist die Vorgabe, mit der seine Gorillas an der Tür ihre Wahl treffen.

Frank geht ganz in seiner neuen Welt auf: Er begrüßt die Gäste mit Händedruck und bietet den Damen Getränke an. Auch Argenta mischt sich unters Volk, doch mit dem Auftrag, für einen reibungslosen Ablauf zu sorgen. Ein Blick von ihm genügt, und die abseitsstehenden dunkel gekleideten Herren greifen ein und setzen Betrunkene und andere vor die Tür, die sich nicht benehmen können.

Für solche, die es nach anderer Zerstreuung verlangt, gibt

es ein paar Mädchen in sexy Abendkleidern, die Lea auswählt und die abwechselnd aus Tarantinos Bordellen rübergeschickt werden, von denen er nun schon fünf in der Stadt kontrolliert.

»Wer sich bei uns amüsieren und Geld ausgeben will, den hindere ich nicht daran«, sagt Frank immer wieder zu Argenta, wenn er im Morgengrauen den Sack mit den Abendeinnahmen bekommt. »Sie müssen nur blechen!«

Innerhalb weniger Wochen wächst das Glücksspiel überproportional. Mailand will ausgehen, sich amüsieren, in elegantem Ambiente die Sorgen vergessen: Demonstrationen, Anschläge, Tote, politische Kämpfe. In Tarantinos Lokalen kann man alles hinter sich lassen. Sorglos das Leben genießen.

Der neueste Laden in der Nähe des Castello Sforzesco befindet sich in einem herrschaftlichen Haus, wo Tarantino für sich ein modernes Büro eingerichtet hat mit Schreibtisch, Sofas und Ledersesseln. Und mit einem Tresor und einem Hinterausgang, um im Notfall die Biege zu machen. Das Casino erstreckt sich über zwei Stockwerke, verfügt über Zimmer für Gäste (oder auch Sexhungrige) und eine Bühne für Cabaret- und Gesangsvorstellungen.

In seinen Kreisen ist er bekannt und respektiert. Keiner wagt mehr, ihn mit Cicciobanana anzureden. Während manche ihn noch den König von Lambrate nennen, lautet sein neuer Spitzname seit einiger Zeit »Engelsgesicht«, wegen dieser freundlichen, leutseligen Miene eines kleinen Jungen, der die Tolle abgelegt hat.

Auch der Rest der Bande hat sich neu erfunden: Schlips und Oberhemden von Marinella, dem exklusiven Herrenschneider aus Neapel, und Maßschuhe von Campanile.

Niemand würde sie mehr für Lohntütendiebe halten, sondern eher für Covermodels einer Wochenzeitschrift.

Alles läuft bestens, und dass dies sein Moment ist, wird Frank an einem Herbstabend klar, als das Privattelefon in seinem Büro läutet, dessen Nummer fast niemand kennt.

Argenta, wie immer in der Nähe seines Bosses, lauscht interessiert dem geheimnisvollen Gesprächspartner am anderen Ende der Leitung.

»Und?«, fragt der Vizekönig dann. »Wer war das?«

»Einer, der bei uns einsteigen will.«

»Aber wir brauchen keinen, oder, Frank?«

»Das hängt ganz davon ab, Cesare.«

»Wovon?«

»Wer es ist.«

»Und wer ist es?«

»Einer, der in Neapel die Fäden zieht. Und zwar alle. Und der gerne in Mailand etwas Handel betreiben würde.«

»Der ruft dich an …«

»Ja, er heißt O' Professore.«

Argenta weiß nicht, was er dazu sagen soll. Doch Tarantino ist aufgeregt. Er holt eine Flasche Whiskey aus der Hausbar und zwei Gläser.

»Er will, dass wir ihn logistisch unterstützen. Sie klauen Lastwagen in Süditalien und schicken sie mit Waren beladen in den Norden.«

»Welche Waren?«

»Waren der Art, mit der die Menschen sich gerne die Nasen pudern, Cesare.«

»Und was sagt Lo Zio dazu?«

»Solange wir nicmandem auf die Füße treten, können wir tun und lassen, was wir wollen.«

Argenta leert sein Glas in einem Zug.

»Scheiße, in Gesellschaft mit Mafia und Camorra …«

»Exakt, mein Alter. Jetzt kann uns nichts mehr aufhalten.«

Es klopft an sein Büro, und Melis steckt sein Gesicht in den Türrahmen.

»Der Typ ist da«, verkündet er.

»Welcher Typ?«

»Dieser römische Sänger, der Freund der Magliana-Jungs.«

»Dann soll er mal singen!«, sagt Frank und steht schwung-voll auf.

Die drei Männer gehen zur Bühne, wo der Mann alles für seinen Auftritt vorbereitet hat.

Tarantino muss nur mit dem Kopf nicken, damit die Musik anfängt.

Er schüttelt Hände und lächelt, der nette Frank. In diesem Moment fühlt er sich wie in Las Vegas. Sein ganz persönliches Las Vegas.

Und während alle die Gläser heben und in *Tutto il resto è noia* einstimmen, sagt sich Engelsgesicht, dass sein Leben ohne diese Welt wirklich langweilig wäre. Todlangweilig.

Das Capriccio

1.

»Habe ich dir schon mal gesagt, dass du ein verdammtes Genie bist?«

Giuffrida lacht genüsslich.

»Oh ja. Mindestens zehn Mal.«

Ebale schlägt dem Partner auf die Schulter, während sie einem Pole-Dance in einem Nachtclub auf dem Corso Europa zuschauen.

»Kellner, noch mehr Champagner!«

»Die Geschäfte laufen wie geschmiert, was?«

»Wem sagst du das. Vorbei die Zeit der Überfälle!«

Das ist keine Übertreibung von Agostino, dank Giuffridas Kontakten zur Mafia in Catania und deren bescheidenen Kokainlieferungen machen sie eine Menge Geld. Lieferungen, mit denen sie niemandem auf die Füße treten, die jedoch für sie das Manna vom Himmel sind.

Zehn ordentlich gestreckte Gramm werfen fast zwei Millionen Lire ab, genug, um beispielsweise einen brandneuen Fiat 126 zu kaufen.

Turinella sitzt noch in San Vittore ein, also mussten sie ein Dutzend Arbeiterameisen rekrutieren, Kleindealer, um die Ware in ganz Mailand zu verticken. Die Nachtclubs auf dem Corso Europa bleiben Agostinos Revier, auch wenn die Gegend tagsüber Sperrzone ist: Bei den vielen demonstrierenden Studenten, die Steine auf Polizisten werfen, kann man nur allzu leicht in die Falle geraten oder Schlimmeres.

Ebale hat sich einen exklusiven Kundenkreis aufgebaut, den er mit hochwertiger Ware, oft sogar bis an die Haustür beliefert. Den Rest des Tages, solange die Sonne am Himmel strahlt, verbringt er am liebsten in seiner Wohnung, mit einigen Bahnen und seiner bevorzugten Gesellschaftsdame, die ihn vor dem Knast gerettet hat: Mirna. Mit dieser Frau verbindet ihn einiges, und im Tausch für ein paar Lines gewährt sie ihm funkelnde Einsichten ins Paradies. Dieses Spiel scheint ihm die Mühe wert.

Sein Partner aus Catania allerdings ist da anderer Ansicht.

»Die Fotze ist doch nur eine Folgeerscheinung. Ein Accessoire wie ein goldenes Feuerzeug oder eine Rolex. Die musst du dir weder warmhalten, noch musst du ihr hinterherlaufen: Die wird immer kommen, wenn du flüssig bist.«

Giuffrida redet und fährt, die Straße vor sich fest im Blick. Es war nicht leicht, Agostino von seiner Liebsten loszueisen und mitzunehmen.

»Zuerst kommt immer das Geschäft.«

»Scheiße, du bist ein echter Mailänder geworden. Erst die Arbeit, dann das Vergnügen.«

Sie lachen. Das Kokain bringt viel ein, aber man darf sich nicht von der Euphorie einlullen lassen.

»Es laufen genug Leute herum, die sofort unseren Platz einnehmen würden«, wiederholt Giuffrida täglich beim Kassensturz. »Also, bloß nicht übermütig werden, o.k.?«

»Und was machen wir mit dem vielen schönen Geld?«

»Wir investieren, Agostino.«

»In was?«

»Das zeige ich dir. Ein bisschen Geduld, bitte.«

Die Investition ist nichts anderes als ein Restaurant in der Via Comelico, *Il Capriccio*: vier große Fenster zur Straße, ein Saal und ein riesiger Keller, wie Giuffrida es mag. Der Inhaber des Pum Pum hat das Lokal erwähnt, mit dem einer seiner Freunde eine schlechte Phase hat und das er nun loswerden möchte.

»Der Kaufpreis klingt vernünftig. Ich gebe dreißig Prozent, Agostino, du den Rest.«

»Warum nicht fifty-fifty?«

»Weil jeder Laden einen Boss braucht. Außerdem weißt du, dass ich fast immer in Catania bin, das hier wird dein zweites Zuhause.«

Schmeicheleien konnte Ebale noch nie widerstehen, und

ihm genügt ein Blick in den Laden, um sich überzeugen zu lassen.

Eine Woche später gehört das Lokal ihm.

»Uns, Agostino, nicht nur dir. Was hast du jetzt vor?«

»Komplettsanierung, Salvo.«

»Dazu brauchst du Kapital!«

»Tja, das heißt, statt einer Reise pro Woche machst du in den ersten Wochen zwei, dann haben wir die Ausgaben wieder drin ...«

Giuffrida verzieht den Mund, doch nun ist er dabei und muss mitspielen. Außerdem war es seine Idee, zu investieren.

Agostino klotzt, statt zu kleckern. Er erneuert den ganzen Raum, Stühle, Tische und selbst die Küche. Das Beste aber kommt nach dem Essen: Aus dem Keller wird eine Spielbank. Mit zwei Eingängen, der eine über die Treppe durch das Restaurant und der andere mit einer Panzertür direkt zur Straße hinaus.

»So kann man auch sehr spät noch problemlos ein und aus gehen. Wie findest du es?«

Giuffrida kriegt vor lauter Staunen den Mund nicht mehr zu.

»Eine Pracht, dieser Ort!«

»Der uns schön was einbringen wird!«

Ebale betrachtet zufrieden sein unterirdisches Spielcasino: dunkler Teppichboden, gutsortierte Eckbar und Verstecke im Fußboden für Chips und Karten, sollte die Madama überraschend zu Besuch kommen.

»Und hast du dich um Personal gekümmert?«

Salvo nickt mit weiser Miene.

»Wir sind doch Partner, oder? Beleidigte Croupiers, die aus irgendwelchen Casinos geworfen wurden, gibt es wie Sand am Meer.«

»Klar, aber wenn sie stehlen?«

»Bei mir wird nicht gestohlen«, erwidert er und schaut dabei auf seine Knarre im Gürtel. »Sonst …«

»Ich werde sie auch im Blick behalten.«

»Gut so. Und die da wahrscheinlich auch.«

Giuffrida zeigt auf die Mädchen, die Getränke servieren sowie Zigaretten und Zigarren verkaufen.

»Oh, die lasse ich nie aus den Augen.«

»Gut, Agostino. Ab heute Nacht bist du offizieller Spielbankbetreiber. Wie findest das?«

»Jetzt kann ich Champagner bestellen, ohne ihn zu bezahlen.«

In den Wochen darauf versinkt Ebale in einem Strudel aus Kaviar, Kartenspiel und Kokain. Die Nachricht vom neuen Capriccio hat die Runde gemacht und lockt einen schönen Kreis von Glücksspielern an.

Alles läuft wie am Schnürchen, und jeden Morgen nach Ladenschluss zählt Agostino die Einkünfte aus Restaurant und Casino, fünf Prozent des Einsatzes auf alle Spiele.

»Großartig«, ruft er durchs Telefon seinem Kumpel in Catania zu. »Wenn es so weitergeht, kaufen wir uns bald das Savini in der Galleria!«

»Sehr gut. Aber übertreib's nicht, verstanden? In drei Tagen komme ich mit einer neuen Lieferung.«

»Keine Sorge, ich habe alles unter Kontrolle!«

Das Einzige, was Ebale wirklich unter Kontrolle hat, sind die Muschis. Das Lokal wird von vielen alleinstehenden Damen besucht. Angezogen vom Champagner wie die Bienen vom Honig, den er großzügig ausschenkt, aber vor allem von den Tütchen mit Koks. Agostino begrüßt sie, lächelt, setzt sich an ihren Tisch, unterhält sie mit Geschichten, und um drei Uhr, wenn die Spieler ihre letzte Lira verloren haben, schließt er die Rollläden und wirft alle auf die Straße. Bis auf seine Beute.

»Jetzt wird es richtig geil!«, wendet er sich grinsend seinen Frauen zu.

Dann erscheint ein großes Silbertablett mit Stoff darauf, bei dessen Anblick alle ganz heiß werden.

Mirna ist immer mit von der Partie. Sie kennt keine Eifersucht, wenn ihr Mann mit anderen Frauen geht, manchmal drängt sie ihn geradezu, mit ihnen ins Bett zu hüpfen. Das erspart ihr Arbeit. Natürlich unter der Bedingung, dass er sie mit Koks und Geld versorgt, wenn sie es braucht. Mirna erwartet nicht mehr viel vom Leben, und nachdem sie durch ihr Alibi sein Vertrauen gewonnen hat, möchte sie davon so lange wie möglich profitieren.

Im Übrigen weiß sie genau, womit sie ihn kriegt: die eine oder andere Line, ein paar Sexspielchen mit ihm und Geschichten über ihre Freundinnen. Sie beschreibt ihm haargenau ihre Körper, Zentimeter für Zentimeter, berichtet, was sie mögen, wo sie berührt werden wollen, wie er sie geil macht …

Ebale törnt das so sehr an, dass er ihr häufig nach dem Sex befiehlt, ihre Freundinnen anzurufen und ins Capriccio zu bitten.

»Sag ihnen, hier gibt's Champagner und Koks bis zum Abwinken!«

Das funktioniert immer, die Mädchen eilen herbei. Der Spaß für Ebale liegt nicht nur im Ficken und Sniffen. Nein, er liebt es, seine Manien auszuleben: Er schneidet ihnen die Kleider in Fetzen, fotografiert sie mit der Polaroidkamera in den obszönsten Posen, zwingt sie, auf schwindelerregenden Absätzen die Treppe hinauf- und hinunterzubalancieren. Das alles bis zum nächsten Morgen, wenn die Kellner und der Koch das Lokal wieder aufmachen und er sie wegschickt.

Vor lauter Ausschweifungen bleibt Agostino nicht viel Zeit, sich um die Geschicke des Lokals zu kümmern, denn wenn er gerade nicht vögelt, sitzt er am Pokertisch und spielt die ganze Nacht.

So ist es Giuffridas Aufgabe, ihn wieder auf den Boden der Tatsachen zurückzuholen. Genau einen Monat nach der Einweihung steht er in aller Frühe in seiner Wohnung. Mirna, die spürt, woher der Wind weht, zieht sich eilig an und verschwindet.

»Scheiße, Agostino, hier geht alles in den Arsch!«

»Dir auch einen guten Morgen, Partner!«

»Scheiß auf den Partner! Die Konten stimmen nicht! Wir verlieren einen Haufen Geld mit diesem Restaurant. Merkst du das nicht?«

Ebale setzt sich auf den Bettrand und starrt seinen Kompagnon mit verhangenem Blick an.

»Kapierst du nicht, wenn das so weitergeht, können wir in ein paar Monaten dichtmachen!«

»Komm schon, übertreib mal nicht ...«

»Übertreiben? Du hast als Casinoinhaber keinerlei Erfahrung! Wie ein Huhn auf einem Hof voller Füchse. Du kannst dich nicht an den Tisch setzen und mitspielen ... Du musst im Blick behalten, was passiert. Aufpassen, dass niemand dich betrügt! Eine Spielbank, die jeden zweiten Abend mit einem Minus schließt, gibt es nicht. Außer unserer!«

Agostino zuckt mit den Achseln. Was Giuffrida nutzt, um den nächsten Schlag zu landen.

»Ganz zu schweigen vom Restaurant! Dir geht es am

Arsch vorbei, wenn es leer ist ... Dich interessieren nur der Koch und die Kellner, damit sie dir und deinen Nutten was Schönes kochen. Das funktioniert so nicht, Agostino, du musst dich am Riemen reißen, sonst können wir so nicht weitermachen.«

»Und was schlägst du vor?«

Sein Gegenüber hebt die Schultern und wirft ein Päckchen Koks auf den Tisch.

»Fürs Erste verlängerst du dieses Zeug und vertickst es. Mal sehen, was mit dem Capriccio passiert. Wir müssen uns etwas ausdenken, damit es nicht nur Geld frisst.«

2.

»Schönes Lokal hast du hier, Agostino, meine Hochachtung.«

Ebale ist ganz befangen, als er Rino Melis in sein Lokal kommen sieht, einer aus Tarantinos Bande.

»Danke.«

»Hast du die Branche gewechselt? Wirft das Koks nichts mehr ab?«

»Sagen wir mal so, ich erweitere mein Tätigkeitsfeld.«

Rino steckt sich eine Zigarette an und lässt den Blick durch den Laden schweifen.

»Ich habe gehört, deine Geschäfte laufen nicht besonders.«

»Ach ja? Von wem denn?«

Melis macht sich nicht die Mühe zu antworten und geht auf die Treppe zu, die nach unten führt.

»Weißt du, Agostino, Frank hat erst kürzlich von deiner Spielhölle erfahren ...«

Jetzt ist Ebale wirklich unwohl zumute. Er versucht, ruhig Blut zu bewahren.

»Ach komm, die ist doch schon lange in aller Munde …«

Als Melis den Spielsaal sieht, ändert sich seine Haltung schlagartig.

»Kompliment, da hast du ja richtig was geleistet, ohne Kosten zu scheuen.«

Agostino antwortet nicht mehr. Dieser Spontanbesuch stinkt ihm gewaltig und beunruhigt ihn.

»Möchtest du ein Spiel machen?«, fragt er.

»Danke, nein. Ich wollte mir nur mal alles anschauen.«

»Na, dann richte Frank aus, dass er jederzeit ein gerngesehener Gast ist, wenn er möchte.«

»Wird gemacht.«

Als Melis weg ist, ruft Ebale sofort Giuffrida an.

»Tarantino hat ein Auge auf unseren Laden geworfen!«, platzt es aus ihm heraus, bevor er von dem Besuch erzählt.

»Das ist noch nicht raus: Wenn der was will, nimmt er es sich einfach. Ohne lange Vorreden.«

»Was meinst du damit?«

»Dass das nur eine Warnung war, nennen wir es mal so.«

»Wir können uns nicht gegen sie stellen. Zumal das Glücksspiel und das Restaurant überall lecken …«

»Das weiß ich.«

»Keinen halben Tag können wir ihnen die Stirn bieten. Frank hat eine ganze Organisation hinter sich, wir nur ein paar Hintermänner.«

»Keine Sorge, Agostì. Wir schauen, was sie als Nächstes tun.«

Tarantinos nächster Schritt lässt nicht lange auf sich warten.

Zwei Abende später kommt er in Begleitung von Marcopolo zum Essen ins Capriccio.

Ebale gibt ihm einen Tisch in der Ecke, von wo aus man den ganzen Raum und den Eingang überblicken kann. Leute wie Frank haben immer irgendwelche Feinde, die plötzlich auftauchen könnten.

Agostino schickt den Koch, um die Bestellung aufzunehmen, und spendiert eine Flasche Cristal.

Engelsgesicht ordert Spaghetti Vongole. Er isst, ohne zu sprechen, und beobachtet das Kommen und Gehen im Lokal.

Als sie beim Kaffee sind, winkt er Ebale zu sich.

›Es ist so weit‹, denkt Agostino. Um sich zu beruhigen, hat er sich auf der Toilette zwei Lines reingezogen, und während er jetzt am Tisch dem Boss gegenübersitzt, pocht sein Herz wie wild.

»Ich hoffe, das Essen war zu deiner Zufriedenheit, Frank.«

»Voll und ganz, ja.«

»Das freut mich. Ich wollte dir sagen, was die Spielhöllen betrifft …«

Frank hebt die Hand, an der zahlreiche Ringe stecken, und Ebale verstummt.

»Du hast Rino bereits alles gesagt.«

Langsam kehrt Farbe in Agostinos Gesicht zurück.

»Lust auf ein Spielchen?«

»Warum nicht?«

Der Catanier führt seinen Gast die Treppe hinab und zeigt ihm das Spielreich. Tarantino mustert die Kartentische für Chemin de fer und Poker und die kleine Bar. Dann kehrt er zu seinem Tisch im Restaurant zurück, wo Marcopolo auf ihn wartet.

Ebale lässt eine Flasche Whiskey und drei Gläser kommen.

»Also, Agostino«, setzt Frank an. »In Sachen Glücksspiel werden wir übereinkommen, wir arbeiten zusammen, und du bekommst deinen Anteil. Aber einen Wunsch musst du mir erfüllen, nämlich ein Restaurant zu besitzen. Das hier ist schön, und man kann gut essen. Einverstanden?«

»Darüber können wir jederzeit reden, Frank.«

»Wir haben bereits geredet.«

Der Tonfall erlaubt keine Widerrede. Ebale nickt und hebt sein Glas, um auf die Einigung mit Engelsgesicht anzustoßen. Seine Hand zittert, und das Herz klopft ihm bis zum Halse.

Er weiß, dass er einwilligen muss, er hat keine andere Wahl. Klar werden er und Giuffrida das Restaurant verlieren, aber im Gegenzug gewinnen sie etwas viel Wichtigeres: Sie werden nicht länger Geld einbüßen, sondern Tarantinos Partner werden und damit durch den Haupteingang die Mailänder Unterwelt betreten, als Angestellte der Nummer eins.

»Das Lokal gehört dir«, sagt Ebale lächelnd.

Tarantino lässt das Capriccio so umgestalten, dass es seine Handschrift trägt: Der Spielsaal wird eleganter, und ins Restaurant kommt eine kleine Bühne. Das Personal wird ausgewechselt, weil er nur Profis will und keine ehemaligen Gauner, und die Fensterscheiben lässt er durch Panzerglas ersetzen.

Am Abend der Eröffnung ballern Frank und seine Männer mit den Pistolen auf die Fenster.

»Hier sind wir sicher!«, ruft er am Ende lachend.

Die Leute kommen in Scharen. Es hat sich herumgesprochen, dass der Laden nun Engelsgesicht gehört, und das genügt als Garantie. Die Geschäfte laufen blendend, auch wenn Ebale nicht viel davon hat.

Frank hat ihn als Croupier in sein Casino auf der Via Panizza eingesetzt.

Agostino muss sein Leben ändern, was ihm grundsätzlich nicht missfällt. Während er früher dem Laster frönte, steht er nun in seinem eleganten, rot-weißen Anzug am Tisch und sammelt professionell Karten und Spielchips ein. Seine Spieler behält er rund um die Uhr im Blick, und schon mehr als einmal ist es ihm gelungen, Falschspieler zu überführen.

Mirna sieht er immer seltener, und auch beim Dealen muss er einen Gang zurückschalten. Er ist nun einer von Franks Vertrauensmännern und kann sich keinen falschen Schritt erlauben. Giuffrida unterstützt ihn dabei.

»Es wird etwas Gutes herauskommen bei alldem. Da bin ich mir sicher.«

Räuber und Gendarm

Austerität

1.

»Papa, muss die Mama sterben?«

»Nein, meine Süße, keine Angst.«

Antonio nimmt seine Tochter auf den Arm und drückt sie an sich. Er lügt sie nicht gerne an, und im Grunde seines Herzens hofft er ja selbst, dass seine Frau Carla durchkommt.

Seit fast einer Stunde hüten sie nun schon ihren reglosen Schlaf in dem Krankenzimmer des Niguarda-Hospitals, in dem sie seit zwei Monaten ans Bett gefesselt ist.

Santi sieht mitgenommen und angespannt aus, doch für seine kleine Beatrice muss er durchhalten, und für seine Frau. Carla würde es so wollen. Die letzten Wochen und Monate waren der pure Alptraum für ihn.

Mit geschlossenen Augen hält er seine Tochter fest umschlungen und lässt im Geiste die Ereignisse an sich vorüberziehen, die sie hierhergebracht haben.

Wenn er ehrlich ist, könnte er gar nicht genau sagen, wann alles angefangen hat, als wäre sein Leben irgendwann in einen Tunnel eingetaucht, dessen Ende immer noch nicht in Sicht ist. Nur Finsternis und Bomben. Ein undurchdringlicher Filz aus Sprengkörpern und Tod, der nur Unschuldige zu treffen schien. Die Politiker lebten ihr schönes Leben, genau wie die Kriminellen. Die ihre Gläser mit Champagner füllen und in dicken Wagen die Halbinsel auf und ab fahren, auf dem Beifahrersitz schöne Frauen.

»Du stehst auf der falschen Seite der Barrikaden«, hatte Carla zu ihm gesagt, als es ihr noch gutging. »Du bist eben ein ehrlicher Mensch, Antonio. Von Natur aus. Du gehörst zu den Guten.«

Er hatte darauf nichts erwidert. Es hatte mehr nach Vorwurf geklungen als nach Anerkennung, während es um ihn herum immer finsterer wurde.

Wenn er sich konzentrierte, konnte er mit viel Mühe doch den Punkt benennen, wann die schlimme Zeit begonnen hatte: Die Dunkelheit hatte sich mit dem Mord an Catalano herabgesenkt. Von diesem Moment an war auch im Dienst alles schiefgelaufen. Es war nie herausgekommen, wer den Commissario De fenestra ermordet hatte. Nach ein paar Monaten waren die Ermittlungen von anderen, neuen Fällen verdrängt worden, völlig normal in einer kranken Stadt wie dieser, wo Mord, Überfall und Vergewaltigung an der Tagesordnung sind. Nur bei einer Gelegenheit waren die Ermittlungen wieder in Gang gekommen, nämlich exakt ein Jahr nach dem Mord. Am 17. Mai 1973, als der Innenminister Mariano Rumor im Polizeipräsidium eine Gedenkbüste von Catalano einweihte, hatte ein Verrückter eine Handgranate gezündet: vier Tote und fünfundvierzig Verletzte. Der Minister, dem der Anschlag wohl gegolten hatte, blieb unverletzt, da er den Hof mit der Statue schon wieder verlassen hatte.

Der Attentäter wurde sofort ergriffen: Giancarlo Betassi,

vierzig Jahre alt, bekannte sich im Verhör für schuldig, ein Anarchist und Einzeltäter zu sein, der Rumor aus Rache für den in der Questura »durch Selbstmord ermordeten« Parenti umbringen wollte. Selbst als Toten holte die Vergangenheit Catalano immer noch ein und ließ ihm keinen Frieden.

»Und das glaubst du?«, hatte ihn Basile, der Reporter von *La Notte*, ein paar Tage später bei einem Fernet gefragt.

»Sollte ich nicht?«, fragte Santi unsicher zurück.

»Nichts ist so, wie es scheint. Dieser Betassi zum Beispiel, der in Italien mit einem in Israel gebauten Sprengsatz herumläuft, stinkt mir gewaltig.«

»Er kam gerade von einer Reise aus einem Kibbuz da unten zurück …«

»Klar, und zum Abschied haben sie ihm eine Handgranate geschenkt? Ich bitte dich! Diese Bombe hat ihm jemand besorgt, und zwar einer von hier.«

»Wer?«

»Oh, du bist der Bulle, Antonio. Ich entwerfe nur mögliche Szenarien. Außerdem ist dieser Betassi alles andere als ein Anarchist, seien wir mal ehrlich. In den einschlägigen Kreisen kennen sie ihn kaum. In der Kommunistischen Partei hingegen hat er eine Menge Freunde …«

»Ein Aktivist der Roten?«

»Ein Infiltrant, was ich gehört habe.«

»Ein Informant von uns?«

»Von euren Verwandten mit der Flamme auf dem Hut und von anderswo …«

Santi sah sofort die zwei Geheimdienstmänner vor Augen, die kurz nach der Entdeckung von Fredianis Leiche unter dem Strommast aufgetaucht waren.

Dann hatte Basile sich erhoben und mit einer Hand die Schulter des Commissario durchgeschüttelt.

»Es ist wie immer, Antonio, wir werden verarscht. Irgendwo ganz oben gibt es jemanden, der die Fäden in der Hand hält, Signale gibt und die Spielfiguren übers Brett schiebt.«

»Und was machen wir?«

»Ich schreibe meine Artikel in der Hoffnung, dass die Scheiße endlich ans Tageslicht kommt. Und du, mein Junge, solltest achtgeben, keine Kugel abzubekommen, was heutzutage schon viel ist.«

Wenn er hier in dem Krankenzimmer an die seitdem verstrichenen Monate zurückdachte, klangen Basiles Worte geradezu prophetisch. Jemand hatte die Spielfiguren verschoben, und die Lage hatte sich rasant verschlechtert. Um das zu erkennen, musste man nicht beim Geheimdienst arbeiten, das sah man täglich auf der Straße.

Seit einigen Jahren wurden die italienischen Städte erst zögerlich und dann immer massiver vom Heroin überschwemmt. Von Anfang an hatten die Ermittler eine sehr präzise kriminelle Strategie herausgelesen: Sämtliche anderen Drogen waren aus dem Verkehr gezogen worden, um an ihrer Stelle nur noch Heroin auszugeben, und zwar zu Schleuderpreisen. Die Partie war gewonnen: Die Kundschaft wechselte in Massen zu der neuen Droge und wurde schnell zu Abhängigen, besser gesagt zu Sklaven. Mit der Folge, dass die Preise in die Höhe schossen. Mailand füllte sich mit Junkies, die auf der Straße lebten und sich mit Einbrüchen, Diebstahl, Prostitution und anderen illegalen Geschäften Geld für ihren Stoff besorgten. Am meisten Arbeit und Kopfzerbrechen bedeutete das für seine Kollegen von der Drogenfahndung. Auch Santi selbst bekam es immer häufiger mit Süchtigen zu tun, die die gewagtesten und absurdesten Überfälle versuchten und dabei prompt verhaftet wurden.

Abends kam er völlig erledigt nach Hause, und nicht immer gelang es ihm abzuschalten. Carla befand sich damals auf dem Höhepunkt ihrer politischen Kämpfe. Die waren nach dem 11. September desselben Jahres wieder aufgeflammt, als der chilenische Präsident Salvador Allende infolge eines Staatsstreichs ermordet wurde. Die Ehe mit Carla drohte zu zerbrechen.

»Merkst du nicht, was hier läuft?«, rief seine Frau. »Diese Faschisten putschen sich mit brutaler Gewalt an die Macht, und wir bleiben untätig. Sagen kein Wort? Wir müssen etwas tun, irgendwie reagieren!«

Seine Frau schien wieder in die Zeiten der Studentenproteste eingetaucht zu sein. Erneut ging sie auf die Straße, um gegen die »Imperialistenschweine« zu demonstrieren.

»Die Vereinigten Staaten haben den Militärputsch unterstützt, weißt du, was das heißt, Antonio? Sie haben zugelassen, dass der erste demokratisch gewählte marxistische Präsident Amerikas, ja der ganzen Welt, umgebracht wird.«

»Nun mach mal halblang!«

»Nein, und weißt du, wen deine Western-Freunde an seine Stelle gesetzt haben? Einen Heeresgeneral, Pinochet. Eine Marionette, die sie in der Hand haben.«

Zu der Zeit ging es ihr noch gut, geradezu blendend. Sprühend vor Leben und Energie. Antonio hingegen machte eine schlimme Erfahrung, ausgerechnet am Silvesterabend. Kurz bevor sie auf ein gutes neues 1974 anstoßen wollten, brach er unter heftigen Bauchkrämpfen auf dem Küchenboden zusammen. Die Diagnose in der Notaufnahme der Klinik Fatebenefratelli lautete: Nierenkolik.

Nicht einmal nach seiner Schussverletzung hatte er solche Schmerzen gehabt, so stark und stechend.

»Ihr Männer könnt halt keine Schmerzen aushalten«, hatte Carla gesagt und ihm über die Wange gestreichelt. »Sobald euch etwas schiefsitzt, werdet ihr wie jammernde Kleinkinder. Zum Glück müsst ihr keine Babys kriegen, die Szenen will man sich lieber nicht ausmalen!«

Er hatte versucht zu lächeln, war dann aber von den Medikamenten eingeschlafen, die er gegen die Schmerzen bekommen hatte.

Bis Dreikönig lag er flach, und wenn er das Bett für einen Spaziergang mit seiner Frau durch die Mailänder Januarkälte verließ, kam ihm die Stadt verändert vor, um nicht zu sagen die Welt. Geformt und geprägt von einem neuen Wort, das mittlerweile jeder kannte: Austerität.

»Aufgrund der Ölkrise im Nahen Osten«, erklärten die Fernsehnachrichten brav.

Der Sueskanal war aufgrund des arabisch-israelischen Konfliktes gesperrt, und die Öltanker mussten unter enormen Mehrkosten ganz Afrika umschiffen. Dazu kam das Ölembargo der arabischen Länder gegen Europa und USA als den Verbündeten Israels nach der Niederlage Ägyptens im Jom-Kippur-Krieg. Kurz, der Krieg irgendwelcher Nationen führte dazu, dass die übrigen kein Öl bekamen. Die Italiener interessierten sich im Grunde wenig für die Gründe, doch die Auswirkungen auf ihren Alltag bekamen sie schnell am eigenen Leib zu spüren.

Beginnend mit dem 2. Dezember 1973 verhängte die Regierung ein absolutes Fahrverbot für alle Privatfahrzeuge, dessen Missachtung mit Strafen von bis zu einer Million Lire bestraft werden konnte, so viel wie sechs Monatsgehälter eines Fabrikarbeiters bei der Marelli. Einzige und zudem billige Fortbewegungsmöglichkeit war die Straßenbahn, die nicht einmal hundert Lire kostete, während die Benzinpreise in die Höhe schossen.

Überall wurde gespart: Große, blinkende Leuchtreklamen waren verboten, und die Kinos schlossen um zehn Uhr abends ihre Tore. Das Fernsehprogramm des Staatssenders RAI endete vor dreiundzwanzig Uhr. Was für Santi kein Problem war, der abends um Punkt zehn auf das Sofa fiel und einschlief, selbst wenn *Milleluci* mit Carrà und Mina lief.

Auch beim Ausgehen gab es nicht mehr viel Auswahl: Mailand wurde in diesen Winternächten zur Geisterstadt. Die Beleuchtung des öffentlichen Raums war auf vierzig Prozent gedrosselt, Reklamen und Ladenlampen blieben ganz aus, so dass man die Sterne sehen konnte. Der übliche Lichterschein über der Stadt war erloschen. Doch darüber reden konnte man mit niemandem, denn Bars und Restaurants mussten vor Mitternacht schließen. Die einzige Vergnügung, welche die Krise nicht zu spüren bekam, waren die Spielcasinos, doch in diese eleganten, erlesenen Orte setzte der Normalbürger sowieso keinen Fuß.

Als er nach der Nierensteinbehandlung das Krankenhaus wieder verlassen durfte, machten Carla und Antonio einen Spaziergang durch die menschenleere Stadt. Beatrice auf Papas Arm.

»Das ist echt komisch, dieser Anblick von Mailand.«

»Und du bist echt ein Mistkerl.«

»Ich? Warum?«

»Du hast mich erschreckt, Blödmann.«

»Das tut mir leid.«

»Nein, du musst mir versprechen, dass das nie mehr passiert. Für mich und für die beiden.«

»Die beiden?«

»Unsere Kinder. Ich wollte es dir eigentlich erst an unserem Jahrestag sagen, am 14. Januar. Aber ich kann einfach nicht mehr warten.«

Er lächelte schon.

»Ich bin schwanger, Antonio. Ich erwarte wieder ein Kind.«

Santi war glücklich. Vor Freude wirbelte er seine Tochter durch die Luft. Beatrice lachte. Dann umarmte ihn Carla fest und küsste ihn leidenschaftlich.

»Du bist also nicht abgekratzt?«

Am nächsten Morgen hatte Mario Basile als Erster sein Büro betreten.

»Woher weißt du das?«

»Oh, ich weiß alles. Das ist mein Beruf. Also, wie sieht's aus? Musst du den Stein erst noch rauspissen, oder kannst du mit einem alten Freund einen Fernet trinken gehen?«

»Um neun Uhr morgens?«

»Wenn du im Morgengrauen aufstehst wie ich, fühlt es sich an wie Mittag. Das passt.«

»Ich komme mit. Aber ich trinke lieber einen Espresso.«

»Weichei.«

An dem kleinen Tisch der Bar schlürfte der Reporter von *La Notte* in aller Ruhe seinen Amaro.

»Was ist nun mit den Nierensteinen?«

»Das Schlimmste ist vorbei, keine Sorge. Das waren vielleicht Schmerzen!«

»Oh, ich kenne das. Aber ich dachte, ihr Bullen seid da härter im Nehmen.«

»Ich passe mich halt an. *Mala tempora currunt …*«

»Du meinst die Sparmaßnahmen? Fall bloß nicht darauf herein, das ist alles eine große Show.«

»Natürlich. Aber die Preise schießen immer noch in die Höhe.«

»Die Inflation ist ein zahmes Wildtier. Sie galoppiert zweistellig, aber irgendwem nützt sie.«

»Wem?«

»Immer denselben. Ich kenne einen Mann aus Brianza, einen Industriellen, der sich jedes Jahr einen neuen Mercedes kauft. Und weißt du was? Wenn er den alten verkauft, bekommt er mehr heraus, als er bezahlt hat.«

»Klar, aber wenn er sich einen neuen kauft, muss er ein Vermögen ausgeben.«

»Und wen interessiert das? Diese Typen haben genug Geld. Nur die Arbeiter und Angestellten müssen den Gürtel enger schnallen. Stell dir vor, dass die Ärmsten nun mitten in der Woche heiraten müssen, um sicherzugehen, dass die Verwandten anreisen können, denn am Wochenende darf nur noch jedes zweite Auto fahren.«

»Das ist eben die Krise, Mario.«

»Nein, Bulle. Geld gibt es reichlich, und wie. Und du solltest das wissen. Wer die *dané* besitzt, der gibt sie auch aus und verdient sie wie früher und noch besser.«

»Von wem sprichst du?«

Basile bedeutete dem Kellner, ihm noch einen Fernet einzuschenken.

»Von den Üblichen: Unternehmer und Politiker, die im Übrigen immer häufiger in Tarantinos Spielhöllen anzutreffen sind, die überall in Mailand aus dem Boden sprießen. Immer an vornehmen Orten mit Klasse, und mit Unterstützung und Deckung von ganz oben …«

»Das glaube ich nicht.«

»Das glaubst du nicht, Antonio? Sei nicht naiv: An diesen Orten fließen Abend für Abend Unmengen an Geld. Und das ist nur möglich, weil die Madama wegschaut. Solange niemand umkommt oder nirgends eingebrochen wird, seid ihr in der Via Fatebenefratelli doch auf beiden Augen blind. Habe ich recht?«

Das musste Santi zugeben. An dieser Stelle waren ihm leider die Hände gebunden. Tarantino stand ganz oben auf seiner Liste, und dennoch war er unantastbar. Engelsgesicht kannte Politiker und Staatsanwälte, Bullen und Carabinieri. Und wurde protegiert. Seine Spielcasinos waren vielen nützlich, den einen zum Geldwaschen, den anderen zum puren Amüsement. Santi wusste auch, dass es Kollegen gab, hohe Beamte oder einfache Polizisten, die gerne hin und wieder eine Partie Poker oder eine Runde Roulette dort spielten.

»Du hast recht, Mario. Je mehr Geld einer hat, desto mehr verdient er. Was die anderen anbelangt ...«

»... sollen sie machen, was sie wollen! Ich weiß, das höre ich schon seit Jahren.«

2.

Eine Krankenschwester betritt den Raum, um den Tropf zu kontrollieren. Carla regt sich immer noch nicht. Ihr Atem geht langsam, und sie ist sehr blass. Ihr dicker Bauch hebt und senkt sich unmerklich unter der Decke.

Antonio sitzt auf einem Stuhl mit der schlafenden Beatrice im Arm.

»Die arme Kleine ist sicher müde.«

»Ja. Noch zehn Minuten, dann bringe ich sie zu den Großeltern zurück.«

»Und seit wann haben Sie sich nicht mehr ausgeruht?«

Antonio zuckt lächelnd die Achseln. Er hat sich beurlauben lassen, um bei seiner Frau sein zu können, als ihr Gesundheitszustand sich rapide verschlechterte. Und er wollte Beatrice nicht allein lassen. Tagsüber bringt er sie zu seinen Eltern, die noch in der alten Wohnung in der Via Osoppo leben, doch er will sie nicht überstrapazieren: Sie sind alt, und ein kleines Mädchen hat zu viel Energie für sie.

Das hat sie von Carla. Er erinnert sich noch an die Lebendigkeit seiner Frau und an den Schwung, mit dem sie für das Recht auf Scheidung gekämpft hat. Nicht für ihre Scheidung, sondern für das Recht anderer Frauen, bei Bedarf davon Gebrauch zu machen. Sie brachte diesen Kampf mit den Worten auf den Punkt: »Es gibt nichts Schlimmeres, als festzustellen, dass man einen Idioten geheiratet hat und nun sein ganzes Leben mit ihm verbringen muss.«

Ihr schon gut sichtbarer Bauch hatte sie nicht gehindert, an Demonstrationen und Versammlungen teilzunehmen, Propaganda zu machen. An einem Sonntag Mitte Mai war die Freude dann groß gewesen: Fast zwanzig Millionen Italiener hatten in einem Referendum gegen die Abschaffung des Rechts auf Scheidung gestimmt.

Sie hatte Antonio mit nach draußen geschleppt, um zu feiern.

Carla hielt Beatrice auf dem Arm und sagte zu ihr: »Siehst du das? Das haben wir auch für dich gemacht. Falls du auf einen Widerling triffst.«

»Bist du sicher, dass du es nur für die Kleine getan hast?«, hatte Antonio sie gefragt.

Seine Frau hatte mit der Hand ihren Bauch gestreichelt und dann den Kopf der Tochter.

»Wenn ich die zwei nicht hätte«, hatte sie lachend geantwortet, »würde ich ernsthaft darüber nachdenken!«

Sie hatten sich geküsst. Und Santi war zufrieden mit dem Ausgang, auch wenn seine DC gegen das Scheidungsgesetz gestimmt hatte. Schritt für Schritt erneuerte sich Italien, doch es blieb immer noch viel zu tun.

Zu viel, angesichts dessen, was gegen Ende des Monats geschah.

Antonio erinnerte sich gut an jenen Dienstag. Es regnete, und er saß in seinem Büro. Kurz nach zehn Uhr vormittags begannen die Telefone zu klingeln. Als er auflegte, hatte er einen Kloß im Hals. Der Alptraum war zurück. Was er fünf Jahre zuvor, am 12. Dezember 1969, am eigenen Leib erfahren hatte, war immer noch nicht verheilt: Santi war als einer der Ersten vor Ort auf der von einer Bombe zerstörten Piazza Fontana gewesen, und die schrecklichen Erinnerungen daran ließen ihn nachts manchmal nicht schlafen.

An diesem 28. Mai 1974 forderte ein in einem Mülleimer versteckter Sprengkörper acht Menschenleben auf der Piazza della Loggia in Brescia, wo die Gewerkschaften gegen den neofaschistischen Terror demonstrierten, über hundert Menschen wurden verletzt.

Als Carla davon erfuhr, war sie schnell zum Münztelefon in der Halle ihrer Schule gerannt und hatte ihn angerufen, um zu hören, ob es ihm gutging. Mehr nicht. Er hatte sie gebeten ruhig zu bleiben, schließlich war sie schwanger.

Schon seit einiger Zeit ging es seiner Frau nicht mehr gut, so dass der Arzt ihr bald darauf absolute Ruhe verordnete und sie sich bei der Arbeit krankschreiben ließ.

Dann die Katastrophe. An einem Junimorgen, kurz nach Beendigung der Austerität, bekam Carla Blutungen. Sie schaffte es noch, Antonio anzurufen, bevor der Notarzt sie ins Krankenhaus einlieferte.

»Das Leben der Mutter und des ungeborenen Kindes steht auf dem Spiel«, hatte der Arzt Antonio erklärt.

Doch Carla hatte nicht mit sich reden lassen, sie wollte die Schwangerschaft um jeden Preis austragen.

»Versuch nicht, mich umzustimmen, Antonio. Wenn nötig, bleibe ich die ganze Zeit im Bett und ertrage jede Art von Behandlung, aber ich will versuchen, unser Kind zu retten.«

»Aber du könntest sterben dabei.«

Sie war schon zu schwach für eine Antwort. Antonio beschloss, den Willen seiner Frau zu respektieren. Er ließ sich vom Polizeipräsidenten beurlauben und wachte Tag und Nacht an ihrem Bett. Beatrice holte er so oft wie möglich zu sich, die übrige Zeit war er allein, um seinen Gedanken nachzuhängen und, wenn er unbeobachtet war, zu beten. Sonst las er Zeitung, ging rauchend den Krankenhausflur auf und ab und wechselte ein paar Worte mit Carla, wenn sie nicht zu schwach dafür war.

Der Sommer kam, und es wurde sehr heiß. Seine Frau blieb unter den Decken vergraben. Manchmal zitterte sie. Sie hatte häufig hohes Fieber, und der Arzt schaute mehrmals täglich zur Kontrolle vorbei.

»Das Risiko ist sehr hoch. Sind Sie sicher, dass Sie die Schwangerschaft fortsetzen wollen?«

»Ganz sicher«, bestätigte er, auch wenn seine Mimik das Gegenteil besagte.

Der Juli verging unter großer Schwüle und Zweifeln.

Carla ging es immer schlechter, doch sie blieb hart. Als der August kam und mit ihm der traditionelle Auszug der Italiener ans Meer, wurde Antonio statt mit Urlaub mit dem Alptraum des Terrorismus konfrontiert.

Die Nachricht sprühte aus allen Kanälen.

Antonio trank gerade in der Bar des Krankenhauses einen Kaffee, als er aus dem Fernseher die traurigen Neuigkeiten vernahm.

»Eine hochexplosive Bombe ist um 1:23 Uhr heute Morgen in dem Schnellzug Rom–München auf der Höhe von San Benedetto Val di Sambro in die Luft gegangen und hat ein Blutbad angerichtet ...«

Die Worte des Nachrichtensprechers versetzten ihn zurück in seinen immer wiederkehrenden Alptraum von der Piazza Fontana. Das Attentat auf der Piazza della Loggia war erst zwei Monate her, und nun das. Die Bilanz dieses letzten Anschlags war nicht minder verheerend, auch wenn man sich über die Zahl der Opfer noch nicht im Klaren war: mehr als zehn Tote und mindestens vierzig Verletzte.

»Bomben, schon wieder Bomben ...«

Auf den ersten Fernsehbildern sah man eine Rauchsäule aufsteigen aus einem komplett zerfetzten Waggon. Krankentragen, Helfer, Verzweiflung in allen Gesichtern ...

Santi betrat eine Telefonzelle und rief in der Questura an, um mehr zu erfahren.

Pugliesi hielt sich bedeckt, doch eine Geheiminformation ließ er sich entreißen: »Der Ministerpräsident hätte in dem Zug sitzen sollen.«

»Moro?«

»Genau, er sollte zu seiner Familie nach Bellamonte fahren.«

»Und was ist passiert?«

»Ein paar Staatsminister haben ihn kurz vor der Abfahrt aus dem Abteil gezerrt, weil er noch irgendwelche Unterlagen unterschreiben sollte, und der Zug fuhr ohne ihn los.«

Wütend hatte Santi aufgelegt. Dahinter steckte ganz bestimmt der lange Arm der Geheimdienste. Wie immer.

Jemand wusste, dass eine Bombe im Zug war, und hatte beschlossen, Aldo Moro zu retten. Und zwölf Menschenleben zu opfern, die keine Bedeutung hatten. Er musste an Basiles Worte denken: »Jemand schiebt die Spielfiguren über das Brett …«

Zurück im Krankenzimmer begriff Carla trotz ihrer Schwäche schnell, dass etwas nicht stimmte. Sie konnte in ihrem Mann lesen wie in einem offenen Buch.

»Warum machst du so ein Gesicht?«

Er hatte ihr nichts erzählen wollen, um sie in ihrem Zustand nicht aufzuregen. Doch er wusste, dass das nichts brachte. Außerdem tat es ihm gut, darüber zu reden.

»Schon wieder eine Bombe«, seufzte er. »In einem vollen Zug.«

Carla schlug sich die Hand auf den Mund und lauschte der Erzählung ihres Mannes.

»Eine Bombe in einem Zug, kannst du dir das vorstellen? Unschuldig schlafende Menschen, die Verwandte besuchen wollen, vielleicht zu einem Arzttermin fahren oder sich mit ihrem Liebsten treffen … Warum, Carla?«

»Weil die Menschen schlecht sind.«

»Und du bist dir sicher, dass du noch ein Kind in diese Welt setzen möchtest, in der man nicht einmal mehr sicher ist, wenn man in einen Zug steigt?«

Ihre Stimme war ein Hauchen, während sie ihm mit zitternden Fingern über die Wange strich.

»Genau deswegen müssen wir es tun. Wir können uns nicht geschlagen geben. Wir müssen in die zukünftigen Generationen vertrauen.«

»Mutter und Kind sind wohlauf«, verkündet der Arzt dem nun zweifachen Vater, der sich während des Wartens die Lunge mit einer ganzen Schachtel Esportazione verpestet hat. »Sie können jetzt zu ihnen.«

In diesem Moment ist Antonio der glücklichste Mensch auf der Welt. Es ist der 10. September 1974, und seine Frau hat gerade ihre zweite Tochter auf die Welt gebracht, Eleonora. Carlas Willenskraft ist außergewöhnlich, und Antonio bewundert sie dafür. Sie bringt ihn jeden Tag erneut zum Staunen und lehrt ihn etwas: sich niemals geschlagen zu geben und auch dann weiterzukämpfen, wenn alles verloren zu sein scheint.

Als aus dem Radio des Schwesternzimmers Minas Stimme mit dem Lied *Amor mio* erklingt, findet er, dass es keine passendere Untermalung geben könnte.

Die drei Milords

1.

»Das funktioniert folgendermaßen.«

Tarantino steht mit erhobenem Zeigefinger und einer Zigarre in der Hand in der Mitte des Saals. An einem Tisch des Capriccio sitzen Melis, Argenta und Marcopolo.

»Man tritt mit der Person, die man sich ausgewählt hat, in Kontakt. Aber aufgepasst, das ist der entscheidende Schritt: Man muss überzeugend sein. Sehr überzeugend.«

Melis schüttelt den Kopf.

»Entschuldige, Frank, aber eins kapiere ich immer noch nicht: Warum sollte er das akzeptieren? Das ergibt doch keinen Sinn ...«

»Wegen des Geldes, ist doch klar, oder? Ich erkläre es dir. Man organisiert eine Entführung in Abstimmung mit dem Opfer. Dem Opfer selbst wird kein Haar gekrümmt. Wir schicken den Typen ans Meer oder in die Berge in den Urlaub, natürlich ganz unauffällig. Und sobald wir das Lösegeld haben, kehrt er glücklich zu seinem Frauchen nach Hause zurück.«

»Ja, aber es ist doch sein Geld ...«

»Dazu komme ich jetzt: Mit Hilfe der Versicherungen oder durch Steuererleichterungen bekommt er am Ende viel mehr heraus, als er auf den Tisch gelegt hat. Also ein lohnendes Geschäft für alle, und ohne jedes Risiko.«

»Und hast du schon jemanden im Sinn?«

Frank lächelt und bedeutet dem Kellner, noch einmal nachzuschenken.

»Klar. Ein aufgeblasener Gernegroß, dem die führenden Möbelgeschäfte im Brianzolischen gehören. Er spielt häufig bei uns in der Via Panizza und ist begeistert von der Idee, mit drei Animierdamen und fern seiner Frau Urlaub zu machen.«

Allgemeines Gelächter.

»Scheiße, das ist eine klasse Idee!«

Und sie geht über die klassische Entführung nach sardischem Vorbild hinaus, die Engelsgesicht sonst praktiziert. Außerdem, wenn es darum geht, auf neue Art Geld zu verdienen, ist er immer an vorderster Front dabei. Als wäre die Stadt ein riesiger Vergnügungspark ganz für ihn allein.

Entführungen laufen gut zurzeit, doch Tarantino gefällt der Gedanke nicht, einen Mann gewaltsam seiner Familie zu entziehen und in ein feuchtes Kellerloch zu den Ratten zu sperren. Nein, wofür hat er denn Beziehungen und die nötigen Mittel. Und Einfälle wie zum Beispiel, das Opfer *im Voraus* telefonisch zu informieren.

»Seht mal«, erklärt er seinen Leuten, die beeindruckt lauschen, »die Entführung selbst muss ja gar nicht wirklich stattfinden, es reicht genauso, sie nur anzukündigen. Dann werden sie schon zahlen.«

»Machst du Witze? Und wie soll das gehen?«

»Tja, ich rufe sie einfach an. Keine Entführung, kein Mord. Nur eine Art Schutzgeld, wie unsere sizilianischen Freunde es pflegen. Eine Art umgekehrte Protektion.«

Der Vizekönig grinst.

»Du überraschst mich immer wieder, Ciccio. Denkst du ernsthaft an eine Entführung per Telefon?«

»Wart nur ab. Gib mir mal die Zeitung. Der hier zum Beispiel: Ingegnere Walter Petrucci. Ein Bauunternehmer, der gerade die Ausschreibung für eine Wohnsiedlung in Vimodrome gewonnen hat. Schau dir nur das hübsche Foto mit Frau und Tochter an. Bei dem sprüht das Geld doch aus allen Poren. Such mir mal seine Nummer aus dem Telefonbuch heraus.«

Argenta spielt mit und kommt kurz darauf mit der Nummer zurück.

Frank greift zum Hörer.

»Hallo, ist dort Ingegnere Petrucci? Mein Name spielt keine Rolle. Sagen wir, ich bin ein Freund. Ja, genau. Ein Freund, der sagt, wenn Sie an Ihrer Tochter Maria hängen und nicht wollen, dass ihr etwas zustößt, zahlen Sie bis heute Abend fünfzig Millionen in bar. Ja, Sie haben richtig verstanden. Nein, nur keine Aufregung. Ich rate Ihnen das als Freund, wie gesagt. Wenn Sie zahlen, können Sie ruhig schlafen. Verstanden? Gut, so gefällt mir das … Einer meiner Männer wird auf Ihre Baustelle kommen und das Geld abholen. Ganz einfach, oder? Und Ingegnere, was sind schon fünfzig Millionen für einen wie Sie?«

Als Tarantino auflegt, starrt der Vizekönig ihn fassungslos an.

»Hat er angebissen?«

»Klar, der packt lieber ein paar Lire aus und lebt weiter sein süßes Leben, anstatt sich zu ängstigen, die Tochter könne entführt werden, oder?«

»Ich weiß nicht so recht.«

»Dann wirst du es bald wissen, weil du nämlich derjenige bist, der zu Petrucci auf die Baustelle geht …«

Am selben Abend erscheint Argenta im Capriccio mit einer schwarzen Ledertasche unter dem Arm. Ein Blick genügt, und Engelsgesicht weiß, dass alles exakt so gelaufen ist, wie er es geplant hat.

Frank zündet sich eine Zigarre an, hebt das Glas und gibt seinen Männern Champagner aus.

»Auf die Telefonentführungen!«

2.

»Meinen Glückwunsch, Commissario. Und willkommen zurück!«

Pugliesi schüttelt Santi die Hand und lächelt. Er ist tatsächlich froh, dass Antonio wieder da ist, auch wenn sie nicht mehr in einem Team arbeiten. Sein Vorgesetzter ist zum Chef der neugegründeten Einheit »Überfälle und Entführungen« ernannt worden, während der Sovrintendente weiterhin im mobilen Einsatzkommando arbeitet.

»Es war eine Freude, mit dir zu arbeiten, Sovrintendente.«

»Ganz meinerseits.«

Mit einem weiteren Lächeln trennen sie sich. In der Questura hat man wenig Zeit für den Austausch von Höflichkeiten.

Nach all den Wochen am Krankenbett seiner Frau hat Santi seinen Dienst gerade erst wieder aufgenommen. Am ersten Tag hatte der Polizeipräsident ihn in sein Büro bestellt und ihm die Versetzung mitgeteilt. Die letztlich eine Art Beförderung, nicht minder aber auch eine Art Strafe war. Die Abteilung Überfälle und Entführungen war ganz neu. Mit Raubüberfällen kannte Santi sich aus, mit Entführungen hingegen überhaupt nicht. Wie auch? Es handelte sich um ein neues, unerforschtes Phänomen.

»Learning by doing, Commissario!«, hatte der Questore ihm zum Abschied mitgegeben, ohne auf seine Bedenken einzugehen.

Sein Kopf ist voller Gedanken, als er das neue Büro betritt. Nach der längeren Pause fühlt er sich wie eingerostet. Drei Monate fernab der Straße gleichen einem Erdzeitalter. Doch wenn er den Kollegen glauben darf, hat sich nicht viel verändert: Tarantino beherrscht weiterhin mit Unterstützung der Mafia und der Einwilligung der Camorra das Milieu. Ein Gleichgewicht, das schwer ins Wanken zu bringen ist.

Lästig findet er, ganz von vorne anzufangen. Mit einer neuen Mannschaft und einem neuen Partner. Einem Sizilianer, Ispettore Salvo Cammareri, der gerade erst aus Palermo hierherversetzt wurde.

Selbst sein Dienstwagen ist ein anderer: ein nagelneuer Alfetta 1.6, der nicht verhindern kann, dass er seiner alten und ruhmreichen Oliva nachtrauert, dem olivgrünen Streifenwagen.

Carla und den Kindern geht es gut, sie sind zu Hause, und als er ihr am Telefon die Neuigkeit erzählt, sprüht sie vor Begeisterung.

»Ich weiß nicht so recht, ob es wirklich eine Beförderung ist.«

»Luftveränderung tut immer gut. Außerdem kann ich nichts Schlechtes daran finden, im Gegenteil.«

»Mal sehen.«

Und Santi sieht es schnell. Nach knapp drei Wochen hat er die erste Schlagzeile auf dem Tisch.

Eine sardische Entführungseinheit kidnappt am Mittag des 23. September Davide, den siebenjährigen Sohn des Mailänder Panettone-Königs. Das Ganze ist eine Blitzaktion: Auf dem Nachhauseweg von der Schule entreißen zwei maskierte Männer das Kind den Händen des Hausangestellten.

»Sie werden zahlen«, kommentiert Carla bissig, als Antonio ihr davon erzählt. »Wer seine Kinder vom Personal abholen lässt, zuckt auch nicht mit der Wimper, wenn er tief ins Portemonnaie greifen muss.«

»Das ist zynisch und grausam.«

»Kann sein. Für den Kleinen tut es mir sehr leid.«

Antonio befragt Familienangehörige und den Butler, doch es gibt kaum Spuren. Und als wäre das nicht genug, fehlt es ihm an Erfahrung mit Fällen wie diesen.

Der Vater beantwortet höflich alle Fragen, kooperiert aber nicht. Er sorgt sich um das Schicksal seines Sohnes und wartet angespannt auf Nachricht der Entführer.

Santi kreuzt wie ein Irrer durch die Stadt und hofft, den Ort zu finden, an dem die Sarden das Kind verstecken, während die Verhandlungen hinter seinem Rücken fortgesetzt werden.

Die Zeitungen rühren die ganz große Trommel, mittendrin verkündet der von der Familie bestellte Anwalt, dass er »alles Menschenmögliche tun wird, um den Sohn meines Mandanten heil und gesund nach Hause zu holen«, was auch immer das bedeuten mag.

Antonio fühlt sich in der Entführungswoche zwischen Gesichtern, Fragen, Zweifeln, Halbwahrheiten hin und her getitscht wie eine Billardkugel, er findet einfach nichts heraus. Erst am Ende stellt er fest, dass der Vater sich für genau solche Fälle eine private Telefonleitung hat einrichten lassen – die von der Polizei nicht überwacht wurde –, deren Nummer seine Kinder auswendig kennen. Auf diese Art kommt Davide nach Hause.

»Und alles hinter meinem Rücken!«, seufzt Antonio an seine Frau gewandt. »Und dieser verfluchte Anwalt überreicht den Kidnappern eigenhändig das Geld.«

»Wie viel?«

»Keine Ahnung. Das wollten sie nicht sagen. Basile vermutet fünf Milliarden Lire.«

»Ein Vermögen!«

Doch Santi ist nicht in Stimmung, über Geld zu reden. Dieser Aspekt interessiert ihn bei der ganzen Geschichte am wenigsten.

»Sie haben mich verarscht, verstehst du? Allesamt. Die Kidnapper, der Vater, selbst der Anwalt …«

»Hör schon auf. Wichtig ist doch, dass das Kind in Sicherheit ist. Für alles andere gilt: Es ist nur Geld.«

Antonio lächelt Carla an und drückt sie an sich, während

245

auf dem Plattenspieler eine Single von Mina läuft, als wolle sie den Gatten ermahnen: *Non gioco più.*

3.

»Fünf Milliarden, verdammt! Das glaube ich einfach nicht!«

Tarantino wirft kopfschüttelnd die Zeitung auf den Boden.

»Ich glaube, wir müssen auch mit richtigen Entführungen anfangen wie die Sarden.«

»Was würdest du uns denn von all dem Geld kaufen?«

»Ach, meine Bienchen, ich würde euch mit einem Einkaufswagen durch die Via della Spiga schicken, damit ihr ihn füllt. Ihr könntet euch alles kaufen!«

Die Frauen lachen. Sie liegen nackt in dem Jacuzzi, den Engelsgesicht sich vor einigen Wochen hat einbauen lassen: er, Lea und Catia, die rothaarige Geschäftsführerin des Bordells auf dem Corso Plebiscito. Zurzeit kontrolliert Tarantinos Bande über die Stadt verteilt noch vier weitere Spielcasinos. Auch dieser Geschäftssektor wirft etwas ab, und manchmal schaffen sie es, ein hohes Tier zu erpressen, das seinen Schwanz nicht in der Hose lassen konnte.

Sie haben schon viel geschafft heute und genießen nun bei einem Romeo & Julieta die Entspannung. Auf einem Bord lehnt der Champagner im Eiskühler, daneben ein Schälchen mit Koks als freundliche Offerte von Ebale, der mittlerweile Nummer drei der Bande ist, hinter Engelsgesicht und dem Vizekönig. Dort draußen ist ein Imperium zu verwalten, und Frank braucht vertrauenswürdige Leute.

Seine Welt besteht aus Politikern, Nachtclubs, Glücksspiel, Prostituierten. Ein ewiger Fluss aus Omertà und

Täuschung, zwischen Unschuldigen und Verbrechern, Perversen und Halunken.

Seine Waffe hat er immer in Reichweite, die Pistole liegt im Handschuhfach oder im Spülkasten, man kann nie wissen. Trotz Austern und Kaviar allabendlich weiß er, dass er jeden Augenblick und ohne besonderen Anlass eine Kugel in den Kopf kriegen kann.

Das gehört zum Spiel. Und Frank liebt das Spiel. Er wettet auf Frauen, Sex und das gute Leben. Er verwandelt das alte Mailand in sein ganz persönliches Las Vegas.

»Schluss jetzt! Ich habe zu tun«, verkündet Frank unter lautstarken Protesten von Lea und Catia.

Die beiden sind beschwipst, und als er sich den Bademantel überzieht, beginnen sie »*Tu esci come venere da un'onda*« zu singen.

»Klappe! Ich hasse Bongusto! Ihr kriegt gleich was auf den Hintern …«

Die beiden beginnen zu winseln.

»Ja, bitte!«

»Wir waren auch wirklich böse! Wir verdienen eine Strafe.«

Frank wirft die brennende Zigarre in den Pool und springt selbst hinterher.

»Ich liebe diese Scheißstadt. Mein Sündenpfuhl!«

4.

Ebale bemerkt ihn schon beim Hereinkommen. Mittlerweile riecht er Ärger auf einen Kilometer gegen den Wind.

Ein lauer Abend in dem neuen Casino auf dem Corso Sempione. Es ist noch früh. Rund zwanzig Spieler, drei oder vier Mädchen, die sich um die anspruchsvolleren Gäste kümmern, das Personal an den Spieltischen und ein paar Sicherheitsleute, die ihre Knarren griffbereit haben.

Agostino trägt einen Maßanzug von Caraceni, immerhin ist er der Chef hier und muss mit gutem Beispiel vorangehen. Er vertritt Frank, wenn er nicht da ist. Und erfüllt diese Aufgabe mit größter Sorgfalt. Diese Spielbank steckt noch in den Kinderschuhen, und er will alles tun, um sie ans Laufen zu bringen. Mit der Zeit hat er festgestellt, dass es vielerlei Arten gibt, Kunden zufriedenzustellen. Zum Beispiel lässt man sie anfangs beim Trente et quarante gewinnen, damit sie Vertrauen fassen, um sie dann beim Chemin de fer gnadenlos abzuziehen.

An diesem Ort zu verlieren ist im Übrigen fast ein Vergnügen. Dreihundertsiebzig Quadratmeter herrschaftlicher Altbau, in direkter Nachbarschaft der RAI. Ein Augenschmaus aus Stuck, roten Teppichen und Kunstfotografien an den Wänden, im Spielsaal erlesenes Publikum, das sich die Seele aus dem Leib spielen will: sogar Polizeibeamte mit einer Schwäche fürs Roulette, ständig verlierende Politiker und Damen der besseren Gesellschaft.

Der Mietvertrag läuft auf den Namen einer adligen Signora, die nur aus Runzeln und Make-up besteht, genannt die »Gräfin der Spielcasinos«, die pro Abend hunderttausend Lire Miete bekommt und dafür den Kühlschrank mit allen erdenklichen Luxusgütern von Kaviar bis Champagner füllt.

Auf dem Klingelschild steht, dass die Räume von dem »Verein der Freunde der Malerei« genutzt werden, doch nach Künstlern sucht man an diesem Ort vergeblich.

Agostino ist freundlich und aufmerksam. Er spielt nicht, trinkt nicht während der Arbeit und zieht sich seine Lines erst am Ende des Abends, wenn er Mirna und ihre Freundinnen vögelt.

Die übrige Zeit versucht er sauber zu bleiben, klar. Um den Drogenhandel kümmert sich nun Giuffrida zusammen mit Turinella, der gerade aus dem Knast raus ist, außerdem ein paar Jungs ihres Vertrauens. Catanier natürlich. Auch Zizza und Castorino, die unter Hausarrest stehen und sich abends heimlich auf die Straße stehlen, verticken eine nicht unerhebliche Menge Koks.

Dies ist der dritte Abend seit der Eröffnung des neuen Lokals mit seinem prächtigen Blick von der großen Terrasse im zweiten Stock auf den Arco della Pace und die Torre Branca.

Der Typ, der gerade im piekfeinen Anzug und dick geknoteten Schlips hereingekommen ist, hat jedenfalls nicht vor, in Ruhe ein paar Partien zu spielen oder einen Schampus an der Bar zu trinken. Die Botschaft, die er überbringen will, wölbt sich unter seinem Jackett, und Ebale ahnt, dass das nichts Gutes verheißt.

Er winkt einen Wachmann zu sich und geht dem Besucher dann lächelnd entgegen.

»Martino, kommst du zum Würfelspiel?«

Der andere verzieht das Gesicht. Ebale weiß natürlich, dass Martino Borghi ein Untergebener – oder Vertrauensmann, wenn man so will – der drei Milords ist, also jener drei Einfaltspinsel, die früher die größten Spielcasinos der Stadt führten und das Geld nur so schissen, bis Tarantino beschloss, auf Wachstum zu setzen. Jetzt leiden sie unter der Konkurrenz durch Engelsgesicht.

»Die gehören zur alten Garde. Sie sind Vergangenheit. Wir sind die Zukunft«, hatte Frank ihm eingebläut, als er ihn über ihre Existenz aufklärte.

Agostino hatte sich damals in ihren Casinos umgeschaut, um das Geschäftsumfeld zu sichten. Eines der beiden größeren lag in der Via Savona, unweit von Pistellis Laden, den nun sie kontrollierten, und das andere in Brera unter dem Decknamen des bekannten *Brera Bridge Clubs*. Ein drittes, schlichteres und weniger besuchtes Lokal betrieben sie am Piazzale Loreto.

»Ich will mit Frank reden«, sagt Borghi.

»Er ist nicht da. Du kannst mit mir reden.«

Agostino erwidert den arroganten Blick seines Gegenübers.

»Sag deinem Boss, dass es so nicht läuft. Ihr macht unserem Saal in der Via Savona unzulässige Konkurrenz und verbreitet Lügen über die Gepflogenheiten an unseren Spieltischen. Es ist besser, wenn ihr aufhört und dichtmacht. Sonst könnte es böse für euch enden. Verstanden?«

Agostino unterdrückt seinen Impuls, dem anderen seine Stirn ins Gesicht zu rammen. Er lächelt honigsüß, als handele es sich um einen widerspenstigen Gast.

»Sieh einmal, Martino, ich bin hier nur angestellt, wie alle anderen auch. Für so delikate Angelegenheiten solltest du dich direkt an Frank wenden.«

»Du richtest ihm brav alles aus. Sonst werden die drei Milords sich der Sache annehmen. Klar, du kleines Arschloch?«

Ebale lächelt weiter, während er in seiner Jackentasche mit dem Messingschlagring spielt. Diesem Mistkerl in die Fresse zu schlagen, wäre das Mindeste, aber eben auch eine schlechte Werbung für das neueröffnete Lokal.

›Alles zu seiner Zeit‹, wiederholt er sich still, ›auch die Rache.‹

»Die drei Knacker wagen es, mir in meinen eigenen vier Wänden zu drohen? Das werden sie bereuen, darauf kannst du Gift nehmen.«

Engelsgesicht ist außer sich und schickt sofort Melis, Argenta, Marcopolo und Hundertlire los, die Waffen holen. Ein ganzes Arsenal aus Pistolen, Maschinengewehren, Uzis und Skorpionen.

»Ich will mitkommen.«

Frank sieht Ebale an.

»Schließlich hat das Arschloch mich bedroht.«

»In Ordnung. Versorgt Agostino mit Knarren.«

Sie fahren mit zwei Autos, und vor dem Einsteigen schwört Frank seine Männer auf die Linie ein.

»Von heute an geht das Glücksspiel in Mailand in unsere Hand über. Morgen beginnt der Tanz, und heute Abend überbringen wir die offizielle Kriegserklärung.«

Anders als erwartet, führt Tarantino sie auf den Piazzale Loreto. Die Spielhölle von Via Savona ist ein regelrechter Bunker, in dem die drei Milords sich verschanzt haben, nach der heutigen Beleidigung ganz sicher bis über beide Zähne bewaffnet. Was den Brera Bridge Club anbelangt, tja, daran ist nicht zu denken, so nah liegt er am Polizeipräsidium.

Engelsgesicht hat sich einen bühnenreifen Coup ausgedacht. Er will den drei Tölpeln eine Lektion erteilen, möglichst ohne Blutvergießen.

Bei der Spielbank angekommen, stürmen die Männer mit gezückten Waffen den Saal. Die drei ahnungslosen Türsteher werden sofort entwaffnet und in die Toiletten gesperrt.

Auf das Lokal senkt sich absolute Stille, und Angst verzerrt die Gesichter der Gäste.

Engelsgesicht geht quer durch den Raum bis zum Chemin-Spieltisch, zieht eine ananasförmige Bombe aus der Tasche und sagt *Banco* an.

»Wer damit nicht einverstanden ist«, schreit er, »darf gerne mit mir rausgehen, damit ich es ihm ein für alle Mal erkläre.«

Seit diesem Samstagabend unterliegt die Spielbank der Kontrolle der Tarantino-Bande.

Es ist heiß, der 10. Juli 1976, und während Frank gerade mit seinen Leuten in einem Club im Zentrum die Übernahme des neuen Casinos feiert, strömt aus der Chemiefabrik Icmesa in Meda wegen eines kaputten Reaktors eine giftige Dioxinwolke in die Umgebung.

»Kein Risiko für uns, Jungs«, winkt Engelsgesicht ab. »Unkraut vergeht nicht, und wenn diese Wolke es bis zu uns schafft, blasen wir ihr so viel Blei in den Arsch, dass sie schnell wieder umdreht!«

Barrakuda

1.

Die Rückkehr nach San Vittore ist für Roberto wie nach Hause kommen. Eine wahre Erleichterung, selbst wenn ihm für diese Verlegung auf ewig eine verrostete und mumifizierte Feder in den Eingeweiden liegen wird. Er musste sich fast umbringen, um am Ende zu siegen, und morgen wird ihm Nina endlich seinen Sohn bringen, damit er ihn zum ersten Mal in den Arm nehmen kann.

Bis dahin richtet er sich in Flügel V ein, dem Gefängnistrakt der guten Jungs, in einer Zelle, die er ganz für sich alleine hat, weil er sich von dem Eingriff erholen muss. Danach kommt er zu anderen.

Der Molosser ist seit Monaten draußen, doch Vandelli ist sich sicher, dass er ein paar alte Gefährten wiedersehen wird.

2.

Die Sonne brennt vom Himmel, und Roberto hält sich schützend die Hand vor die Augen, bis er sich an die Lichtflut gewöhnt hat. Als die Umrisse der Dinge wieder an Schärfe gewinnen, blickt er sich vorsichtig um.

Beim Hofgang ist es im Gefängnis ähnlich betriebsam wie auf dem Markt von Viale Papiniano, der nur ein paar Schritte Luftlinie entfernt liegt, hinter den Mauern, dem Stacheldraht und den Wachen. Stimmengewirr und Geschrei, ein großes, richtungsloses Hin und Her. Scheinbar ein völliges Chaos. Doch zwischen dem Zement und den hier und da sprießenden Grasbüscheln hat in diesem geschlossenen Raum alles seine genaue, aufeinander abgestimmte Ordnung. Dort werden Geschäfte eingeleitet, Konten beglichen, Gegner stechen einander nieder, Freunde schließen sich nach langer Trennung in die Arme.

Vandellis grüne Augen heften sich auf eine untersetzte Gestalt in der Menge, die mit langen Schritten auf ihn zukommt. Der Typ bleibt eine Handbreit vor ihm stehen und mustert ihn reglos. Er erwidert den bösen Blick in dem Wissen, dass niemand von Blicken allein vernichtet werden kann.

»Bist du völlig verblödet, Roberto, oder warum erkennst du mich nicht?«

Da geht Vandelli ein Licht auf. Wie hätte er diese helle Stimme mit dem typischen Lispeln auch vergessen können, wenngleich das Äußere ganz anders ist als in seiner Erinnerung?

»Scheiße, Vittorio, bist du das?«

Als der andere den Mund zu einem Lächeln verzieht, schwinden alle Zweifel: Vor ihm steht Vittorio Pini, genannt Barrakuda wegen seines furchterregenden Grinsens, das schon zu Teenagerzeiten eine abenteuerliche Reihe schiefer, brauner Zähne entblößte. Roberto allerdings kannte ihn schon davor mit seinem nicht minder schiefen Milchzahngebiss.

Als Kinder waren sie im Giambellino jeden Nachmittag zusammen, immer zu dritt: Roberto, Pinto und Barrakuda.

Die drei *Ligera*, kleine Delinquenten ohne Waffen. Mit anderen Kindern aus dem Viertel spielten sie im Park von der Piazza Tripoli *Lippa* und klauten in Zeitungskiosken: Ein Ball- oder Steinwurf gegen die Fensterscheibe genügte, um den Besitzer abzulenken, dann schnappte sich einer von ihnen eine Packung Plastikfigürchen aus der Holzkiste, und alle gaben Fersengeld. Barrakuda konnte am schnellsten laufen.

Bis zwölf waren sie immer zusammen. Nur sie drei. Dann, wie so oft, trennte sie das Schicksal. Vandelli zog zurück nach Lambrate. Verschiedene Viertel, verschiedene Lebenswege. Im Beccaria war Vittorio beispielsweise nie gelandet. Er hatte Glück gehabt. Dies war das erste Mal, dass er im Knast saß. Er war bei einem Einbruchdiebstahl in einer Wohnung am Comer See erwischt worden und direkt in den Knast gewandert, in Novara.

»Und was machst du in Mailand?«, fragte Roberto, nachdem der Freund zu Ende erzählt hatte.

»Ich wurde hierherverlegt, weil ich in drei Monaten raus-
komme. Und du?«

»Tja, ich bin auch bald wieder frei. Ich warte nur auf den
passenden Moment.«

»Klar, was sonst. Gib mir mal 'ne Kippe.«

3.

Vandelli verbringt eine unruhige Nacht. Er macht praktisch
kein Auge zu, so aufgeregt ist er. Nicht mehr lange, dann
sieht er zum ersten Mal seinen Sohn, Massimo. Und Nina.
Er hat wahnsinnig Lust auf sie, aber er weiß schon, dass die
Wachleute nicht die kleinste Berührung zulassen werden.
Und er will keinen Ärger. Er wird ganz ruhig bleiben und
seinem Kind über den Kopf streicheln.

Wäre ja gelacht, wenn er nicht einen Tag den Tiger in
sich bezähmen könnte, ohne schon wieder Schlägereien mit
dem Wachpersonal anzuzetteln, oder?

4.

Schon nach drei Tagen in der Haftanstalt ist alles Routine.
Orte, Zeiten, Gesichter, das müde Ritual des Durchzäh-
lens …

Vandelli wird wegen guter Führung in eine Zweierzelle
verlegt, gemeinsam mit seinem alten Gefährten Barrakuda.

»Hast du heute Morgen schon den Kleinen gesehen?«

»Klar. Ich kann es kaum glauben, aber mit jedem Tag ist
er schon wieder ein bisschen gewachsen …«

»Ha ha ha, dich hat's ja wirklich erwischt!«

»Kann sein. Aber Themenwechsel. Was geht da draußen vor? Ich war schon viel zu lange weg von der Straße, ich weiß gar nicht mehr, woher der Wind weht.«

Barrakuda streckt sich seufzend auf seiner Pritsche aus.

»Alles ein großes Durcheinander zurzeit, Roberto, eine ständige Umverteilung. Niemand kommandiert wirklich. Niemand hat die Macht. Alle haben nur kleine Stücke und reißen sich wie wütende Hunde um denselben Kadaver. Die Mafia, die Camorra, Tarantinos Spielhöllen und die der drei Milords, die Catanier und Neapolitaner verticken den Koks, das Heroin vergiftet die armen Schweine, überall sprießen neue Puffs aus dem Boden, Bomben gehen hoch, und Horden von Verzweifelten scheinen nur darauf zu warten, sich von der Bullerei schnappen zu lassen. Diese verfluchte Stadt ist nicht mehr dieselbe, Roberto. Mailand ist die Oberhure, an jeder Ecke bietet sie sich feil und verkauft sich. Die Stadt ist in Zonen aufgeteilt. Das hast du wahrscheinlich mitbekommen, oder? Die Roten in ihren Parkas in der Peripherie und den Arbeitervierteln, in San Babila die Schwarzen mit ihren Ray-Ban-Brillen selbst bei Regen. Symbole und Politik. Sollen sie sich doch alle ins Knie ficken!«

Er hofft auf die Zustimmung seines Zellengenossen, doch Vandelli schweigt. Also legt Vittorio noch eins drauf.

»Die Siebziger haben gerade erst angefangen, aber ich fühle sie schon in mir beben. Das sind Jahre, in denen man sich automatisch lebendig fühlt. Vor allem gute Jungs wie wir: Auf der Straße riskierst du täglich dein Leben und willst jeden Moment genießen, denn jede Sekunde könnte die letzte sein. Aber es gibt einfach zu viele Leute, die nicht nachdenken, die Scheiße bauen und alle mit reinreißen. Schau dir doch nur diesen Idioten in der Zelle neben uns an.«

Vandelli ruft sich den Mann vor Augen, den er vor ein paar Stunden noch beim Hofgang gesehen hat. Ein knochiger, großer Typ mit rasiertem Kopf, riesiger Nase, der immer in einer Ecke steht und die Zigarette bis zum Filter aussaugt.

»Der saß mit Freunden im Auto und hatte sich irgendwo in der Gegend von der Piazza Cinque Giornate verfahren. Diese Arschlöcher müssen völlig dicht gewesen sein, um sich da zu verirren, meinst du nicht? Jedenfalls stehen sie plötzlich vor einer Bank. Und was tun sie, um sich die Zeit zu vertreiben? Sie überfallen die Bank, bewaffnet nur mit einem Cutter. Echte Genies! Eine halbe Stunde später wurden sie geschnappt, die Deppen. Und ruinieren uns das Geschäft. Wegen ihnen bleibt die Polizei auf der Hut. Scheißanfänger. Ich will etwas bewegen, will große Sachen machen. Richtig leben. Verstehst du? Ich will raus aus diesem Knastleben!«

Barrakuda hat wässrige Augen bekommen, sein Tonfall klingt drohend.

»Als ich noch ein Kind war, du weißt das auch noch, wohnte ich mit meinen Eltern im sechsten Stock eines Sozialwohnungsbaus: zu sechst in zwei Zimmern. Meine Eltern schickten uns auf den Balkon hinaus, wenn sie ein bisschen allein sein wollten. Wir hörten, wie sie miteinander vögelten. Aus Langeweile lehnte ich mich über die Brüstung und schaute sehnsüchtig auf das pulsierende Leben der Stadt hinunter. Ich habe keine Lust mehr, nur zuzuschauen, Roberto, ich will es selbst leben.«

Nach diesen Worten schweigt er. Er legt sich zurück, und wenige Minuten später hört Vandelli ihn schnarchen. Auch er versucht einzuschlafen. Er drückt die Zigarette aus und macht es sich bequem.

Als er ausgestreckt auf seiner harten Pritsche in der Zelle die Augen schließt, sieht er sich selbst im Gras liegen, im Park von Lambrate. Als Kind war er hundertmal dort und beobachtete, wie die Flieger vom Flughafen Linate abhoben. Damals hatte er gedacht, dass Piloten automatisch glückliche Menschen sein müssten, weil sie jeden Tag die Sonne über den Wolken sehen.

5.

»Was zum Teufel willst du hier?«

Romolino grinst verlegen und schiebt den Kinderwagen in den kleinen Raum.

»Das siehst du doch, ich bringe dir Massimo. Nina musste heute Morgen zum Anwalt und hat mich gebeten, ihn dir zu bringen.«

»Und warum musste sie zum Anwalt?«

Vandelli nimmt den Kleinen auf den Arm. Der schläft. Er küsst ihn auf die Stirn und umfasst mit der Hand das Babyfüßchen. Wie immer scheint er schon wieder ein Stück gewachsen zu sein.

»Was verstehst du denn schon von Kindern?«

»Was soll das heißen? Ich habe doch selbst zwei Stück!«, erwidert Romolino empört.

»Zwei?«

Vandelli muss sich eingestehen, dass er bei seiner Kreuzfahrt durch die Gefängnisse in den letzten Jahren den Kontakt zur Realität und seinen Gefährten verloren hat.

»Aber außer dem Kleinen bringe ich dir auch noch ein Geschenk, Roberto.«

»Was soll der Scheiß?«

»Schau doch mal unter die Decke … Diese Arschlöcher von Schließern kommen gar nicht auf die Idee, den Kinderwagen zu durchsuchen.«

Als Roberto die kleine Decke anhebt, durchfährt es ihn wie ein Messerstich. Eine Uzi. Eine Waffe, die ihm vielleicht die Freiheit schenkt. Mit ihr könnte er einen Wachmann als Geisel nehmen und dessen Kollegen zwingen, alle Türen aufzuschließen, damit er hinauskann. Ja, aber um welchen Preis? Sie würden herausfinden, dass die Waffe mit Hilfe des Babys hereingeschmuggelt wurde. Es gibt einen Moralkodex zwischen Räubern und Gendarmen. Man schießt nicht auf Frauen und Kinder. Und man benutzt sie nicht für schmutzige Lieferungen und andere Manöver.

»Du bist ein Dreckskerl, Romolino!«

»Aber …«

»Schnauze, oder ich mach dich fertig!«

Roberto legt seinen Sohn in den Wagen zurück, gibt ihm einen Kuss und dreht sich wieder dem Gefährten zu.

»Jetzt geh mir aus den Augen. Und wage es nie mehr, meinen Sohn für Waffentransporte zu benutzen. Haben wir uns verstanden?«

Romolino antwortet nicht, zögert aber auf der Türschwelle.

»Was? Ich habe gesagt, du sollst verschwinden.«

»Ich gehe ja. Aber vorher wollte ich dir noch etwas sagen.«

Vandelli ist ganz blass vor Zorn.

»Sag schon.«

»Nina kommt nicht mehr. Sie hat sich mit ihren Eltern versöhnt, die sich jetzt um sie und Massimo kümmern. Sie hat einen Job, und ich habe sie mit einem anderen Mann gesehen. Sie hat mir gesagt, ich soll dir das Kind bringen, damit du es ein letztes Mal sehen kannst.«

»Was redest du da für einen Scheiß?«

»Nur das, was ich dir von ihr ausrichten soll: Du sollst nicht nach ihr suchen. Auch nicht, wenn du draußen bist. Tut mir leid, Roberto.«

Romolino lässt den wutschäumenden Vandelli stehen und geht. Roberto ballt die Fäuste, bis seine Hände schmerzen, und er kann an nichts anderes denken als an den Satz dieses verfluchten Commissario Santi bei seiner Festnahme: ›Du wirst sie verlieren, Nina und das Kind; das hält niemand aus. Das Kleine wird einen Vater brauchen. Einen, der immer da ist und nicht im Knast sitzt. Jetzt behauptet Nina noch das Gegenteil, sie wird schwören, immer bei dir zu bleiben, aber die Wahrheit ist, dass sie nicht auf dich warten wird.‹

Dieser Bastard von Bulle hatte es ihm vorhergesagt, und auch dafür wird er büßen.

Insubria

1.

Er wurde das Bild einfach nicht los. Lebhaft stand es ihm vor Augen. Und kehrte immer wieder zurück, wie ein nächtlicher Spuk. Manchmal verschwommen, dann wieder leuchtend wie eine beim Wetterumschwung pulsierende Narbe.

Das Quietschen der Reifen auf dem Asphalt, der wild ausscherende Streifenwagen. Absichtlich, um mit dem Gekurve den Fahrer des Panzerwagens abzulenken. Die aufgeregten Schreie der Männer, der scharfe Schweißgeruch, der Ringelreigen der Gangster, Kinder in Blaumännern mit Maschinenpistolen und wachem Blick, um im richtigen Moment den Geldtransporter auszuräumen.

Antonio ist hier aufgewachsen, wurde auf der Straße des legendären Überfalls geboren. An den sich jeder Mailänder erinnert. Er war dabei, vor seinem Haus in der Via Osoppo. Fast noch ein Kind. Inmitten der ungläubig starrenden Menschenmenge. So etwas hatte man noch nie gesehen, nie zuvor hatte jemand einen so waghalsigen Plan ausgeführt. Damals ist ihm das Verbrechen unter die Haut gefahren, wie eine schwelende Krankheit. Doch er hat Antikörper dagegen entwickelt: der 27. Februar 1958, der Tag seiner Berufung, an dem er begriff, was er später einmal werden wollte: Bulle.

Siebzehn Jahre später, mit ein paar grauen Haaren mehr und einigen Gewissheiten weniger, lehnt er an der Fahrertür seines Streifenwagens, vor sich die fünf Fensterfronten einer Bank auf der Piazza Insubria. Sie ist im Belagerungszustand, eingekreist von einem wahren Heer von Sicherheitskräften. Hunderte Männer in Kampfmontur, Dutzende Einheiten von Polizei und Carabinieri, Krankenwagen, Sanitäter und Träger bereit zum Einsatz.

Zwei Verbrecher – nur zwei – halten die Filiale in Schach. Sie haben bewiesen, dass sie es ernst meinen, und durch die fast vollständig herabgelassenen Rollläden erkennt Santi die Umrisse der am Boden liegenden Geiseln. Rund zwanzig Menschen. Männer und Frauen, die hoffen, dass er sie befreit.

Es herrscht eine unwirkliche Stille, die nur von dem kreisenden Militärhubschrauber durchbrochen wird.

Santi hat das Funktelefon quasi am Ohr kleben. Er

261

spricht mit einem der Bewaffneten, der die Leute bedroht. Er verhandelt mit ihm über die Freilassung der Geiseln, damit die Sache nicht in einem Blutbad endet. Sein Gesprächspartner ist trotz aller Anspannung wohlerzogen. Ruhig und entschlossen.

Antonio lauscht und denkt insgeheim, dass Mailand seit jenem eiskalten Vormittag in der Via Osoppo nicht besser geworden ist. Eher schlechter. Die Stadt ist nicht mehr so sorglos wie einst, dafür viel gewalttätiger, grausamer. Und das hier ist das Ergebnis.

»Kommen Sie rein, Dottore. Kommen Sie, dann können wir reden.«

Santi zögert keinen Moment und steht auf. Er ist unbewaffnet, weil er nie eine Dienstpistole bei sich trägt. Mit erhobenen Händen geht er langsam auf den Haupteingang der Bank zu. Die anderen Beamten werden unruhig. Stoßen Rufe aus.

»Sind Sie verrückt?«

»Wo wollen Sie hin?«

»Bleiben Sie stehen, Commissario!«

Antonio hört nicht auf sie. Als existierten diese Leute nicht. Er hört nur seinen eigenen Herzschlag. Immer schneller, hämmernd. Er schwitzt in der Hitze. Die Sonne steht hoch am Himmel und strahlt auf eine bedrückende Szenerie.

Der Polizeibeamte setzt einen Fuß vor den nächsten, als balanciere er an einem Abgrund entlang. Ein Gefühl, das ihn in die Nacht zurückversetzt, in der er mit seiner Frau Carla den Wolkenkratzer der Pirelli bestieg, das höchste Gebäude der Stadt. Genauso fühlt er sich jetzt: auf der Kippe.

Er weiß, dass er nicht daran denken darf, doch damals

hat er sogar einmal nach unten geschaut. In die Tiefe. Unter ihm lag die Großstadt.

Das war sein Mailand. Diese eigentlich kleine Stadt, in die sich das Böse eingenistet hat. Ein brütendes Übel, grausam und so tief verwurzelt, dass es sogar die Farbe der Stadt verändert. Aus dem Schwarz der Kohle und dem Grau der Häuser war nun Rot geworden. Das Rot der Lichter, Scheinwerfer, Notarztwagen, Fahnenaufmärsche, das Rot der blutgetränkten Bürgersteige. Wie das Blut, das vielleicht auch heute fließen wird, wahrscheinlich sein eigenes. Er geht weiter, ohne Angst. Letztlich ist dies das Leben, das er gewählt hat, das er gesucht und gewollt hat. Dies ist seine Stadt, die rote Stadt.

2.

»Hier herrscht totales Chaos, das können Sie sich nicht vorstellen.«

So hatte Santis Tag begonnen, mit einem Anruf von Ispettore Cammareri.

Ein Montagmorgen wie jeder andere, um kurz nach zehn war Antonio direkt von zu Hause zur Piazza Insubria geeilt und überzeugte sich persönlich von den kriegsähnlichen Zuständen.

Angefangen hat alles mit einem weißen, auf einem Fußgängerüberweg geparkten Alfetta. Er fällt einer Polizeistreife auf und stellt sich als gestohlen heraus. Einer der beiden Beamten steigt aus, um sich nach dem Besitzer umzusehen, als er in der gegenüberliegenden Filiale des Credito Commerciale etwas beobachtet: Einige Leute legen sich mit erhobenen Händen auf den Fußboden. Er kehrt sofort zu seinem Kollegen zurück und schlägt Alarm, während im selben Moment einer der Verbrecher mit maskiertem Gesicht im Haupteingang erscheint und die zwei Streifenbeamten sieht.

Santi wird benachrichtigt und verlangt sofort nach weiteren Informationen vom Ispettore.

»Was wissen wir noch?«

»Dass sie zu zweit sind, bewaffnet und vermummt. Sie haben etwa zwanzig Geiseln in ihrer Gewalt, sieben Bankangestellte und ansonsten Leute, die ihre Rechnungen bezahlen oder Überweisungen tätigen wollten. Normale Kunden.«

»Weiß man, wie viel Bargeld vor Ort ist?«

»Ja, vierundfünfzig Millionen.«

»Und dafür machen die den ganzen Aufriss? Das passt irgendwie nicht zusammen …«

Vor Ort sah sich der Commissario dann mit Szenen wie aus einem Kriegsfilm konfrontiert: Hunderte Beamte in Kampfanzügen, Polizisten und Carabinieri. Am Seiteneingang stand ein Beamter mit einer Art Stethoskop in der Hand, der versuchte, Gesprächsfetzen aus dem Inneren aufzuschnappen. Auf den Balkonen des gegenüberliegenden Wohnhauses blitzten die Gewehrläufe der Präzisionsschützen.

Und inmitten dieser Szenerie bekam er dann aus der Questura den Anruf der zwei Gangster weitergereicht. Zu diesem Zeitpunkt war er der Ranghöchste vor Ort, also ging er ran und zählt nun seine Schritte.

Antonio löscht alle Menschen um sich herum aus seinem Hirn. Es ist, als wäre er allein, und er konzentriert sich voll und ganz auf seinen Herzschlag.

›Was fällt mir nur ein, den Helden zu spielen‹, schießt es ihm plötzlich durch den Kopf.

Die zwei Kriminellen wollen mit ihm sprechen, und er hält Wort. Als es nur noch wenige Schritte bis zum Eingang sind, denkt er an seine Töchter und an Carla. Und wie sie ihm das übelnehmen wird, selbst wenn er heil hier herauskommen sollte …

3.

»Stehen bleiben.«

Santi erstarrt. Ein paar Meter trennen ihn von der Filiale. Er erkennt vage die Menschen auf dem Boden. Männer und Frauen, darunter auch viele ältere Leute, die eine solche Belastung sicher nicht lange aushalten.

»Die Hände richtig hoch!«

»Ganz ruhig, ich bin unbewaffnet.«

»Tun Sie, was ich Ihnen sage, Commissario.«

»In Ordnung.«

»Gut so. Wie heißen Sie noch mal?«

»Antonio Santi.«

Der Mann ist um die dreißig und hat einen stark süditalienischen Akzent. Tiefschwarze Haare und Zweitagebart. Er trägt keine Sturmhaube und hält eine Beretta auf Santi gerichtet.

Auch sein Kumpan ist jetzt unvermummt. Wahrscheinlich haben sie die Mützen wegen der Hitze abgezogen, nachdem die Sache sich länger hinzieht als erwartet. Auch der Zweite ist um die dreißig, mit braunen Locken und Maschinenpistole, die auf die Geiseln zielt.

Antonio speichert diese Informationen und versucht so ruhig wie möglich zu bleiben, während er die Kriminellen fragt, was sie vorhaben.

»Wir wollen zweihundert Millionen, unseren Alfetta und freies Geleit.«

»Fahrt ihr alleine?«

»Nein, Commissario. So dumm sind wir nicht. Ihre Kollegen da draußen können es doch kaum erwarten, uns abzuknallen. Ihre Killermaschinen auf den Dächern habe ich gesehen. Wir werden den Bankdirektor mitnehmen und ihn freilassen, sobald wir in Sicherheit sind.«

»Wie können wir euch vertrauen?«

»Ihr habt keine andere Wahl.«

»Verstehe. Aber ich kann das nicht entscheiden. Dazu braucht es den Oberstaatsanwalt.«

»Dann gehen Sie und reden Sie mit ihm.«

»Und angenommen, er weigert sich?«

»Oh, dann werden wir alle sechzig Minuten einen Toten auf die Straße werfen.«

Antonio gefriert das Blut in den Adern.

»Jetzt gehen Sie und überbringen Sie Ihrem Boss diese Botschaft«, befiehlt ihm der Mann. »Und noch etwas.«

»Ich höre.«

»Alle Streifenwagen und Bullen müssen abziehen. Wir wollen freie Sicht. Klar?«

»In Ordnung. Wir werden uns in die Bar dort gegenüber zurückziehen und euch von dort anrufen, um weiter zu verhandeln, einverstanden?«

»Die Verhandlung ist beendet. Ihr habt eine Stunde Zeit, um unsere Forderungen zu erfüllen, danach fangen wir mit den Geiseln an.«

Eine Frau auf dem Boden beginnt heftig zu schluchzen.

»Schnauze, oder du bist die Erste! Gehen Sie, Commissario, und behalten Sie die Hände immer schön in der Luft, sonst könnte sich ein Schuss lösen.«

4.

Das kleine Café sieht aus wie das Hauptquartier eines Militärkommandos, es wimmelt nur so von Uniformen und Sternen.

Nach der Begegnung hat Santi sich entschieden, hier eine Art Schaltzentrale einzurichten, von wo aus die Fäden gezogen und der Kontakt mit den Bankräubern via Telefon aufrechterhalten werden.

In dem von Rauchschwaden geschwängerten Raum befinden sich der Oberstaatsanwalt, Saverio Miccoli, einige Führungskräfte der Questura, ein paar Carabinieri-Offiziere, der Präfekt, der stellvertretende Staatsanwalt mit einem jungen Richter und Santi.

»Sie wissen, wie unvorsichtig das war?«, wirft ihm Miccoli vor.

Santi nickt schwach.

»Die wollten mit jemandem reden, und da ich der Ranghöchste war, habe ich den Kontakt hergestellt. Jetzt können wir die Verhandlungen aufnehmen.«

Der Oberstaatsanwalt murmelt etwas über eine spätere Klärung, um dann wieder mit den anderen die Köpfe zusammenzustecken.

»Es ist ganz ausgeschlossen, die mit dem Geld und einer Geisel ziehen zu lassen«, stellt er fest. »Weiß man schon, wer die zwei Idioten sind? Wenn wir ihre Identität kennen, könnten wir Zeit gewinnen, indem wir einen Verwandten herholen, der sie zur Vernunft bringt …«

»Leider wissen wir noch nichts über sie.«

Santi tritt vor die Tür, um Luft zu schnappen. In der Bar sieht man vor lauter Zigarettenqualm kaum die Hand vor Augen. Prompt stößt er auf Basile.

»Ach, die Aasgeier sind auch schon da?«

»Das ist mein Job.«

»Ich weiß. Und, was ist dein Eindruck, Mario?«

Der alte Reporter zuckt mit den Schultern.

»Ich komme mir vor wie in diesem Film, der gerade an- gelaufen ist.«

»Du gehst doch gar nicht gern ins Kino.«

»Stimmt, aber manchmal muss ich trotzdem, mit meiner Frau.«

»Du bist verheiratet?«

»Nicht mehr lange. Nach dem neuen Scheidungsgesetz überlegt die Alte, mich zu verlassen.«

»Kann ich verstehen.«

»Sicher, das sage ich mir auch immer. Aber wenn ich abends nach Hause komme, ist sie trotzdem noch da.«

»In Ordnung, schon gut. Welchen Film meinst du?«

»*Hundstage* von Sidney Lumet mit Al Pacino. Davon gehört? Er handelt von einem Banküberfall in New York mit Geiselnahme. Und beruht auf einer wahren Geschich- te.«

»Und wie endet er?«

»Das weiß ich nicht mehr. Ich glaube, ich bin irgend- wann eingeschlafen ...«

»Alles klar, dann zisch ab hier, alter Lustgreis. Bevor du eine Kugel in den Kopf bekommst.«

5.

»Seht nur, es tut sich was.«

Die Tür der Bankfiliale geht auf, und alle tasten unwill- kürlich nach ihrer Waffe.

»Sagt den Scharfschützen, sie sollen sich bereithalten«, knurrt Miccoli in sein Funkgerät.

Doch so weit kommt es nicht. Heraus wanken einige Geiseln: eine Frau um die vierzig, die totenbleich und sehr mitgenommen aussieht, gefolgt von zwei Senioren, Mann und Frau, mit unsicheren, wackligen Schritten. Auch ein kleines Kind ist dabei, nicht älter als sechs, wahrscheinlich ihr Enkel.

Nach weiteren fünf Minuten wird eine zweite Frau um die dreißig freigelassen und ein ungefähr fünfzigjähriger Mann in einem Blaumann.

Santi beachtet sie kaum. Er ist zum jetzigen Zeitpunkt der Einzige, der die Täter gesehen hat. Deshalb blättert er gerade wie ein Verrückter die Verbrecherkartei mit den Erkennungsfotos durch, die Cammareri aus der Questura geholt hat.

»Da, das ist er!«, schreit er. »Ganz sicher.«

Alle Anwesenden in der Bar verstummen und scharen sich um den Commissario, um einen Blick auf das Bild zu erhaschen und mitzuhören, was Ispettore Cammareri über den Verdächtigen vorliest.

»Name Enzo Belladonna, genannt Enzino, einunddreißig Jahre alt, geboren in Caltagirone. Vor vier Jahren hat er den Schwiegervater mit einer alten Pistole erschossen. Verurteilt wegen vorsätzlichen Totschlags, wurde das Vergehen auf fahrlässige Tötung gemildert und er nach drei Monaten freigelassen.«

»Entweder ein Guter oder ein Glückspilz«, kommentiert ein Carabiniere.

Ohne darauf einzugehen, fährt der Ispettore fort: »Während seiner Haft hat er die Zelle mit einem gewissen Nicola Verderame geteilt, siebenundzwanzig Jahre, aus Catanzaro.

Mehrfach festgenommen wegen Schmugglerei und Zuhälterei.«

»Zeig mal das Foto von diesem Verderame.«

Der Ispettore blättert in einem anderen Ordner und
reicht es dann Santi.

»Ja, ich erkenne ihn. Das ist der Kompagnon.«

»Sehr gute Arbeit, Commissario«, mischt sich nun der
Oberstaatsanwalt ein. »Jetzt, da wir wissen, wer sie sind,
können wir ihre Familienangehörigen einschalten. Sie
telefonieren derweil mit ihnen. Sagen Sie, dass wir es zu
schätzen wissen, dass sie ein paar der Geiseln freigelassen
haben als Zeichen des guten Willens. Aber lassen Sie sich
nichts anmerken, dass wir ihre Namen kennen. Spielen Sie
auf Zeit. Verstanden?«

Antonio nickt, während Cammareri für seinen Vorgesetzten wählt.

»Hallo, hier spricht Commissario Santi …«

»Und? Wir haben sechs Geiseln freigelassen. Reicht euch
das nicht, um uns gehen zu lassen?«

»Wir wissen es sehr zu schätzen, dass …«

»Hör zu, Bulle, den Scheißdreck kannst du dir sparen!
Wir wollen eine Antwort, und zwar sofort, sonst puste ich
dem Erstbesten, der mir vor die Flinte läuft, das Hirn aus
dem Kopf!«

Die Stimme des Mannes klingt schrill. Er ist zum Du
übergegangen und kurz davor, die Nerven zu verlieren. Antonio versucht beruhigend auf ihn einzureden.

»Einverstanden. Aber wie du weißt, habe ich nicht die
Befugnis, das zu entscheiden.«

»Dann verbinde mich mit jemandem, der sie hat, um
Himmels willen! Mit dem Richter, der uns unter Anklage
stellen wird. Der ist doch da, oder?«

Santi schaut zum Oberstaatsanwalt hinüber. Miccoli ist nervös, er bleckt die Zähne und raucht Kette. Plötzlich geht ein Leuchten über sein Gesicht. Er wendet sich an den jungen Staatsanwalt, der seinen Vorgesetzten begleitet.

»Sie sind doch Sizilianer, Di Stefano, oder?«

»Ja, und?«

»Dann versuchen Sie es. Sie sind sozusagen Landsleute. Vielleicht entspannt er sich. Los, reden Sie. Schlagen Sie vor, zu verhandeln.«

»Aber ich …«

»Kein Aber. Fordern Sie als Erstes, dass er uns die Unversehrtheit der Geiseln garantiert. Und wiederholen Sie, dass ich ihm mein Wort gegeben habe, das ich nicht brechen werde. Machen Sie ihm klar, dass es besser ist, sich zu stellen und kein Blutbad anzurichten, weil sie dann alle Garantien bekommen, die sie brauchen. Ach, und noch etwas: Spielen Sie mit offenen Karten. Sagen Sie ruhig, dass wir wissen, wer sie sind, o.k.?«

»Einverstanden, ich versuch's.«

Di Stefano ist blass. Klein, mit zurückgegelten Haaren und dicken Brillengläsern, dahinter aber ein entschlossener Blick. Er seufzt und nimmt Santis Platz ein.

»Ich reich dich jetzt weiter«, verkündet Antonio dem Bankräuber.

»In Ordnung. Aber beeilt euch.«

»Guten Tag, mein Name ist Giuseppe Di Stefano, der mit diesem Fall betraute Staatsanwalt.«

»Ich höre, Dottore.«

»Nein, Enzino. Du kannst mich duzen. Sag mir, was ihr vorhabt.«

Die Stimme des anderen wird schriller.

»Woher wissen Sie meinen Namen?«

»Wir wissen, wer ihr seid, Enzino. Macht bloß keinen Unsinn, du und Nicola. Noch kann man alles wieder richten …«

»Natürlich kann man das! Ihr müsst nur unsere Bedingungen erfüllen!«

»Welche genau?«

»Immer dieselben, Dottore. Wir wollen ein Fluchtauto und zweihundert Millionen in bar. Und dass alle abziehen. Wenn das der Fall ist, verschwinden wir ganz ruhig mit dem Direktor.«

»Das ist keine Lösung.«

»Oh doch. Klar, vielleicht schnappt ihr uns irgendwann, aber nicht dieses Mal. Dieses Mal müssen wir ungeschoren davonkommen.«

»In Ordnung, Enzino. Aber es wäre gut, wenn ihr uns zuerst noch einen Beweis des guten Willens geben würdet. Ich weiß, dass noch ältere Menschen unter den Geiseln sind. Lass wenigstens sie gehen.«

»Nein, Dottore, das kommt nicht in Frage. Ihr habt eine halbe Stunde, um alles bereitzustellen, ansonsten beginnen wir sie abzuknallen.«

6.

Um vier Uhr nachmittags tummeln sich über zehntausend Menschen in den Straßen um die Piazza Insubria. Die Medien haben die Nachricht von der Geiselnahme verbreitet, was sofort die Schaulustigen angelockt hat.

»Selbst wenn wir sie ließen, haben sie keine Chance, mit dem Auto da durchzukommen«, stellt Miccoli beunruhigt fest.

Auch den Bankräubern scheint aufgegangen zu sein, dass sie nur auf zwei Arten herauskommen: tot oder in Handschellen.

Eine Stunde lang hat Di Stefano leise am Telefon auf Belladonna eingeredet, auf Sizilianisch, dann legt er endlich auf.

»Und?«

»Gute Nachrichten: Sie wollen sich ergeben.«

»Bestens! Und was verlangen sie im Gegenzug?«

»Sie wollen es nur im Beisein ihres Anwaltes tun. Sie befürchten, dass – wörtlich – ›die Bullen uns halbtot prügeln‹.«

Die Anwesenden wechseln einen erstaunten Blick, dann geht der Ball wieder an den Oberstaatsanwalt.

»In Ordnung. Welchen Anwalt wünschen sie?«

»Giorgio Coleo.«

»Schafft ihn her.«

Binnen weniger Minuten ist der Anwalt vor Ort und ruft die Bankräuber an.

»Hier spricht Avvocato Coleo, man hat mir gesagt, dass Sie nach mir verlangt haben. Ich bin jetzt hier und werde bei der Verhaftung anwesend sein.«

Die Stimme am anderen Ende der Leitung ist allerdings nicht mehr die von Belladonna, sondern die seines Komplizen, Verderame.

»Wir werden uns nur Ihnen allein ergeben und Ihnen die Waffen aushändigen, Avvocato.«

»Gut, kommen Sie heraus, ich erwarte Sie hier.«

»Sie verstehen mich nicht. Sie müssen hereinkommen, zusammen mit dem Staatsanwalt und diesem Commissario. Ihnen ergeben wir uns, wenn sie unbewaffnet sind, verstanden?«

273

Miccoli schüttelt den Kopf und flüstert dem Anwalt zu: »Die müssen rauskommen.«

»Es ist besser, wenn Sie herauskommen.«

»Das kommt nicht in Frage, denn sobald ich das Rollgitter hochziehe, fangt ihr an zu schießen.«

An diesem Punkt schaltet sich Di Stefano wieder ein. Er nimmt dem Anwalt den Hörer aus der Hand und beginnt, ohne Luft zu holen, zu reden.

»In Ordnung. Wir tun, was ihr sagt, aber Schluss jetzt mit dem Gerede, o.k.? Ich gebe dir mein Wort, dass wir unbewaffnet sind. Ich komme mit Commissario Santi und eurem Anwalt rüber. Wir treten ein, du durchsuchst uns. Dann versichern wir uns, dass nicht andere Waffen im Spiel sind. Dann stellen wir sicher, dass ihr kein Geld eingepackt habt, dann bleibt es lediglich beim versuchten Bankraub, und ihr ergebt euch in Coleos Gegenwart.«

Die Zuschauer halten den Atem an, als sie ungläubig die Ereignisse mitverfolgen.

Avvocato Coleo betritt als Erster die Bank, dicht gefolgt vom Staatsanwalt und von Santi. Dann passiert das Unglaubliche: Unter Avvocato Coleos wachsamen Blick suchen Di Stefano, der Commissario und die zwei Banditen sich gegenseitig nach Waffen ab.

»Gut, niemand ist bewaffnet«, stellt der Anwalt fest.

Nun geht Di Stefano zu den Geiseln, um sich zu vergewissern, dass es ihnen gutgeht. Sie sitzen in einer Ecke auf dem Boden.

»Alle unverletzt, nur unter Schock«, verkündet er. Schließlich überprüft er, ob das Geld noch in den Kassen liegt.

»In Ordnung, es wurde nichts gestohlen. Das verbessert eure Lage enorm. Jetzt können wir gehen.«

Santi tritt zu den zwei Männern und legt ihnen Handschellen an, um sie dann Richtung Ausgang zu führen.

Carla wird ihm nie verzeihen, dass er sein Leben aufs Spiel gesetzt hat, doch er spürt, dass er das Richtige getan hat, vor allem als ihn die Menge vor der Bank mit tosendem Applaus empfängt.

DRITTER TEIL

Rien ne va plus

Die zweihundert Tage

Fluchtwege

1.

Roberto beobachtet seinen Zellengenossen mit neidlosem Blick, obwohl Barrakuda heute entlassen wird. Den Beutel mit seinen Habseligkeiten hat er schon gepackt, in wenigen Stunden ist er raus.

Vandelli hält es nicht länger aus im Knast. Er will flüchten, will sein Leben aus Raubüberfällen zurückhaben, sich eine neue Bande zusammenstellen.

»Ich bin auch bald draußen«, verkündet er dem Freund, als er ihn zum Abschied umarmt.

»Weißt du schon wie?«

»Ich werde mir eine gelbe Gesichtsfarbe zulegen.«

»Hepatitis? Bist du verrückt? Das ist gefährlich.«

»Hier drinnen gehe ich ein.«

»Du hast doch nicht mehr lange bis …«

»Bis was? Mir bleibt doch nur die Zeit zu sterben, Barrakuda. Und ich habe keine Angst.«

»Wie du meinst, Roberto. Sag Bescheid, wenn du etwas brauchst.«

»Du wirst bald von mir hören. Und ansonsten vögle eine

Runde für mich mit heute Abend. Ich werd noch wahn-sinnig hier!«

Barrakuda lacht, und das ist ein wirklich erschreckender Anblick.

Roberto meint es ernst: Er will fliehen, und der einzige Weg geht über die am wenigsten streng bewachte Abteilung, also die Krankenstation, und dafür muss er krank werden.

In den folgenden Tagen versucht er alles. Er spritzt sich Urin in die Vene, isst drei Mal am Tag faule Eier und atmet mit tiefen Zügen Propangas aus dem kleinen Zellenkocher ein.

Die anderen Gefangenen verfolgen seine Selbstversuche mit einer Mischung aus Bewunderung und Abscheu. Vor allem als der Comasina-Bandit anfängt, Knastbrüder mit der gelbsten Gesichtsfarbe herauszusuchen und sich ihr Blut in die Adern zu pumpen.

»Du bist ja völlig übergeschnappt, mein Freund.«

»Mag sein, aber wenn ich frei bin, stoße ich auf deine Gesundheit an.«

Doch das Einzige, was er erreicht, sind heftige allergische Reaktionen wegen der unterschiedlichen Blutgruppen, keine Hepatitis.

»Ich habe die Gesundheit eines Stiers«, stöhnt er. »Ich muss meine Strategie ändern.«

Also beschließt er nach einer Woche vergeblichen Mühens, sich mit Romolino in Kontakt zu setzen. Dafür vertraut er einem Häftling, der das Gefängnis verlässt, eine Botschaft an: »Du hast es geschafft, eine Uzi reinzu-schmuggeln, dann wird eine Ampulle infiziertes Blut doch ein Kinderspiel sein.«

Zwei Tage später bekommt Roberto das Serum, das er sich, ohne mit der Wimper zu zucken, in die Vene schießt.

Am nächsten Tag schaut er bei Morgengrauen in den Spiegel und lächelt zufrieden.

Als die anderen Häftlinge ihn sehen, applaudieren sie.

»Du hast es geschafft, Vandelli! Dann mal viel Glück.«

Roberto hält sich zurück mit seiner Siegesfreude. Als er sich schlecht fühlt, geht er mit aufgesetzter Sonnenbrille zum diensthabenden Arzt.

»Absetzen.«

Vandelli gehorcht, und kaum hat der Arzt seine Augen gesehen, schickt er ihn auf die Krankenstation.

»Du bist ja gelb wie ein Chinese! Weg hier: Dich verlegen wir sofort ins Bassi.«

2.

An diesem Julimorgen geht man ein vor Hitze. Mailand liegt unter der gewohnten feuchtschwülen Glocke, und die kleinste Bewegung ist schweißtreibend.

Es ist sieben Uhr früh, und man hat schon eine Vorstellung davon, wie drückend dieser Tag werden wird. Der im Hause Santi mit dem durchdringenden Schrillen des Telefons beginnt.

»Wer kann das sein um diese Uhrzeit?«, mault Carla und reibt sich die Augen.

Antonio ahnt es schon und bedeutet ihr, sich wieder schlafen zu legen, während er ans Telefon geht.

»Ja?«

»Commissario, ich bin's, Ispettore Cammareri. Es gab einen Gefängnisausbruch.«

»Wer?«

»Einer, den Sie gut kennen: Roberto Vandelli. Er war im Bassi-Krankenhaus.«

»Ich komme.«

Während Antonio sich anzieht, denkt er daran, wie er seinen Gegner zum ersten Mal festgenommen hat. Dieser Verbrecher war sich so sicher, wieder freizukommen, dass er sich die goldene Rolex vom Handgelenk streifte und mit den Worten auf seinen Schreibtisch legte: »Wenn du mich einlochst, gehört sie dir.« Santi hatte die Wette gewonnen, doch der Bandit hatte seine Uhr trotzdem behalten.

»Was ist los?«, fragt Carla, die mit der kleinen Eleonora auf dem Arm in der Tür steht.

»Ein Häftling ist geflohen. Ich muss los.«

Er küsst Frau und Tochter und verlässt das Haus. Er hat keine Lust, ihr zu sagen, dass es sich um seinen Erzfeind handelt. Um den, der als Junge genau wie er beim Jahrhundertraub dabei gewesen war.

Als er in den Wagen steigt, arbeitet sein Gehirn auf Hochtouren.

»Wie ist es passiert?«

»Ich weiß noch gar nichts, Commissario. Der Anruf kam erst vor zehn Minuten.«

Cammareri legt den ersten Gang ein und rast mit Blaulicht und Martinshorn davon.

Vor dem Krankenzimmer, in dem Vandelli lag, stehen ein Dutzend Polizeibeamte. Sie reden und rauchen. Sie sind ganz ruhig, als wäre nichts passiert. Santi bahnt sich übelst gelaunt und wenig behutsam seinen Weg durch die Menge.

»Was wollt ihr alle hier? Wärt ihr lieber mal früher da gewesen, um den Häftling zu bewachen.«

Niemand antwortet.

»Und macht die verdammten Kippen aus. Das hier ist ein Krankenhaus!«

Die Beamten gehorchen. Antonio wirft einen kurzen Blick in das Zimmer. Vier Betten. Eins davon ist leer.

Ispettore Cammareri taucht neben dem Commissario auf.

»Vier Stockwerke treppab im Pyjama«, stellt er fest. »Und das soll niemand bemerkt haben?«

»Genau, das frage ich mich auch. Er muss sich absichtlich irgendwo angesteckt haben, und er hatte Helfershelfer.«

Dann kehrt er auf den Flur zurück.

»Wer hatte heute Nacht Wachdienst?«

Ein Beamter tritt vor. Keine zwanzig, unreifes Gesicht, ausweichender Blick.

»Ich, Signore.«

»Wie heißt du?«

»Mauro Parisi.«

»Erzähl, was passiert ist.«

Der junge Mann zögert kurz, dann beginnt er zu erzählen, ohne seinem Vorgesetzten in die Augen zu schauen.

»Also, ich stand Wache, hier vor der Tür. Irgendwann hat einer der Häftlinge, der Ausländer da, angefangen rumzukrakeelen, dass es ihm schlecht gehe. Er hatte Zuckungen …«

»Wann war das?«

»Tja, das muss so um vier Uhr morgens gewesen sein.«

»Weiter.«

»Ich also die Pfleger gerufen. Dann kamen die Ärzte, und als das Theater vorbei war, merke ich, dass Vandelli weg ist.«

Antonio wendet sich an Cammareri.

»Ispettore.«

»Ja, Dottore?«

»Geh und verhör diesen ›Ausländer‹. Wir brauchen seine Version des Hergangs. Und finde heraus, wie viel er für das Theater bekommen hat. Und du, Parisi, kommst mit mir!«

»Wohin?«

»Unter vier Augen reden, wo uns niemand stört.«

Agente Mauro Parisi ist totenbleich, und trotz der Hitze steht ihm kein Tropfen Schweiß auf der Stirn. Und Santi würde fast wetten, dass seine Hände zittern.

Sie setzen sich auf eine Bank vor das Krankenhaus. Antonio zündet sich eine Zigarette an und bietet dem anderen eine an, die abgelehnt wird.

»Schön, Parisi, du sorgst dich um deine Gesundheit!«

»Nein, Dottore, ich will nur grade nicht.«

»Seit wann bist du bei der Polizei?«

»Eineinhalb Jahre.«

Santi bläst Rauch aus und blickt dem jungen Mann fest in die Augen.

»Dieser Ganove von Vandelli konnte sein Glück wohl kaum fassen, einen *Gandula* wie dich als Wache zu haben.«

»Wie?«

»Nichts, kleiner Witz. Erzähl mir lieber, wie der Häftling in den letzten Tagen so war. Ging es ihm gut?«

»Ja, er hat sich durch die Behandlung gut erholt. Als er ankam, war er ja schrecklich gelb.«

»Und dann?«

»Dann ging es ihm immer besser. Er war voller Tatendrang.«

»Bekam er Besuch?«

»Aber sicher! Viel Besuch. Und alle brachten Essen mit. Was für ein Fest! Langusten, Krebse, ganze Käselaibe,

Champagner, und das teilte er alles mit den Wachleuten und den anderen Häftlingen.«

Santi versucht, ruhig zu bleiben.

»Und ihr habt euch einladen lassen?«

»Na ja, es wäre wirklich schade gewesen, all die guten Sachen wegzuwerfen.«

»Klar ...«

»Vandelli war nett und hilfsbereit.«

Antonio weiß, dass er bald am Punkt ist. Aber er will nicht vorpreschen.

»Inwiefern hilfsbereit?«

»Oh, nicht dass Sie das missverstehen, Commissario, kein Geld.«

»Wie denn?«

»Na ja, manchmal hat er mir Empfehlungen gegeben, für Ausgehlokale ... Wenn ich dort seinen Namen nannte, wurde ich gut behandelt, so halt.«

Santi ist längst alles klar: Mädchen und Champagner, und schon tappt der Junge in die Falle.

»Und kamen auch Frauen vorbei?«

»Massenhaft! Das hätten Sie sehen sollen, echt heiße Feger.«

»Dir ist schon klar, Agente, dass er das alles getan hat, um euch weichzuklopfen?«

Das Gesicht des anderen verdüstert sich.

»Ja, aber ich hab nicht angebissen ...«

»Bist du dir da sicher?«

Santis Tonfall wird plötzlich hart.

»Ja, ja. Er hat mich mehrmals gebeten, ihm beim Ausbruch zu helfen, aber ich habe mich immer geweigert.«

»Immer?«

Parisi senkt den Kopf. Knetet nervös seine Hände.

285

»Na ja, fast immer … Bis er mir vor zwei Tagen die Pistole gezeigt hat, die unter seiner Bettdecke lag. ›Ich habe keinerlei Skrupel, sie zu benutzen‹, sagte er. Und dann: ›Wenn
du mir nicht hilfst, meine Leute wissen, wo du wohnst. Und
wenn sie kommen, wird das ganz bestimmt kein Sonntags-
spaziergang. Andernfalls kannst du was dabei verdienen.‹«

Parisi schweigt und zittert nun richtig. Mit gesenktem
Kopf starrt er auf seine Fußspitzen.

»Am Ende habe ich ja gesagt.«

»Zu was genau?«

»Wegzuschauen, während er sich aus dem Staub macht.«

Der junge Polizeibeamte ist den Tränen nahe, doch Santi
empfindet kein Mitleid mit dem Verräter.

»Und wie viel hat er dir gezahlt?«

»Drei Millionen.«

Brera Bridge Club

1.

Mitte November. Kälte, Nebel und die üblichen Scharmüt-
zel zwischen Tarantinos Bande und den drei Milords.

Zwei Abende zuvor hat jemand eine Maschinengewehrsalve auf den Eingang von Via Panizza abgefeuert.
Und vor einer Woche wurden vor der Spielhölle auf dem
Corso Sempione die Autoreifen einiger Glücksspieler auf-
geschlitzt. So konnte es nicht weitergehen.

An diesem Abend betritt Frank in seinem Wolfspelz das
Capriccio. Zigarre zwischen den Zähnen, ein schwarzer Hut

auf dem Kopf. Seit er seine Teddy-Tolle nicht mehr trägt, kümmern ihn seine Haare nur noch wenig. Er lächelt nicht engelsgleich wie sonst, besser gesagt: Er lächelt gar nicht.

Er hat eine Feuergruppe zusammengerufen, ein sicheres Zeichen für den bevorstehenden Tanz. Melis, Spinnerherz, Marcopolo, Ebale und ein sardischer Gangster sind dabei, der gerade aus dem Knast entkommen ist und den Frank unter seine Fittiche genommen hat.

»Heute Abend wird den drei Milords die Lust ein für alle Mal vergehen, uns auf den Sack zu gehen.«

»Bringen wir sie unter die Erde?«

»Schlimmer, wir ruinieren ihnen das Geschäft. Wir gehen ins Brera und rauben es aus. Wir räumen es komplett leer bis auf den letzten Penny. Dann setzt bestimmt nie wieder jemand einen Fuß in den Laden.«

Als der Name des Casinos fällt, senkt sich Schweigen über die Runde: Der Brera Bridge Club ist der exklusivste Spielsalon der ganzen Stadt. Seine Besucher fühlen sich als etwas Besonderes, und sie wiegen sich in Sicherheit, weil der Club im Herzen der Stadt liegt. Natürlich genießen die Milords den Schutz von ganz oben, und sie schmieren immer gehörig das Räderwerk, damit ihr Laden von den andauernden Streitigkeiten um das illegale Glücksspiel in Mailand nicht tangiert wird.

»Irgendwelche Fragen?«

»Wie kommen wir rein?«, erkundigt sich Melis. »Die Panzertür öffnet sich nur für Gäste, deren Gesichter bekannt sind, alle anderen bleiben draußen. Sollen wir sie mit unseren Kugeln durchsieben?«

»Viel zu viel Aufruhr: Wenn jemand merkt, dass etwas nicht stimmt, ruft er sofort die Polizei. Und die Questura ist nur ein paar Schritte entfernt!«

»Wie hast du es dir dann vorgestellt? Unbewaffnet anklopfen und hoffen, dass jemand aufmacht? Bei unseren Gesichtern herrscht doch sofort Alarmstufe Rot ...«

Frank würde Marcopolo am liebsten mit seinen Blicken töten, er ist nicht in Stimmung für dumme Witze.

»Wir sind alle bewaffnet«, fährt er fort. »Aber der Erste, dem es in den Händen kribbelt und der losballert, bekommt es mit mir zu tun. Habt ihr mich verstanden?«

»Klar, Ciccio, aber wie verschaffen wir uns dann Zutritt?«

2.

Baron Rodolfo De Bellis reißt die Augen auf, um sie sofort wieder zu schließen. Das muss ein böser Traum sein. Eine Ohrfeige überzeugt ihn vom Gegenteil.

»Aufwachen!«

De Bellis ist ein dickbäuchiges Männlein mit Glatze und runden, dunklen Augen.

»Was wollt ihr?«

»Anziehen und Schnauze halten.«

Tarantinos Leute haben es sich nicht nehmen lassen, ihn direkt zu Hause abzuholen, aus dem Bett heraus. Der Baron ist Mitglied im Brera, ihn kennen die Besitzer, die drei Milords und auch die Türsteher. Vor Jahren besaß er noch eine kleine Firma, die Plastiktüten herstellte, doch die hatte er beim Bakkarat und Poker verspielt.

»Was wollt ihr von mir?«, fragt er aufgeregt, als sie ihn ins Auto geschoben haben. »Ich besitze keine Lira mehr, niemand zahlt für mich Lösegeld!«

»Halt die Klappe, Baron. Du musst uns nur die Tür zum Club öffnen, dann übernehmen wir und lassen dich laufen.«

Jetzt erst erkennt der Baron Tarantino.

»Frank, das kann ich nicht, da mache ich mir in die Hose. Und stell dir nur vor, wie dann über mich geredet wird, mich lässt doch keiner mehr in seinen Laden!«

»Hör zu«, mischt sich der Sarde plötzlich ein, »entweder du machst uns die Scheißtür auf, oder ich fessele dich an Händen und Füßen und werfe dich in den Fluss.«

Der Baron wird blass, versucht Engelsgesicht mit einem flehentlichen Blick zu erweichen, doch vergeblich.

»Du bist unser Trojanisches Pferd. Oder Fischfutter. Du hast die Wahl.«

3.

»Mit Drohungen gehen alle Türen auf.«

Vor dem Brera Bridge Club spielt der Baron brav seine Rolle, und eine Sekunde später sind alle drin. Nur Spinnerherz bleibt draußen, um die Straße im Blick zu behalten.

Frank verbirgt unter seinem Wolfspelz eine *Lupara*, die sizilianische Schrotflinte mit abgesägtem Lauf, handlich wie ein Revolver. Melis hat eine ähnliche Waffe, die anderen nur ihre Pistolen.

Als sie hereinkommen, gefriert die Luft im Spielsaal: etwa fünfzig Glücksspieler, davon mindestens zwanzig Frauen. Die drei Sicherheitsleute des Ladens werden sofort entwaffnet und in die Toilette gesperrt. Unter ihnen befindet sich auch Martino Borghi, der Handlanger der drei Milords, der Tarantino am Corso Sempione gedroht hat.

Ebale rammt ihm den Kopf an die Nase, während er ihn in die Toilette drängt und abschließt.

»Wage nicht noch mal, uns zu drohen, blödes Arschloch!«

Einer der drei Milords, D'Agostino, geht auf Tarantino zu und versucht mit ihm zu reden, fängt sich aber nur eine Maulschelle mit dem Gewehrlauf. Jegliche Gegenwehr erstirbt.

Melis leistet seinen Beitrag, indem er eine große Anzahl Sektgläser zu Boden fegt.

»Schluss mit Champagner«, schreit er. »Ihr hört jetzt zu, was er euch zu sagen hat.«

Damit zeigt er auf Engelsgesicht, der auf den Tresen gesprungen ist. Er ist als Einziger unvermummt, die anderen haben sich Tücher vor das Gesicht gebunden.

»Habt ihr gesehen, was mit Leuten passiert, die an Orten spielen, wo es zu Raubüberfällen kommt?«, beginnt er ironisch. »Ihr geht jetzt in aller Ruhe in den Hauptsaal. Los, dalli dalli.«

Die Männer der Bande stoßen die Spieler nach nebenan, viele von ihnen haben sich hinter den Vorhängen oder unter den Tischen versteckt, andere haben nichts von alldem mitbekommen.

Als sie im Saal sind, packt Tarantino den Spielbankdirektor am Arm, einen langen, knochigen Typen mit Pomade im Haar, und zerrt ihn in sein Büro.

»Ihr behaltet die Lage hier im Blick«, befiehlt er. »Ich muss mit der Bohnenstange unter vier Augen reden. Ach, und sagt den Leuten ruhig, dass sie es sich bequem machen sollen, wir werden den ganzen Abend hier verbringen. Sie sollen begreifen, dass in diesem Drecksloch nicht einmal mehr eine Runde Mau-Mau gespielt wird, wenn wir es nicht wollen!«

Melis und Marcopolo bleiben im Saal zurück und bewachen die völlig verängstigten Gäste, während Ebale und der Sarde den Eingang übernehmen. Immer wenn jemand an die Tür klopft, lässt der Türsteher ihn mit einem Schießeisen an der Kehle herein. Drinnen werden die Neuankömmlinge von zwei auf sie gerichteten Pistolenläufen empfangen.

»Hände hoch und in den Salon gehen.«

Der Sarde wirft einen entzückten Blick auf die Garderobe neben der Tür.

»Ich hab noch nie so viele Pelzmäntel auf einmal gesehen.«

»Das gefällt dir, was?«, amüsiert sich Ebale. »Weißt du, was die wert sind? Viele Millionen Lire! Diesen Arschlöchern kommt das Geld aus der Nase raus.«

Die Nacht vergeht langsam. Engelsgesicht lässt vier endlose Stunden verstreichen, bevor er sich wieder mit seiner Lupara blickenlässt, die er schwingt wie ein Schwert. Alles Gemurmel verstummt.

»So, versteht ihr langsam, was passiert, wenn man in diesem Sumpf spielen will? Ab morgen kommt ihr besser in den Corso Sempione, zu uns. Dort gibt es keine Überfälle und ihr seid sicher. Bevor wir uns verabschieden, eine Bitte: Legt alles Geld auf den Tisch. Als kleine Entschädigung für unsere Mühe. Schnell!«

Alle nehmen Tarantino beim Wort, und auf dem grünen Tuch türmen sich schnell Portemonnaies und Geldscheine.

Marcopolo packt alles in eine Ledertasche.

Frank lächelt, ist aber noch nicht zufrieden: »Ist das auch wirklich das gesamte Geld, oder will mich jemand bescheißen? Mal sehen.«

Er bedeutet Ebale, zu ihm zu kommen.

»Du durchsuchst ein paar von ihnen, und wer noch eine Münze in der Tasche hat, dem schneidest du einen Finger ab.«

Der Catanier geht zu einigen Spielern hin und durchsucht sie lustlos. Er weiß, dass Frank hält, was er verspricht.

»Sie sind sauber.«

»Gut. Gib den Damen jeweils zehntausend Lire, damit
sie sich ein Taxi nach Hause nehmen können.«

Marcopolo steckt seine Hand in die Tasche und tut wie
geheißen.

Tarantino geht zum Ausgang.

»Wir sind jetzt weg, aber keiner von euch, ich wieder-
hole: keiner, wagt es, vor Ablauf einer Viertelstunde raus-
zugehen, sonst erschieße ich ihn. Ich stehe draußen mit der
Uhr in der Hand.«

Der Sarde will sich beim Hinausgehen ein paar Pelze
mitnehmen, doch der scharfe Blick von Engelsgesicht hin-
dert ihn daran.

Bevor Frank die Tür zuzieht, wendet er sich noch einmal
an den Direktor.

»Solltest du dich bei der Polizei verplappern, bist du tot.«

»Verplappern? Keine Sorge, du bist größer als ich, blond,
und der mit dem Geldsack ist klein und dick und kommt
dem Dialekt nach aus dem Veneto.«

Engelsgesicht tätschelt ihm die Wange.

»*Bravo fieu.*«

Sie steigen in den Wagen, und noch bevor sie um die nächste Ecke biegen, platzt es aus Melis heraus.

»Hier, Leute, das sind mindestens fünf Millionen pro
Kopf! Nicht schlecht, was?«

»Und das ist noch nicht alles«, lacht Tarantino und wedelt mit einem Scheck über fünfzig Millionen. »Den habe
ich mir vom Direktor unterschreiben lassen. Die Milords
sind ganz offiziell raus aus dem Spiel. Und wenn sie es wa-

gen, noch einen Pieps von sich zu geben, verscharren wir sie. Von heute an gehören die Spielcasinos in Mailand uns. Das ist das neue Las Vegas!«

Alle bis auf den Catanier jubeln.

»Was ist mit dir, Agostino?«

»Eins musst du mir erklären, Frank: Wolltest du wirklich den armen Schweinen, bei denen ich Geld gefunden hätte, die Finger abschneiden?«

»Klar, deswegen habe ich ja dich dafür ausgesucht. Ich wusste, dass du nur so tun würdest, als würdest du sie durchsuchen.«

»Was für ein Hundsfott!«

Jetzt lacht auch Ebale. Besser hätte es nicht laufen können, und nun sind sie die neuen Herren des Mailänder Glücksspiels.

Piazza Vetra

1.

»Scheiße, Mann, du siehst aus wie ein englischer Lord!«

Mit ruhigen Schritten verlässt Vandelli das Krankenhaus. Über dem Schlafanzug trägt er einen Bademantel aus dunkler Seide. Diese Flucht hat wahrhaft Klasse!

»Dann wird der Lord dir jetzt mal was sagen: Fahr mich sofort zu den Huren, ich halte es nicht mehr aus!«

Barrakuda lacht und lässt den BMW 3000 aufjaulen.

Aus dem Radio ertönt in voller Lautstärke Vanonis *Domani è un altro giorno*.

2.

Drei Jahre ist es her, dass Roberto zum letzten Mal die abgewrackte Bar betreten hat, doch in all der Zeit hat sich nichts verändert. Das Tri Basei in der Via Teano ist nun das Hauptquartier der Comasina-Bande als Nachfolger des Lokals auf der Piazza Tirana, das seine Pforten nach einer Schießerei schließen musste. Früher kamen Pietra und Romolino nur sporadisch hierher, doch mittlerweile ist es ihr bevorzugter Rückzugsort.

Roberto kommt sich vor wie in einem Museum, in dem alles exakt seiner Erinnerung entspricht: dieselbe abgenutzte Einrichtung, der Flipper, der Barmann Arnaldo mit seinem ausladenden Schnurrbart, und natürlich die bekannten Gesichter, die sich zu seiner Begrüßung versammelt haben.

»Willkommen zurück!«

Eine Flasche wird entkorkt, und alle treten näher, um Vandelli zu umarmen.

Barrakuda hat die Nachricht verbreitet, und die Gefährten sind gekommen. Sie wissen, dass Roberto schnellstmöglich eine neue Bande zusammenstellen will, und stehen bereit.

Gekommen sind seine alten Gefährten von früher, Pietra und Romolino.

»Wir sind dabei. Wie immer.«

Gekommen ist auch Pintos Neffe Gandula, der mittlerweile zum Mann gereift ist.

»Jetzt, wo ich selbst im Beccaria war, bin ich euch ebenbürtig, nicht wahr?«

Max Landi ist da, der gut mit Pistole und Schneidbrenner umgehen kann und von allen der *Giargiana* genannt wird, der Ausländer, weil er nicht aus Mailand stammt, sondern aus Busto Arsizio.

»Bei der Geldbeschaffung kannst du auf mich zählen.«

Und dann ist da noch einer, über den sich Roberto am meisten freut, sein spiritueller Pate. Und eine Art Philosoph des Verbrechens: der Molosser.

»Hattest du nicht gesagt, du wolltest dir allen Ärger vom Leib halten?«

»Klar, aber jetzt, wo du wieder draußen bist, kommt der Ärger zu mir.«

Die beiden umarmen sich, und Vandelli hebt sein Glas.

»Ich bin zurück, und jetzt werden wir alle zusammen diese verfluchte Stadt zurückerobern!«

Es ist sein voller Ernst, und Vandelli legt sofort los, mit gesenktem Kopf.

In den ersten Wochen hat die Bande viel zu tun. Ein Raubüberfall folgt dem nächsten, alle zwei, drei Tage einer. Roberto ist eine Art Kampfmaschine: Er ist nie zufrieden, bekommt nie genug, wie ein Junkie nach langer Enthaltsamkeit, der den Entzug nicht geschafft hat.

»Ich war eine Weile weg und muss die verlorene Zeit aufholen!«

Im Knast hat Roberto eine Liste erstellt von Orten, die er ausrauben will, sobald er wieder draußen ist. Eine Art Katalog seiner Träume: Banken, Juweliere, Luxusgeschäfte, Pelzhandlungen, sogar Rechtsanwaltskanzleien und Notare.

Die hat er sich auf ein kariertes Blatt Papier notiert, das er immer bei sich trägt. Nach jedem Coup streicht er die entsprechende Adresse durch. Das ist seine Art, die verlorene Zeit nachzuholen. Wie besessen ist er von seiner Liste. An manchen Tagen kann er sich nicht einmal seinen Hobbys widmen, allen voran den Frauen. Zu stark ist die Obsession, aufzuholen und Geld anzuhäufen. Immer in Aktion, immer am Werk. Immer neue Überfälle werden geplant. Möglichst gewagt, möglichst spektakulär.

Die Presse nennt ihn schon den italienischen Dillinger, doch das zählt für Vandelli wenig. Im Kopf hat er den ganz großen, atemberaubenden Coup. Doch sie sind noch nicht so weit. Sie müssen noch üben.

Dabei sind sie alle keine Anfänger in der Bande, im Gegenteil. Doch Roberto will, dass sie perfekt vorbereitet sind. Vor allem, wenn etwas schieflaufen sollte. Auch für den Fall ist bereits alles organisiert und Mailand in Planquadrate aufgeteilt. Im Knast hat er lange über diesem System gebrütet, nun wird er es umsetzen. In jedem Quadrat verfügt er über einen Immobilienmakler oder einen Strohmann mit Wohnung oder Box. Circa dreißig »Stützpunkte«, verteilt über die ganze Stadt.

»Um überall schnell untertauchen zu können, versteht ihr?«

Vor allem die Boxen sind bestens ausgestattet. In jeder steht ein Wagen bereit, liegen Wechselklamotten, eine Waffe und etwas Bargeld.

»Äußerst nützliche Anlaufstellen für den Fall, dass ein Überfall schiefgeht und die Bullen euch auf den Fersen sind, wo ihr unterschlüpfen und bei Bedarf auch mal die Nacht verbringen könnt, bis die Wogen sich wieder geglättet haben«, erklärt er seinen Leuten.

Natürlich hat er das nicht alles allein organisiert. Romolino und Pietra waren nicht untätig, während ihr Boss im Bau war, sondern haben ein kleines Arsenal von mindestens hundert Waffen zusammengestellt. Sie wurden auf mehrere Verstecke verteilt, damit bei einer Durchsuchung durch die Madama nicht alle auf einmal weg wären. Sie haben

Büchsen Kaliber .38, Gewehre mit langen und abgesägten Läufen, Sten- und Skorpion-Maschinenpistolen.

»Das ist unsere Investition in die Zukunft«, wiederholt Vandelli immer wieder. »Mit einer Waffe kommt man jederzeit an Knete. Ohne steckst du in der Scheiße.«

Im hintersten Saal vom Tri Basei, geschützt vor neugierigen Augen und Ohren, planen sie ihre Coups. Vorne am Tresen hingegen werden bei einem Fernet oder Cynar Leute rekrutiert. Denn über den harten Kern der Bande hinaus braucht es immer vertrauenswürdige Helfer. Hier gehen nur Typen aus der Comasina aus und ein, für Vandelli Bürgschaft genug.

»Hey, du Schurkennase, hast du Lust, dir etwas *dané* zu verdienen?«

Hin und wieder wandert jemand in den Knast, dann braucht man schnellen Ersatz. Ganz davon abgesehen, dass sie manchmal zwei Gruppen à vier Personen brauchen, um in verschiedenen Gebieten der Stadt gleichzeitig zu operieren. Auch das war eine von Robertos Ideen: »Ich will Mailand bis aufs Mark aussaugen! Und rein statistisch gesehen wird eine der beiden Banden immer heil davonkommen, oder?«

3.

Der erste Schuss jagt ihm einen fast erotischen Schauer durch den Körper. Wie auch der zweite und der dritte.

Vandelli verschießt das ganze Magazin und fühlt sich prächtig. Wie im siebten Himmel.

Er war quasi noch ein Grünschnabel, als er auf dem Feld hinter dem Wasserflughafen stand und mit einer Pistole

schießen übte. Bei den letzten Überfällen war es glücklicherweise nicht nötig, auch nur eine Kugel abzufeuern.

»Aber man muss ja bereit sein, nicht wahr?«

Der Molosser beobachtet, wie Roberto gekonnt drei leere Dosen in etwa dreißig Meter Entfernung trifft. Er lehnt
an einem schwarzen Mercedes, der wie eine Billardkugel
glänzt.

»Möchtest du auch mal, mein Freund?«, fragt Vandelli
beim Nachladen.

»Du weißt, dass ich ungern eine Waffe in den Händen
halte. Und wenn, dann lieber das Maschinengewehr. Da
muss man nicht so genau zielen.«

»Recht hast du. Aber eine Pistole in der Hand verleiht
dir so ein schönes Gefühl von Macht. Sogar von Allmacht.«

»Das ist nicht die Waffe, Roberto. Das sind wir.«

»Wie meinst du das?«

»Wir würden dieses Leben nicht führen, wenn wir nicht
größenwahnsinnig wären. Es ist eine Geisteshaltung.«

Vandelli grinst und beginnt wieder zu ballern. Doch
die Worte des Freundes scheinen ihn abzulenken, denn er
schießt daneben.

»Denkst du an die Größenwahnsinnigen?«

»Vor allem an einen. Erinnerst du dich an den Solisten
an der Maschinenpistole? Als ich ihn das letzte Mal in der
Zwei gesehen habe, hat er versucht, sich umzubringen.«

»Und?«

»Nichts. Soweit ich weiß, geht es ihm jetzt besser und er
wurde sogar begnadigt. Er ist auch draußen.«

»Was ist: Du hast immer noch nicht verwunden, wie
Lampis vom Thron gestürzt und zerbrochen ist, stimmt's?«,
stichelt der Molosser.

Vandelli steckt sich die Knarre in den Gürtel zurück. Er

zieht die Stirn kraus, seine grünen Augen sind zu Schlitzen verengt.

»Werden wir alle enden wie er? Ich meine, das ist doch das Schicksal von uns guten Jungs, oder?«

Der Mann setzt sich auf die Wiese und zündet sich eine Zigarette an.

»Nicht immer. Es gibt welche, die davonkommen. Die ihr Leben lang dabeibleiben.«

»Wer?«

»Fast niemand. Das weißt du.«

»Klar«, seufzt Vandelli. »Die Leute kriegen sich immer wegen irgendwelchem Unsinn in die Haare. Dann streiten sie, werden sauer, verlieren die Geduld. Und wofür? Neid oder Geld. Würde man die zwei Gründe abziehen, hätte niemand mehr Anlass, sich aufzuregen. Die müssten sich nur mal klarmachen, dass sie eh als Futter für die Würmer enden, dann würden sie vielleicht mehr Ruhe bewahren. Und allen ginge es besser.«

»Hör auf damit! Das hält ja keiner aus, wie du da redest.«

»Scheiße, Molosser! Und das ausgerechnet von dir, dabei bist du doch selbst der größte Oberlehrer von allen, verflucht noch mal!«

Der andere verzieht das Gesicht. Dennoch weiß er, dass Vandelli recht hat. Seit einiger Zeit, wenn er nicht gerade mit der Bande einen Job erledigt, verbringt er seine Tage lesend. Seine Mutter war Grundschullehrerin, und etwas davon muss sie ihm vererbt haben, sonst würde er sich nicht mit einem aufgeschlagenen Buch von allen Versuchungen fernhalten.

Ohne eine Antwort abzuwarten, wechselt Roberto das Thema. »Was ist eigentlich aus unserem Camorrafreund geworden?«

Diese Geschichte reicht in die Zeit zurück, als Vandelli zum ersten Mal im Bau war und die Zelle mit einem Neapolitaner teilte. Ein hohes Tier bei der Camorra, von dem er lernte, zynisch und gemein zu sein. Sie pokerten zu dritt, sie beide und der Molosser. Wundersame Studien zu kriminellen Strategien, die Vandelli ein Vermögen kosteten, da man den Neapolitaner, der wegen mehrfachen Mordes einsaß, nicht leichtfertig besiegen durfte. Jede Partie am grünen Tisch ähnelte mehr einem Schach- als einem Kartenspiel, da man erahnen musste, wann man sich einen Sieg erlauben konnte und wann nicht. Die Top-Hand, also die mit einer Million oder mehr im Pott, musste natürlich immer an ihn gehen, unbedingt. Andernfalls konnte es passieren, dass man sich am nächsten Morgen mit durchschnittener Kehle wiederfand. Und nicht, weil der Neapolitaner besonders fies war, er war schlicht und einfach mit diesem Gesetz aufgewachsen.

»Den haben sie umgebracht«, erwidert Molosser mit einem Grunzen.

»Ehrlich?«

»Nein, aber eine gut platzierte Lüge ist immer noch besser als die schnöde Wahrheit. Die man nicht ausschmücken kann.«

Vandelli nickt. Dann zieht er wieder seine Pistole und gibt drei Schüsse ab. Die alle ins Schwarze treffen.

4.

»Du spinnst ja!«

Gandula und Barrakuda sind nicht sonderlich überzeugt von dem Plan, dennoch haben sie Roberto begleitet. Alle sind festlich gekleidet.

»Wird schon schiefgehen, entspannt euch.«

Sie haben den Wagen ein paar Häuser entfernt abgestellt und reihen sich nun mit gesenktem Kopf und Blumen in der Hand hinter einem Trauerzug ein. Als sie vor den Fensterscheiben einer Filiale der Banca Popolare di Milano ankommen, zücken sie die Waffen und stürmen hinein. Die Verwirrung von Kassenführern und Angestellten ist so groß, dass alles glatt vonstattengeht.

Die Blumen lässt Vandelli auf dem Schalter einer hübschen Bankangestellten zurück.

»Für die unliebsame Störung und den Schreck.«

Die Nachmittagsblätter sind begeistert von dem Verbrecher mit den Eisaugen, dem italienischen Dillinger.

»Schon zwei Spitznamen!«

»Allerdings, dabei bin ich erst seit kurzem wieder draußen!«

Roberto und seine drei Gefährten lachen bei der Zeitungslektüre, während sie sich in den Sesseln der Terrazza Martini fläzen, die einen Blick über ganz Mailand erlaubt. Vandelli ist nicht mehr wiederzuerkennen: gut gekleidet, immer ruhig und ausgeglichen. Er sieht aus wie ein Anwalt oder Unternehmer auf Erfolgskurs. Auch seine beiden Partner sind wegen der Trauerfeier elegant gekleidet und machen eine gute Figur, als sie beschließen, in der Spielhölle auf der Via Panizza vorbeizuschauen. Sie halten sich nicht lange auf. Vandelli schmeißt sein Geld nicht gerne auf diese Art aus dem Fenster, Barrakuda hingegen verpulvert innerhalb einer knappen Stunde zwei Millionen beim Bakkarat, also seinen gesamten Anteil des Bankraubs. Sie müssen ihn mit Gewalt nach draußen zerren.

»Los, wir gehen zu den Frauen. Du bist eingeladen, o. k.?«
Vittorio gibt nach.

»Na gut, aber ich bestimme, wohin, ja? Im Zentrum ist ein Puff, von dem ich nur Gutes gehört habe: das Pum Pum!«

Die Stimmung im Nachtclub ist gelöst, und die drei Männer werden sofort von einem Grüppchen junger Damen ins Visier genommen, die ihnen komplizenhaft zuzwinkern – und teuer sind. Vandelli bestellt eine Flasche Champagner und zieht entspannt an einer Zigarre, während Barrakuda nach einer Stippvisite bei einem Mädchen im Séparée triumphierend an den Tisch zurückkehrt und zu einem Monolog anhebt.

»Wisst ihr, es gibt zwei Arten von Frauen: Die einen wissen, wie man einen bläst, die anderen nicht. Die ersten saugen dich innerhalb von drei Minuten bis auf den letzten Tropfen aus. Selbst wenn du gesoffen oder schon ein paar Runden hinter dir hast oder sonst wie nicht in Form bist. Echte Saugpumpen. Und andere widmen sich stundenlang deinem armen Ding, ohne dass irgendetwas passiert. Auf Dauer wird das dann mehr Qual als Genuss, und du weißt nicht, wie du es ihnen sagen sollst. Denn sie sind schnell gekränkt, klar. Dabei müsste man selbst doch eigentlich beleidigt sein. Oder zumindest eine Entschuldigung hören dafür, dass sie weder kochen noch bügeln können und sonst auch nichts zustande bekommen. Man kann ja wohl erwarten, dass die mit dreißig oder wie alt die sind wissen, wie ein ordentlicher Blowjob geht, was?«

Vandelli schenkte Barrakudas Gerede keine Beachtung. Der Luxus, der Champagner, die Maßanzüge der Männer, die schönen Frauen zur freien Verfügung: Alles erinnert ihn daran, dass sie nur Gast sind auf dieser Welt. Und das will er ändern.

5.

Im schmuddeligen Hinterzimmer des Tri Basei herrscht Totenstille. Alle starren mit offenem Mund auf den Boss, der von seinem nächsten Plan spricht: dem Coup seines Lebens.

»Die Finanzkasse auf der Piazza Vetra ist ein mythischer Ort meiner Kindheit. Wirklich! Einmal besichtigte unsere Lehrerin mit uns die wichtigsten Orte Mailands: den Dom, die Scala, Brera. Am meisten beeindruckte mich die Finanzkasse mit ihren Bergen an Geld. Geldsäcke ohne Ende. Daran denke ich, seit ich zehn bin.«

»Du bist doch nicht mehr ganz dicht, Roberto!«

»Vielleicht, aber wer die Nummer eins sein will, muss etwas wagen. Das wird der Jahrhundertcoup! Vergesst Via Osoppo. Wenn uns dieser Coup gelingt, haben wir für den Rest des Lebens ausgesorgt!«

Romolino und Pietra tauschen einen skeptischen Blick. Der Molosser schüttelt sichtlich verärgert den Kopf. Giargiana gibt sich gleichgültig. Barrakuda und Gandula hingegen sind naiv genug, um sofort Feuer zu fangen.

»Das machen wir, verdammt noch mal! Wir beklauen sie im eigenen Haus, die Scheißbullen!«

Die anderen Bandenmitglieder können ihre Begeisterung nicht teilen.

»Das ist, als wolltest du in Fort Knox einbrechen«, mischt sich der Molosser ein. »Wie viele sind wir? Sieben? Zehn? Da drinnen sitzen mindestens hundert Bullen. Dazu welche in Zivil, die Beamten, das Personal, Kunden … Das ist doch glatter Selbstmord!«

»Ich will mich auch nicht abmurksen lassen«, wirft Barrakuda ein, »aber wenn Roberto sagt, dass das geht, bin ich dabei.«

»Starke Worte. Abmurksen lassen! Hier ist noch gar nichts entschieden. Zuerst machen wir mal eine Ortsbegehung. Wir schauen uns an, wie viele Wachen es gibt und wie die Abläufe funktionieren. Und dann entscheiden wir, ob es das Risiko wert ist, einverstanden? Ich bin morgen jedenfalls da. Und ich brauche ein paar Freiwillige, die mitkommen.«

Obwohl sich niemand anbietet, siegt am Ende die Neugier, und am nächsten Morgen, einem eisigen Novemberdienstag mit strahlend blauem Himmel, präsentiert sich die gesamte Bande vor der Finanzkasse auf der Piazza Vetra im Herzen der Stadt.

»Wir sind zu viele«, seufzt Vandelli und geht auf den Eingang zu. »Am Ende fallen wir noch auf.«

»Zu viele Unbekannte, zu viele Zeugen«, flüstert der Molosser ihm ins Ohr, bevor sie sich trennen. »Wir sollten lieber gehen!«

Vandelli hört nicht auf ihn. Wie hypnotisiert starrt er auf das Gebäude, von dessen Erstürmung er schon sein Leben lang träumt. Als er die Festung betritt, bleibt ihm kurz der Atem weg. Seine Kompagnons verteilen sich derweil über den Vorplatz.

Der Molosser steht neben einem Zeitungskiosk, Giargiana sitzt auf einem Motorrad, Pietra und Romolino warten auf einer Parkbank, und Barrakuda und Gandula betrachten scheinbar interessiert die Auslage eines Ledergeschäfts.

Roberto trägt an diesem Tag einen dunklen Anzug und hält einen Aktenkoffer in der Hand. Darin liegen zwei Pistolen. Er zählt darauf, dass bei den vielen Polizeibeamten, die hier herumlaufen, die Metalldetektoren bloße Dekoration sind. Und er behält recht.

Im großen Schaltersaal herrscht wirres Kommen und

Gehen. Vor Dutzenden Schaltern stehen lange Schlangen mit Leuten, die ihre Steuern oder Rechnungen begleichen möchten.

Schon dieser Anblick versetzt den Verbrecher in Ekstase: Das eingenommene Geld wird in Metallschubladen gepackt, die auf drei Wägelchen verladen werden. Wenn die Wagen voll sind, schieben drei oder vier Sicherheitsleute der Mondialpol sie zu einem der zwei Aufzüge. Während sie einen abladen, um ihn in die Etage mit den Panzerschränken zu schicken, kehrt der andere leer zurück.

Vandelli kommt sich vor wie in Willy Wonkas Schokoladenfabrik, nur dass hier statt Schokolade Geld angehäuft wird und die Umpa Lumpas bewaffnete Wachleute sind.

Völlig fasziniert beobachtet der Comasina-Bandit das Treiben, dann, nach zehn Minuten, atmet er tief durch und geht entschiedenen Schrittes die Treppe am Ende der Schalterhalle hinauf.

Im oberen Stockwerk befinden sich die Büros: Buchhaltung, Personal, vor allem aber das Kassenbüro. Das ist Vandellis Ziel. Er schwingt die Tür auf und baut sich mit entschlossener Miene vor der Sekretärin auf.

»Wo sind die anderen?«

Die Frau zeigt etwas erstaunt auf den Nebenraum, der die Besonderheit einer Panzerscheibe aufweist. Die Tür ist jedoch nur angelehnt.

»Und Sie sind wer?«

»Ich komme von der Zentrale«, brummt Roberto, während er die Tür aufdrückt. »Ich bin der Sicherheitsbeauftragte.«

Sein Herz hämmert wie ein überdrehter Motor, doch aus seiner Miene spricht keinerlei Aufregung. Auch nicht, als er vor rund einem Dutzend Beamten und noch einmal so vielen Angestellten steht, die die Metallschubladen mit dem Geld in einen Panzerschrank räumen, der so groß ist, wie Vandelli es sich in seinen perversesten Träumen nicht vorgestellt hätte.

Niemand beachtet ihn. Auf einem Stuhl sitzt hingefläzt ein Bulle und liest einen Comic.

Roberto beschließt, seine Rolle perfekt zu machen, und fährt ihn an.

»Hey, wo sind wir denn hier? Wie heißt euer Vorgesetzter, den muss ich nämlich sprechen.«

Der Typ rappelt sich auf und murmelt einen Namen, den Vandelli im nächsten Moment vergessen hat.

Während er dem Polizisten bedeutet, sich zu beruhigen, bemerkt er, dass der Raum auf eine Gasse hinausgeht und die Gitterstäbe vor dem Fenster so weit auseinanderstehen, dass man mit ein bisschen gutem Willen die Geldsäcke hindurchschieben und jemandem auf der Straße unten zuwerfen könnte.

Sein Hirn arbeitet auf Hochtouren an den Details für den Überfall. Aus einem der Nebenzimmer ertönt durch das Radio die einschmeichelnde Stimme Patty Pravos, die *Pazza idea* singt.

›Allerdings, ganz schön verrückte Idee, sich hier reinzutrauen!‹, denkt Vandelli.

Er will gerade den Rückweg antreten, als ein dumpfes Geräusch ihn aufschreckt. Ein Knall. Eine schreckliche Vorahnung überkommt ihn, als er ruhig die Treppe hinunter in die Schalterhalle geht.

›Dieses Geräusch‹, denkt er, ›war eindeutig ein Schuss.‹

6.

»Da lungern ein paar verdächtige Gestalten auf der Piazza Vetra herum.«

Der Hinweis erreicht das Polizeipräsidium per Telefon, von einem Angestellten der Sparkasse in der Via Urbano III, genau gegenüber der Finanzkasse.

Ein Streifenwagen wird losgeschickt. Die Madama weiß, dass sie bestimmten Hinweisen aufs Schnellste nachgehen muss, vor allem in Zeiten wie diesen, wo Banküberfälle an der Tagesordnung sind.

Auch Sovrintendente Valerio Pugliesi fährt mit seinem Wagen in der Gegend Streife und kommt mit einem Kollegen zur Piazza Vetra. Er ist es, der die Bank betritt, um von dem Angestellten Näheres über die Verdächtigen zu erfahren.

»Die sind gerade abgehauen«, lautet die Antwort. »Aber vorher trieben sie sich eine ganze Weile hier herum.«

Pugliesi guckt skeptisch. Während sein Kollege die genauen Personenbeschreibungen aufnimmt, tritt er auf die Straße hinaus.

»Warte, ich muss mal was überprüfen.«

Mit diesen Worten geht er in Richtung Parco delle Basiliche, wo er sie sofort entdeckt: Pietra und Romolino. Zwei aus der Vandelli-Bande. So oft hat er ihre Akten in der Verbrecherkartei gesehen, dass er sie gleich wiedererkennt.

»Das sind sie, los!«

Der Sovrintendente sprintet los, in der Hand die Pistole. Gefolgt von den Kollegen des Streifenwagens, der gerade vorfährt.

»Die da?«

»Bullen! Weg hier!«, schreit Pietra.

307

Doch Romolino ist anderer Ansicht. Er zieht die Knarre und eröffnet das Feuer, das sofort erwidert wird.

Auch der Rest der Bande, verstreut über den Platz, zückt die Waffen.

»Da sind noch zwei«, ruft einer der Polizisten. Und dieses Mal gibt es wirklich kein Vertun: Der Molosser mit seiner breiten Gestalt und Barrakuda mit dem schrecklichen Grinsen sind keine Erscheinungen, die man so schnell vergisst. Vor allem wenn du ein Bulle bist, der ihnen schon mehr als einmal die Handschellen angelegt hat, wie in diesem Fall.

Chaos bricht aus. Leute fliehen verängstigt, Blei durchsiebt die Luft. Es wird scharf geschossen.

»Weg hier!«, brüllt der Molosser. »Verteilt euch!«

Als Santi den Ort erreicht, ist die Schießerei vorbei. Die Luft ist erfüllt von Blaulicht und Martinshörnern.

Und Pugliesi atmet noch. Er beugt sich über ihn.

»Valerio.«

»Commissario.«

In der Nähe liegt ein zweiter Mann. Er erkennt ihn: Es ist Romolino, der vor dem Sturz noch seinem Kollegen in die Brust geschossen hat.

»Gleich kommt der Krankenwagen«, flüstert Antonio dem Sovrintendente zu und fasst seine Hand. »Halte durch.«

Doch Pugliesi hat zu viel Blut verloren. Er schaut den Commissario an, seinen Freund.

»Es war die Vandelli-Bande«, stößt er noch hervor, bevor ihn die Kräfte verlassen.

Antonio drückt den Kopf des Freundes an sich.

»Wir werden sie kriegen, diese Bastarde, das verspreche ich dir.«

7.

Schnee fällt über der Stadt. Und Vandelli weint, unbe-obachtet von allen, wie ein Kind.

Als er aus dem Amt kam, sah er sofort die Leiche sei-nes Gefährten am Boden. Reglos. Es wurde geschossen, Menschen flohen. Er bewahrte kühles Blut. Er schlug den Mantelkragen hoch und ging schnellen Schrittes auf die Via Torino zu, um sich dort in der Menge zu verlieren.

Von der Piazza Duomo aus rief er in der Comasina-Bar an und ließ ausrichten, dass er nach dem Durcheinander und dem Toten, den es zu beklagen gibt, allein sein will. Auch die anderen von heute Vormittag sollen sich ruhig verhalten und sich in eines der über die Stadt verteilten Verstecke zurückziehen.

Das läuft nicht unter Feigheit, sondern unter Vorsicht: Außer Romolino hat auch ein Bulle dran glauben müssen, und wenn ein Uniformierter stirbt, bedeutet das höchste Alarmbereitschaft.

Die Mailänder Polizei wird ihre Einsatzkräfte verdop-peln, um sie zu schnappen. Ganz zu schweigen von die-sem Commissario, Antonio Santi. Der tote Bulle, Pugliesi, war früher sein Partner, und er war dabei, als er selbst ge-schnappt und Pinto erschossen wurde. Er wird keine Ruhe geben und ihn jagen, gnadenlos.

Roberto platzt fast der Kopf. Irgendwie muss er den Schmerz um seinen toten Freund betäuben, und er tut es auf seine Art: Er ersäuft ihn im Alkohol. Als er wieder zu sich kommt, duscht er und bereitet seine Privatparty vor. Er besorgt Whiskey, Champagner, eine chipstütengroße Ladung Koks und eine französische Hure, die er einige Abende zuvor im Pum Pum gesehen hat.

Nach diesem Tod muss er sich eine Weile still verhalten, und ihre roten Lippen und langen Beine helfen ihm, den Weg ins Vergessen zu finden. Zusammen mit einem Dutzend Bahnen Schnee.

Es schneit wie nie zuvor. Plötzlich steht das Mädchen vom Bett auf. Ein Hauch von Wahnsinn durchzuckt ihren Blick. Sie reißt die Balkontür der Wohnung auf, die auf den alten Hafen Darsena hinausgeht, und läuft raus. Barfuß durch den Schnee.

»Allez, Robert, viens!«

Der Ganove lächelt. In aller Ruhe zündet er sich eine Zigarre an und zieht dann Schuhe und Socken aus.

»C'est de la folie!«

Das Mädchen lacht und dreht sich um sich selbst. Sie ist abgefüllt mit Koks.

Er rollt sich die Hosenbeine auf, als wolle er ins Meer waten. Doch seine Füße treten auf Schnee. Pulverschnee. Er empfindet keine Kälte.

Die junge Frau wirft sich in seine Arme, und sie küssen sich.

»Tu es fou, tu le sais?«

»Ja, ich weiß. Ich bin verrückt. Auf Gedeih und Verderb verrückt.«

Eine Frage des Respekts

1.

»Frank? Hier spricht Agostino. Entschuldige, dass ich dich zu Hause störe, aber gestern hat es hier in der Spielbank einen unangenehmen Zwischenfall gegeben.«

»Wurde jemand ermordet?«

»So unangenehm nun auch wieder nicht.«

»Rück schon raus.«

»Ein Typ war hier, vollgepumpt mit Drogen und mit Geld, das er loswerden wollte. Zwanzig Millionen hat er verspielt. Dann hat er angefangen Radau zu schlagen, er wolle sein Geld zurückgewinnen und wir sollten ihm Kredit geben. Am Ende habe ich ihm noch einmal zwanzig gegeben unter der Bedingung, dass er, wenn er wieder alles verliert, am nächsten Tag bis zwölf Uhr das Geld zurückbringt.«

Frank schweigt. Er weiß, dass Ebale dem Mann nur deshalb Geld vorgeschossen hat, weil er ihn kannte. Also muss er ihn auch kennen.

»Und?«, fragt er ungeduldig.

»Tja, jetzt ist es zwei, und das Arschloch hat sich nicht blickenlassen. Als ich ihn anrufe, schickt der mich einfach zum Teufel.«

»Wer?«

»Tja, das ist das Problem, sonst hätte ich mich ja allein darum kümmern können.«

»Scheiße noch mal, wer?«

»Barrakuda, Vandellis rechte Hand.«

2.

»Eine Frage des Respekts.«

Von all dem Gerede, das der Comasina-Bandit am Telefon vom Catanier zu hören bekommen hat, sind nur diese vier Worte hängengeblieben. Über sie denkt er nach, während er die Pistole in seinen Gürtel steckt und in Windeseile die Wohnung verlässt.

Der ganze Spruch lautete: »Frank Tarantino erwartet, dass ihr augenblicklich eure Schulden begleicht. Das ist eine Frage des Respekts.«

Das Beunruhigende daran ist weniger, dass der Spielbankdirektor von Via Panizza – wie hieß er noch gleich: Ebale? Hannibal? Egal – ihn anruft und so tut, als sei er der Vater des kleinen Bösewichts Barrakuda, was allein ja schon beleidigend ist. Nein. Viel nachdenklicher macht Vandelli die Frage, woher Tarantino die Nummer seines Verstecks kennt.

Damit kann er den Schlupfwinkel vergessen. Er muss weg, und zwar schnell, und diesen Idioten Vittorio auftreiben.

Denn auch wenn Tarantino und sein Respekt ihn mal kreuzweise können, ist es dennoch eine Arschlochnummer, in eine Spielhölle zu gehen und dort zwanzig Millionen Lire schuldig zu bleiben. Eine Riesenarschlochnummer. Ganz zu schweigen davon, dass er seinen Leuten befohlen hatte, sich ruhig zu verhalten und kleine Brötchen zu backen nach den Geschehnissen auf der Piazza Vetra.

Doch jetzt ist das Kind in den Brunnen gefallen, und die Bande ist nun mal eine Familie: Der eine hilft dem anderen aus der Patsche. Und da er der Anführer ist, muss er die Sache mit Engelsgesicht bereinigen.

3.

Barrakuda findet er ohne viel Mühe in der vertrauten Comasina-Bar.

»Ey, du verdammtes Rindvieh!«, sagt er, als er ihn am
Arm aus dem Lokal zerrt und in den Wagen schiebt. »Hatte ich euch nicht befohlen abzutauchen?«

»Scheiße, Roberto, zehn Tage lang habe ich in dieser
stinkenden Mistbox gesessen, in die ich geflüchtet war! Ich
konnte nicht mehr, ich musste einfach raus …«

»Und dann kamst du auf die glänzende Idee, in einer von
Tarantinos Spielhallen mal richtig auf die Kacke zu hauen?«

Vittorio zuckt erschrocken zusammen.

»Woher weißt du das?«, fragt er kleinlaut, während das
Auto mit quietschenden Reifen losfährt.

»Sie haben mich aufgetrieben. Und das bedeutet, dass wir
alle in Gefahr schweben.«

»Was sollen wir tun?«

»Was schlägst du denn vor, blödes Arschgesicht?«

»Ich habe keinen Penny mehr …«

»Ich habe ja auch nicht gesagt, dass wir zahlen. Bei Tarantino geht es eher ums Prinzip. Eine Frage des Respekts.
Ich werde seinen Handlanger anrufen und dann finden wir
eine Lösung in diesem Durcheinander.«

Das Treffen soll in der Spielbank von Via Panizza stattfinden, am nächsten Morgen, wenn noch keine Kunden da
sind.

Auch wenn er sie mit allen Mitteln zu verbergen sucht,
ist Barrakuda seine Nervosität anzusehen.

»Lass mich reden«, warnt Vandelli, während Ebale die
Tür aufmacht und sie hereinlässt.

Unter den wachsamen Blicken ein paar bewaffneter Männer durchqueren sie den leeren Spielsaal und betreten, nachdem Agostino sie durchsucht hat, Tarantinos Büro.

»Wir spielen hier ja nicht Wildwest, stimmt's?«

Roberto sieht ihn verächtlich an, sagt aber nichts. Sie haben ihre Waffen im Auto gelassen, weil sie damit gerechnet haben, gefilzt zu werden.

»Gut, ihr seid sauber. Hereinspaziert.«

Barrakuda pustet Ebale Luft ins Gesicht, als wäre er ein Stier, der ihn gleich auf die Hörner nimmt. Der andere reagiert nicht. Er lässt sich nicht provozieren, die Situation ist angespannt genug.

Engelsgesicht sitzt zurückgelehnt in einem Ledersessel. Die eine Hand hält eine brennende kubanische Zigarre, die andere spielt mit einem Messer.

Beim Anblick der Klinge schreckt Vittorio hoch, doch Roberto bedeutet ihm mit einem Blick, dass alles in Ordnung ist.

Frank bietet ihnen weder einen Stuhl noch etwas zu trinken an. Er behandelt sie wie zwei Diener, die als Bittsteller kommen und ihren Hut aufhalten.

»Ich mag es nicht, wenn man sich nicht an Abmachungen hält. Und wer mich betrügt, den mag ich erst recht nicht«, setzt er an.

Roberto hört gar nicht hin. Er ist wegen etwas anderem hier.

»Woher hattest du meine Nummer?«, fragt er. »Mein Name taucht nirgendwo auf.«

»Oh, ich habe meine eigenen Quellen. Und die Nummern von einer ganzen Menge Leuten. Sagen wir, von Freunden aus der Immobilienbranche.«

»Verstehe.«

Dann hat also jemand aus dem Umkreis des Maklers gezwitschert, der ihm die Verstecke besorgt hat. Den wird er finden und bestrafen. Nachdem die Frage nun geklärt ist, kann es weitergehen.

»Also, was hast du mir zu sagen, Vandelli? Es sieht ganz so aus, als hättest du deine eigenen Leute nicht im Griff ...«

Barrakuda tritt einen Schritt vor, und sofort richtet sich Tarantinos Messerspitze auf ihn.

»Ganz ruhig!«, befiehlt Ebale.

»Ja, wir sind ruhig. Und dir, Frank, sage ich nur eins: Vergiss es. Wenn du so an deinem Geld hängst, hätte dieses Genie von Spielbankboss eben keinen Kredit geben dürfen.«

Diesmal zieht Agostino eine Grimasse, die Frank ignoriert.

»Er hat nach Anweisung gehandelt. Er wusste, dass du für ihn bürgen würdest. Du weißt, eine Frage des Respekts.«

Schon wieder dieser Spruch. Vandelli hat schon vor ganz anderen Menschen Respekt empfunden, aber bestimmt nicht für diesen Speichellecker von Casinobetreiber, besser gesagt diesen Kleinkriminellen auf dem Lohnzettel der Mafia.

»Respekt muss man sich erst einmal verdienen. Und davon sind wir weit entfernt.«

Die Augen im Engelsgesicht sprühen nun Funken.

»Einen Vorschlag zur Güte«, fährt Vandelli fort. »Wir begraben die Sache einfach und sind wieder Freunde.«

»Meine Freunde suche ich mir immer noch selbst aus. Was das Begraben betrifft, wenn Barrakuda nicht zahlt, werde ich persönlich sein Grab ausheben, groß und tief!«

Irritiert von der Drohung zuckt Vittorio zusammen, doch sofort tauchen hinter der Tür zwei Handlanger mit Pistolen in den Händen auf, als hätten sie nur darauf gewartet.

315

»Heute kommst du noch einmal davon, aber versuche das nie wieder.«

Barrakuda dreht sich um und geht.

Vandelli bleibt stehen und mustert Tarantino herausfordernd.

»Was dich betrifft«, fährt Frank drohend fort, »hast du Zeit bis morgen früh, um mir mein Geld zukommen zu lassen. Andernfalls …«

Er lässt das Messer durch die Luft wirbeln und grinst hämisch. »Und jetzt raus hier! Sonst kriegst du eine Kugel in den Kopf.«

Roberto ist so angespannt, am liebsten würde er sich auf ihn werfen und ihm das dumme Grinsen in den Schlund prügeln, doch er hält sich zurück.

»Es ist noch nicht vorbei«, knurrt er. »Wir sehen uns wieder, verlass dich drauf.«

»Gut. Dann bring mir das Geld mit, das dein Handlanger mir schuldet. Ihr Gaunerpack, alle beide!«

4.

In Tarantinos Wohnung herrscht dicke Luft. Ebale und Argenta sind da, außerdem Lea, Franks Frau.

»Das bedeutet Krieg«, verkündet Engelsgesicht mit einem bösen Blick auf Agostino. »Von der Vandelli-Bande ist kein Geld gekommen, und es wird auch keins mehr kommen.«

Seit seiner Auseinandersetzung mit dem Comasina-Banditen vor einer Woche wagt sich Tarantino nur noch mit einem halben Dutzend Gorillas vor die Tür. Auch jetzt stehen drei bewaffnete Schergen auf der Straße und überwachen alle Eingänge des Gebäudes. Zwei weitere warten vor der Tür, sehr zu Argentas Belustigung.

»Du kommst mir vor wie ein New Yorker Mafiaboss.«

»Mit einem Verrückten wie Vandelli da draußen sieht man sich lieber vor.«

»Glaubst du, er will uns Ärger machen?«

»Davon bin ich überzeugt. Dazu ist der viel zu groß-kotzig, viel zu sehr auf Effekte aus, viel zu sehr von allem! Er hat auf der Piazza Vetra einen Polizeibeamten nieder-geschossen. Und mit Toten, vor allem unter den Bullen, ist nicht zu spaßen.«

»Wir halten die Augen auf.«

Tarantino nickt lustlos. Dann wendet er sich an Ebale.

»Nun zu dir: Ab heute bekommt in deiner Spielbank niemand mehr Kredit, ist das klar?«

»Klar, Frank.«

»Und du kümmerst dich darum, das Zwanzig-Millio-nen-Loch von Barrakuda zu stopfen. Irgendein Problem?«

Kurz blitzt in Agostinos Augen ein Funke Hass auf, doch seine Stimme bleibt unverändert farblos.

»Kein Problem.«

»Gut, dann sind wir fertig.«

Als Argenta und Ebale weg sind, setzt sich Lea neben Tarantino. Sie trägt einen roten Seidenmantel, der von ei-nem Gürtel zugehalten wird. Frank löst ihn und streicht über ihre nackte Haut. Er küsst sie auf die Lippen, dann nimmt er ihren Kopf und drückt ihn nach unten.

Lea lächelt schelmisch.

»Mein liebes Engelsgesicht, lass dir eins gesagt sein: Von einem Engel hast du rein gar nichts.«

Er lacht, während sie seine Hose aufmacht.

»Oh doch, mein Schatz: Die Pistolen sind meine Flügel.«

5.

Schweigend steuert Vandelli den Wagen.

»Was machen wir mit dem Mistkerl?«, schimpft Barrakuda. Er ist immer noch außer sich über die erlittene Schmach, doch Roberto ist vorsichtiger. Er hat ein paar Tage verstreichen lassen, um die Lage zu beruhigen. Sein Partner hingegen ist immer noch auf hundertachtzig und würde Engelsgesicht am liebsten sofort abknallen.

»Abwarten und Tee trinken. Wir rächen uns, wenn der Moment gekommen ist. Wenn wir uns jetzt bewegen, rechnet Tarantino damit und ist gewappnet. Wir schlagen zu, wenn seine Wachsamkeit nachlässt.«

»Und in der Zwischenzeit rauben wir weiter Banken aus?«

»Nein, von heute an wechseln wir das Fach. Und die Bar. Gib den anderen Bescheid, dass wir uns heute Abend um zehn im Luna Park Varesine treffen.«

»Was meinst du damit, wir wechseln das Fach?«

»Entführungen, Vittorio. Aber nicht wie diese sardischen Geizkrägen. Bei uns bekommen die Entführungsopfer jeden Komfort: Bad, ein Bett, genug zu essen und möglichst alles, was ihr Herz begehrt. Wir sind ja nicht irgendwelche Hinterwäldler … Und außerdem bezahlen sie ja eh alles selbst, nicht wahr?«

Am nächsten Morgen trägt Vandelli Anzug und Köfferchen wie bei der Besichtigung der Finanzkasse auf der Piazza Vetra. Er ist nicht abergläubisch, und sein Vorhaben ähnelt in gewisser Weise dem von vor einiger Zeit. Dieses Mal jedoch betritt er mit langen Schritten und strenger Miene das Mailänder Finanzamt in der Via Pirelli, im Rücken des regionalen Regierungssitzes.

Als er das Büro gefunden hat, das auf seinem Plan steht, hält er direkt auf den einzig anwesenden Beamten zu.

»Carletti mein Name. Hat mein Vorgesetzter mein Kommen angekündigt?«

Der Mann schüttelt den Kopf.

»Nicht dass ich wüsste.«

Roberto seufzt, als Ausdruck seines Genervtseins.

»Sehen Sie, ich bin Regierungsbeamter und zuständig für die stichprobenartige Vermögensprüfung.«

»Wie bitte?«

Diesmal stöhnt Vandelli, als stände er vor einem arbeitsscheuen Untergebenen. Dann fährt er mit Engelsgeduld fort: »Ich will es Ihnen erklären. Wir sind verpflichtet zu regelmäßigen Zufallskontrollen. Dabei wollen wir aber sichergehen, auch die großen Tiere zu erwischen, nicht wahr? Schließlich habe ich keine Lust, einen Tag lang die Steuerunterlagen eines Metzgers zu durchforsten, um am Ende herauszufinden, dass er dem Staat zehntausend Lire unterschlagen hat. Verstehen Sie?«

»Ja, sicher.«

Jetzt lächelt Roberto. Der Fisch hat schon fast angebissen. Jetzt fehlt nur noch ein letzter Köder mit Verschwörerstimme, dann hängt er endgültig am Haken.

»Ich bin überzeugt davon, dass Sie, der Sie schon seit vielen Jahren mit den Steuererklärungen sämtlicher Mailänder zu tun haben, also Sie an meiner Stelle wüssten sehr wohl, wem Sie mal genauer auf den Zahn fühlen würden, oder?«

Endlich reagiert der Angestellte. Das ist seine Chance, das System im Herzen zu treffen, endlich einmal wirklich nützlich zu sein.

Vandelli zuckt fast zurück, als er unter seinem Schreibtisch eine Ausgabe der *Gazzetta dello Sport* hervorzieht.

»Der hier, Nando Tirelli«, er tippt auf das Titelblatt. »Dem kommt das Geld aus den Ohren raus, und angeblich will er Inter Mailand kaufen!«

6.

Santi schüttelt den Kopf. Er kann es nicht glauben. Draußen liegt die Stadt unter einer weißen Schneedecke, auf der sich der adventliche Lichterglanz spiegelt. In wenigen Wochen ist Weihnachten, und alle Menschen sollten freundlich zueinander sein. Unbeschwert. Nicht so in der Via Fatebenefratelli.

Vor ihm steht Ispettore Cammareri und verliest ein Rundschreiben.

»Verheiratet mit zwei Kindern, besitzt viele Immobilien im Zentrum und ist Geschäftsführer eines Pharmaunternehmens. Nando Tirelli. Und heute Morgen hat jemand seine jüngste Tochter entführt. Elisa, fünfzehn Jahre alt.«

»Haben die Entführer sich schon wegen des Lösegeldes gemeldet?«

»Das weiß man nicht, Commissario. Tirelli hat da eine sehr eigene Art, wenn Sie verstehen, was ich meine. Als wir angerückt sind, meinte er, er wolle das, ich zitiere, ›auf seine Art‹ lösen.«

»Auf seine Art? Ist der völlig übergeschnappt?«

Cammareri hebt resigniert die Arme.

»Das waren seine Worte.«

7.

Elisa hat eine Telefonnummer auswendig gelernt. Eine Privatverbindung, über die sie direkt mit ihrem Vater sprechen kann, »für den Fall, dass etwas passieren sollte«. Diese Nummer wählt Vandelli jetzt.

»Hallo?«

»Mein lieber Dottore, es ist etwas passiert.«

»Wie bitte?«

»Ihre Tochter, Elisa. Sie ist in unserer Hand, und es geht ihr gut.«

»Dann keine langen Geschichten. Wie viel?«

Roberto zögert. Dass der Mann so schnell aufs Geld kommen würde, hätte er nicht gedacht. Keine Beschimpfungen, keine Drohungen. Aber bitte, warum nicht.

»Dreißig Milliarden, *bello.*«

»Soll das ein Witz sein, *guagliò*? Sag's gleich, sonst geb ich dir meine ganze Bude hier und die Pharmageschichte noch obendrauf, dann kannst du sehen, was du mit den Schulden anfängst und den ganzen Arschlöchern vom Aufsichtsrat ... *vabbuono*?«

Der Ganove staunt immer mehr, denn die Verhandlung mit dem Neapolitaner artet in eine Schacherei wie auf dem Fischmarkt von Forcella aus. Er muss umdenken.

»Wie viel haben Sie sofort flüssig?«

»Eine Milliarde Lire.«

»Sagen wir zehn.«

»Zwei.«

»Vier und Schluss. Oder du kannst deine Tochter aus dem Naviglio fischen.«

Und dieses Mal legt er auf, ohne eine Erwiderung abzuwarten.

Die Gefangenschaft des Mädchens dauert einundvierzig Tage, doch der Zwangsaufenthalt gestaltet sich für den Tirelli-Sprössling eher wie ein Ferienlager. Vandelli serviert ihr Champagner zum Essen, lässt sie mit der Busenfreundin und sogar ihrer Mutter telefonieren, damit die sich nicht zu große Sorgen macht. An Weihnachten klaut er nicht nur aus dem Nachbarhaus einen Tannenbaum für sie, sondern überhäuft sie auch noch mit Geschenken: Parfüms, Kleider, Schuhe. Er kauft alles, was sie sich wünscht.

»Kann es sein, dass du dich gerade in dieses Mädchen verliebst?«, fragt der Molosser, als er Roberto mit all den Paketen und Päckchen sieht.

»Ach was, ich bin nur nett.«

»Ja, klar.«

Schließlich kommt diese besondere Beziehung auch der Presse zu Ohren, die gleich nach Elisas Freilassung über einen möglichen Flirt spekuliert. Am Tag nach der Befreiung titelt der *Corriere della Sera*: »Der Bandit mit den Eisaugen und die junge Erbin«.

Am Ende geht alles gut aus, als Vandelli am 28. Dezember Elisa höchstpersönlich ihrer besorgten Mutter übergibt.

Tirelli zahlt zweieinhalb Milliarden Lire, doch für die Bande ist das ein großer Erfolg.

Als Barrakuda vor der riesigen Tasche mit Geldscheinen steht, kann er sich kaum halten vor Begeisterung.

»Scheiße noch mal! Was fangen wir nur an mit der ganzen *danè*? Sollen wir Cicciobanana ein bisschen was zurückgeben?«

Vandelli bricht in Gelächter aus.

»Auf gar keinen Fall, aber das Arschloch habe ich nicht vergessen. Im neuen Jahr wird er von uns hören. Versprochen!«

Cumpret al paltò de legn

1.

»Nun schau dir nur diesen Mistkerl an!«

Tarantino knüllt die Zeitung zusammen und wirft sie auf den Boden. Das Mittagessen im Capriccio ist ihm verleidet, der Appetit auf die dampfenden Spaghetti mit Venusmuscheln, die vor ihm stehen, vergangen.

Argenta schaut kurz von seinem Teller auf.

»Wer denn?«

»Vandelli! Er hat das Mädchen entführt. Hier steht: *Der Bandit mit den Eisaugen und die junge Erbin.* Komm schon! Das ist doch alles Schaumschlägerei, ein Riesenspektakel um der Show willen. In Wirklichkeit gelingt ihm nichts! Mit seinen Morden, Wildwest-Überfällen und Entführungen mag er Schlagzeilen machen, aber er macht uns den Markt kaputt. Wir müssen ihm eine klare Botschaft senden.«

»Wann?«

»Sofort, verflucht. Trommel die Jungs zusammen.«

Als Tarantino, Argenta, Melis und Spinnerherz mit den Waffen im Anschlag ins Tri Basei stürmen, ist niemand da außer Arnaldo, dem alten Kellner mit dem ausladenden Schnurrbart.

Seit dem toten Polizisten auf der Piazza Vetra hat die Bande fast zwei Monate lang einen großen Bogen um die Comasina-Bar gemacht, doch nun hat Argenta gehört, dass Roberto mit seinen Leuten sich hin und wieder dort blickenlässt.

Engelsgesicht, mit einer kubanischen Zigarre zwischen den Lippen, hält einen Baseballschläger in der Hand.

Er lächelt den Barmann liebenswürdig an.

»Wo ist Vandelli?«, fragt er und streichelt langsam über das glatte Holz.

Der Mann hinter dem Tresen poliert stumm seine Tassen und Gläser.

»Wir wissen, wo du wohnst, Arnaldo. Du hast zwei Töchter mit sehr hübschen Gesichtern. Stimmt's, Leute? Wo gehen die noch mal zur Schule? Ganz in der Nähe, oder? Es wäre wirklich schade, wenn sie entstellt würden, meinst du nicht?«

Der Mann beginnt zu zittern.

»Ich weiß nichts, wirklich. Die Jungs waren schon lange nicht mehr hier …«

»Ach ja? Da haben wir aber etwas anderes gehört. Ich frage dich zum letzten Mal. Wo zum Teufel steckt er?«

»Ich weiß es nicht …«

Der Schläger trifft den Mann mitten ins Gesicht. Drei Zähne fallen ihm aus, und sein Mund füllt sich mit Blut.

»Hilft das deinem Gedächtnis vielleicht auf die Sprünge, Arschloch?«

»Vorsicht, Frank«, schreit Argenta und zieht ihn blitzschnell zu Boden.

Die Fensterscheibe zersplittert, und eine Maschinengewehrsalve zeichnet eine Kugelspur über die Rückwand der Bar. Auf der Straße fährt mit quietschenden Reifen ein Auto davon, ein Alfa Romeo Junior Zagato.

»Los«, befiehlt Engelsgesicht und springt auf. »Das sind sie!«

Arnaldo liegt auf dem Boden und presst sich eine Papierserviette gegen den Mund.

»Mit dir rechnen wir später ab«, schreit Melis im Hinausgehen.

Spinnerherz lässt den BMW an, und sie heften sich hinter den Zagato.

»Lass dich nicht abhängen«, knurrt Argenta, der das Fenster heruntergelassen hat und Schüsse abfeuert.

Der Zagato ist schnell, doch Tarantinos Wagen bleibt dran.

»Erkennst du sie?«, fragt Melis.

»Ja, das sind sie. Am Steuer sitzt Gandula, die zwei anderen sind Barrakuda und Vandelli.«

Frank lehnt sich hinaus und zielt auf die Reifen. Barrakuda erwidert das Feuer, indem er sich von der Beifahrerseite aus dem Fenster beugt, doch die Kugeln verfehlen ihr Ziel. Der Abstand zwischen den Wagen ist noch zu groß.

Spinnerherz tritt das Gaspedal voll durch, doch im Feierabendverkehr wird es immer schwieriger, an dem Zagato dranzubleiben.

»Hör auf zu schießen«, befiehlt Tarantino. »Es ist zu viel los auf den Straßen.«

Kurz darauf ist die Verfolgungsjagd beendet. An der ersten Ampel stoppt der Wagen vor dem BMW und bleibt stehen, während der Zagato Gas gibt und über die rote Ampel nach links Richtung Niguarda-Hospital verschwindet.

Tarantino flucht.

»Wir haben sie verloren«, stellt Argenta fest. »Aber die schnappen wir uns noch. So viel steht fest.«

2.

Krieg – Comasina im Kugelhagel titelt *La Notte*. Der Verfasser des Artikels, Mario Basile, liefert eine Analyse der jüngsten Ereignisse: ›Es scheint ein Krieg ausgebrochen zu sein um die Herrschaft über das Glücksspiel, die Drogen, die Prostitution: die größten Laster der moralischen Hauptstadt Italiens …‹

Lächelnd legt Antonio die Zeitung aus der Hand. Eigentlich ist er stinksauer, doch er weiß die unerschöpfliche Kunstfertigkeit von Journalisten zu schätzen, aus jeder Tragödie und jedem noch so schlimmen Ereignis eine heiße Meldung zu machen, die sich verkauft.

Cammareri schaut von der Zeitung auf.

»Wie finden Sie die Fehde, die da im Gange ist, Commissario?«

»Tarantino wird siegen. Denn im Gegensatz zu Vandelli hat er eine Vision: Engelsgesicht analysiert die illegalen Einnahmequellen wie ein Handbuch des Verbrechens. Außerdem hat er Verbindungen nach ganz oben. Er mag ungebildet sein, aber er ist klug: Effizienz ist der Schlüssel seines Erfolgs. Jeder seiner Männer hat klar definierte Aufgaben, niemand wird alleingelassen, auch nicht im Knast. Es gibt eine glasklare Hierarchie, die alle kennen: Frank an der Spitze, Argenta seine rechte Hand und danach die anderen, die Spielbankdirektoren und so weiter. Vandelli dagegen ist zentralistisch ausgerichtet. Er entscheidet alles, nichts wird delegiert. Er hat eine Nummer zwei, Barrakuda, doch der ist reiner Befehlsempfänger. Und auch die anderen sind nur Wasserträger.«

»Warum fangen sie jetzt an, aufeinander zu schießen? Vandelli hat doch schon genug Straftatbestände, wegen derer er gesucht wird, der sollte sich doch lieber ruhig verhalten.«

»Klar, aber sein Problem ist, dass er ein absoluter Exhibitionist ist. Ständig sucht er das Publikum, will gesehen werden. Und was die Fehde mit Tarantino anbelangt, wer weiß, was da passiert ist … ich blicke da nicht mehr durch.«

»Vielleicht will er auch beim Glücksspiel mitmischen?«

»Kann sein. Das ist letztlich das Monopol von Engelsgesicht, was ihm sicher nicht besonders gefallen hat.«

»Tja, uns würden sie jedenfalls einen großen Gefallen tun, wenn sie sich gegenseitig abknallen.«

»Ja, aber leider glaube ich nicht, dass das passiert. Solche Leute fallen immer auf die Füße.«

3.

»Darf man jetzt endlich mal erfahren, wo dieser Einbruch stattfinden soll? Im Dom?«

»Ha ha ha, nah dran. Auf gewisse Art auch ein Heiligtum. Da sind wir ja schon.«

Barrakuda zeigt sein furchterregendes Grinsen.

»Wir sind hier, um uns zu rächen, stimmt's?«

»Genau«, bestätigt Vandelli. »Aber wartet noch, ich muss kurz etwas aus dem Kofferraum holen.«

»Handgranaten?«, fragt Giargiana lachend.

»Schlimmer. Diese Waffe wird ihn wütender machen als eine Sprengladung.«

Eine Minute später stürmen Vandelli, Barrakuda, Gandula, der Molosser und Giargiana die Spielbank Via Savona 74. Bis an die Zähne bewaffnet. Schwere Schießeisen und genug Magazine zum Nachladen. Die drei Gorillas von der Sicherheit sind schnell entwaffnet und in die Toiletten eingesperrt.

Der Direktor tritt vor und knurrt Roberto an.

»Tarantino wird dich umbringen für diese Beleidigung. Aber vorher hängt er deine Eier an der Säule von San Babila auf als Mahnung für all jene, die sich einbilden, ihn provozieren zu können.«

»Schönes Bild. Aber das wird nicht passieren.«

Ohne ein weiteres Wort streckt der Comasina-Bandit den Direktor mit einem Hieb seines Gewehrkolbens nieder.

»Nun zu euch: Geld und Schmuck auf den Tisch. Alles hier in den Sack.«

Gandula geht zwischen den Gästen durch und sammelt die Sachen ein.

»Gut so. Und jetzt legt ihr euch alle auf den Boden. Los!«

Als niemand mehr steht, zündet Vandelli sich in aller Ruhe eine Zigarette an.

»Der Tanz ist eröffnet!«, schreit er dann, und die Kugeln schwirren nur so durch die Luft. Sie durchlöchern Tische, Flaschen, Stühle, Roulettes, Fensterscheiben. Alles. Der Raum wird dem Erdboden gleichgemacht. Die Luft, mit Rauch und Kordit getränkt, treibt schließlich allen Tränen in die Augen.

Doch es ist noch nicht zu Ende. Bevor er geht, schreibt Vandelli mit roter Farbe auf die Wand gegenüber dem Eingang, damit alle es sehen können: *Frank cumpret al paltò de legn.*

Der Direktor hebt vorsichtig den Blick, doch er kann nichts erkennen.

»Was hat er geschrieben?«, fragt er einen Mann, der neben ihm liegt.

»*Frank, kauf deinen Sarg.*«

4.

Rot ist die Farbe des Blutes und die Schrift eine klaffende Wunde: *Frank cumpret al paltò de legn.*

»Eine regelrechte Kriegserklärung. An mich, versteht ihr? Dieser Hundsfott soll sterben. Ich will, dass er heute Abend tot ist. TOT!«

Engelsgesicht ist außer sich vor Zorn, während er vor dem Schriftzug an der Wand auf und ab rennt. Der Direktor steht mit gesenktem Kopf daneben wie ein geprügelter Hund.

Argenta und Ebale verfolgen stumm den Wutausbruch. Das Lokal ist komplett zerstört, die Polizei aber hat sich nicht blickenlassen. Anscheinend hat niemand die Schüsse gehört, und die Gäste haben darauf verzichtet, Anzeige zu erstatten. Immerhin auf Behördenebene scheint Tarantinos Schutzsystem zu funktionieren.

»Jetzt macht endlich diese Schmiererei weg!«

Ebale knurrt einen Befehl, und ein Wachmann geht los, um Pinsel und Farbe zu besorgen.

Frank kann sich nicht beruhigen. Er raucht Kette und bombardiert seine Leute mit bitterbösen Blicken.

»Was stehst du hier noch rum?«, schreit er Argenta an. »Ich will, dass ihr ihn findet. Nimm dir sämtliche Männer und durchkämmt jeden Winkel Mailands nach ihm. Zuerst Lambrate, dann Comasina und schließlich die Wohnungen, die euch die Immobilienmakler sagen, mit denen er herummauschelt.«

»Klar, aber …«

Das Telefonklingeln unterbricht sie.

»Wer zum Teufel ist da?«, knurrt Frank in den Hörer, den er automatisch abgenommen hat.

»Hier ist Rino, Frank. Ich weiß, wo Vandelli ist.«

»Hast du seine Adresse?«

»Nein, aber vielleicht liegt er schon unter der Erde.«

»Was willst du damit sagen?«

»Unser Mann im Polizeipräsidium hat gerade angerufen, hier in der Bar Raffaello. Es sieht so aus, als sei der Bastard mit einigen Kumpels in eine Straßensperre an der Autobahnausfahrt Dalmine geraten.«

»Und was zum Teufel wollten die da?«

»Tja, ich habe da so Gerüchte gehört … Man vermutet, dass es um die Entführung eines Industriellen aus Bergamo ging. Sie fuhren zu einer Ortsbegehung. Nur dass die Bullen sie angehalten haben und alles aus dem Ruder gelaufen ist … eine Riesenballerei.«

»Tote?«

»Einer auf jeder Seite: ein Verkehrspolizist und Pietra. Den Bullen scheint Vandelli selbst umgelegt zu haben. Und Barrakuda wurde festgesetzt.«

»Und was ist aus unserem Freund geworden?«

»Na ja, er hat es geschafft, wieder ins Auto zu steigen, und ist geflohen. Der Wagen wurde später in der Nähe aufgefunden, voll mit Blut.«

»Verrecken soll er, der Hurensohn.«

Als er auflegt, hat sich Engelsgesichts Laune sichtlich gebessert.

»Hat noch eine Flasche Champagner dieses Chaos überstanden, oder müssen wir woandershin?«

»Nein, ein paar Flaschen müssten noch heil sein«, brummt der Direktor.

»Gut, dann hol sie. Und ruf jemanden, der hier aufräumt. Ich werde ihn wieder herrichten, koste es, was es wolle: Einen Ort mit Klasse will ich hier haben, noch prächtiger als vorher.«

»Was feiern wir denn?«, fragt Argenta vorsichtig.

»Ausnahmsweise feiern wir heute mal die Bullen.«

»Ist das ein Witz?«

»Nein. Die Polizei hat auf Vandelli geschossen. Pietra ist tot und Barrakuda abgeführt. Für heute will ich also zufrieden sein. Aber du kannst allen sagen: Ich will wissen, wo sich das Arschloch verkriecht und wer ihn kuriert. Er wird sich pflegen müssen und bestimmt in keinem öffentlichen Krankenhaus, da er ja schon vorher gesucht wurde und heute den genialen Einfall hatte, einen zweiten Bullen umzubringen. Jetzt sitzt ihm die ganze italienische Polizei im Nacken.«

Zweihundert Tage

1.

»Wer einen Polizisten umlegt, ist zur Einsamkeit verdammt. Und du hast gleich zwei auf deinem Konto. Du solltest also lieber von der Erdoberfläche verschwinden!«

Am Telefon nach dem weiteren Vorgehen befragt, spricht der Molosser wie immer Klartext. Vandelli nimmt ihn beim Wort und ruft einen alten Freund an, René Bellini aus dem Marseille-Clan, der ihn im Tausch gegen hundert Millionen Lire – denn Freundschaft ist das eine, Geschäft das andere – aus der Patsche helfen wird.

Der Krankenwagen, der ihn abholen kommt, ist nicht echt, sondern ein umlackierter und als Rettungswagen getarnter Lieferwagen. Auch die Sanitäter sind falsch, zwei

Galgengesichter in weißer Verkleidung. Das einzig Echte an der ganzen Show ist die Trage, auf die sie ihn legen.

Die lange Reise ist unbequem und anstrengend aufgrund seiner Wunde, die brennt und trotz des Druckverbandes unaufhörlich blutet.

Die Zeitungen stürzen sich begeistert auf die Ereignisse von Dalmine. *La Notte* titelt: *Der Bandit mit den Eisaugen wird Staatsfeind Nummer eins.*

Während der Überführung fällt kein Wort. Die zwei Krankenträger beachten ihn nicht, und Vandelli weiß, warum. Wenn du einen Bullen umbringst, deckt die Unterwelt dich nicht mehr, sie entsorgt dich, weil du zur Last wirst und alle in Gefahr bringst. Der Mord an einem Polizeibeamten löst eine Kettenreaktion aus, die alles blockiert, jede illegale Aktivität kommt zum Erliegen, und der Druck wird unerträglich. Als sie in Rom ankommen, setzen sie ihn eilig in einer Wohnung in der Via Volusia ab und lassen ihn allein.

2.

Alleinsein war noch nie ein Problem für Vandelli, im Knast hat er sich viele Monate damit angefreundet. Eine schwärende Wunde jedoch ist etwas anderes.

»Besorg mir einen Arzt«, befiehlt er Bellini am Telefon. »Sonst musst du demnächst meinen Leichnam beseitigen. Und vor allem wirst du niemals den Rest deines Geldes sehen.«

Diese Zauberformel wirkt wie ein Sesam, öffne dich! Zwei Stunden später steht ein Knochenbrecher in der Wohnung, der nichts von einem Arzt an sich hat. Er hat Chirurgenbesteck dabei und eine ordentliche Dosis Morphium. Dennoch greift er vor der »Operation« auf bewährte Hausmittel zurück.

»Nimm lieber zwei ordentliche Schluck Whiskey, es wird weh tun.«

Und das ist nicht gelogen. Vandelli beißt die Zähne zusammen, dann vergräbt er sie im Kissen, um nicht vor Schmerz zu schreien, als der Kerl in seiner Hüfte laboriert, um eine Patrone im Kaliber .12 herauszuholen.

Als Mengele die Wohnungstür hinter sich zuzieht, nachdem er ihm Morphium und Whiskey dagelassen hat, taucht ein wunderschönes Mädchen auf, um ihm Gesellschaft zu leisten, Donatella.

»René schickt mich«, verkündet sie. »Ich bin zwar keine Krankenschwester, aber ich werde mich um dich kümmern. Und um deine Bedürfnisse.«

»Tja, dann verschaff mir mal ein bisschen Relax«, erwidert Roberto, während das Mädchen mit lasziven Bewegungen ihren Slip abstreift.

Sie lächelt schelmisch.

»Ist untenrum bei dir alles in Ordnung?«, fragt sie und zeigt mit dem kleinen Finger auf seine Körpermitte.

»Natürlich. Ich kann keinen Hundertmeterlauf machen, aber hier unten läuft alles eins a, mach dir keine Sorgen, Süße.«

So wird seine Genesung zu einer Art Urlaub mit Sex und Alkohol, wären da nicht die anhaltenden, starken Schmerzen. Er kann nur schlecht laufen und muss sich dabei auf eine Krücke stützen.

Nach ein paar Tagen mit Pasta und Tomatensoße, Morphium nonstop und den großzügigen Zuwendungen seiner Privatkrankenschwester besucht ihn ein Anwalt. Ein Erzfaschist und Freund von Bellini.

»*Robbé*«, hat der in römischem Slang zu ihm gesagt, »hör dir an, was er zu sagen hat, das dürfte dich interessieren.«

René wohnt schon so lange in Rom, dass er wie ein Einheimischer spricht. Oder es zumindest versucht.

Der Anwalt ist um die fünfzig. Dunkler Anzug, dunkler Schlips, dunkler Aktenkoffer. Donatella ist gerade einkaufen, sie können also in Ruhe reden.

»Sie gefallen mir, Vandelli, wussten Sie das?«

»Tja, Avvocato, leider sind Sie nicht so mein Typ.«

»Ich mag Ihre Kämpfernatur. Sie lassen nicht locker, bleiben dran. Und das Vaterland braucht dringend Leute wie Sie.«

»Das Vaterland?«

»Genau. Sagen wir es mal so, es gibt Situationen, in denen Entscheidungsfreude gefragt ist und man sich auch mal außerhalb der Legalität bewegen muss. Aber das dürfte für Sie ja kein Hindernis darstellen.«

»Reden Sie davon, Bomben zu werfen, Avvocato?«

Der Mann verzieht keine Miene und antwortet scheinbar emotionslos.

»Ja, auch das könnte auf Sie zukommen, aber ich möchte die Sache nicht darauf reduziert sehen.«

»Ach nein?«

»Nein. Sehen Sie, Sie wären Teil einer Strategie, die angewandt wird, damit der Staat begreift, wo er die Prioritäten zu setzen hat, so möchte ich es lieber formulieren.«

»Kommen Sie zum Punkt. Soll ich Bomben legen und Menschen ermorden?«

Für einen kleinen Moment durchzieht ein hasserfülltes Funkeln den Blick des Mannes, um gleich wieder leer zu werden.

»Sie, Vandelli, werden uns beim letzten kleinen Anschub helfen, der die Institutionen ins Wanken bringt.«

»Oh, jetzt habe ich es verstanden. Und warum sollte ich das tun?«

»Des Geldes wegen, natürlich! So viel Sie wollen. Und wir erwarten keinerlei ideologischen Hintergrund. Außerdem können wir Ihnen helfen, sich aus dieser schwierigen, ähm, Lage zu befreien, in der Sie sich befinden. Wenn Sie verstehen …«

»Neue Schutzheilige und ehrenwerte Gesellschaft.«

»Ja, auch. Also, was sagen Sie dazu?«

»Ich muss darüber nachdenken, Avvocato.«

»Ich schreib Ihnen mal meine Telefonnummer auf. Aber lassen Sie sich nicht zu lange Zeit, verstanden?«

3.

»Guten Morgen, Onorevole.«

»Guten Morgen, Avvocato. Haben Sie Neuigkeiten für mich?«

»Leider keine guten. Unser Mann hat mich gerade angerufen und unser Angebot abgelehnt.«

»Fand er es nicht großzügig genug?«

»Nein. Das fragliche Subjekt hat mir mit sehr unfeinen Worten, die ich hier nicht wiederholen möchte, mitgeteilt, wir sollten uns gefälligst für – Zitat – ›diese Schweinereien‹ jemand anderen suchen, denn er, das waren seine Worte, sei ›ein Bandit und kein als Politiker verkleideter Henker‹.«

»Verstehe. Hält sich unser Mann noch unter bekannter Adresse auf?«

»Ja, Signore.«

»Gut, in diesem Fall habe ich einen Freund im Sinn, der sicher gerne wüsste, wo er sich befindet. Sie wissen, wen ich meine?«

»Ganz genau.«

»Also gut, Avvocato. Dann danke ich Ihnen für Ihre Zeit.«

»Auf Wiedersehen, Onorevole. Und richten Sie Ihrer Gattin meine besten Grüße aus.«

4.

»*Ahò*, ihr da im Norden versteht wohl keinen Spaß, was? Knallt euch in euren eigenen Spielhöllen ab, als wärt ihr Al Capone persönlich.«

Engelsgesicht erkennt De Petris' Stimme auf Anhieb.

»Tja, wir vertreiben uns eben die Zeit.«

»Sehr schön. Wir ja nicht anders, was glaubst du?!«

»Da habe ich nicht den geringsten Zweifel.«

»Das ist auch gut so, denn wir haben deine Maus aufgetrieben, falls es dich noch interessiert.«

»Welche Maus?«

»Die, die dir die Wand vollgeschmiert hat, wen sonst? Interesse?«

5.

Dieser Krieg ist schlecht für alle.

Wie ein Mantra wiederholt Ebale innerlich diesen Satz, während er darauf wartet, dass die anderen aus dem Zimmer kommen.

Die Fehde mit Vandelli hat gefährliche Dimensionen angenommen. Tarantino ist wie besessen von der Jagd nach seinem Feind, und darunter leiden die Geschäfte. Sie sind wie auf Eis gelegt und scheinen darauf zu warten, dass die Sache ein Ende findet. Der Angriff auf die Spielbank in der Via Panizza hat die Einkünfte empfindlich geschmälert. Die Zocker sind vorsichtiger geworden und gehen seltener aus. Sämtliche Spielhöllen der Stadt erleben spürbare Einbußen.

›Wer spielt, muss sich sicher fühlen‹, hatte Engelsgesichts Devise immer gelautet, nur dass er das im Moment scheinbar vergessen hat.

›Nun gut, dann werde ich die Sache wieder in Ordnung bringen‹, denkt Agostino und wählt eine Telefonnummer. ›Letztlich war es ja auch meine Schuld, dass alles angefangen hat.‹

So spricht er sich Mut zu, während er sich mit dem gewünschten Gesprächspartner verbinden lässt.

›Natürlich ist es keine Heldentat, den Bullen einen Tipp zu geben‹, denkt er, ›aber wenn es dazu dient, einen Feind abzuservieren, ist es auch keine Todsünde.‹

Eine Stimme meldet sich am anderen Ende der Leitung.

»Hier Santi, mit wem spreche ich?«

»Guten Tag, Commissario, mein Name spielt keine Rolle.«

»Deine Stimme kommt mir aber durchaus bekannt vor.«

»Kann sein, aber du stellst keine Fragen, sondern hörst mir zu. Ich will dir ein Geschenk machen.«

»Von Leuten wie dir nehme ich keine Geschenke an.«

»Ach nein? Auch nicht, wenn ich dir sage, wo Vandelli sich versteckt hält?«

Antonio schweigt.

»Warum sagst du denn nichts mehr, Commissario?«

»Ich höre.«

»Aha, sehr gut. Dann schreib dir mal folgende Adresse auf. Ist allerdings ein Stückchen weiter weg.«

6.

Um fünf Uhr morgens klingelt es an der Tür. Roberto reißt die Augen auf, ihm ist sofort klar, dass es sich um diese Uhrzeit um keinen Höflichkeitsbesuch handelt.

»Aufmachen, Polizei!«, hört er es schreien.

Donatella ist nicht da, sie hat am Vorabend mit ihrem Freund den Valentinstag gefeiert. Vandelli zieht sich im Bett hoch. Die Wunde schmerzt höllisch, doch er versucht sie nicht zu beachten. Jetzt geht es um Wichtigeres. Er packt seine .357-Magnum und denkt fieberhaft nach.

Fliehen kann er nicht. Die Bullen stehen vor der Tür, und da die Wohnung im sechsten Stock liegt, kann er auch nicht aus dem Fenster springen, in seinem Zustand schon gar nicht.

Die große Frage ist für ihn nicht, ob er sich ergeben soll, sondern wie er lebend aus der Situation herauskommt. Er weiß, dass die Beamten ihn auf dem Kieker haben, weil er zwei ihrer Kollegen auf dem Gewissen hat, da kann es bei so einer Festnahme schnell zu einem »Unfall« kommen.

Er schleicht zur Tür, immer dicht an der Wand entlang.

»Los, Vandelli, wir wissen, dass du da bist. Mach auf, dann passiert dir nichts.«

Roberto runzelt die Stirn. Die Stimme kennt er.

»Santi?«

»Ja, Vandelli, ich bin's. Ergib dich.«

»Ich glaube nicht, dass du das bist. Das ist ein Trick.«

»Warte, schau mal unter der Tür.«

Einen Moment später schiebt sich der Dienstausweis des Commissario unter der Tür durch.

»Was zum Teufel machst du hier, Bulle?«

»Überraschung. Ich komme dich verhaften!«

»Von Mailand aus?«

»Was willst du, manche Sachen sprechen sich eben rum. Du hast dir eine Menge Feinde gemacht.«

»Bist du bewaffnet?«

»Nein, aber die Jungs hier neben mir. Ergib dich, dann passiert dir nichts.«

Santis Stimme klingt laut und klar, woraus Vandelli schließt, dass er direkt vor der Tür steht.

»Nicht schlecht, verehrter Bulle ohne Pistole. Und wenn ich dich jetzt abknalle? Was glaubst du denn! Ich könnte dich durch die Tür erschießen, und du hättest keine Chance. Was habe ich schon zu verlieren? Zwei Bullen sind schon tot. Ihr werdet mich eh in die Zelle stecken und den Schlüssel wegwerfen.«

Santi bewahrt Ruhe.

»Du bist doch ein Verbrecher mit einem Ehrenkodex, Vandelli. Oder irre ich mich da? Soweit ich weiß, erschießt du niemanden ohne Not, stimmt's?«

»Erzähl mir was anderes.«

»In Ordnung. Wenn ich du wäre, würde ich mir gut überlegen, das Feuer zu eröffnen, denn ich bin deine einzige Chance, lebend im Gefängnis zu landen. Was glaubst du denn? Ich kenne dich, ich komme extra aus Mailand und werde verhindern, dass dir etwas zustößt. Du weißt ja, wer Bullen umbringt, mit dem wird nicht sonderlich rücksichtsvoll umgegangen. Da willst du dich vielleicht nur am

Arsch kratzen, und die verstehen das falsch, und schon löst sich ein Schuss …«

Vandelli fletscht die Zähne. Natürlich weiß er, wie es läuft. Zahn um Zahn. Und sie wären nicht im Unrecht. Santi ist sein einziger Schutzbrief, um zu überleben.

»In Ordnung, ich mach jetzt die Tür auf. Gibst du mir dein Wort, Commissario, dass mir nichts passiert?«

»Du hast mein Wort.«

»Einverstanden. Die Waffen liegen auf dem Bett.«

Vandelli wirft die Pistole auf das Kopfkissen und macht die Tür auf.

Sofort stürmt ein Dutzend Bullen mit angelegten Pistolen in die kleine Wohnung. Keiner rührt ihn an. Antonio Santi hält seinen Blick fest, während er auf ihn zugeht und ihm Handschellen anlegt.

»Endlich sehen wir uns wieder. Wie lange ist es her? Vier Jahre?«

»Ja, Commissario, aber mir ging's ohne dich auch ganz gut.«

»Das glaube ich. Ich hingegen habe dich vermisst. Also bin ich gestern in den Zug gestiegen, um dir diesen Überraschungsbesuch abzustatten, und, voilà, hier bin ich. Ich habe kein Auge zugetan, aber im Gegensatz zu dir sehe ich noch gut aus, finde ich.«

»Ich habe eine eiternde Wunde an der einen Arschbacke. Da möchte ich dich mal sehen.«

»Oh, keine Sorge, wir päppeln dich wieder auf, bis du gesund bist. Dann bekommst du einen schönen Prozess mit ›lebenslänglich‹. Du hast deinen letzten Valentinstag in Freiheit gefeiert.«

»Das glaube ich nicht.«

»Tja, wir werden sehen. Übrigens hatte ich während der

Reise genug Muße, um ein bisschen nachzurechnen. Seit du aus dem Bassi geflohen bist, warst du genau zweihundert Tage auf freiem Fuß. Den Rest deiner Tage wirst du hinter Gittern verbringen.«

Die Nacht verschlingt die Stadt

Verrat und nochmals Verrat

1.

»Was für ein beschissen guter Abend«, meint Giuffrido und leert sein Glas. »Läuft das immer so?«

»Immer«, bestätigt Ebale zufrieden. »Sie prügeln sich darum, hier reinzukommen. Viele müssen wir sogar an der Tür abweisen. Die Leute können es kaum erwarten, bei uns ihr Geld loszuwerden. Und seit der verdammte Krieg mit Vandelli beendet ist, sind sie alle zurückgekommen und eitler denn je!«

Sein Partner lacht aus vollem Halse, dann macht er die Bürotür zu und wirft Agostino ein Tütchen mit Koks hin.

»Das Geschäft mit dem Stoff läuft auch wie geschmiert!«

Die Tüte ist schon in der Tasche des Cataniers verschwunden.

»Gut. Aber jetzt sollte ich mich mal wieder unten blicken-lassen. Die armen Irren dürfen ruhig wissen, wer hier das Sagen hat!«

Ruhig gehen sie die Treppe in den großen Saal hinab, der voller Menschen ist.

»Ich muss los, Agostino. Die Leute warten schon darauf, sich ein bisschen Vergessen ins Hirn zu pusten!«

»Aber natürlich! Wir sehen uns!«

Sie verabschieden sich, und Ebale kümmert sich wieder um seine Gäste. Er schüttelt Hände und lächelt in die Runde, als wäre er der Boss des Ladens. Letztlich war es ja sein Verdienst, dass wieder Frieden herrscht unter der Madonnina, oder? Vandelli sitzt im Knast und die Geschäfte laufen glänzend.

Beim Blackjack sitzt ein Mitglied des Stadtrats. Agostino tritt neben ihn und klopft ihm freundschaftlich auf die Schulter.

»Wie läuft's denn heute, Dottore?«

»Nicht besonders, Agostino. Ich bin mit acht Millionen in den Miesen.«

»Oh, nur so wenig. Du spiel schön weiter, denn dein Freund Catanier regelt das schon im Notfall!«

»Nicht schlecht«, ertönt eine ironische Stimme hinter ihm. »Hier scheint ja alles in schönster Ordnung zu sein! Aber pass auf, Agostino, als du das letzte Mal ein paar Dinge regeln wolltest, ist ein Krieg dabei herausgekommen.«

Ebale dreht sich um zu Engelsgesicht, der ihn mit glühenden Augen ansieht.

»Aber sicher, Frank, du sagst es.«

Der Boss trägt einen dunklen Anzug mit weißem Einstecktuch. Er sieht ernst aus, genau wie Argenta und Melis, die ihn feindselig anstarren.

Also versucht Agostino zurückzurudern, vielleicht etwas zu eifrig.

»Wie schön, den Herrn des Hauses in seinen eigenen vier Wänden zu sehen!«

Tarantino lässt den Blick durch den Saal schweifen. Alles voll. Das Geld fließt in Strömen.

»Ich habe vielmehr den Eindruck, dass du hier den Hausherrn spielst.«

»Ich? Aber nein! Ich sorge nur dafür, dass die Geschäfte laufen, wie du es erwartest!«

»Ja, natürlich. Aber lass uns ins Büro gehen, hier gibt es zu viele Leute, die uns beobachten.«

Tatsächlich sind zwei Männer in eleganten Anzügen stehen geblieben, um ihrem Gespräch zu lauschen. Es sind Sizilianer, Freunde von Giuffrida, einflussreiche Leute.

»Ihr könnt weiterspielen«, beruhigt Ebale sie. »Es ist alles in Ordnung.«

Tarantino lässt sich hinter dem Schreibtisch nieder und fährt mit dem Finger über das Mahagoni. Als er ihn hochhält, klebt weißer Staub daran. Argenta und Melis grinsen.

»An Ablenkung scheint es dir nicht zu mangeln, was, Agostino?«

Eilig zieht Ebale das Kokstütchen aus der Tasche, um den drei Männern davon etwas anzubieten, doch Frank schüttelt den Kopf.

»Zuerst müssen wir übers Geschäft reden. Setz dich.«

Unbehaglich lässt Agostino sich da nieder, wo eben noch Giuffrida saß.

»Weißt du, was man sich neuerdings über dich erzählt, Junge?«, fragt Engelsgesicht.

»Ich habe nicht die geringste Ahnung, Frank.«

»Tja, man sagt, du seist der Besitzer dieser Spielbank, stell dir das mal vor. Wie erklärst du dir das?«

Franks Blick haftet nun fest auf dem Catanier, der scheinbar gleichgültig mit den Schultern zuckt.

»Kann ich mir nicht erklären. Gerüchte eben, was?«

»Gerüchte also?«

Tarantino steht auf und geht um den Schreibtisch herum. Dann beugt er sich über den Mann, bis ihre Gesichter dicht beieinander sind.

»Kann es sein, dass du mich hintergehen willst?«

»Ich? Nein. Wie kommst du denn darauf?«

»Dann verhalte dich entsprechend.«

Dann richtet er sich auf und wendet sich zur Tür. Bevor er geht, fügt er noch hinzu: »Soweit ich das sehe, läuft der Laden, deshalb werde ich ihn dir nicht wegnehmen. Aber wenn du noch einmal den Klugscheißer spielst, werde ich nicht mehr so verständnisvoll sein. Und jetzt nicke schön mit dem Köpfchen, damit ich sehe, dass du mich verstanden hast.«

Agostino nickt und schluckt den Ärger hinunter. Ohne zu antworten, senkt er den Kopf.

»Braver Junge«, schließt Frank und klopft ihm zufrieden auf die Schulter. »Dann gehen wir jetzt alle runter und genießen den schönen Abend.«

2.

»Stopp! Hör auf, du tust mir weh!«

Mirna stöhnt und versucht, Agostino wegzuschieben, doch der macht einfach weiter. Nach Tarantinos Standpauke muss er sich abreagieren, also hört er nicht auf ihre Schreie, bis er fertig ist. Dann setzt er sich auf, nackt und verschwitzt, zieht ein Tutchen Koks aus seiner Jacke auf dem Nachttisch und wirft es ihr hin.

»Hier. Gegen die Schmerzen«, sagt er verächtlich.

»Arschloch!«

Die Frau steht auf und zieht sich hastig an. Dann verlässt sie mit knallender Tür die Wohnung, nicht ohne vorher das Tütchen eingesteckt zu haben.

Am nächsten Morgen wird Ebale vom Telefonklingeln geweckt.

»Wer zum Teufel ruft mich um neun Uhr morgens an?«

»Ist dort Agostino?«

»Ich habe gefragt, wer zum Teufel da spricht?«

»Wir müssen dringend mit Ihnen unter vier Augen sprechen.«

Erst jetzt bemerkt Agostino den starken süditalienischen Akzent.

»Wer spricht denn da?«

»Das ist nicht wichtig. Sagen wir mal, ein Freund.«

»Dann sagen wir mal, ich habe keine Freunde.«

»Ach nein? Dann sagen wir so, dass ich Ihnen einen gutgemeinten Rat geben möchte. Kommen Sie heute Vormittag um zehn in die Bar Tunisi am Hauptbahnhof. Haben Sie mich verstanden?«

»Für was?«

»Geschäfte, Agostino. Was sonst? Sie haben die Chance, viel Geld zu verdienen.«

»Und was wäre, wenn ihr mich einfach am Arsch lecken könnt?«

»Oh, das wäre wesentlich weniger angenehm für Sie. Haben wir uns verstanden?«

Nein, er hat nichts verstanden, kann aber nichts mehr erwidern, weil die andere Seite längst aufgelegt hat.

Eine Weile steht er mit dem Hörer in der Hand im Zimmer, bis er sich ein Glas Whiskey einschenkt und unter die

346

Dusche geht, in der Hoffnung, auf die Art wieder halbwegs zu sich zu kommen.

»Sie sind zu spät.« So begrüßt Ebale den Mann, der sich, ohne um Erlaubnis zu bitten, an seinen Tisch setzt. Er ist gereizt, doch den Neuankömmling scheint das nicht zu kümmern. Etwas gedrungen, olivfarbene Hautfarbe, frisch rasiert und die Haare sorgfältig gekämmt.

»Viel Verkehr«, entschuldigt er sich und bedeutet dem Barista, ihm einen Espresso zu bringen.

Agostino hat das dumpfe Gefühl, ihn irgendwoher zu kennen, doch mit seinem Schlafmangel und dem Restalkohol im Blut kann er nicht klar denken.

»Also? Was gibt es denn so Dringendes?«

»Sind Sie interessiert an *piccioli* und Macht?«

Der Dialekt des Mannes ist für Ebale unverwechselbar, diesen Tonfall vergisst man auch nach Jahren im Norden nicht: Der Mann kommt aus Sizilien, genauer gesagt aus Catania wie er selbst.

Agostino beschließt mitzuspielen.

»Geld und Macht, wer wäre das nicht?«

»Sehr schön.«

»Was muss ich tun?«

Ein Kräuseln umspielt die Lippen seines Gegenübers.

»Wir wollen immer über alles informiert sein, was Ihr Boss tut. Das ist alles.«

»Frank?«

Der Mann nickt.

»Genau. Welche Geschäfte er macht, wer seine Partner sind und wie viel er verdient. Und wir müssen wissen, wie er sich bewegt und mit wem er sich umgibt.«

»Kurz gesagt, ich soll ihn verraten.«

»Verraten, was für ein böses Wort. Sagen wir lieber, Sie sollen lediglich Informationen über ihn weitergeben.«

»Aber mit welchem Ziel?«

Agostino ist nun auf der Hut, denn aus so einer Sache kommt man nicht mehr heraus – außer tot.

»Das muss Sie nicht kümmern. Sie geben uns das, was wir wollen, und werden dafür großzügig entlohnt.«

»Ich glaube nicht, dass das etwas für mich ist.«

»Ach nein? Dabei waren Sie doch schon nicht ganz aufrichtig, als es darum ging, diesen Vandelli zu verhaften.«

»Woher …«

»Wir wissen viele Dinge. Und wir beobachten Sie schon eine Weile. Sie gefallen uns, Agostino. Enttäuschen Sie uns nicht, dann können Sie vielleicht eines Tages Tarantinos Posten übernehmen.«

Mit diesen geheimnisvollen Worten erhebt sich der Mann.

»Warten Sie: Wie kann ich Sie treffen?«

»Sie hören wieder von uns.«

»Und wie kann ich Sie nennen?«

»Wie unaufmerksam, ich habe mich gar nicht vorgestellt: Man nennt mich U' Curtu.«

Erst als er weg ist, fällt Agostino wieder ein, wo er den Mann schon einmal gesehen hat: am Abend zuvor im Spielsaal der Via Panizza. Er ist einer von Giuffridas sizilianischen Freunden, und damit wird ihm einiges klar.

3.

»Warum hast du mir nichts gesagt?«

»U' Curtu wollte erst deine Reaktion abwarten. Die ehrenwerte Gesellschaft hat ihre eigenen Vorstellungen.«

Ebale blickt auf und sieht sich um. Sie sitzen in einer Bar auf der Piazza San Babila, und der Catanier fühlt sich beobachtet. Seit Monaten war er nicht mehr morgens in dieser Gegend, doch nach der Begegnung mit dem Sizilianer wollte er Giuffrida treffen und eine Erklärung von ihm.

Ein livrierter Kellner bringt ihm einen Whiskey. Obwohl ihm der Magen brennt, bekommt er nichts anderes herunter.

»Dann sind also die zwei von gestern aus der Spielhölle deine Freunde aus Catania, die mit dem Kokain?«

»Genau. Und sie planen, ihren Einflussbereich auf den Norden auszudehnen.«

Giuffrida wirkt gelassen, die Sache scheint ihm Spaß zu machen.

»Die spinnen doch! Wissen die, wer hinter Tarantino steht?«

»Aber natürlich wissen sie das! Aber zwischen den Familien geht es halt auch nicht immer friedlich zu. Außerdem ist Frank Dreifinger schwerkrank, er hat nicht mehr lange. Und wenn er weg ist, wird sich in Mailand alles ändern.«

»Das verstehe ich nicht.«

»Schau mal, Agostino, unsere Freunde um U' Curtu herum sind auf doppelte Weise mit der Camorra verbunden. Und auch O' Professore ist allem Anschein nach nicht gerade zufrieden damit, wie Tarantino die Geschäfte führt, *u capisti*?«

»Nein.«

»Natürlich verstehst du das. In Sizilien wollen sie dieses Prachtstück von Torte nicht einem allein überlassen. Und mit Torte meine ich natürlich diese verfluchte Stadt.«

Der Catanier seufzt und lässt sich in seinen Stuhl zurückfallen.

»Du machst es dir leicht, aber wenn Frank auch nur den Hauch eines Verdachts hat, ich könnte gegen ihn arbeiten, zerrt er mich in eine dunkle Ecke und dann auf Nimmerwiedersehen.«

»Dann sag mir doch mal, Agostino, ob du für den Rest deines Lebens ein Handlanger bleiben möchtest oder selbst bestimmen willst?«

»Was planen sie denn?«

»Du hast ihnen ja selbst den Tipp gegeben.«

»Ich?«

»Ja, sie wollen die Bullen die Drecksarbeit machen lassen.«

»Die Madama?«

»Genau. Die Idee ist einfach und effektiv zugleich: Franks Schutzschild durchlässig machen, das er um sich und seine Geschäfte errichtet hat.«

»Und ich soll den Verräter spielen.«

»Du musst klug sein. Du oder er. Diesen Leuten kann man nichts abschlagen, klar?«

Ebale zischt einen Fluch durch die Zähne und bedeutet dem Kellner, ihm noch mal nachzuschenken.

4.

»Guten Abend, Agostino, haben Sie über unseren Vorschlag nachgedacht?«

Ebale schwitzt Blut und Wasser. Kaum hatte er die Spielbank betreten, klingelte schon das Telefon. Sie wissen alles, sie kontrollieren ihn. Es gibt einfach viel zu viele indiskrete Ohren hier.

»Ja.«

»Und wie haben Sie sich entschieden?«

»Ich kann jetzt nicht.«

»Ich weiß, Sie können sich gerade nicht so auslassen, wie Sie gerne würden. Tun Sie so, als würden Sie mit Ihrer Frau reden. Wie heißt sie noch? Ach ja, Mirna … Sie haben der Armen gestern sehr, sehr weh getan.«

Agostino schluckt und versucht ein wenig Schwung in seine Stimme zu bringen.

»Aber ja, meine Süße!«

»Gut machen Sie das. Sie haben ein Talent zum Lügen.«

»Angeboren.«

»Das habe ich nie bezweifelt. Also sind Sie einer von uns?«

»Aber natürlich.«

»Das wollte ich hören. Und keine Sorge, wir werden nichts überstürzen.«

»Daran habe ich keine Zweifel, mein Schatz.«

»Uns würde niemals einfallen, Tarantino den Krieg zu erklären und eventuell eine Menge Leute zu verlieren, ohne sicher zu sein, dass wir gewinnen. Giuffrida wird Ihnen ja bei Ihrem Treffen erklärt haben, dass wir die Drecksarbeit die Polizei machen lassen. Wir werden sie alle hinter Schloss und Riegel bringen lassen, oder besser noch unter die Erde.«

Ebale schwitzt. Einmal mehr hat U' Curtu ihm zu verstehen gegeben, dass er ihn im Auge hat. Keine Überraschungen zulässt.

»Gut, Schatz, ich muss jetzt arbeiten, können wir morgen weiterreden?«

»Sicher doch, Agostino, auf Wiederhören.«

»Gute Nacht, meine Süße.«

Kaum hat er aufgelegt, kommt ihm Melis mit einem breiten Grinsen und zwei randvollen Gläsern entgegen.

»Was machst du nur immer mit den Frauen, Agostino?«

»Ich bezahle sie, Rino. Und sie gehen mir trotzdem auf den Sack!«

Beide brechen in Gelächter aus, während aus den Boxen das hypnotisch-verführerische Lachen Raffaella Carràs erklingt mit ihrem Lied *A far l'amore comincia tu*.

5.

»Hey, Cesare, entschuldige den späten Anruf. Hast du schon geschlafen?«

Argenta liegt im Bett. Er bedeutet seinem Mädchen, sich zu verziehen, weil er telefonieren muss. Die Blonde schlüpft anstandslos in den Morgenrock und geht in die Küche.

»Nein, ich war noch wach.«

»Geiler Bock.«

»Rufst du an, um zu fragen, ob ich am Vögeln bin, Rino, oder gibt's was Neues?«

Beim schroffen Tonfall des Vizekönigs verzichtet Melis lieber auf weitere Witzeleien.

»Ich war die ganze Nacht in der Spielbank von Via Panizza, wie du mir gesagt hattest.«

»Und was treibt unser Agostino so?«

»Nichts. Kein auffälliges Verhalten.«

»Nichts?«

»Mal abgesehen davon, dass er völlig abhängig von Koks und Fotzen ist, meine ich. Aber seine Geschäfte laufen. Die Kassen waren auch heute wieder voll.«

»Dem steigt der Erfolg noch zu Kopf.«

»Das ist sicher. Soll ich morgen weiter ein Auge auf ihn haben?«

»Ja, nicht lockerlassen.«

»Cesare, darf ich dir eine Frage stellen?« Melis' Stimme klingt plötzlich unsicher.

»Raus damit.«

»Ich finde es merkwürdig, einen aus der Bande zu observieren. Ich meine, kannst du mir erklären, was da abgeht?«

Argenta zündet sich eine Zigarette an und bläst den Rauch in einer dicken Wolke Richtung Zimmerdecke.

»Weißt du noch, als die von der Magliana anriefen und uns sagten, wo sich Vandelli versteckt hält?«

»Ja, und?«

»Weißt du auch noch, wer außer mir und Frank im Raum war?«

»Ja klar, das waren ich und Agostino.«

»Sehr gut. Und findest du es normal, dass am nächsten Tag ein Commissario aus Mailand nach Rom fährt und Vandelli festnimmt? Riecht dir das nicht gewaltig nach Verrat?«

»Was zum Teufel meinst du?«

»Dass irgendjemand der Madama einen Tipp gegeben hat, damit sie Vandelli einlochen. Und wenn weder ich noch du es waren, dann bleibt nur noch …«

»Agostino!«

»Bravo. Aber jetzt Schluss, ich muss hier noch etwas zu Ende bringen.«

1.

»Meine Hochachtung, Commissario Santi! Hervorragende Arbeit!«

Kräftig schüttelt Polizeipräsident Ghislini Antonios Hand. Der Zwei-Meter-Mann mit kurzen, grauen Haaren und leichtem Übergewicht lächelt zufrieden.

Vandellis Festnahme war ein Gesundbrunnen für seine Karriere. Dass alles nur auf einem Tipp eines anonymen Informanten beruhte, ist dabei uninteressant.

»Der Job eines Bullen besteht darin«, dozierte sein Lehrmeister Commissario Nicolosi immer, »Verbrecher festzunehmen. Nicht mehr und nicht weniger. Ob das durch Ermittlungen geschieht oder durch einen Hinweis, spielt keine Rolle. Am Ende zählt nur das Ergebnis.«

Und das Ergebnis ist, dass Roberto Vandelli hinter Gittern sitzt, im römischen Gefängnis Rebibbia.

Für Santi hingegen fühlt es sich an wie Betrug. Er hat das vage Gefühl, ausgenutzt worden zu sein, eine bloße Spielfigur. Und er braucht nicht lange, um zu begreifen, von wem. Denn wer kann schon Interesse daran haben, dass ein Bandit aus der Comasina in den Knast wandert, der ihm das Terrain und die Geschäfte streitig machte?

»Frank Tarantino.«

Das Lächeln des Polizeipräsidenten erlischt.

»Wie bitte?«

»Ich wollte sagen, wir sind erst auf halbem Wege, Signor Questore. Hier in Mailand läuft ein Krieg zwischen zwei rivalisierenden Banden. Einen der beiden Bosse haben wir geschnappt, jetzt brauchen wir noch den anderen: Frank Tarantino.«

»Ach so, sicher. Dann mal viel Glück, Santi.«

»Glück allein genügt da nicht.«

Die zwei Männer sehen sich eine Minute lang an. Antonio hält dem Blick des Vorgesetzten stand, bis dieser ihn abwendet und fragt: »Sagen Sie, was Sie brauchen.«

»*Carte blanche*, Signore. Ich muss frei agieren können, ohne viel Papierkram, zumindest für eine Weile.«

»Ich verstehe nicht.«

»Schauen Sie, diese Wände hier haben Augen und Ohren. Wenn wir Tarantino kriegen wollen, müssen wir mit größter Zurückhaltung agieren.«

»Sie sprechen von Maulwürfen, Santi? Hier im Präsidium? Also das ist eine unerhörte Unterstellung, und ich verbitte mir …«

»Ich will auch gar nichts unterstellen. Ich bitte Sie nur, hin und wieder Ispettore Cammareri in Zivil losschicken zu dürfen. Und um die Freiheit, für denselben Zeitraum keine Berichte schreiben zu müssen. Ich habe da so eine Idee …«

Ghislini nickt. Am liebsten würde er diesen anmaßenden Commissario mit Fußtritten vor die Tür setzen, doch er hat ihm gerade den Staatsfeind Nummer eins auf dem Silbertablett serviert. Er muss nachgeben.

»In Ordnung, aber machen Sie bloß keinen Unsinn, Santi, ist das klar?«

2.

»Ohne Uniform fühle ich mich nur wie ein halber Bulle. Und warum mussten wir uns hier treffen?«

Santi grinst und bedeutet ihm, Platz zu nehmen.

»Ganz entspannt, Ispettore. Wir warten noch auf einen Freund von mir. Wie schon gesagt, diese eine Woche spielen wir mal ein ganz anderes Spiel.«

»Welches Spiel?«

»Ah, da bist du ja. Darf ich dir Mario Basile vorstellen, Journalist bei *La Notte*. Wir sind befreundet. Das hier ist Ispettore Salvo Cammareri.«

Die beiden schütteln sich verständnislos die Hand. Sie sind in einer Bar auf der Via Vittor Pisani und sitzen dank des milden Wetters Ende März an einem Tischchen im Freien.

»Was machen wir hier?«, fragt der Reporter und bestellt sich einen Fernet.

»Das ist ein Kriegsrat. Wir sind hier, um Engelsgesicht festzunehmen.«

»Sonst nichts?«, feixt Basile.

»Sonst nichts. Wir brauchen dringend deine Hilfe, Mario. Und wenn wir ihn geschnappt haben, werde ich persönlich dafür Sorge tragen, dass du es als Erster erfährst.«

»*Wenn* ihr ihn schnappt.«

»Das ist sozusagen nur eine Frage der Zeit. Am Ende knicken sie alle ein. Wir müssen nur den richtigen Moment abwarten.«

»Das wird hart«, bestätigt Cammareri. »Die letzten zwei Tage habe ich die Spielhöllen und Restaurants bewachen lassen, die er normalerweise besucht. Tarantino ist sich seiner Bedeutung voll bewusst und auch der Gefahr, in

der er schwebt, seit er mit seiner Kriegserklärung an Vandelli die Polizei auf sich aufmerksam gemacht hat. Er hat
einen wahren Schutzwall um sich errichtet. Mit ein paar
Gorillas, die jede seiner Bewegungen vorbereiten, etwaige
Hinterhalte ausleuchten und selbst die Schritte der Polizei
vorwegzunehmen versuchen. Also die Unversehrtheit des
Bosses, koste es, was es wolle, schützen.«

»So ist es«, bestätigt Basile. »Er pflegt Verbindungen und
Protektionen auf allen Ebenen. Er hat es ja sogar geschafft,
die Sache von Via Panizza unter Verschluss zu halten, wo er
eine komplette Spielhölle niedergemäht hat. Offiziell weiß
die Madama nichts davon, stimmt's?«

»Stimmt. Die Sache mit dem Schriftzug an der Wand
und alles andere haben wir in der Presse gelesen. Deshalb
müssen wir in dieser Ermittlung die Taktik ändern und
uns eine Örtlichkeit für seine Festnahme suchen, an der er
mit nichts rechnet. Die Spielcasinos sind unantastbar. Dort
treffen sich zu viele Interessen, und unter uns gesagt, hatte
ich im Gespräch mit Ghislini den Eindruck, dass ihm diese
Läden aus eigener Erfahrung nicht ganz unbekannt sind.«

Basile bricht in Gelächter aus.

»Das wäre natürlich besonders peinlich, wenn ihr bei
einer Razzia den Questore persönlich festnehmt!«

»Genau deswegen können wir auch keine Operation
im großen Stil unternehmen. Tarantino würde irgendwie
Wind davon bekommen. Sein Informationsnetz ist eng ge-
knüpft und reicht bestimmt bis in die höheren Etagen des
Polizeipräsidiums.«

»Wie wollt ihr also vorgehen?«

»Es muss nach einem Zufall aussehen.«

»Klar, Antonio, träum weiter.«

»Das ist vielleicht unsere einzige Chance.«

»Und wie?«

»Wir müssen seine Schwachstellen ausnutzen. Und ihn dann packen, wenn er es am wenigsten erwartet.«

»Wann kommt er nach Hause?«, fragt Cammareri.

Basile schüttelt den Kopf.

»Der hat mehr Wohnungen als ein Immobilienmakler. Und wenn er in seiner eigenen schläft, ist sie besser bewacht als Fort Knox.«

»Dann beim Friseur«, schlägt der Ispettore vor. »Dahin geht er jeden Tag.«

»Das könnte klappen, aber auch da taucht er mit seinen bewaffneten Leibwächtern auf. Dann riskieren wir eine riesige Schießerei mit vielen Toten.«

»Irgendeinen Schwachpunkt wird dieser Lackaffe doch wohl haben, was? Oder geht der selbst mit Leibwache aufs Klo?«

Santis Miene hellt sich auf.

»Vielleicht gibt es einen Ort …«

Die beiden schauen ihn gespannt an.

»Woran denkst du?«

»Nichts Konkretes, mehr so eine Eingebung. Wir lassen uns das noch ein paar Tage durch den Kopf gehen, und wenn nicht, organisieren wir spontan einen Friseurbesuch. Aber da sollten wir dann lieber mit einer ganzen Armee auflaufen!«

3.

Die Sonne brennt auf das Armaturenbrett der Limousine. Es ist ein Wagen der Zivilstreife, ebenso praktisch zur Observierung wie für ein heimliches Tête-à-Tête mit Straßennutten.

Obwohl es helllichter Tag ist, fallen Cammareri beinah die Augen zu. Seit acht Uhr morgens sitzt er in diesem Fiat 600 fest, und wenn er pinkeln muss, behilft er sich mit einer Glasflasche.

Der Ispettore folgt Santis Intuition, doch mit jedem weiteren Tag glaubt er weniger daran. Er kann das Ende dieser Woche als ziviler Einsiedler kaum erwarten, wenn er endlich ins Polizeipräsidium zurückkehrt. Mit seinem Bürostuhl und einem Schreibtisch und einem ordentlichen Klo.

Gerade denkt er darüber nach, ob er kurz aussteigen und sich einen Kaffee und ein Sandwich in der Bar kaufen soll, als ein Kleinwagen auftaucht.

»Scheiße noch mal …«, flucht er und sucht nach dem Funkgerät. »Commissario, es ist so weit!«

Santi reagiert mit kühlem Kopf.

»Was ist los?«

»Ein A112 ist gerade aus der Via Torino eingebogen und hat den Blinker gesetzt, um nach links abzubiegen. Jetzt steht er an der Ampel, keine zehn Meter vor mir.«

»Bist du sicher?«

»Todsicher.«

»Gut, ein paar Streifenwagen sind ganz in deiner Nähe. Nenn mir das Nummernschild, dann gebe ich es durch.«

Um Punkt zwölf blockieren vier Polizeiwagen mit heulenden Sirenen den kleinen Autobianchi A112, so dass er nicht mehr entwischen kann. Die Zivilstreife mit Ispettore Cammareri am Steuer folgt kurze Zeit später.

»Wir haben sie«, gibt er per Funk an Santi durch, der die Ereignisse von seinem Büro in der Questura aus verfolgt.

Drei Polizisten springen mit angelegten Waffen aus den Autos und zielen auf die Insassen des Kleinwagens.

»Hände hoch!«, schreien sie.

Einer, kaum älter als zwanzig mit Maschinengewehr vor der Brust, geht zum Fenster der Fahrerseite und schaut hinein.

Als er den Fahrer sieht, wird er ganz aufgeregt.

»Dich kenne ich doch!«, stottert er. »Aber ja, du bist Tarantino!«

»Schon gut, Grünschnabel, heute ist dein Glückstag. Aber nun übertreib mal nicht und pack das Ding da weg. Ich habe keine Lust, als Held zu sterben.«

Durch das Funkgerät ertönt Cammareris krächzende Stimme.

»Sie haben ihn festgenommen, Commissario! Tarantino und einen seiner Handlanger. Alles glattgegangen.«

»Sehr gute Arbeit, Ispettore!«

»Jetzt müssen Sie mir aber doch noch sagen, wie Sie auf diese Stelle hier gekommen sind, um sich auf die Lauer zu legen?«

»Ich habe mir gesagt: Wenn einer jeden Tag zum Friseur geht, will er auch der Eleganteste von allen sein, oder? Ein eitler Geck. Und dann habe ich mich daran erinnert, als wir ihn zum ersten Mal festgenommen haben. Wir haben seine Kleider durchwühlt, und weil er sie nicht mehr anziehen wollte, hat er seinen kompletten Kleiderschrank erneuert. Alles maßgeschneidert. Dann habe ich herausgefunden, dass der Schneider seines Vertrauens ein Studio an der Piazza Cordusio hat, nicht weit vom Dom entfernt. Ein perfekter Ort für die Festnahme, weil er mitten im Zentrum kaum mit einem Heer auflaufen kann. Und für uns perfekt, weil dort immer viele Streifen herumfahren. Da konnte ihn niemand vorwarnen.«

»Dem Beamten, der ihn festgenommen hat, ist beinah das Herz stehengeblieben.«

»Das glaube ich. Und jetzt mach dich auf den Weg, Ispettore. Ich erwarte dich in der Questura zum Anstoßen!«

4.

Der Verhörraum ist karg und nur mit dem Nötigsten ausgestattet. Ein Tisch, ein paar unbequeme Stühle und eine Deckenlampe.

Engelsgesicht sitzt mit Handschellen am Tisch. Er trägt einen beigen Anzug mit weißem Seidenhemd und Wildlederschuhe und zieht scheinbar entspannt an einer Zigarette.

Santi kommt herein, begleitet von Ispettore Cammareri.

»Endlich sehen wir uns wieder, Franco.«

Tarantino verzieht keine Miene, starrt durch die beiden Männer hindurch, als wären sie Luft.

Antonio bleibt unbeirrt.

»Übrigens ist heute der 4. April, dein Geburtstag. Herzlichen Glückwunsch!«

Vom Boss immer noch keine Reaktion, außer ein leichtes Verziehen der Oberlippe.

»O. k. Wenn wir so weitermachen, wird es eine lange Nacht«, seufzt Santi und zieht sich einen Stuhl heran.

»Ich habe Zeit«, erwidert Tarantino endlich und lehnt sich gelassen in seinem Stuhl zurück.

»Wir auch.«

Das Verhör dauert über drei Stunden, doch Engelsgesicht will nicht kooperieren. Er antwortet zurückhaltend und ohne je aus der Haut zu fahren, er strahlt die Sicherheit dessen aus, der weiß, dass er nicht lange im Knast bleibt.

Erst bei der letzten Frage scheint ihm ein wenig der Kamm zu schwellen.

»Welche Verbindungen hast du zu mailändischen Politikern oder Unternehmern?«

»Sehen Sie, Commissario …«, setzt der Häftling an.

»Ich höre.«

»Darf ich kurz aufstehen?«

Die beiden Polizeibeamten wechseln einen Blick.

»Bitte.«

Frank lächelt, und bevor die zwei anderen blinzeln können, hat er sich schon die Hose heruntergezogen.

»Das ist alles, was ich dazu zu sagen habe.«

Auf dem rechten Gesäßmuskel prangt gut sichtbar ein Tattoo, das lautet: *Mein Anwalt streitet alles ab.*

»Scheiße, was …«

Doch Tarantino ist schon wieder angezogen.

»Nach dieser kleinen Unterhaltung bin ich etwas müde, Commissario. Kann ich jetzt zurück in meine Zelle?«

5.

»Lauf zur Piazza Cordusio und nimm einen Fotografen mit!«

Wie abgemacht informiert Santi als Erstes Basile. Daher ist *La Notte* die einzige Tageszeitung, die ein Bild von dem in Handschellen abgeführten Tarantino auf der Titelseite hat. Die Schlagzeile lautet: *Engelsgesicht geschnappt.* Die Nachmittagsausgabe ist sofort ausverkauft.

Offiziell wird die Mitteilung der Festnahme erst am Spätnachmittag herausgegeben, so dass die anderen Zeitungen sie nicht mehr bringen können.

Daher wissen viele der Gäste, die sich an diesem Abend in einer Diskothek auf dem Corso Europa treffen und Tarantinos Geburtstag feiern wollen, noch nichts von seiner Festnahme.

Ebale und Argenta wirken angespannt und begrüßen die Gäste am Eingang, als sei nichts geschehen. Als das Orchester allerdings *Zum Geburtstag viel Glück* anstimmt, steigt Argenta auf ein Podest.

»Frank wurde leider aufgehalten und entschuldigt sich bei euch allen, dass er bei diesem schönen Fest nicht dabei sein kann. Er hat mir aufgetragen euch zu sagen, dass ihr auf sein Wohl anstoßen sollt!«

Und während die Gäste ihre Gläser erheben, wird am Eingang des Gefängnisses San Vittore eine Kiste für den Häftling Franco Tarantino abgegeben.

Der Boss lächelt, als er sie aufmacht. Drinnen liegen zwölf Flaschen Cristal und eine Karte: »Alles Gute, Frank. Unterschrift: die Freunde«.

Vizekönig

1.

Avvocato Walter Damiani ist für Tarantino mehr als nur ein Rechtsbeistand. Seit Jahren steht er auf der Gehaltsliste des Bosses, ist sozusagen eine Art Angestellter. Er verteidigt jeden aus der Bande und übernimmt aufgrund seiner Rolle auch Botendienste. Mehr als einmal hat er schon, ohne mit der Wimper zu zucken, Mordaufträge überbracht. Kurz gesagt ein wahrer Vertrauensmann, der nun hier vor seinem Klienten im Verhörzimmer von San Vittore sitzt.

»Die Anklagepunkte sind denkbar schwach. Wie vermutet. Sie kommen nicht damit klar, dass du für jede deiner Unternehmungen ein Alibi hattest.«

»Und was bleibt?«

»Also, du wirst beschuldigt, beim Überfall auf den Bridge Club dabei gewesen zu sein, außerdem der Zuhälterei und der Beteiligung an Drogengeschäften.«

»Drogen? Diesen Dreck fass ich nicht an.«

»Ich weiß, die Anklage wird damit vor Gericht auch nicht durchkommen. Der ganze Rest ist kaum mehr als Spekulation.«

»Das bedeutet?«

»Tja, das Übliche. Glücksspiel, Menschenraub, ein Überfall an der Piazza Frattini, der auf den städtischen Betrieb in Rom, illegaler Waffenbesitz …«

»Schon gut, schon gut. Hör auf.«

Engelsgesichts Tonfall ist zu entnehmen, dass er das Thema wechseln will.

»Lass uns über Geschäftliches reden.«

»Klar, Frank.«

»Ich höre das Gerede hier. Und sehe, was die Zeitungen für ein Aufheben machen. Sag mir, was da draußen wirklich los ist.«

»Tja, die Tageszeitungen freuen sich natürlich, wie du gesehen hast. Und deine alten Freunde stecken reihenweise die Köpfe in den Sand, sobald sie ins Blickfeld geraten: Schauspieler, Sänger, Politiker … wer immer befragt wird, beschwört, dich noch nie gesehen zu haben.«

»Dabei waren sie wahrscheinlich Abend für Abend in meinen Spielcasinos oder Bordellen.«

»Darauf kannst du wetten.«

»Und die Bullen?«

»Haben auch keine Zeit verloren. Dieser Commissario Santi versucht alles, damit du einpacken kannst.«

»Soll heißen?«

»Als Erstes hat er deine Wohnungen beschlagnahmt. Zum Glück laufen die Spielcasinos und anderen Aktivitäten über Strohmänner, da kommt er also nicht ran … Dann hat er sämtliche Kommissariate Italiens mit den Steckbriefen der Jungs tapezieren lassen.«

»Der Mistkerl.«

»Ja, gestern wurde Melis in der Bar Raffaello geschnappt und Hundertlire im Puff auf dem Corso Plebisciti. Der übrigens auch dichtgemacht hat.«

»Und der Rest der Bande?«

»Hat sich komplett in die Büsche geschlagen, sobald sie von deiner Festnahme gehört haben.«

»Wie geht es jetzt weiter?«

»Schwer zu sagen. Santi wird Himmel und Erde in Bewegung setzen, um Argenta zu finden.«

»Zu Recht. Ich will, dass er meine Geschäfte weiterführt, während ich im Knast bin.«

»Gut, ich werde sehen, dass ich ihn auftreibe, und es ihm ausrichten.«

»Ist Ebale geflohen?«

Damiani schüttelt den Kopf.

»Nein, er sitzt immer noch zufrieden lächelnd an alter Stelle in der Via Panizza. Er ist merkwürdigerweise der Einzige, der nicht von der Flutwelle mitgerissen wurde. Ob er einen Beschützer hat?«

Frank kann sich eine angewiderte Grimasse nicht verkneifen.

»So viel ist sicher. Wir müssen nur herausfinden, wen.«

»Was soll ich mit ihm tun?«

»Lass ihn erst mal dort, der Sizilianer weiß, wie man eine Spielbank am Laufen hält. Aber ihr dürft ihn in kein Geschäft einbinden. Ich vertraue ihm nicht mehr.«

2.

Cesare Argenta hat sich in ein Landhaus nach Broni zurückgezogen, in die Nähe von Pavia. Er schläft tagsüber und wacht in der Nacht. Der Ort ist umgeben von Reisfeldern und Ställen, was ihm einen guten Überblick über das Terrain bietet.

Den Wagen des Anwalts hat er rechtzeitig erkennen können, so dass er nicht gezwungen ist, auf ihn zu schießen.

»Gut siehst du aus«, sagt Damiani, als er eintritt.

Der Vizekönig trägt einen Dreitagebart, auf dem Küchentisch steht eine leere Whiskeyflasche, in Reichweite liegen ein paar Pistolen.

»Ich bin ein wenig müde, Avvocato. Was verschafft mir die Ehre deines Besuchs?«

»Frank schickt mich. Er will, dass du die Zügel in die Hand nimmst, während er im Knast sitzt.«

»Wird das lange dauern?«

»Ich fürchte ja.«

»Sonst noch was?«

»Er meint, du sollst Ebale im Auge behalten. Ihn die Spielhölle machen lassen und aus allem anderen raushalten.«

»Er vertraut ihm nicht mehr, was?«

Cesare weiß genau, was er zu tun hat. Zuerst muss er sicherstellen, dass die Spielcasinos, ihre Haupteinnahmequelle, problemlos weiterlaufen. Dann muss er herausfinden, wer den Verräter Agostino beschützt.

Er geht unverzüglich ans Werk und kontaktiert der Reihe nach die Bandenmitglieder, die noch auf freiem Fuß sind. Keine leichte Aufgabe, von der alten Garde ist nur noch Spinnerherz übrig. Alle anderen sitzen im Knast. So muss er sich mit der zweiten Reihe zufriedengeben. Immerhin folgen seinem Aufruf genug Männer, um eine neue Bande zusammenzustellen. Und die Geschäfte wieder ans Laufen zu bringen.

Am selben Abend verlässt er nach fast zehn Tagen sein Versteck bei Pavia, um der Welt zu zeigen, wer jetzt das Sagen hat. Und kehrt hocherhobenen Hauptes nach Mailand zurück.

In Begleitung von Spinnerherz und ein paar anderen Jungs macht der Vizekönig – in Lederjacke und die Waffe gut sichtbar im Gürtel – die Runde durch ihre kontrollierten Spielhöllen und Lokale. Direktoren, Croupiers, Kellner – sie alle sollen wissen, wer sie überwacht. Die Botschaft ist klar: Tarantino sitzt im Knast, führt aber trotzdem das Kommando, und vor euch stehen seine Augen und Ohren, mit denen nicht zu spaßen ist.

Als er die Spielhölle auf der Via Panizza betritt, fällt Ebales Begrüßung eher zurückhaltend aus.

Er zeigt dem Gast die Rechnungsbücher, bietet ihm eine Line an und führt ihn anschließend durch den Spielsaal. Die beiden Männer beäugen sich feindselig, streiten aber nicht.

»Es ist gefährlich für dich, hier aufzutauchen«, warnt Agostino ihn. »Die Bullen sind hinter dir her.«

»Nicht die sind hinter mir her, sondern ich hinter ihnen.«

Argenta dreht sich auf den Fersen um und verlässt unter den Blicken aller Anwesenden den Laden.

Ebale ist nervös. Er lässt sich eine Flasche Whiskey bringen und schließt sich damit in seinem Büro ein.

Nach ein paar Minuten klopft es an der Tür.

»Ach, du bist das? Komm rein, ich dachte, es sei schon wieder das Arschloch von eben.«

Giuffrida lächelt und setzt sich, während der Catanier seiner Wut Luft macht.

»Argenta ist ein bissiger Hund, sage ich dir. Eine Dogge. Dem entgeht nichts, kein noch so vages Gerücht, keine Andeutung. Nichts. Wahrscheinlich hat er was gerochen …«

»Dann wärst du nicht mehr am Leben.«

»Er ist sich nicht ganz sicher. Aber lange braucht er nicht mehr.«

»Dann kaufen wir ihn uns.«

»Nur zu gern! Aber der ist zäh. Verrat gehört nicht in sein Programm, und er würde sich niemals gegen seinen Freund Frank stellen. Wir müssen uns etwas anderes ausdenken.«

Giuffrida schüttelt den Kopf und wird plötzlich ernst, fast feindselig.

»Nein, du musst dir etwas ausdenken. U'Curtu hat erfahren, dass der Vizekönig wieder da ist, und mich angerufen. Und er hat mir eine Botschaft für dich mitgegeben: Zwei Hähne im Stall sind einer zu viel.«

3.

Die Mädchen sind schon im Bett, und Carla liegt dösend auf dem Sofa. Antonio steht am Fenster und raucht. Er betrachtet die Lichter der Stadt. Tarantinos Imperium dort draußen ist weitestgehend unbeschadet davongekommen. Klar, sie haben ein paar Wohnungen beschlagnahmt, den einen oder anderen kleinen Fisch eingelocht, doch das Räderwerk ist so gut geölt, dass es immer noch arbeitet. Ganz abgesehen von Engelsgesicht, der seine Unternehmungen selbst aus dem Gefängnis heraus problemlos lenkt.

Das Telefon klingelt.

»Guten Abend, Dottore. Hier ist die Zentrale des Polizeipräsidiums. Ich habe hier einen Mann, der Sie unbedingt sprechen will, jetzt.«

»Sagen Sie ihm, er soll morgen wieder anrufen, wenn ich im Büro bin.«

»Das habe ich ihm gesagt, aber er meint, er hätte sehr wichtige Informationen für Sie und es wäre sehr dringend …«

Antonio seufzt.

»In Ordnung, stellen Sie ihn durch.«

»Mögen Sie das Landleben, Commissario?«

»Mit wem spreche ich?«

»Oh, nicht schon wieder …«

»Du also wieder.«

»Ja. Beim letzten Mal war ich doch sehr nützlich, oder?«

»Was willst du?«

»Ihnen einen Hinweis geben.«

»Warum?«

»Ich habe meine Gründe. Sind Sie interessiert?«

»Kommt drauf an.«

»Cesare Argenta.«

Santi zögert kurz.

»Red weiter.«

»Ich weiß, wo ihr ihn festnehmen könntet.«

»Du musst deutlicher werden.«

»Wie gesagt, mögen Sie das Landleben?«

»Überhaupt nicht.«

»Schade, Sie sollten es lieben. Gute Luft, gesundes Essen ...«

»Hör auf mit dem Scheiß. Spuck die Kröte aus.«

»Es gibt da ein Bauernhaus, inmitten von Korn- und Reisfeldern ...«

»Wo?«

»Ach, nun sind Sie allmählich doch interessiert, was, Commissario?«

4.

»Einen guten Tag erkennt man am Morgen, nicht wahr?«

Frank Dreifinger ist tot. Nach langer Krankheit hat er in der vergangenen Nacht in einem Krankenhaus in Nevada das Zeitliche gesegnet.

Agostino erfährt es durch einen Anruf von U' Curtu höchstpersönlich, der ihm diese freudige Nachricht überbringt.

»Mein Lieber, nun sind die Lichter von Las Vegas für immer erloschen für diesen Dreckskerl von Dreifinger-Frank. Jetzt gibt es niemanden mehr, der seine Hand über Tarantino hält, das ist deine Chance. Vorausgesetzt, du hast Eier genug, dir den rivalisierenden Hahn vom Hals zu schaffen. Hast du?«

Noch bevor er die gute Nachricht voll ausgekostet hat, erreicht ihn schon die nächste. Diesmal sind Castorino und Turinella die Überbringer, seine alten Kumpel aus der Zeit der Banküberfälle, die Ebale als seine Leibwächter übernommen hat.

»Heute Nacht haben sie versucht, den Vizekönig einzulochen, aber er konnte entkommen«, berichtet Turinella, während alle drei über den Corso Italia flanieren.

»Ach ja?«, fragt Ebale betont desinteressiert.

»Scheint so. Das Gerücht gab es zumindest vor kurzem im Wettsaal.«

»Und was hört man sonst noch?«

»Na ja, die Bullen scheinen das Landhaus umstellt zu haben, wo er sich versteckte. Aber als sie dann reingingen, war er nicht mehr da.«

»Das glaube ich«, witzelt Castorino. »Der schläft nachts nie. Alte Schule, er weiß, wenn die Bullen dich überraschen wollen, dann im Morgengrauen. Er hat sie kommen sehen und ist über die Felder geflohen auf Nimmerwiedersehen.«

»Scheißbullen«, brummelt Ebale, »völlige Nieten.«

»Was?«

»Nichts, nichts.«

»Sicher, Agostino? Du müsstest mal dein Gesicht sehen.«

»Ich bin müde. Besser, wir kehren um.«

»Und was ist mit unserem Kaffee?«

»Den mach ich euch mit der Espressomaschine. Verschwinden wir.«

Agostinos Hirn arbeitet; ihm ist klar, dass Argenta nicht blöd ist: Er wird wissen, dass ihn jemand verraten hat, und sein erster Gedanke wird ihm gelten. Die Entscheidung ist gefallen: Cesare Argenta muss sterben.

5.

»Sie müssen begreifen, dass der Wind sich gedreht hat.«

»Sicher, Agostino, aber wie sollen wir Argenta denn abservieren?«

Ebale lächelt. Darüber hat er den ganzen Tag nachgedacht und schließlich, während die Kugel im Roulette tanzte, eine Lösung gefunden. Das Spielcasino ist gut besucht, und er schüttelt zur Begrüßung eifrig Hände und lächelt in die Runde.

Giuffrida geht neben ihm her, und sobald sie an einem Bartischchen sitzen, nimmt er das Gespräch wieder auf.

»Also, was hast du vor?«

»Für einen dicken Fisch braucht man einen fetten Köder. Und den habe ich: das Goldhändchen.«

Der Kumpel runzelt die Stirn: »Sitzt der nicht in Rom im Gefängnis?«

»Genau. Und seiner Frau geht es leider nicht besonders. Du weißt, wie das ist. Kokain ist teuer, und sie hat sich verschuldet … Und nun sitzen ihr die Halsabschneider im Nacken, und sie weiß nicht mehr weiter …«

»Und du weißt es?«

Agostino bricht in Gelächter aus.

»Ja, denn ich habe ihr das Koks verkauft, und die Wucherer sind auch meine Leute. Er kann nicht nein sagen.«

Am nächsten Morgen ruft Argenta von seinem neuen Versteck aus Goldhändchens Frau an. Er und ihr Mann kennen sich seit Ewigkeiten. Sie sind zusammen in Lambrate aufgewachsen, fast wie Brüder. Jetzt sitzt er im Regina Coeli, und wenn Cesare seine Frau unterstützen kann, will er das gerne tun.

»Ich habe gehört, dass du nach mir suchst.«

»Ja, ich will dir ein Geschäft vorschlagen«, erwidert sie.

»Welche Art von Geschäft?«

»Nerz, eine ganze Ladung gestohlener Pelzmäntel. Sie kommen übermorgen an, aber ich habe nicht genug Geld, sie zu bezahlen. Und ich brauche jemanden, der für mich bürgt.«

»Goldhändchens Familie ist meine Familie.«

Sie verabreden sich für denselben Abend in einer Bar in der Nähe von San Vittore.

Als Argenta das Lokal betritt, regnet es draußen. Er ist allein, doch in seinen Jackentaschen trägt er wie immer ein paar Knarren bei sich. Da er etwas zu früh ist, bestellt er am Tresen einen Sambuca und schaut sich um.

Eine hässliche Bar, ebenso wie ihre Besucher. Ein paar Typen unterhalten sich an einem Tisch, während der Inhaber besorgt um sich blickt.

An der Wand lehnt ein weiterer Mann in langer Jacke, den Hut in die Stirn gezogen, und raucht.

Der Vizekönig begreift im Nu, dass er hier echte Probleme bekommen kann, also tut er unbeteiligt und geht an den Toiletten vorbei durch die Hintertür nach draußen.

Damit hat man gerechnet. Im Freien erwarten sie ihn zu fünft, der Mann mit Hut stößt auch noch dazu.

»Ebale, du verfluchter Hurensohn«, knurrt Argenta und rennt los. Seine Knarren lässt er stecken, sie könnten gegen dieses Exekutionskommando nichts ausrichten.

Seine Verfolger eröffnen das Feuer. Argenta versucht, hinter einem Alfa Coupé in Deckung zu gehen, der von Projektilen durchsiebt wird. Fensterscheiben zerspringen, dann die Rückspiegel und die Reifen.

Er erwidert das Feuer, doch es ist, als trete man mit der Steinschleuder gegen einen Panzer an.

Er hat nur eine Chance, sich zu retten: sein geparktes Auto erreichen und fliehen.

Er holt Luft, beugt sich vor und gibt eine Salve auf die Gegner ab, damit sie in Deckung gehen.

Dann sprintet er auf seinen roten Fiat 132 zu.

Die erste Kugel trifft ihn in die linke Schulter. Er läuft weiter. Dann fühlt er einen Stich im Rücken, gefolgt von zweien in der rechten Schulter.

Er ist fast beim Wagen.

»Die Kugel, die mich erschießt, ist noch nicht hergestellt«, knurrt er.

Eine Salve trifft ihn an den Beinen, und er stürzt zu Boden.

Eine Sekunde später kommt Giuffridas Grinsen in sein Blickfeld und die Mündung einer .38.

»Endstation, Argenta. Du brauchst nicht mehr zu rennen.«

»Ich brauche gar nichts, außer die Zeit zu sterben, du Bastard.«

»Die ist jetzt gekommen.«

Der Regen fällt in dichten Tropfen, und die Kugel bohrt sich direkt in sein Herz.

Wenige Meter entfernt spritzt ein Auto vorbei, aus dem Radio ertönt über den nassen Asphalt Patty Smiths Stimme mit *Because the night*.

Die Nacht verschlingt die Stadt

1.

»Acht Jahre.«

Ein Richter mit faltigem Gesicht und dicken Brillengläsern verliest ohne sichtbare Gefühlsregung das Urteil.

Tarantino schweigt, während sein Anwalt leise auf ihn einredet.

»In der Berufung läuft es besser. Ganz sicher.«

Während über der Stadt sintflutartiger Regen niedergeht, denkt der Verurteilte an die lange Zeit, die er hinter Gittern verbringen wird. An Cesare, der wie ein Straßenköter abgeknallt wurde. Und an Zio Frank, seinen Vater, der in einem Krankenhaus in Las Vegas an Darmkrebs gestorben ist.

Andere an seiner Stelle würden verrückt werden. Er nicht. Er ist der Mann, der aus Mailand ein Klein-Las-Vegas gemacht hat. Er ist Engelsgesicht und wird sich niemals beugen.

›Wer mich unter die Erde bringt, muss erst noch geboren werden. Und wenn er kommt, bin ich bereit: Ich habe alle Zeit der Welt, nur nicht die Zeit zu sterben.‹

Letztlich ist das Leben in der Zwei gar nicht so schlecht. Fast ein Jahr hat er hier schon verbracht. Er verfügt über eine Einzelzelle in Flügel V, und man behandelt ihn wie einen Adligen. Fast alles, wonach sein Herz begehrt, kann er von außen kommen lassen. Manchmal sogar ein Mädchen, das ihm den einen oder anderen Gefallen tut, was ihn allerdings angesichts des zu schmierenden Räderwerks fast einen Kleinwagen kostet.

Vergangene Nacht hat er tatsächlich ein bisschen was investiert in ein fröhliches Vergnügen nach dem Tiefschlag der Urteilsverkündung, und nun liegt er nach ein paar Lines Kokain entspannt auf seiner Liege.

»Ich sehe, Sie lassen es sich gutgehen, Signor Tarantino.«

Der da spricht, ist ein durchschnittlich aussehender Typ mit kastanienbraunem Haar und dunkler Krawatte, neben ihm ein anderer Mann mit Pockennarben und Spitznase.

»Ich kann nicht klagen«, erwidert Frank und setzt sich auf. »Wer zum Teufel seid ihr?«

»Wir wollen Ihnen einen Vorschlag machen.«

Tarantino mustert sie. Zwei Typen, die ungestört und ohne Aufseher durch das Gefängnis spazieren, können nur eins bedeuten: Ärger.

»Was will denn der Staat von mir?«

Der Größere schließt die Zellentür auf.

»Welcher Staat? Wir sind nicht offiziell hier.«

Und der Kleine setzt eilig hinzu: »Wir wollen uns nur mit Ihnen unterhalten. Hätten Sie denn etwas Zeit für uns?«

»Scheiße, du redest wie eine alte Tante. Willst du vielleicht noch Kekse und ein Tässchen Tee?«

Die zwei Männer wirken irritiert. Engelsgesicht sitzt immer noch auf seiner Pritsche, während sie stehen.

»Wie ihr seht, mehr Platz ist hier nicht. Ich würde euch ja gern einen Sessel anbieten und ein paar Zigarren, aber wir sind nun mal nicht im Grandhotel.«

»Zigarren haben Sie bestimmt«, erwidert die Bohnenstange. »Und was den Komfort in diesem Gefängnis anbelangt, würde ich mich an Ihrer Stelle nicht beschweren, denn es könnte auch viel schlimmer kommen ...«

Frank springt auf und stemmt seine Stirn gegen die des anderen, als wolle er ihn auf die Hörner nehmen.

»Was soll das, Trottel, willst du mir drohen?«

»Nein, Signor Tarantino, es war nur ein Rat«, erwidert der und bleibt ruhig. »Sehen Sie, Ihre Lage könnte sich, sagen wir, verändern.«

Engelsgesicht setzt sich wieder und zündet sich eine Zigarette an.

»Ach ja? Und wovon hängt das ab.«

»Davon, wie stark Sie kooperieren.«

Frank stößt Rauchringe aus. Mit belustigter Miene.

»Tatsächlich. Ihr wisst aber schon, mit wem ihr zwei kleinen Arschlöcher es hier zu tun habt?«

»Sehr genau sogar. Deswegen wollen wir Ihnen ja auch ein Angebot machen.«

Tarantino steht wieder auf und mustert sie. Die zwei Männer erwidern den Blick des Bosses.

Wären sie draußen, in einem seiner Clubs oder auch nur einer tristen Bar in Lambrate, lägen sie längst jammernd auf dem Boden und würden ihn anflehen, sie zu verschonen.

»Ich höre«, seufzt er schließlich und lässt sich wieder auf die Pritsche sinken.

»Sehr gut«, fährt der Kleine mit gedämpftem Tonfall fort. »Ich vermute, Sie haben mitbekommen, was dem Abgeordneten Aldo Moro zugestoßen ist.«

Endlich begreift Engelsgesicht. Die Nachricht ist im Übrigen noch ganz frisch: Vor knapp zwei Wochen, am 16. März, während im Parlament Ministerpräsident Andreotti gerade die Mannschaft seiner vierten Regierung vorstellte, wurde der Wagen, der den Onorevole Aldo Moro, Präsident der Christdemokratischen Partei DC, zur Abgeordnetenkammer bringen sollte, von einer Abordnung der Roten Brigaden gestoppt. Die fünf Leibwächter wurden brutal erschossen und Moro entführt. Während sie hier redeten, machten die Roten Brigaden ihm den Prozess, um ihn am Ende als schuldig zu verurteilen.

»Das Land durchlebt eine Zeit großer Spannungen ...«, erklärt der Kleine gerade, was den Boss herzlich wenig interessiert.

»Das ist es also!«, stößt Frank aus. »Ihr wisst nicht, wo euer Politiker geblieben ist, und wollt meine Hilfe. Habe ich recht?«

Die zwei Männer nicken leicht verlegen.

»Ich würde es anders formulieren, aber ... Ja, wenn Sie uns helfen, Moro lebend zu finden, werden wir uns zu revanchieren wissen.«

»Redet Klartext! Ich habe keine Zeit für Spielchen. Außerdem regt mich euer Besuch hier langsam auf.«

»Um es kurz zu machen, Sie müssten, ähm, wie soll ich sagen ...«

Die Bohnenstange kommt dem Kleinen zu Hilfe.

»Sie müssten Schlägertrupps organisieren, die aus den in diesem Gefängnis eingesperrten Rotbrigadisten alles herausprügeln, was sie wissen. Jede noch so kleine Information kann kostbar sein.«

»Ihr wollt, dass ich Häftlinge schlage? Mit anderen Worten sie foltere?«

»Das haben Sie gesagt.«

»Und was bekäme ich dafür?«

»Oh, also, Sie hätten Hafterleichterungen und Haftverkürzung. Acht Jahre sind eine lange Zeit für jemanden, der so viele Interessen verfolgt wie Sie ...«

Tarantino legt sich den Zeigefinger auf die Lippen und nickt langsam mit dem Kopf, als überlege er.

»Nicht schlecht.«

»Ja, wir halten das auch für ein sehr großzügiges Angebot.«

»Sehr, sehr großzügig«, legt der Kleine noch eins drauf.

Da kann sich Frank nicht mehr zusammenreißen, er versetzt den beiden einen Stoß, dass sie mit dem Rücken gegen die Zellentür prallen.

»Raus hier, ihr Arschlöcher, bevor ich euch in eure feisten Hintern trete. Verschwindet! Für wen haltet ihr mich? Niemals würde ich Leute foltern für einen Monat weniger Knast. Ihr seid der größte Scheißhaufen, der mir je untergekommen ist. Außerdem würde ich der Polizei niemals einen Gefallen tun. Verstanden? Nie!«

Schnell schließt der Lange die Zelle zu.

»Schade, Signor Tarantino.«

»Weg hier, ihr Dreckskerle.«

Die beiden Männer verschwinden wortlos.

Innerhalb der nächsten Stunden kommt ihm über Bekannte und den Knastfunk zu Ohren, dass derselbe Vorschlag zur Kooperation am Nachmittag auch seinen Freunden von der Magliana unterbreitet wurde und auch dem Professore, zu dem die Kontakte sich auf ein Minimum reduziert haben, seitdem sich Tarantino geweigert hat, ihn bei den Spielhöllen mitmischen zu lassen.

»Eine schlechte Nachricht kommt selten allein«, seufzt Engelsgesicht, als am Abend mit dem Löschen der Lichter ein Wärter mit dem Schlagstock gegen sein Zellengitter schlägt und ihm zuraunt: »Du kannst schon mal packen, Franco. Morgen wirst du verlegt. Anordnung von oben. Tut mir leid.«

2.

»Frank wurde nach Rebibbia verlegt.«

Als die Neuigkeit Ebale erreicht, muss er unwillkürlich zufrieden grinsen: Argenta unter der Erde und Tarantino im römischen Exil, das macht Agostino automatisch zum unangetasteten Herrscher über das mailändische Glücksspiel. Natürlich fehlt ihm noch Engelsgesichts Einverständnis, doch der Catanier ist überzeugt, dass es nicht lang auf sich warten lässt: Wenn er erst Avvocato Damiani getroffen hat, wird die neue Ordnung sich offiziell verbreiten.

Für ihn beginnt nun eine neue Ära. Aus diesem Grund versammelt er alle seine Männer in der Via Panizza.

»Die Zeiten des Rumballerns auf der Straße sind vorbei«, verkündet er. »Von heute an müsst ihr euch wie anständige Leute benehmen. Ich will, dass ihr ordentlich ausseht, mit Jackett und Schlips wie Bankangestellte. Schluss mit den Lederjacken, den offen getragenen Knarren und dem ganzen billigen Ganovenquatsch.«

Turinella verzieht düster die Augenbrauen.

»Bist du sicher, dass es dir gutgeht, Agostino?«

Der nickt ernst, zieht seine Smith & Wesson hervor und wirft sie auf den Schreibtisch.

»Schluss mit der Artillerie. Ab jetzt benutzen wir unsere Köpfe, und die Schießeisen bleiben unter Verschluss, an einem sicheren Ort. Dann kommt niemand auf die Idee, jemanden umlegen zu müssen. Haben wir uns verstanden?«

»Übertreibst du es jetzt nicht ein bisschen?«, wendet Giuffrida ein.

»Nein, ich denke an die ganzen Einnahmen, die uns durch Argentas Aufschneiderei und Gangstergehabe verlorengegangen sind. Die Polizei sitzt uns im Nacken.

Jetzt, wo sie wissen, dass Frank im Knast ist, wittert das Kleingetier Morgenluft. Mit dem Ergebnis, dass die Leute Angst haben und abends nicht mehr ausgehen. Ist euch das nicht aufgefallen? Um Mitternacht, wenn das letzte Kino schließt, wird Mailand zur Geisterstadt. Heruntergelassene Rollläden, leere Restaurants, Leuchtreklamen aus. Das kann so nicht weitergehen! Selbst die Nutten auf der Via Larga und der Piazza San Babila machen dann Feierabend, weil keiner mehr kommt. Ihr könnt jetzt abhauen.«

Vom nächsten Abend an geht er mit gutem Beispiel voran und ändert seinen Kleidungsstil. Anzüge in grauen oder gedeckten Farben, ausnahmslos. Bevor der Laden aufmacht, bindet er sich den Schlips um und erwartet dasselbe von seinem Personal.

»Wer hier hinkommt, muss sich sicher fühlen, versteht ihr? Er muss sicher sein, dass diese Spielbank ein Ort mit Klasse ist, wo man unbeschwert den Abend verbringen kann.«

Die wahre Revolution jedoch stellen die von Ebale geänderten Öffnungszeiten dar.

»Ab heute machen wir um acht Uhr abends auf und um acht Uhr morgens zu, keine Minute später, o. k.? Und Schluss ist jetzt auch mit Zahlungsaufschub und Schecks: Ab heute zählt hier nur noch Bares.«

Der neue Kurs, vor allem die Sache mit den Zeiten, kommt sofort den sizilianischen Verbündeten zu Ohren. Kurz darauf hat Ebale U' Curtu persönlich in der Leitung, der nach Aufklärung verlangt.

»Agosti', wir hatten nicht die Absicht, mit dir Geld zu verlieren, klar?«

»Das werdet ihr auch nicht.«

»Nein?«

»Nein. Ich handele nur im Interesse unserer Kunden. Ich will es dir erklären: Früher waren die Spielhöllen rund um die Uhr geöffnet, vierundzwanzig Stunden am Tag. Alle glaubten, dass man so am meisten verdient.«

»Ist aus dir jetzt irgend so ein Scheißwirtschaftsexperte geworden?«

»Warte. Es war nämlich gar nicht so. Auf lange Sicht haben selbst die Spieler mit viel Geld alles verloren, sogar mehr, als sie hatten. Sie fingen mit Wechseln an, die nicht eingelöst wurden, und wir mussten mit üblen Manieren die Fehlbeträge eintreiben.«

»Und was soll das heißen?«

»Für mich ist das selbstmörderisch. Wenn wir so weitermachen, müssen wir bald zumachen, weil uns die Kunden ausgehen. Mit den neuen Öffnungszeiten jedoch lassen wir sie ab und zu durchatmen …«

»Durchatmen?«

»Ja doch: Sie müssen immer ein bisschen Geld in der Tasche zurückbehalten, so dass sie am nächsten Tag wiederkommen und sich erneut ausnehmen lassen!«

3.

An den heruntergelassenen Seitenfenstern des Alfetta fliegt Mailand vorbei, der Mai zeigt sich von seiner milden Seite. Was das Wetter anbelangt. Ansonsten ist das Klima in der Stadt rau. Anschläge und Schießereien sind an der Tagesordnung. Santi und Cammareri befinden sich auf dem Weg nach San Vittore, um einen Häftling zu verhören. Das Mitglied der neofaschistischen Terrorgruppe NAR wird verdächtigt, an einem Mordfall im Sozialzentrum Leoncavallo beteiligt gewesen zu sein, bei dem vor eineinhalb Monaten zwei junge Männer von acht Pistolenschüssen durchsiebt wurden.

»Haben Sie was dagegen, wenn ich das Radio anmache?«
»Nein, mach nur.«

… Wir unterbrechen das Programm für eine Sonderausgabe der Radionachrichten …

… wurde heute Morgen in Rom der Leichnam des Onorevole Aldo Moro aufgefunden. Er lag im Kofferraum eines roten Renault 4 in der Via Caetani …

… liegt der Fundort genau auf halbem Weg zwischen Piazza del Gesù, der Zentrale der Christdemokratischen Partei Italiens, und der Via delle Botteghe Oscure, dem Sitz der italienischen Kommunisten …

Die zwei Polizisten wechseln einen Blick.
»Halt mal an«, befiehlt Santi. »Da, da sind zwei Telefonzellen. Ich muss telefonieren.«
»Dann mache ich auch einen Anruf.«
»In Ordnung.«

Santi wirft die Telefonmünze ein und wählt seine Nummer von zu Hause.

Es ist Carlas freier Tag, und tatsächlich geht sie nach dem ersten Klingeln ran.
»Hast du es schon gehört?«
»Ja, schrecklich. Sie haben es gerade im Fernsehen gebracht. Mein Gott, ich kann es noch gar nicht fassen. Was wird denn jetzt passieren?«
»Keine Ahnung. Ich fahre gleich ins Präsidium zurück. Wir reden heute Abend weiter, o. k.?«

»Ja, klar. Wie geht es dir?«

»Gut. Ich wollte dir nur Bescheid geben. Bleib heute lieber zu Hause, o. k.?«

»Nein, ich hole Beatrice von der Schule ab. Ich habe Angst, bei allem, was passiert …«

Santi will nach dem Grund fragen, lässt es aber bleiben. Mutterinstinkt, wahrscheinlich.

»In Ordnung. Umarme die Mädchen von mir.«

Als er auflegt, steht Ispettore Cammareri vor ihm, mit angespannter Miene und Tränen in den Augen.

»Ich habe gerade mit zu Hause gesprochen …«

»Ist etwas passiert?«

»Ich bin doch aus dem süditalienischen Cinisi, das wissen Sie ja, oder? Heute wurde ein Freund von mir ermordet. Er hieß Peppino Impastato. Er unterhielt einen Radiosender, Radio Aut. Er zeigte die Mafia an. Er nannte Vor- und Nachnamen, völlig angstfrei. Jetzt haben sie ihn für immer zum Schweigen gebracht.«

»Das tut mir sehr leid, Salvo. Ich weiß, wie es ist, einen Freund zu verlieren.«

Jetzt weint der Ispettore.

»Mein Freund war auch Dichter. Wirklich. Ein Gedicht von ihm kann ich auswendig, es passt perfekt in diese dunklen Tage. *Stumme Straßen, ergebene Blicke: Die Nacht verschlingt die Stadt.*«

»Die Nacht verschlingt die rote Stadt.«

VIERTER TEIL

Redde rationem

Der neue König von Mailand

Pax Iulia

1.

Die Krankenstation ist sauber und einladend. Vandelli befindet sich nun schon seit so vielen Wochen hier, dass er sich fast an sie gewöhnt hat. Drei Mal wurde er operiert, weil die Gesäßbacke sich entzündet hatte. Schuld war ein Kugelsplitter, der dank des unfähigen Knochenbrechers noch in seinem Körper steckte. Nun scheint aber alles in Ordnung. Roberto muss sich beim Gehen zwar nach wie vor mit einer Krücke behelfen, doch der stechende Schmerz, der ihn so lange begleitet und ihm den Schlaf geraubt hat, ist fast vollständig verschwunden.

Außerdem lebt es sich in dem römischen Gefängnis wie – mit den Worten der Einheimischen – »die Crema auf dem Espresso«. Rebibbia ist Hauptstadtgefängnis und als solches schon viel offener und lebenswerter. Auf seinen Fluren wird diskutiert und politisiert, das hört und spürt man überall. Auch die Wärter wirken menschenfreundlicher, lassen die Dinge gerne mal laufen. Es gibt weder Prügeleinheiten noch Strafmaßnahmen zur Abschreckung.

Roberto wird aufgrund seiner Unternehmungen mit Respekt behandelt. Im Fernsehen ist er seit seiner Festnahme zu einem regelrechten Star geworden. Als Santi ihn in Handschellen aus dem Haus in der Via Volusi führte, liefen sie einem Kamerateam der Nachrichtensendung TG1 in die Arme – mit Sicherheit informiert über ein schnelles Gezwitscher aus dem Hauptstadtpräsidium.

Er gab ein kurzes Interview, das aber wie ein Lauffeuer durch die Rai-Nachrichten verbreitet wurde. Die knappen Antworten, die Großaufnahme seines Grinsens, die grünen Augen, die trotz der Schwarzweißbilder hervorstechen, verschaffen ihm eine enorme Popularität, die sich auch in den unzähligen Briefen niederschlägt, die er Tag für Tag bekommt.

»Hier, Robbè, heute wieder siebenhundert Briefe. Was machst du nur mit den Frauen?«

Der Häftling, der die Post verteilt, stellt ihm kopfschüttelnd den Postsack vor die Füße.

Es sind fast nur Frauen, die ihm schreiben. Und neben ihren intimsten und geheimsten Gedanken, die den Banditen nicht weiter interessieren, findet sich auch alles andere in den Umschlägen. Erotische Polaroidbilder, untertitelt mit »Nur für deine Augen«, feuerrote Slips mit der Botschaft »Getragen für dich« und so weiter.

Bei diesen Briefen, handgeschrieben und oftmals mit Parfüm benetzt, kann jemand, der in absoluter Klausur und gezwungenermaßen abstinent lebt, schon mal den Kopf verlieren.

Vandelli dreht den Sack um und leert den Inhalt auf das Bett. Auf gut Glück greift er nach einem Brief. Ein rosafarbener Umschlag, ohne Foto, nur ein Zettel, auf dem mit feiner, ordentlicher Handschrift geschrieben steht:

»Lieber Roberto,

obwohl ich Dich nicht kenne, muss ich immer an Dich denken. In diesem Augenblick schläft mein Mann, und ich bin hier, wach, und denke an Dich. Ich trage schwarze Unterwäsche, und mein schlimmes Händchen will einfach nicht stillhalten ...«

Vandelli wird von einem Pfleger unterbrochen, der ihm seine Medikamente bringt. Und den neusten Tratsch.

»Weißt du, Robbè, wer noch zu Besuch kommt? Dein Freund Engelsgesicht. Heute Abend. Ihr werdet einen Heidenspaß haben, da verwette ich meinen Arsch drauf.«

2.

Die Bar hat Klasse und liegt in direkter Nachbarschaft zu dem Haus, wo früher der Brera Bridge Club war, bis die Tarantino-Bande ihn vernichtete.

Daran denkt Agostino, während er an seinem Grappa nippt und mit erhobenen Augenbrauen Damiani lauscht.

»Frank ist unzufrieden damit, wie du die Geschäfte führst.«

Direkt auf den Punkt. Scharf wie eine Rasierklinge.

»Frank weiß doch, wie die Dinge laufen. Und es interessiert mich einen Scheißdreck, wenn er denkt, aus dem Knast heraus machen zu können, was er will. Mailand muss man ausquetschen wie eine Zitrone, das muss er sich klarmachen.«

Der Anwalt hört ihm regungslos zu.

»Du weißt, wie viel Macht Tarantino noch hat, oder?«

Ebale schüttelt den Kopf.

»Vielleicht habe ich mich nicht klar genug ausgedrückt,

Avvocato. Ich kann diese Stadt übernehmen, wann und wie es mir gefällt. Ich habe Freunde …«

»Die, die den Vizekönig abserviert haben?«

Damianis giftiger Seitenhieb erstaunt Agostino, doch er geht nicht darauf ein.

»Lassen wir Argenta beiseite«, erwidert er und wedelt mit der Hand. »Ich habe mit der Sache nichts zu tun und wollte nie, dass es so kommt. Jetzt geht es um mich, Frank und die Spielcasinos.«

»In Ordnung. Was schlägst du vor?«

»Wenn alles gutgeht, kommt er in sieben Jahren aus dem Knast, und wenn er nicht auf die richtigen Männer setzt, wird er nur noch einen Trümmerhaufen vorfinden. Die Leute stehen doch schon Schlange, um ihn abzulösen.«

»Und du ganz vorne, stimmt's?«

Der Catanier tut völlig überrascht, als sei ihm diese Möglichkeit noch nie in den Sinn gekommen.

»Ich würde doch niemals einen Freund im Stich lassen! Aber ich finde es natürlich nur gerecht, dass meine Arbeit auch fair entlohnt wird.«

»Und was wäre deiner Meinung nach eine faire Entlohnung?«

»Fifty-fifty-Partner zu werden.«

Der Anwalt reißt die Augen auf.

»Habe ich richtig gehört? Du möchtest tatsächlich, dass ich Engelsgesicht vorschlage, dass ihr sämtliche Einkünfte hälftig aufteilt?«

Agostino lächelt zufrieden.

»Das wäre für alle die optimale Lösung.«

3.

»Dieser Hund von Catanier hat komplett den Verstand verloren!«

Tarantino bleibt vor Erstaunen zunächst die Spucke weg, dann wird er so laut, dass der Aufseher ermahnend gegen die Glasscheibe des Besucherraumes klopft.

»Das glaube ich auch«, bestätigt Damiani, der extra nach Rom gereist ist, um die Botschaft persönlich zu überbringen.

Frank denkt einen Augenblick schweigend nach. Er kann es noch immer nicht fassen, dass dieser kleine Wurm nach dem Tod von Argenta, seinem designierten Erben, einen derartigen Vorschlag wagt. Was seinen Verdacht weiter nährt, dass Ebale hinter dem Verbrechen steckt.

»Und?«, fragt ihn der Anwalt vorsichtig.

»Mit diesem Arschloch mache ich doch keine Geschäfte, das kann er knicken.«

»In Ordnung. Aber lassen wir ihn einfach so gehen? Und wen setzen wir dann an die Spitze des Glücksspiels?«

Engelsgesicht seufzt. Er fühlt sich wie ein Löwe im Käfig, der sich mit konkurrierenden Losern abgeben muss, die unter anderen Umständen niemals den Mut hätten, aufzubegehren.

»Wir machen Folgendes«, fährt er fort. »Du lässt dem Verräter die Bank auf der Via Panizza. Er bekommt vierzig Prozent der Einkünfte. Die anderen führen wir auf unsere Art, verstanden?«

»Wie du willst, Frank.«

»Ach, und sag ihm, dass ich keinen meiner Männer mehr liegend auf dem Boden sehen will. Sonst herrscht Krieg.«

Die Unterhaltung ist zu Ende, und Tarantino soll in seine Zelle zurückgebracht werden, als Roberto Vandelli den kleinen Besuchssaal betritt, um seinen Anwalt zu sprechen. Er stützt sich auf zwei Krücken und sieht müde aus.

Sowohl die Wachen als auch die Anwälte erkennen sofort, was hier passiert, und stellen sich dazwischen. Die Spannung steigt, doch Engelsgesicht wie auch der Comasina-Bandit bedeuten ihnen, dass alles in Ordnung ist.

»Gebt uns eine Minute«, bittet Frank, und niemand wagt es, ihm den Wunsch abzuschlagen.

Tarantino spricht als Erster.

»Wen haben wir denn da: meinen Feind. Schlecht siehst du aus, Alter! Sieh zu, dass deine Arschbacke wieder heilt, mit dem Roten Kreuz prügel ich mich nicht.«

»Keine Sorge, um meinen Hintern kümmere ich mich schon. Aber was ich so höre, läuft in Mailand nicht alles nach deinen Plänen, was? Scheinst dir wohl eine Viper ins Nest geholt zu haben?«

Die beiden sehen sich schweigend an.

»Was machen wir jetzt, Roberto?«

Vandelli zuckt die Schultern.

»Soweit ich das sehe, sitzen wir beide im Knast. Und es hat wenig Sinn, sich hier drinnen zu bekriegen. Davon profitieren nur die Wärter und die Verräter da draußen. Ich und du, wir haben viel zu verlieren.«

Engelsgesicht hört aufmerksam zu. Ihre Zeit läuft ab.

»Darüber reden wir noch mal.«

»Wann immer du willst.«

Am nächsten Tag beim Hofgang sprechen sie weiter. Zwei ihrer Männer sorgen dafür, dass sie nicht gestört werden und keine fremden Ohren ihre Unterhaltung belauschen.

Wiederum eröffnet Tarantino das Gespräch. Dieses Mal hat er das Treffen angeregt.

»Es stimmt, was du gestern gesagt hast. Von diesem Krieg hätte niemand was.«

»Freut mich, das von dir zu hören.«

»Aber wir können die Sache auch nicht auf sich beruhen lassen. Als sei nichts geschehen. Wir müssen ein starkes Zeichen nach draußen senden.«

Jetzt wird Vandelli neugierig.

»Was schlägst du vor?«

»Ich habe einen Plan, mit dem wir ganz Italien von uns reden machen.«

»Sollen wir uns vor laufenden Kameras abschlachten?«

»Schlimmer. Ich will, dass wir Freunde werden und die ganze Welt es erfährt.«

»Du und ich Freunde?«

»Ich hatte schon mit größeren Hurensöhnen als dir zu tun.«

Vandelli grinst.

»Ich auch. Also sollen wir uns vor den Kameras abknutschen?«

Diesmal lächelt Tarantino scheinheilig.

»Nein, aber du wirst jemanden küssen müssen.«

»Wirklich?«

»Du hast doch diese ganzen Liebesbriefe bekommen?«

»Bergeweise, wieso?«

»Das erklär ich dir jetzt. Der Plan wird dir gefallen …«

Engelsgesichts Plan ist so verrückt wie genial. Auf diese Art kann er zeigen, dass er noch immer die Zügel in der Hand hat. Dass er der Boss ist, der selbst aus dem Gefängnis heraus von allen gefürchtet wird. Der sich die Gegner gefügig macht, oder besser noch – zu Freunden und Verbündeten.

393

Als er Vandelli die Details erklärt, traut der seinen Ohren nicht.

»Das ist wirklich der größte Unsinn, der mir jemals untergekommen ist!«

»Nein! Hör auf mich: Du musst heiraten, Roberto. Immerhin bist du schon siebenundzwanzig, da wird es allmählich Zeit, oder?«

»Was redest du da? Hast du was genommen?«

»Hör mir zu. Du heiratest, und ich bin dein Trauzeuge. Stell dir doch nur die Schlagzeilen vor: Der Bandit mit den Eisaugen gibt das Jawort. Engelsgesicht sein Trauzeuge! Darüber wird da draußen geredet. Und dann kapieren die, dass wir auch aus dem Knast heraus immer noch die Nummer eins sind.«

»Und wo finde ich eine, die einen zu ›lebenslänglich‹ verurteilten Häftling heiratet?«

»Ach, Roberto, ein gutaussehender Mann wie du, mit so grünen Augen?«

»Hör bloß auf.«

»Ich weiß, was du machst: Du nimmst dir eine der Briefeschreiberinnen! Tausende von Frauen wünschen sich nichts sehnlicher, als den Comasina-Banditen zu küssen!«

Vandelli schüttelt den Kopf, doch gleichzeitig erscheint ein kleines Lächeln auf seinem Gesicht. Er kommt ins Grübeln. Und Tarantino legt noch einen drauf.

»Du ziehst einfach auf gut Glück drei Briefe. Dann nimmst du Stift und Papier und schreibst allen dasselbe, irgendetwas in der Art: Ich weiß jetzt, dass du die Richtige für mich bist … Willst du mich heiraten? Und die Erste, die einwilligt, hat gewonnen.«

»Du bist verrückt, Frank.«

»Und du, bist du verrückt genug dafür?«

Engelsgesicht hat die richtigen Worte gefunden, um dem Comasina-Banditen zu schmeicheln. Er muss keine besonderen Überredungskünste mehr anwenden. In ihrer Begeisterung einigen sie sich schon auf einen Termin, ohne zu wissen, wer die Braut sein wird!

»Kannst du dir das vorstellen? Du heiratest am Tag der Französischen Revolution.«

»Eine Ehe ist ja auch ein bisschen wie eine Guillotine, was?«

»Das wird behauptet, ja.«

Die beiden wirken, als wären sie schon immer beste Freunde gewesen. Sie lassen sich sogar in eine gemeinsame Zelle verlegen, um in Ruhe die Details zu besprechen.

Die Gefängnisaufseher und Mithäftlinge staunen über das plötzliche Tauwetter zwischen den zwei Bossen. Dabei kennen sie den Plan noch gar nicht!

Am nächsten Morgen gehen Vandellis Briefe raus; drei Frauen bekommen einen Heiratsantrag.

»Das machen die nie«, unkt Roberto.

»Die antworten alle drei, wart's nur ab!«

Tarantino irrt sich. Nach einer Woche kommt eine einzige Antwort, doch die ist positiv.

Vandelli lächelt.

»Meine Zukünftige heißt Giordana!«

»Respekt, alter Freund. Zeig mal ihr Foto. Uh, die ist hübsch. Schade, dass du hier drinnen keinen Spaß mit ihr haben darfst …«

»Darf ich nicht?«

»Na ja, man wird sehen …«

In dem Brief, mit dem Giordana in die Hochzeit einwilligt, gesteht sie Roberto, dass sie sich an dem Tag, als sie ihn bei seiner Festnahme im Fernsehen sah, in ihn verliebt hat:

»Ich war wie vom Blitz getroffen von dir, von deinen hellen Augen … Und ich wusste sofort, dass du die Liebe meines Lebens bist …«

»Jetzt leg endlich den Brief da weg«, meint sein Zellengenosse und reißt ihm das Blatt Papier aus der Hand. »Wir müssen so viel überlegen. Vor allem müssen wir die Gästeliste machen.«

Vandelli grinst.

»In Ordnung. Also, Andreotti darf natürlich nicht fehlen und der Papst auch nicht, was meinst du?«

»Minimum. Warte, ich schreib kurz mit.«

Am Ende stehen über tausend Gäste auf der Liste, Schauspieler, Sänger, Modedesigner, Fußballer …

Eine solche Zeremonie lässt sich unmöglich in einem Gefängnis organisieren. Der Innenminister persönlich muss eingreifen, um die Planung auf den Boden der Tatsachen zurückzuholen. Am Ende fliegen alle VIPs raus und übrig bleiben Anwälte, ein paar Freunde von draußen und ein paar von drinnen. Für die Zeitungen aber sind sie tagelang Thema, auch im Ausland. *Friede zwischen den Bossen* titelt *Il Messaggero*.

Für das Hauptstadtgefängnis ist die Hochzeit das Ereignis schlechthin.

Am Tag der Zeremonie trägt Vandelli ein weißes Jackett, Weste, Silberschlips und eine graue Hose. Die Braut, eingeschüchtert von dem Brimborium, lächelt die ganze Zeit und sagt fast nichts. Sie hat ein weißes Kleid mit einem breitkrempigen Hut an und umklammert einen schneeweißen Blumenstrauß. Der Trauzeuge Frank Tarantino wiederum präsentiert sich im tadellos sitzenden dunkelblauen Zweireiher. Goldringe an allen Fingern und für das Hochzeitsfoto eine Zigarre zwischen den Lippen.

Die Zeremonie ist prachtvoll und gewollt pathetisch. Nach dem Jawort vor dem Gefängnisgeistlichen geht man zu einem üppigen Empfang im Speisesaal des Gefängnisses über.

Die Hochzeitstorte ist zwei Meter hoch, die Batterien Champagnerflaschen unüberschaubar. Bis zum Abend bekommt jeder Insasse in Rebibbia eine Scheibe Hochzeitstorte und ein Glas Champagner. Dazu noch die Süßigkeiten aus der traditionellen Bonbondose mit einer ganz besonderen Form: zwei Ringe, verbunden durch eine Kette.

Der neue König von Mailand

1.

Mit langen Schritten durchmisst Ebale die Enge seines Büros. Er ist nervös, und die drei Lines, die er schon durchgezogen hat, haben seine Nervosität und Paranoia erwartungsgemäß noch gesteigert. Die Antwort aus Rom lässt ganz schön lange auf sich warten, und er gehört keineswegs zu denen, die sich gerne im Zustand der Ungewissheit befinden.

»Bald hast du eine Rille in den Boden gelaufen«, sagt Giuffrida belustigt.

Agostino beachtet ihn nicht. Seit Wochen gilt sein einziger Gedanke Tarantino. Ihm ist völlig klar, dass er weichgekocht wird: Der Boss ist Frank, er befehligt. Zumindest für die Außenwelt, in der Realität ist er selbst sein De-facto-Nachfolger. Aber wenn er nicht irgendetwas Großes zustande bringt, wird er für alle immer nur der Handlanger von Engelsgesicht bleiben.

»Vielleicht war er so mit Vandelli und diesen Clownerien beschäftigt, dass er nicht antworten konnte.«

Der Catanier schüttelt den Kopf.

»Du meinst die Hochzeit? Alles nur Show. Damit will er demonstrieren, dass er die Fäden noch in der Hand hält.«

»Ist das denn nicht so?«

Agostino sieht den Freund skeptisch an, schweigt aber lieber.

Er kann nicht mehr länger warten. Das hat U' Curtu ihn vor zwei Tagen wissen lassen. Die Sizilianer sind noch ungeduldiger als er.

»Wie teilt ihr denn nun das Kleingeld unter euch auf?«

»Ich weiß es noch nicht. Tarantino antwortet nicht.«

»Sieh zu, dass du die Situation klärst. Meinen Freunden gefällt es nicht, wenn es niemanden gibt, der in Mailand kommandiert.«

»Ich kommandiere in Mailand.«

»Ach ja? Das werden wir sehen … Unser Anteil bleibt jedenfalls immer gleich. *U capisti?*«

Das bedeutet dreißig Prozent.

Ebale hat es wieder und wieder durchgerechnet. Hat versucht es so zu schieben, dass alle zufrieden sind. Hat die Scheibe für die Sizilianer abgeschnitten und die Hälfte der Einkünfte an Frank abgeführt – vorausgesetzt, er akzeptiert seinen Vorschlag. Dann blieben ihm selbst zwanzig Prozent, was nicht die Welt ist, aber in Ordnung. Mit weniger kann er jedoch nicht überleben, er hat ja so schon Not, seine Gewohnheiten und den ganzen Stoff zu finanzieren, den er sich in die Nase bläst.

In den letzten Wochen seines Interregnums, während er

auf Antwort vom Boss wartete, hat er schon mal fünfzig Prozent des Gewinns an Tarantino weitergeleitet, als sei bereits alles besiegelt, in der Hoffnung, sich so vor Schwierigkeiten zu schützen. Doch das ist nicht genug.

Das wird ihm am selben Abend klar, als er endlich in der gewohnten Bar in Brera auf Avvocato Damiani trifft, der frisch aus Rom zurück ist.

Der Gesichtsausdruck des Juristen ist ein offenes Buch.

»So geht es nicht, Agostino. Frank will sechzig Prozent der Spielbank in der Via Panizza und hundert aus allen anderen.«

»Unmöglich.«

Damiani beugt sich vor und sieht Ebale ernst an.

»Du kannst nicht machen, was du willst, verstehst du?«

»Ehrlich gesagt, nein. Ich bin es, der hier alles in Gang hält, und die Geschäfte laufen großartig.«

»Es ist nicht deine Angelegenheit. Du verwaltest Tarantinos Imperium. Mehr nicht. Und dafür wirst du bezahlt. Dir steht kein Gewinn zu.«

»Ohne mich würdet ihr nicht eine Lira verdienen. Und das wisst ihr.«

Der Anwalt verzieht keine Miene. Langsam putzt er mit einer Stoffserviette seine Brillengläser. Als er fertig ist, gibt er zurück: »Du wirst für deine Dienste bereits fürstlich entlohnt.«

Agostino kann nicht mehr an sich halten und schlägt die Fäuste auf den Tisch.

»Nein! Entweder Frank überlässt mir fünfzig Prozent von allem oder …«

»Oder was?«, unterbricht der Anwalt ihn drohend.

Ebale wendet den Blick ab und spricht den Satz nicht zu Ende.

Der Anwalt steht auf.

»Frank hält dich für einen Hitzkopf. Komm wieder zu Verstand, oder es nimmt kein gutes Ende mit dir. Klar?«

»Nein, ich akzeptiere keine Befehle mehr.«

»Das werde ich ausrichten.«

Damiani entfernt sich, nachdem er verächtlich einen Geldschein auf den Tisch geworfen hat.

»Du bist eingeladen.«

Agostino starrt reglos auf seinen Negroni, den er nicht angerührt hat. Dieses Gezerre kann so nicht weitergehen. Jeder Tag, der vergeht, zeigt den anderen, dass seine Macht beschränkt ist und er nur eine Marionette in Tarantinos Händen.

Er muss Engelsgesicht eine unmissverständliche Botschaft zukommen lassen. Mit diesem Winkeladvokaten vergeudet er nur seine Zeit, und Zeit hat er nicht mehr.

Unwillkürlich tastet er nach seiner Waffe. Ein überflüssiger Automatismus, denn er trägt sie entgegen seinen Vorsätzen immer bei sich. Dann steht er auf und heftet sich dem Anwalt auf die Fersen.

Die Botschaft, die er Tarantino dieses Mal sendet, wird klar sein, glasklar.

2.

Im Knast herrscht niemals Ruhe, auch nicht nachts. Irgendwo redet immer einer, jemand schnarcht, ein anderer weint. Dann die Schritte der Aufseher, das Klirren der Schlüssel, eine Klospülung.

Für Tarantino war diese Geräuschkulisse noch nie ein Problem.

»Du würdest auch im Bombenhagel schlafen«, zieht Vandelli ihn gerne auf.

So auch in dieser Nacht, als einer der Wächter gegen das Zellengitter schlägt und Frank tief und fest schläft.

Roberto geht zur Tür und hört sich an, was der Mann zu sagen hat, dann schickt er ihn mit einer Handbewegung fort.

Schlechte Nachrichten. Bevor er sie seinem Zellengenossen mitteilt, legt der Ganove vom Giambellino sich noch einen Moment auf seine Pritsche. Nach dem Medienrummel der Hochzeit ist wieder Normalität eingekehrt, um nicht zu sagen die öde Monotonie der Gefängnisroutine. Die erste Ehekrise hatte er auch schon. Als seine Frau das letzte Mal zu Besuch war, haben sie gestritten und beim Gehen hat sie geweint. Roberto hat ihr gesagt, dass er sich weiterhin frei fühlt und immer noch Hunderte Briefe von Verehrerinnen bekommt und weiter mit ihnen korrespondiert, als wäre er nicht verheiratet. Im Übrigen wurde die Ehe bisher nicht vollzogen. Giordana hat ihm gedroht, sich scheiden zu lassen, worauf er meinte, wie sie wolle. Diese Frau ist ihm egal.

Viel kostbarer und eine große Hilfe gegen die Melancholie der immer gleichen Tage ist der Inhalt der gut zehn Pappkartons, die er unter seiner Pritsche aufbewahrt. Außer den Briefen mit »tröstlichen« Polaroidfotos sammelt er dort die ausgeschnittenen Zeitungsartikel, die ihn betreffen. Über fünf Spalten oder ganze Seiten wird von seiner kriminellen Vergangenheit erzählt. Am liebsten sind ihm die Reportagen über die Hochzeit: Von diesem Tag sprach die Welt. Seine Freunde draußen haben ihm den einen oder anderen Artikel aus dem Ausland besorgt, aus deutschen, englischen und französischen Zeitungen. Er und Frank waren ein tolles Gespann, auf einem Foto im *Messaggero* sieht man zwei Bosse, die sich umarmen, elegant gekleidet und ihr Champagnerglas lächelnd dem Fotografen entgegenstreckend. Der Zeitungsausschnitt hängt an der verdreckten Zellenwand.

Im schwachen Neonlicht des Flurs betrachtet Roberto nachdenklich das Bild, dann rappelt er sich auf und beschließt, Tarantino zu wecken.

»Was ist? Habe ich geschnarcht?«

»Nein, mein Bester. Aber ich habe schlechte Nachrichten aus dem Knastradio.«

Frank setzt sich auf und fährt sich mit der Hand übers Gesicht.

»Schieß los.«

»Vor ein paar Stunden haben sie deinen Anwalt Damiani kaltgemacht. Vor seiner Wohnung in Mailand. Der Killer hat ihm eine Kugel in den Kopf gejagt. Tut mir leid, der Mann schien echt in Ordnung.«

Engelsgesicht verliert seine gewohnte Ruhe. Er brüllt und flucht so laut herum, dass die Hälfte der Insassen davon wach wird.

»Das wird der Schuldige mir büßen!«, brüllt er. »Ich will ihn tot sehen, diesen Verräter von Agostino Ebale!«

»Versteh ich gut, mein Alter. Und wenn ich irgendwie helfen kann, gerne. Ab morgen bin ich wieder in Mailand.«

Tarantino besinnt sich einen Augenblick und starrt seinen Zellengenossen düster an.

»Wirst du verlegt?«

Die zwei sehen sich in die Augen. Vandelli hat die Information bis jetzt zurückgehalten, um die gute Stimmung zwischen ihnen nicht zu gefährden. Eine Verlegung ist immer nervenaufreibend und Grund für Anspannungen.

»In ein paar Tagen beginnt der Prozess um die Entführung dieses Mädchens, Nando Tirellis Tochter, weißt du noch? Da muss ich im Gerichtssaal erscheinen.«

»Viel Glück.«

Die zwei Bosse umarmen sich, doch Engelsgesicht zittert immer noch vor Wut.

3.

»Ab heute Abend gibt es keinen Tarantino mehr.«

Diese Worte betet Ebale vor sich hin, während er in den Spiegel schaut, elegant wie nie. Vielleicht übertrieben elegant, denn er sieht aus wie einer dieser vor Ehrgeiz platzenden Yuppies, die seit einiger Zeit die Läden im Zentrum bevölkern. Mit Bedacht hat er den Anzug ausgewählt, graue Nadelstreifen, dazu ein azurblaues Hemd von Bagutta mit Haifischkragen und weißen Manschetten und die Krawatte von Hermès. Ihm ist egal, was die Leute reden: Dies ist ein wichtiger Moment für ihn, seine endgültige Inthronisierung. Für diesen Schritt musste er am Ende einen Zahn zulegen und ist dabei einzig und allein seinem Instinkt gefolgt. Nicht umsonst ist das Glücksspiel sein Metier. Er lebt von Wetten, vom Glück, vom Zufall und vor allem von der Unverfrorenheit. Natürlich war es riskant, in der vorangegangenen Nacht Avvocato Damiani zu folgen. Und noch riskanter war es loszulaufen, als Damiani mit langen Schritten die Via Rubens überquerte. Und am riskantesten war es wohl, ihn gegen den Hauseingang zu drängen und ihm im selben Atemzug ins Gesicht zu schießen, den Blick höhnisch auf seine Augen geheftet.

Riskant, sicher, aber Himmel, hat das gutgetan! Agostino fühlte sich lebendig wie lange nicht, wie in der ersten

Zeit in Mailand, als er mit seinem Stoff unterwegs war und hinter jeder Ecke ein Feind oder ein Abenteuer lauerte. Das Herz hämmerte ihm in der Brust wie seit Jahren nicht mehr! Und wenn er dafür Gefahr lief, selbst eine Kugel in den Kopf zu bekommen, tja, dann war es ihm das eben wert.

»Von heute an lässt sich Agostino Ebale von niemandem mehr herumkommandieren. Und das sollen alle wissen.«

Er hat seine Leute zusammengetrommelt, die unten vor dem Haus auf ihn warten.

Schweigend steigt er in den Wagen, und nur Gianna Nanninis raue Stimme dringt röhrend durch das Wageninnere mit ihrem Song *America*, während sie eine Runde durch die Stadt drehen, die sich als Machtübernahme in ihr Gedächtnis einbrennen soll.

Sie fahren nacheinander alle Spielcasinos ab, von der Via Savona bis Corso Sempione, und allen Beschäftigten – Direktoren, Croupiers, Kellnern – hält Ebale denselben Vortrag. Den er am Nachmittag vorbereitet und sorgfältig vor dem Spiegel einstudiert hat.

»Die Gleichgewichte haben sich verändert. Tarantino hat abgedankt, und ab sofort bin ich euer neuer und einziger Bezugspunkt. Mir legt ihr Rechenschaft ab, mich bittet ihr um Schutz, zu mir kommt ihr, wenn jemand in eurem Laden Randale macht, und vor allem: An mich gehen alle Einnahmen. Wenn jemand nicht mitmachen will, ist er frei zu gehen. Jeder entscheidet für sich.«

Damit die Botschaft klar und deutlich ankommt, tragen seine Männer die Waffen gut sichtbar unter der Jacke. Wie vermutet, muckt niemand auf oder wagt gar Einwände. Im Gegenteil, die meisten gratulieren Ebale und klopfen ihm mit breitem Lächeln anerkennend auf die Schulter, und selbst die Widerspenstigsten senken am Ende den Kopf und pressen ein »in Ordnung« zwischen den Zähnen hervor.

Agostino weiß nur zu gut, dass Engelsgesicht stinksauer sein und seinen Kopf fordern wird. Doch das ist ihm mittlerweile egal: Jetzt herrscht Krieg, und den wird er mit allen zur Verfügung stehenden Mitteln ausfechten.

Am Ende des Abends setzt Ebale sich mit Turinella, Giuffrida und Castorino an einen Tisch im San Quentin, eins der Lokale, in das er kurz nach seiner Ankunft in Mailand immer ging.

Der Unterschied zu früher besteht darin, dass ihn nun beim Eintreten alle erkennen und es still wird. Die Frauen lächeln ihn an, die Männer senken die Köpfe.

Agostino schüttelt Hände und lässt sich vom Geschäftsführer gerne eine Flasche Krug ausgeben.

Als alle sitzen, hebt er zufrieden sein Glas.

»Auf den neuen König von Mailand!«, ruft Giuffrida. Die anderen tun es ihm nach.

Ebale lächelt.

»Heute Abend wird gefeiert«, sagt er. »Ab morgen müssen wir schießen.«

4.

»Erstens: Wir setzen auf Kokain. Im Kokain liegt die Zukunft.«

Ebale zählt seine Ziele an den Fingern der rechten Hand auf. Die anderen lauschen ihm mit ernsten Gesichtern. Sie sind früh aufgestanden für diese Versammlung im Morgengrauen, und nun hängen sie an den Lippen des Bosses.

»Wir werden dafür sorgen, dass in jedem Spielcasino genug Stoff vorrätig ist. Bisher waren die beiden Aktivitäten getrennt. Das wird nun anders. Ich will, dass die Leute, die bei uns ihr Geld verspielen, sich auch mit Koks abschießen. Eine Line plus eine Partie Poker. Und bei Bedarf setzen wir ihnen noch eine Nutte auf den Schoß.«

Giuffrida lächelt bei dem Gedanken an die Geldsummen, die ihnen diese Strategie einbringen wird, die Tarantino immer abgelehnt hatte. Er wollte alles abgrenzen, das eine Business strikt vom anderen trennen.

»Zweitens: die Feuergruppe. Wir allein sind nicht genug, wir würden untergehen in dem Krieg, der zwischen uns und Franks letzten Getreuen ausbrechen wird. Gestern haben sie zwar in den Spielcasinos alle die Köpfe gebeugt, aber von heute an weht ein anderer Wind, da könnt ihr Gift drauf nehmen. Die Nachricht vom Tod des Anwalts und von unserer kleinen Runde durch die Spielcasinos wird auch Rebibbia erreicht haben, und wir müssen alle auf der Hut sein: Wir sind jetzt die Zielscheibe.«

»Wie organisieren wir uns?«, fragt Turinella.

»Ich habe schon alles geplant. Besser gesagt, unsere sizilianischen Freunde haben das getan. Sie müssten schon da sein. Salvo, hol sie rein.«

Giuffrida steht auf und geht zur Tür.

Eine Minute später halten sechs Galgengesichter Einzug in der kleinen Wohnung der Via Larga. Narben, düstere Blicke und der unverwechselbare Umriss von Knarren unter den Jacken. Ihr Boss nennt sich Nino Aiello, von ihm hat jeder schon gehört. Ein kleiner Typ, dünn und sehnig. Schwarzes, pomadeglänzendes Haar und Schnauzbart. Zwölffacher Mord, mit ihm legt man sich besser nicht an.

»Ab jetzt«, fährt Ebale fort, »arbeiten wir zusammen. Sie kümmern sich um meine und eure Sicherheit und sind unsere Feuergruppe gegen Tarantino.«

Agostino tritt zu den sechs Männern und schüttelt allen nacheinander die Hand. Sein kleines Privatheer: Berufskiller, die auf Befehl des Clans töten. Und gegen Geld. Viel Geld, aber das ist jetzt kein Problem mehr.

»Von nun an ist Mailand eure Spielwiese«, endet er zufrieden. »Ihr seid wie ein Stamm von Rothäuten im Wilden Westen, immer auf der Jagd nach Skalpen, nämlich denen von Tarantinos Leuten. Seid meine Indianer!«

Aiello grinst.

»Ich spiele gern Crazy Horse.«

Was kein Witz ist, wie er noch am selben Abend in der Via Panizza unter Beweis stellt.

Um Mitternacht herum erscheint Giorgio Roveri, einer der mittelgroßen Dealer mit einer Leidenschaft fürs Spiel. Ein alter Freund von Engelsgesicht, der früher bei Bedarf immer Kredit bekam.

Er hängt am Roulettetisch, und nach ein paar Runden verlässt ihn das Glück und er verliert seine Jetons.

Der Croupier fordert ihn nach Ebales Vorgabe auf, den Spieltisch zu verlassen, doch Roveri will nichts davon hören: Er springt auf und klopft an Agostinos Bürotür.

»Wen haben wir denn da!«, empfängt ihn der Cataner. »Kann ich dir etwas zu trinken anbieten?«

»Nein, Ebale. Ich will nur einen Kredit von dir.«

»Aber sicher doch, Giorgio. Wie viel brauchst du?«

»Hundert Millionen.«

Agostino schweigt eine Weile und starrt auf das Eis in seinem Glas.

»Welche Garantien gibst du mir?«

407

»Mein Wort. Schließlich habe ich immer meine Schulden bezahlt. Frag Frank.«

Der andere schürzt verärgert die Lippen.

»Tarantino hat nichts mehr zu sagen. Ich bin jetzt hier. Aber ich will dir ja helfen. Nur, auf dein Wort allein kann ich dir keine müde Lire geben.«

Roveri guckt den Catanier flehend an.

»Wenn du mir aber ein paar Schecks als Garantie für das Darlehen unterschreibst, kriegst du sofort Geld.«

Die Miene des Dealers hellt sich auf, und er zieht das Scheckheft aus seiner Jackentasche.

»Kein Problem!«

Ebale nickt und bedeutet Giuffrida, der im Türrahmen aufgetaucht ist, ihm das Darlehen zu geben.

Roveri bedankt sich überschwänglich und kehrt eilig an den grünen Tisch zurück.

Das Glück ist ihm nicht hold, und um drei Uhr ist er erneut pleite. Dieses Mal muss Ebale ihn höchstpersönlich und in Begleitung von Aiello gewaltsam aus dem Lokal entfernen.

»Keine Sorge, Agostino: In einer halben Stunde komme ich zurück und hole mir meine Schecks gegen Bares zurück«, verspricht er im Weggehen.

»Wer's glaubt, wird selig«, knurrt Aiello.

Crazy Horse behält recht, und nur seiner schnellen Reaktion verdankt Ebale es, nicht mit einer Salve in der Brust zu Boden zu gehen, als Roveri eine Stunde später mit einem Kumpel und zwei Maschinenpistolen im Gepäck wieder auftaucht. Die Türsteher lassen ihn ohne Probleme durch, da sie wissen, dass Agostino ihn erwartet, doch sobald Roveri und sein Partner im Lokal stehen, ziehen sie die Waffen unter ihren Mänteln hervor und eröffnen das Feuer.

Es ist Aiello mit seinen katzenschnellen Reflexen, der den Catanier zu Boden stößt und ihm das Leben rettet.

»Du bist ein Nichts!«, schreit der Dealer, dem die Augäpfel fast aus dem Schädel springen, während der Pulvergeruch sich im Spielsaal breitmacht. »Tarantino ist der Chef von allem!«

Zwei Indianer erwidern das Feuer und verletzen Roveris Kompagnon am Arm. Auch einer der Türsteher bekommt einen Streifschuss in die Seite, als er sie aufhalten will.

»Dein Geld kannst du vergessen!«, schreit Roveri noch, während er und sein Partner kehrtmachen und verduften.

»Wenn das Arschloch sich umbringen will, nur zu!«, stößt Agostino hervor, als er sich aufrappelt und sich zerstreut den Edelschlips zurechtrückt. »Jetzt können alle sehen, dass wir es ernst meinen.«

»Habe ich freie Hand?«, fragt Aiello.

»Natürlich! Verpass ihm eine Lektion, an die man sich erinnert … für immer!«

Crazy Horse bleckt zufrieden die Eckzähne und verlässt mit seinen Leuten den Laden: Indianer auf der Pirsch.

Aiello geht vor wie ein Spürhund. Er gibt in die entsprechenden Kreise die Information, dass er für jeden Hinweis auf den Aufenthalt des Mistkerls Geld zahlt. Und die Rechnung geht auf: Nach vierundzwanzigstündiger Suche bekommt er den entscheidenden Tipp.

»Der Mann, den du suchst, ist in einer Bar in Lorenteggio.«

Crazy Horse versammelt seine Leute um sich. Bis an die Zähne bewaffnet brechen sie zu ihrer Strafexpedition auf.

Als sie ankommen, hat Roveri gerade das Lokal verlassen und geht auf dem Bürgersteig an einer Tankstelle vorbei, neben ihm der Kompagnon, dessen verbundener Arm in einer Schleife liegt.

»Da ist der Bastard!«

Lezzi, der ungestümste von Aiellos Männern, zögert keine Sekunde: Er stößt den Türschlag auf und wirft sich mit angelegter Maschinenpistole auf die Straße. Die anderen stecken ihre Waffen durch die geöffneten Seitenfenster hinaus. Eine Szene wie in Al Capones Chicago.

Jeder schießt, drei Minuten lang Kreuzfeuer. Der Kugelhagel durchlöchert nicht nur Roveri und seinen Partner, sondern auch den unschuldigen Tankwart.

Als sie zu Ebale zurückkehren, der sich in sein Apartment in der Via Larga zurückgezogen hat, berichtet Aiello emotionslos von dem dritten Opfer.

»Sonst hätten wir einen Zeugen gehabt«, erklärt er trocken. »Jetzt hat keiner was gesehen.«

Agostino nickt.

»Die Zeiten für Sentimentalitäten, sollte es sie je gegeben haben, sind für immer vorbei.«

5.

Antonio erkennt Basiles Schreibe, noch bevor er seinen Namen unter dem Artikel liest.

La Notte titelt: *Blutbad in Lorenteggio*, und darunter: »Öffentlichkeit fordert konsequente Strafverfolgung der Schuldigen«.

Als er einsteigt, sieht Ispettore Cammareri ihn fragend an.

»Noch schlimmer als erwartet?«

Santi schüttelt den Kopf.

»Nein, aber ich habe das Gefühl, dass das erst der Anfang ist.«

Und tatsächlich ist Roveri das erste Opfer einer langen Reihe. Die Jagd auf Ebales Feinde wird schonungslos und ohne Pause vorangetrieben. Und da es unter der Madonnina an Feinden nicht mangelt, arbeiten die Indianer bald im Rhythmus. Eine Schießerei pro Tag, manchmal auch mehrere. Sie kommen überallhin, gnadenlos, selbst in die Zwei, wo sie wenige Tage nach einem missglückten Überfall einen von Tarantinos alten Statthaltern, Marcopolo, durch die Hand eines anderen Häftlings kaltmachen lassen.

Das geschieht im VI. Flügel auf der Schwelle zu Zelle Nummer 317. Gerade als der Gefängniswärter ihm die Tür aufschließt, damit er beim Hofgang frische Luft schnappen kann, erscheint auf dem Flur einer von Ebales Killern – ein Lebenslänglicher, der nichts zu verlieren hat, aber draußen eine Familie ernähren muss und drinnen genug Wünsche hat, die er nur mit viel Geld erfüllen kann – und trifft ihn an der Kehle.

Marcopolo kann nicht einmal den Fuß vor die Tür setzen. Der Durchschläger erwischt ihn auf Nimmerwiedersehen am Kehlkopf.

Auch die Schießereien dauern an. Während der Leichnam des Häftlings ins Leichenschauhaus gebracht wird, setzen Aiellos Leute ihr Großreinemachen fort. Sie stürmen die Hotelhalle des Canova in direkter Nähe zum Hauptbahnhof. Ihr Ziel dort ist Ciro Maniscalco, der gebürtig aus Catania kommt wie Agostino, aber auf der falschen Seite steht und im Vertrauen auf Tarantinos Schutz die Unverschämtheit besaß, mit Macht in den Spielhöllenring zu drängen.

411

Um ihn kümmert sich Lezzi im Alleingang, unvermummt und mit einzigartiger Kälte.

»Bist du der, der uns an den Karren fährt?«, schreit er ihn unter den panischen Blicken des Hotelpersonals an.

Maniscalco bringt kein Wort heraus, denn schon durchsiebt ihn der Kugelhagel. Der Killer rennt hinaus und springt in einen Fiat 131 mit Aiello am Steuer, der mit Vollgas davonrast.

Ebale macht keine Unterschiede, jeder bekommt sein Blei ab: kleines Gesindel, das ihn betrügen will, Denunzianten oder Doppelagenten wie Elio Musotti, der Strohmann eines Spielcasinos in der Via Calvi. Dieser Mann hatte versucht, die Organisation zu hintergehen, indem er die Wohnung zum Verkauf angeboten hat. Ein Fehler: Auch er wird auf dem Weg zur Arbeit von Kugeln durchsiebt.

Am Tag nach diesem Mord lässt Basile seinem Zorn auf der Titelseite von *La Notte* freien Lauf. Unter der Schlagzeile *Mailand im Kreuzfeuer der Unterwelt* schreibt er: »Seit zu vielen Tagen füllen sich Mailands Leichenhäuser mit Mordopfern. Mailand ist eine Bühne für die wilden Schießereien und gnadenlosen Abrechnungen zweier verfeindeter Fronten geworden. Eine Fehde ist im Gange um die Kontrolle des Glücksspiels und des Drogenhandels. Aber wo ist die Polizei? Was unternimmt sie, um die Bürger zu schützen? Verantwortlich für die Morde ist laut unseren Quellen eine Gruppe drogensüchtiger Killer, die sich *die Indianer* nennen. Leute von beispielloser Skrupellosigkeit. Sie verbreiten Angst und Schrecken, so dass selbst die Marseiller, die sich in Mailand niederlassen wollten, der Stadt den Rücken kehren.«

Abschlachten

1.

Es ist spätabends und die Luft klirrend kalt, als der BMW vor einem drittklassigen Restaurant im Süden der Stadt anhält, nicht gerade Mailands schickeste Gegend. Ein Nebelschleier liegt über den umliegenden Feldern, und eins der wenigen Lichter führt zu dem Lokal.

»Wollen wir hier etwa essen?«

Aiello macht den Motor aus und schüttelt den Kopf.

»Für einen romantischen Abend bist du nicht mein Typ, Lezzi.«

»Du auch nicht! Außerdem sieht der Ort nicht besonders vielversprechend aus. Wie, sagtest du, heißt der Laden?«

Sie stehen vor einer bescheidenen Trattoria, im Erdgeschoss eines zweistöckigen Hauses, drum herum die heruntergekommenen Hütten der Via Moncucco.

»Ich habe nichts gesagt. Auf dem Schild steht, wie du siehst, *LE STREGHE*, aber alle nennen es nur *Die Kloake*, weil sich dahinter direkt der Kanal befindet.«

»Mmh, das klingt ja sehr appetitlich.«

»Wir werden eh nichts essen hier, vermute ich.«

»Nein? Und was machen wir dann?«

»Wir sind zu einem Fest eingeladen.«

»Von wem?«

»Von einem Arschloch, einem Freund von Cicciobanana.«

Lezzi grinst.

»Das ist ein guter Abendplan. Aber was hältst du von zwei Lines, bevor wir uns ins Getümmel stürzen?«

413

»Eine blendende Idee!«

Als die beiden Indianer das Lokal betreten, haben sie stecknadelkopfgroße Pupillen und sind high. Anders als erwartet ist das Ambiente im Innern des Lokals ganz gemütlich: rot-weiß karierte Tischdecken, darauf bauchige Weinflaschen, klassische Osteria-Atmosphäre. Obwohl fast Mitternacht ist, sitzen noch einige Gäste an den Tischen und beenden ihr Abendessen mit einem Magenbitter und Espresso.

Hinter dem Tresen steht ein schläfriger Mann um die fünfzig mit graumeliertem Haar, während ein jüngerer Kellner ihnen einen Tisch anbietet. Beide wirken gelangweilt, doch scheinbar ist in diesem Vorposten der Hölle der Gast immer König.

»Hat die Küche noch auf?«, fragt Aiello.

»Natürlich.«

»Gut, wir sind nämlich halb verhungert.«

Lezzi will in die Karte schauen, doch sein Boss hat schon entschieden: vier Schnitzel mit Kartoffeln und einen Liter vom Hauswein.

»Erwarten Sie noch Leute?«, fragt die Bedienung.

»Ja, die parken gerade.«

Als der Kellner mit der Bestellung abzieht, blickt Lezzi Aiello erstaunt an.

»Kommt noch jemand?«

»Natürlich nicht. Das war nur zur Ablenkung. Bist du bereit?«

»Das Ziel?«

»Der Grauhaarige hinter dem Tresen.«

»Wer ist das?«

»Er heißt Tonino Preziosi und hat immer noch die fixe Idee, Engelsgesicht treu zu bleiben.«

»Sollten wir nicht lieber warten, bis die anderen Gäste gegangen sind?«

Aiello sieht Lezzi schief an.

»Was bist du denn für ein Waschlappen?«

»Ich meine ja nur …«

»Was?«

»Sie sind Zeugen.«

»Es wird keine Zeugen geben, wenn wir fertig sind, klar? Du kümmerst dich um die in der Küche, ich übernehme den Gastraum.«

Ende der Planung. Sie springen auf, Pistolen in der Hand, und erschießen nacheinander alle Anwesenden. Richtiggehende Exekutionen: Tötung durch Kopfschuss.

Auch die dickleibige Köchin und die junge Freundin des Besitzers mit Minirock und hohen Hacken, die beide in den hinteren Räumen des Lokals überrascht werden. Auch die übrig gebliebenen, zufällig anwesenden Grappatrinker.

»Wie viele haben wir abgeknallt?«, fragt Aiello, als sie gemächlich in den Wagen steigen.

»Acht.«

»Besser als Al Capone.«

Lezzi antwortet nicht. Er zieht eine Grimasse und wühlt in den Taschen seiner Lederjacke.

»Jetzt brauch ich eine Line.«

»Ich auch. Mach sie schön groß.«

»Gut. Aber dann müssen wir wirklich irgendwo etwas essen: Nach dem ganzen Tamtam habe ich einen Riesenkohldampf.«

Aiello grinst und zeigt seine spitzen Zähne.

»Klar doch. Wir gehen ins Capriccio. Das war Agostinos altes Restaurant, weißt du noch? Jetzt hat er es sich zurückgeholt. Da isst man ganz gut. Und wir für umsonst!«

415

2.

»Das hier ist das reinste Abschlachten, und dem müssen wir ein Ende bereiten!«

Für Santi ist es nichts Ungewöhnliches, in einer laufenden Ermittlung oder während eines Prozesses zum Staatsanwalt gerufen zu werden. Heute jedoch hat ihn ein Staatsanwalt zu sich bestellt, mit dem er noch nie zu tun hatte und dessen Anblick trotzdem tausend Erinnerungen in ihm weckt: Giuseppe Di Stefano.

Der Staatsanwalt kommt direkt zur Sache.

»Was da letzte Nacht in diesem Restaurant passiert ist, kann nicht geduldet werden in einem zivilisierten Land. Acht Tote. Mal ganz abgesehen von den vielen Abrechnungen der letzten Tage zwischen den Leuten des Cataniers und denen von Engelsgesicht. Wir müssen dem einen Riegel vorschieben, Commissario!«

Antonio runzelt die Stirn.

»Wie?«

»Indem wir einen der zwei Rivalen vom Spielfeld nehmen. Oder alle beide.«

»Einer sitzt ja schon im Knast und zieht trotzdem weiterhin die Fäden.«

»Ich weiß. Und tatsächlich habe ich vor zwei Tagen, noch vor dem gestrigen Blutbad, Tarantino in Rebibbia besucht.«

»Was hat er gesagt?«

Der Staatsanwalt lässt sich auf seinem Stuhl zurücksinken.

»Er hat nur gegrinst, mit seiner gewohnten, unverschämten Miene … Er behauptet, mit alldem nichts zu tun zu haben.«

»Das dachte ich mir. Engelsgesicht ist raffiniert und

hat unzählige Verbindungen. Er befiehlt noch über seine Männer, entweder über den neuen Anwalt oder einen seiner Laufburschen.«

»Ich weiß. Ich habe ihm angeboten, ihn nach Mailand zu verlegen, wenn er diesen Krieg beendet.«

»Was er abgelehnt hat …«

»Er hat wiederholt, er wisse nicht, wovon ich rede.«

»Bastard. Kann man ihn irgendwie unschädlich machen?«

»Tja, von heute an wird es erheblich schwieriger für ihn, seine Geschäfte zu steuern: Ich habe beim Ministerium beantragt, ihn in ein sardisches Gefängnis zu verlegen, und dem Antrag wurde stattgegeben.«

»Bringt das was?«

Di Stefano schürzt die Lippen.

»Keine Ahnung, aber einen Versuch ist es wert.«

»Natürlich, Dottore. Es ist nur, dass …«

»Keine Formalitäten. Und kein Sie. Wir können uns ruhig duzen. Wir befinden uns im Krieg, und wir sind nur wenige. Ich ermittle seit Monaten im Fall Agostino Ebale. Er ist zurzeit der meistgesuchte Verbrecher der Stadt. Aber er ist einfach nicht zu greifen. Er ist sehr vorsichtig, wenn er sich in der Öffentlichkeit zeigt, in seinen Spielcasinos. Und umgibt sich immer mit seinen Gorillas. Ganz abgesehen davon, dass wir nicht besonders viel gegen ihn in der Hand haben. Er schießt ja nicht selbst.«

»Und was schlägst du vor?«

»Politik der verbrannten Erde: Wir müssen seine Männer schnappen, einen nach dem anderen, wie nennen sie sich noch mal … ach ja, die Indianer. Und dann muss einer von ihnen singen und ihn reinreißen.«

»Das wird nicht einfach.«

»Sonst hätte ich dich auch nicht zu mir gerufen, Commissario. Deine Referenzen sprechen eine deutliche Sprache. Du bist die Idealbesetzung für diese Aufgabe. Du verstehst dich auf diese Verbrechertypen, immerhin hast du Vandelli und Tarantino eingelocht. Und nun ist der Cataner dran.«

Antonio nickt müde. Das ist doch alles nur Schönrednerei. Der Staatsanwalt bemerkt seine Zweifel.

»Du weißt noch, Antonio, was wir beide zusammen gemacht haben, oder?«

Santi nickt. Er erinnert sich gut daran, wie er und Di Stefano mit erhobenen Händen in eine belagerte Bank gegangen sind auf der Piazza Insubria, um zwei Dummköpfe daran zu hindern, Geiseln zu erschießen.

»Heute sind wir in einer ähnlichen Lage. Nur dass hier nicht eine Handvoll Leute in der Gewalt von Verbrechern ist, sondern eine ganze Stadt in die Knie gezwungen wird. Und das können wir nicht länger tolerieren!«

»Ebale hat gewichtige Unterstützer. Überall …«

»Ich weiß, und deswegen arbeiten wir beide ab heute Seite an Seite. Du draußen auf der Straße. Und ich hier drinnen. Wir müssen den Bastard einlochen.«

»Wo fangen wir an?«

»Sag du es mir, Commissario.«

Antonio beißt nachdenklich die Zähne aufeinander, dann beginnen plötzlich seine Augen zu leuchten.

»Du kannst mir ein paar Haftbefehle unterschreiben. Ich will alle Spielhöllen des Cataniers stürmen und ein paar seiner Männer festnehmen. Wir machen ihm Feuer unterm Hintern!«

3.

»Calati juncu ca passa la china.«

Bück dich, Binse, dann vergeht der Schmerz. Das hatte sein Vater immer gesagt. Der vor den Wucherern in den Norden geflohen war.

Ebale wiederholt sich diesen Spruch auf der Fahrt in seinem neuen, metallicgrauen BMW 635, einem wahren Schiff. Er ist nicht auf der Flucht, nein, er sucht nur das Weite, »bis die Wogen sich geglättet haben«, wie er seinen Leuten erklärt hat.

Die acht Toten aus der Kaschemme haben die Ordnungskräfte auf den Plan gerufen, die seitdem wie wild geworden Razzien in seinen Spielcasinos durchführen. Darunter leiden die Geschäfte, aber was viel wichtiger ist, er riskiert, selbst in den Knast zu wandern. Also ist es besser, ein Weilchen unterzutauchen.

Der Wagen rast über die Autobahn, Agostino raucht und klopft mit dem Zeigefinger den Rhythmus der Musik auf das Lederlenkrad. Aus dem Radio ertönt *My Sharona* von The Knack, leise singt er den Refrain mit.

Als die Landschaft hinter Florenz allmählich in sanfte Hügel mit bewirtschafteten Feldern übergeht, hält der Boss an einer Raststätte an, trinkt einen belebenden Kaffee und ruft dann Giuffrida an, der in Mailand für ihn die Geschäfte regelt. Er hält die Festung von einem Zwei-Sterne-Hotel an der Ausfallstraße Paullese aus. Ein Machtzentrum der Unterwelt, gut bewacht von den Indianern, die ihre Aktivitäten klugerweise vorübergehend eingestellt haben, bis wieder Normalität einkehrt.

»Ciao, Agostino, wo bist du?«

»Kurz hinter Florenz. Wie ist die Lage bei euch?«

»Vergiss es! Dieser Commissario, dieser Santi, treibt uns in den Wahnsinn. Jeden Abend stürmt er eine andere Spielbank. Gestern war die in der Via Panizza dran. Ein Glück, dass du schon weg warst …«

»Ich weiß. Ich habe mit meinem Mann im Stadtrat gesprochen. Er meint, es sei eine Frage von wenigen Tagen, bis sich alles wieder beruhigt. Es sind der Commissario und dieser Staatsanwalt, Di Stefano, die das wegen der Morde in dem Restaurant abziehen.«

»Die Indianer übertreiben es aber auch, Agostino.«

»Nein! Das geht in Ordnung so. Wir verschaffen uns Respekt.«

»Ja, und hetzen uns die Polizei auf die Fersen.«

»Die Bullen sind mir scheißegal. Tarantinos letzte Speichellecker brauchen ein deutliches Signal: Haben sie endlich kapiert, dass sie nach meiner Pfeife tanzen oder tot sind?«

»Das haben sie kapiert. Aber Aiello und seine Leute werden immer grausamer und maßloser.«

»Was schlägst du vor?«

Giuffrida wählt seine Worte mit Bedacht.

»Man müsste sie, tja, irgendwie in ihre Schranken weisen.«

»Noch nicht«, wehrt Ebale ab. »Du weißt genau, dass ein Krieg hohe Kosten verursacht, aber wenn du ihn gewinnst, profitierst du davon.«

»Schon klar, aber wenn die Polente dauernd auf der Matte steht, brechen die Geschäfte ein.«

»Das wird schon wieder, warte nur ab. Und wir müssen immer auf der Hut bleiben.«

»Aber Tarantino wurde nach Sardinien verlegt. Von da aus wird es ihm schwerfallen, mit seinen Leuten in Kontakt zu treten …«

»Glaub das nicht. Der hat überall Verbindungen. Ich muss jetzt aufhören, ich habe keine Jetons mehr.«

»Was soll ich sagen, wenn nach dir gefragt wird?«

»Dass ich in Urlaub bin. Und so lange kümmerst du dich um alles.«

»Wo fährst du hin?«

»Das brauchst du nicht zu wissen. Ich rufe dich jeden Abend an, ob alles in Ordnung ist, o.k.?«

»Wie du willst. Soll ich Aiello und seinen Leuten was sagen? Seit die tagelang im Hotel festsitzen, scheinen sie förmlich zu implodieren. Wenn du wüsstest, wie viel Koks die verbrauchen …«

Agostino lacht.

»Sag ihnen, sie sollen sich ruhig verhalten und entspannen. Und wenn sie unbedingt Ablenkung brauchen, sollen sie in den Puff auf dem Corso Plebiscito gehen, der seit dem frühzeitigen Ableben des armen Marcopolo uns gehört. Sie sind eingeladen.«

Agostino steht auf und öffnet das Fenster. Der Geruch nach Meer und das Geräusch der Wellen umgeben ihn.

Hinter ihm geht die Tür auf, und ein Mann kommt herein.

»Du darfst niemandem sagen, dass ich hier bin«, begrüßt ihn Ebale.

Sein Gast reißt verblüfft die Augen auf. Ein schwerer, korpulenter Mann mit großer Nase und einer Menge Locken auf dem Kopf.

»Machst du Witze? Du hast heute Geburtstag, und ich schmeiße eine Party mit allem Drum und Dran für dich.«

»Auf gar keinen Fall …«

»Aber ja doch! Mit vielen tollen Leuten.«

In mehreren Etappen hat Ebale in der Nacht zuvor Bari

erreicht, von wo aus er seinen alten Freund Otello Semeraro besuchen wollte, der schon lange darum gebeten hatte, dass »der Catanier, der König von Mailand«, mal vorbeikommt.

Jetzt sitzt er vor ihm und blickt ihn flehend an wie ein bettelnder Hund. Agostino wehrt sich zuerst, gibt dann aber nach und lässt sich von dem Verbrecher sogar zu einem Schneider schleppen, der ihm in aller Eile einen tadellosen Smoking auf den Leib schneidert.

Als er am Abend den großen Salon in Otellos Villa betritt, wird er von den Klängen eines kleinen Orchesters empfangen, das die Melodie des *Paten* anstimmt, begleitet von einem langen Applaus der Anwesenden.

So etwas hat er noch nicht erlebt, und als sich alle zum Fischessen um die große Tafel versammeln, schwant ihm allmählich der Grund für diesen Empfang.

Otello und seine Leute wollen ihn umgarnen.

»Tu dich mit uns zusammen«, schlagen sie ihm zu fortgeschrittener Stunde bei einem Whiskey vor. »Mit deiner Erfahrung überziehen wir ganz Apulien mit Spielcasinos.«

»Ich werde darüber nachdenken«, sagt Agostino und erhebt sich. »Jetzt müsst ihr mich entschuldigen.«

Semeraro umarmt den Freund.

»Geh nur, geh auf dein Zimmer«, lacht er mit einem vielsagenden Blick zu den Tischgenossen. »Dort erwartet dich noch eine Überraschung.«

Agostino kann sich schon denken, was auf ihn wartet, und er hat nichts dagegen. Vorher lässt er sich jedoch das Telefon zeigen.

Giuffrida hebt gleich nach dem ersten Klingeln ab.

»Also, Salvo, was gibt es?«

»Der Commissario hat sich beruhigt. Seit zwei Tagen keine Durchsuchungen und Festnahmen mehr.«

»Siehst du? Ich hab's doch gesagt, dass sie irgendwann aufhören.«

»Ja. Und wie läuft's bei dir?«

»Du wirst es nicht glauben, ich bin in Bari.«

»Bei Semeraro?«

»Genau.« Agostino senkt die Stimme, bevor er fortfährt: »Diese Apulier sind echt zurückgeblieben. Wir leben in den Achtzigern, und die holen sich immer noch einen runter auf die Treue zur Heiligen Vereinten Krone und ihren albernen Ritualen. Kannst du dir das vorstellen? Ehrenschwüre, Dolchspitzen, die mit dem Blut des anderen getränkt werden, und all so was.«

»Sie haben dir doch nicht etwa eine Allianz vorgeschlagen?«

»Doch, genau das. Und das könnte sogar ein lohnendes Geschäft werden, aber ich habe nicht vor, mich mit diesen Ricottagesichtern einzulassen, die sich ihr Brot verdienen, indem sie Frauen ausbeuten. Das Einzige, was ich will, ist, die Kontrolle über Mailand zurückzubekommen.«

»Gut gebrüllt.«

»Wie läuft es mit Aiello und seinen Leuten?«

Giuffrida seufzt.

»Völlig außer Rand und Band, Agostino. Ohne dich machen die, was sie wollen. Und wie ich sie kenne, sind sie in ihrem Dauerrausch in der Lage, jemanden zu erschießen, auch wenn es überhaupt nichts bringt.«

»Alles klar, verstanden. Morgen bin ich zurück und bringe sie auf Kurs. Wenn nötig, indem ich sie da treffe, wo es sie am meisten schmerzt: am Geldbeutel. Ich mach jetzt Schluss, Salvo. Wie ich diese Landeier kenne, rekelt sich jetzt eine nackte Nutte in meinem Bett mit einem Tablett Koks auf dem Nachttisch.«

»Tja, vielleicht solltest du doch über ihren Vorschlag nachdenken«, lacht Giuffrida.

»Ja, vielleicht hast du recht.«

4.

»Die Zwei ist doch immer das gleiche alte, abgeranzte Hotel.«

Vandelli ist endlich wieder zu Hause in einer Zelle in Flügel V, wo schon ein alter Freund auf ihn wartet, Barrakuda.

Sie umarmen sich.

»Dann bist du deine Krücken also los, die ich in den Nachrichten gesehen habe?«

»Noch nicht lange. Diese Bastarde wollten mir die Arschbacke wegbrennen, aber ich bin hart im Nehmen!«

»Vor allem am Arsch!«

Nachdem sie das Neuste ausgetauscht haben, verliert Roberto keine Zeit. Sein erster Gedanke, nachdem die Wunde endlich verheilt ist, lautet wie immer: abhauen.

Er hat in Mailand zahlreiche Freunde, Kontakte und Möglichkeiten, einen Mittelsmann zu finden, der ihm ein paar Waffen besorgt. An den nötigen Finanzmitteln zur Bestechung fehlt es ihm jedenfalls nicht.

Sich einen Wärter geneigt zu machen kostet ihn drei Tage und fünf Millionen Lire in bar, die ihm der Gandula von draußen bis an die Haustür liefert, zusammen mit einer kleinen, handlichen Achtunddreißiger.

Noch am selben Nachmittag kommt der Schließer mit amüsierter Miene zur Zelle und streckt seinen Arm durch die Luke.

»Hier, Vandelli, nimm.«

»Scheiße, spinnst du?«

Der Wachmann hat es nicht einmal für nötig befunden, die Waffe in eine Zeitung einzuwickeln.

»Willst du oder willst du nicht?«

Nervös fuchtelt seine Hand, in der der Pistolenlauf liegt.

»Klar will ich!«

Roberto packt die Waffe und versteckt sie sofort hinter den Fliesen am Klo.

Einige Tage später beginnt während des Hofgangs die Vorstellung.

Der Plan ist denkbar einfach, und für seine Durchführung braucht es nur ein bisschen Chuzpe, woran es dem Comasina-Banditen sicher nicht mangelt. Barrakuda und Vandelli lassen sich mit der Ausrede, dass gerade der Kaffee in der Espressokanne hochsprudelt, als Letzte die Zelle aufschließen, so dass sie mit dem Brigadiere allein zurückbleiben, einem kleinen, ungepflegten Mann mit Kugelbauch und wenig Lust auf Ärger.

»Sei schön brav, dann kehrst du heute Abend zu deiner Frau zurück«, raunt Roberto und drückt ihm die Pistole an die Schläfe. Der andere hebt die Hände, so dass Barrakuda ihm die Schlüssel abnehmen kann.

»Nimm die Scheißpfoten runter, Idiot. Und sag deinem Kollegen, er soll aufmachen, weil es einem Häftling nicht gutgeht«, knurrt Vandelli dem Aufseher jetzt ins Ohr.

Der Carabiniere winkt dem Wachmann im gepanzerten Wachhäuschen: »Komm her und hilf mir mal, schnell!«

Kaum hat der aufgeschlossen, zielt Vandelli mit der Pistole auf ihn, und Barrakuda öffnet in weniger als zehn Sekunden den Durchgang zum Hof und lässt damit alle anderen Jungs frei. Die Häftlinge zögern nicht lange und bewaffnen sich mit allem, was sie finden: Eisenstangen, Schrubber und Maurerkellen.

Und nun begeben sich Vandelli und Barrakuda, den Brigadiere mit der Pistole in seinen Nieren vor sich herschiebend, auf ihren Triumphzug Richtung Freiheit. Sie lassen sich eine Gefängnistür nach der anderen aufschließen, die den Hof vom Ausgang in der Via Filangieri trennt. Ein Wachposten nach dem anderen wird entwaffnet, einer davon als Geisel mitgenommen. Die anderen Häftlinge folgen ihnen in gebührendem Abstand, um die Schließer an den noch verschlossenen Toren nicht zu alarmieren.

An der letzten Tür angekommen, müssen sie überhaupt nichts sagen: Der Wachmann, der mit einem Kollegen ins Gespräch vertieft ist, würdigt Vandelli, Barrakuda und den Brigadiere kaum eines Blickes und schließt auf.

Als die drei den Fuß ins Freie setzen, werden die Häftlinge hinter ihnen laut.

»Scheiße, wir sind aufgeflogen!«

Vor San Vittore stehen zwei Polizeiwagen mit fünf Carabinieri an Bord: die Leibwächter eines hohen Richters, der die Haftanstalt besucht. Aus dem Innern des Gefängnisses ertönt Geschrei und das Geräusch von drei Schüssen.

»Nichts wie weg!«, brüllt Roberto.

Barrakuda rennt los. Vandelli stößt den Brigadiere zu Boden und flieht in die entgegengesetzte Richtung.

Die Carabinieri packen ihre Waffen und ballern auf Teufel komm raus. Nun haben die anderen Häftlinge den Ausgang erreicht. Ein Schießen und Rennen in alle Himmelsrichtungen.

Vandelli läuft, so schnell sein verletztes Bein es erlaubt. Er biegt um die Ecke der Via degli Olivetani, als er die Sirene der Martinshörner aufheulen hört.

»Halt!«, ertönt hinter ihm der Schrei, doch er hört nicht darauf.

Weit kommt er nicht: Irgendetwas trifft ihn am Kopf, oberhalb des Nackens. Ein schrecklicher Schlag.

Roberto torkelt noch ein paar Meter voran, dann stößt er wie ein ausgeklinkter Roboter gegen die äußere Gefängnismauer und stürzt zu Boden.

Der Schlag hat ihn fast gelähmt. Er blutet, ist aber noch bei Bewusstsein.

Zwei Carabinieri kommen angelaufen. Einer versetzt ihm einen Fußtritt in die Seite.

»Das ist dieses Arschloch von Vandelli, der unsere Kollegen abgeknallt hat.«

»Ja, das ist er«, bestätigt der andere, lässt den Schlitten seiner Pistole einschnappen und zielt damit auf seinen Kopf. »Du gehst uns nicht mehr auf die Eier!«

»Ich bin bereit. Mir bleibt nur die Zeit zu sterben«, flüstert Vandelli.

»Was hast du gesagt, du verdammtes Arschloch?«

In diesem Moment ertönt eine weitere, sehr herrische Stimme.

»Aufhören! Was zum Teufel tut ihr da?«

»Wer bist du denn?«, schnauzt der eine Carabiniere zurück und zielt mit der Waffe auf den Neuen.

Santi zückt seinen Dienstausweis und hält ihn ihm vor die Nase.

»Ich bin Commissario Santi, und du bekommst gleich einen Haufen Ärger!«, knurrt er.

»Er hat einen deiner Kollegen abgeknallt und einen von uns! Dieses Drecksstück verdient es nicht, am Leben zu bleiben.«

»Ist mir scheißegal, was er gemacht hat! Jetzt ist er verwundet, und keiner rührt ihn an. Los, stellt euch an die Mauer und runter mit den Waffen!«

Die zwei Carabinieri gehorchen schweren Herzens, während Antonio sich über Vandelli beugt, der immer noch die Achtunddreißiger in der Faust hält. Er gibt sie Santi, der sie einsteckt.

»Diesmal hast du mir das Leben gerettet, Commissario.«

»Gewöhn dich nicht dran, kommt nicht noch mal vor. Schließlich bin ich nicht täglich in San Vittore, um Inhaftierte zu verhören, oder? Das hast du Ebale zu verdanken: Wenn seine Leute nicht vor ein paar Tagen Marcopolo kaltgemacht hätten, wäre ich nicht hier, um seinen Killer zu befragen. Wenn du das nächste Mal zu fliehen versuchst, denkt niemand länger nach und du landest im Leichenschauhaus.«

Roberto hört ihn nicht mehr. Er ist in Ohnmacht gefallen, während sein Blut den Bürgersteig tränkt.

Ende des Spiels

Das einzige Mailand, das du ihm geben kannst

1.

Die Bar trägt nach außen hin immer noch den Namen des alten Eigentümers, Nico Einauge, ist aber längst im Besitz der Bande. Das Schlitzohr hinter dem Tresen hat sich beim Blackjack so hoch verschuldet, dass es bei all den Wucherern, die ihm im Nacken sitzen, ein Leichtes war, ihm das Lokal abzunehmen. Sonst hätte er womöglich noch sein gesundes Auge verloren. Oder mehr.

Eines Abends tauchte Giuffrida dort auf mit einem Strohmann älteren Jahrgangs und einem Vertrag für die Unterschrift. Als er wieder ging, war der Laden in den Besitz der Organisation übergegangen.

Es ist ein großes, aber unprätenziöses Lokal, mit einer gutsortierten Auswahl an Alkoholika und ein paar Nebenräumen, wohin sich die Indianer zurückziehen können, um ihre Aktionen zu planen.

An dem Piazzale Cuoco gelegen, kommt Ebales komplette Bande zum Aperitif dort zusammen. Heute Abend ist Agostino gerade aus seinem Apulien-Urlaub zurück und feiert mit den Jungs die Unternehmung in der Via Moncucco. Die Wogen haben sich geglättet. Es war klar, dass die Madama den Druck nicht lange aufrechterhalten würde.

»In der Kloake seid ihr sehr hart vorgegangen, um Tonino Preziosi beiseitezuschaffen …«

»Wir wollten doch ein klares Signal setzen, oder?«

»Weiß ich. Das war gut so: null Toleranz gegenüber denjenigen, die ihre Pflicht vergessen.«

Einauge hat sieben Gläser mit Negroni auf den Tresen gestellt. Bis zum Rand mit Wermut gefüllt, denn der Boss mag es nicht, wenn man bei den Mengen knapst. »Uns steht das Wasser ja nicht bis zum Hals, verstanden? Einschenken.«

Aber niemand kommt mehr dazu, daran zu nippen.

Unter einer Maschinengewehrsalve explodiert die Fensterfront in tausend Scherben. Agostino steht teils aus Zufall, teils aus Vorsicht im inneren Teil der Bar und kann auf dem Boden hinter dem Tresen in Deckung gehen. Gino Lezzi direkt am Fenster hat weniger Glück: Die Kugeln reißen ihm ein Loch in den Bauch, und er stirbt innerhalb weniger Minuten.

Aiello und seine Leute zücken sofort die Knarren und rennen hinaus, um das Feuer zu erwidern, doch der BMW, aus dem die Schüsse kamen, verschwindet schon in der Ferne.

Mit wilden Blicken kommt Crazy Horse wieder herein, bewahrt aber einen kühlen Kopf.

»Die Bullen sind schon unterwegs. Ich höre Sirenen. Wir müssen hier weg.«

Währenddessen hilft er Ebale auf die Beine, der ganz blass ist vor Schreck.

Die anderen Indianer begleiten ihn zum Wagen hinter dem Lokal. Bevor sie losfahren, kommt Aiello noch einmal in den Laden zurück und schiebt Einauge die Knarre in den Hals: »Du hast nichts gesehen, verstanden? Gino hat hier alleine seinen Negroni getrunken, und jemand hat ihn erschossen. Ende der Durchsage. Verstanden?«

Der Barmann nickt verängstigt und nuckelt am Pistolenlauf.

»Gut so, Superauge«, sagt der Indianerboss zufrieden und zieht dem Elenden die Knarre aus dem Mund.

Als Ebale sein Büro in der Via Panizza betritt – das von den Indianern und anderen Sicherheitsleuten wie ein Bunker bewacht wird –, wartet dort aufgeregt ein totenbleicher Giuffrida.

»Ich habe von der Schießerei gehört, bei dir alles in Ordnung?«

»Diese Mistkerle wollten mich umlegen! Weißt du irgendwas darüber, auch wenn ich mir schon denken kann, wer das war?«

»Ja, ich habe gleich mal ein bisschen herumtelefoniert …«

»Und?«, fragt der Catanier ungeduldig, schenkt sich dabei Whiskey ein und leert das Glas in einem Zug.

»Wenn man dem Gerede glauben kann, hat Tarantino einen alten Geschäftskollegen um Hilfe gebeten. Ihr Verhältnis war zwar wahrlich nie besonders harmonisch, aber sie scheinen ihre Streitigkeiten erst einmal beigelegt zu haben …«

»Lass mich mit diesem Scheiß in Ruhe und sag mir, wer.«

»O' Professore.«

»Der Neapolitaner … Bist du dir sicher?«

»Der Tipp stammt von den Sizilianern. Frank hat ihn überzeugt, seine Leute auf dich anzusetzen. Wenn es stimmt, was ich höre, hat der Camorra-Boss selbst in aller

Öffentlichkeit verkündet, dass er seinem Verbündeten Mailand schenken will.«

»Das hat er also gesagt?«

Agostino ist außer sich, in seinem Stolz getroffen, er durchwühlt die Schreibtischschubladen, bis er das Gesuchte findet: eine alte, vergilbte Postkarte vom Mailänder Dom.

Er nimmt einen Stift und adressiert sie an O' Professore in Poggioreale, der Haftanstalt Neapels. Als Text schreibt er einen einzigen Satz, bedrohlicher als ein Fehdebrief: »Dies ist das einzige Mailand, das du ihm geben kannst.«

2.

Antonio betritt die Wohnung mit einer erloschenen Zigarette im Mundwinkel. Er ist seit dem frühen Morgen auf den Beinen und hundemüde. Er zieht sich den Schlips aus, wirft die Jacke auf einen Stuhl und geht in das Wohnzimmer, wo seine Familie sitzt.

Carla hält Eleonora auf dem Schoß, während Beatrice konzentriert neben ihnen sitzt. Alle starren auf den Bildschirm des kleinen Farbfernsehers, der in seiner Form an einen Astronautenhelm erinnert.

Santi beugt sich zu seiner Frau und den Kindern hinab und küsst sie.

»Ciao, was guckt ihr?«

»Eine neue Sendung. Ich glaube, es ist ein Gewinnspiel. Es läuft auf diesem neuen Mailänder Privatsender, hast du davon gehört?«

Antonio nickt zerstreut, während auf der Mattscheibe ein Paar, ein Mann und eine Frau, darauf warten, auf die

Fragen eines bekannten Fernsehmoderators zu antworten:
Mike Bongiorno.

Der elegante, distinguiert auftretende Entertainer grüßt
mit erhobenen Armen die Fernsehzuschauer: »Meine Damen und Herren, herzlich willkommen zu meiner Sendung
›Träume werden wahr‹; heute Abend vergeben wir an unsere Wettstreiter, wenn sie die korrekten Antworten wissen,
einen Traumgewinn von dreißig Millionen Lire …«

»Gefällt euch das?«

»Ja«, antwortet Bea.

Der Commissario streichelt seiner Tochter über den
Kopf und lässt sich neben seiner Frau aufs Sofa fallen.

Während der Moderator die Kandidaten nach den Ver-
teidigungsstrategien der Bienen befragt, lehnt sich Carla
an ihren Mann. Physisch anwesend, genügt ihr doch ein
Blick in sein Gesicht, um zu wissen, dass er gedanklich ganz
woanders ist.

»Was hast du?«

»Nichts.«

»Deine Miene spricht aber Bände. Ist es wegen der Razzien?«

»Ja, wir müssen damit aufhören. Es gibt Druck von oben.«

Carla schüttelt schweigend den Kopf.

Auch Antonio schüttelt den Kopf, während aus dem
Fernseher eingespielter Publikumsapplaus tönt.

Der Bürgermeister persönlich hat an diesem Nachmittag Di Stefano angerufen und angeordnet, die Razzien ein-
zustellen. Andernfalls wolle er mit dem Minister reden, der
seiner Partei angehöre.

»Das ganze Tamtam ist völlig übertrieben«, hat er erklärt,
»die Bürger unserer Stadt sollen ihre Ruhe haben. Und mal
ganz unter uns, was ist denn schon dabei, wenn jemand hin

und wieder sein Glück beim Spiel versucht? Es gibt ja auch die SISAL, das legale Wettspiel. Also bitte, Dottore, denken Sie doch mal nach …«

Dieser Telefonanruf erinnert Santi an die Zeiten, als sein damaliger Chef, Achille Piazza, der Prostitution den Krieg erklärt hatte und alle Hotels versiegeln ließ, wo die Nutten mit ihren Kunden hingingen. Als bald über die Hälfte der Hotels in der Stadt beschlagnahmt waren, ordnete der Questore schnell das Ende der Aktion an, bevor es überhaupt kein offenes Hotel mehr in der Stadt gäbe!

»Es wird schon wieder, wart's ab«, versucht Carla ihn zu trösten.

Sie sehen sich an. Und wissen beide, dass das nicht stimmt.

»Es ist immer dasselbe«, murmelt er. »Wir sollen ein Zeichen setzen, und dann legen sie uns umgehend einen Maulkorb an. Sie zeigen, dass wir zwar beißen können, aber auch an der Leine hängen. An ihrer.«

In diesem Moment klingelt das Telefon.

»Siehst du?« Antonio rappelt sich seufzend auf. »Da ruft der Chef schon wieder.«

»Santi, hier spricht Di Stefano.«

»Was ist passiert?«

»Ein Anschlag. Auf Ebale.«

»Ist er tot?«

»Tja, das wäre zu schön, um wahr zu sein. Der Catanier ist leider noch einmal davongekommen.«

»Und wird sich rächen …«

»Womit das Gemetzel weitergeht.«

3.

Crazy Horse tobt. In der Enge von Ebales Büro wirkt er wie ein aufgehetzter Stier, der vor dem Kampf in seinem winzigen Käfig schnaubt und stampft.

Er hält keinen Moment still, snifft wie eine Saugpumpe und spielt nervös mit der Pistole. Agostino sitzt reglos am Schreibtisch; seit er ihn kennt, hat er ihn noch nie so besorgt gesehen. Letztlich versteht er ihn: Ihm wurde ein Mann unter der Nase weggeschossen. Und nicht etwa irgendeiner, sondern einer, der ihm wie ein Bruder war. Gino Lezzi.

»Wenn du deine Leute nicht beschützen kannst, bist du ein Niemand«, schnauft Aiello.

»Es war nicht deine Schuld. Jeder hätte an dem Fenster stehen können …«

»Die Sache schreit nach Rache, ist dir das klar?«

»Ich weiß. Wir finden das Arschloch und schicken es auf direktem Weg ins Paradies.«

»Ich habe ihn schon gefunden.«

Agostino fährt in seinem Stuhl hoch.

»Warum sagst du das nicht gleich?«

»Ich habe es eben erst erfahren, von einem meiner Informanten.«

»Wer war es?«

»Pippo Torrisi, aus Palermo. Er hat sich gerade diesen Nachtclub im Zentrum unter die Nägel gerissen, das Pum Pum.«

Ebale stutzt. Torrisi gehört noch zur alten Garde, mit ihm traf man sich vor ewigen Zeiten vor den Lokalen auf dem Corso Europa und tauschte sich über das große Mailand aus. Und jetzt stand er auf Tarantinos Seite und leckte ihm die Stiefel.

»Wieso hast du ihn noch nicht kaltgemacht?«

»Weil dieser Bastard von Fotzenlutscher immer ein oder zwei Schutzengel um sich hat.«

»Vielleicht dieselben, die bei dem Anschlag bei ihm waren.«

»Bestimmt.«

»Was hast du jetzt vor?«

»Ich überlege noch.«

»Gut, aber ohne Zuschauer. Nicht mitten am Tag und nicht vor Zeugen, sonst fangen die Bullen wieder mit ihren Razzien an, und die haben uns schon genug gekostet. Ich will saubere Arbeit sehen. Die nicht auffällt. Und seine Leiche muss verschwinden. Verstanden?«

Crazy Horse nickt, doch seine Miene besagt das genaue Gegenteil.

Als er vier Tage später loslegt, schwebt ihm etwas anderes vor.

Ihre Ankunft im Pum Pum wird von einer Rauchgranate angekündigt.

»Unsere Rache wird beispiellos sein«, knurrt er seinen Männern zu, bevor sie mit gezückten Waffen den Laden erstürmen.

Vorher haben sie zusammengedrängt im Auto gewartet, bis die Mehrzahl der Gäste gegangen war, aber vor allem bis sie sicher waren, dass Torrisi drinnen ist. Aiello hat ihn die letzten zwei Tage überwachen lassen und weiß, dass er eine Stunde zuvor den Club betreten hat.

In Begleitung seiner Handlanger, klar, aber das ist ein lösbares Problem. Ab zwei Uhr nachts lässt auch der aufmerksamste Wachmann nach, vor allem wenn man ihm eine Ladung Tränengas in die Augen bläst.

Die fünf Indianer, die Gasmasken auf den Gesichtern

tragen, fangen jeden ab, der hinauswill, und entwaffnen dabei gleichzeitig die Gehilfen ihres Feindes.

Rund dreißig Personen, Männer und Frauen, die hustend versuchen, irgendwie ihre Augen zu schützen.

Crazy Horse befiehlt, die Fenster zu öffnen, damit der Rauch abziehen kann, dann lässt er alle auf dem Boden niederknien und wie Verurteilte die Hände hinter dem Kopf verschränken.

Im Lokal herrscht jetzt gespenstische Stille. Niemand spricht, auch nicht die Indianer, die mit ihren Maschinenpistolen die Leute in Schach halten und den Eingang bewachen.

Aiello geht zu Torrisi, der zittert wie Espenlaub. Kein Wort, kein Flehen. Er weiß, es hat keinen Sinn.

»Dein letztes Stündlein hat geschlagen«, flüstert sein Killer ihm ins Ohr und setzt ihm die Pistole in Herzhöhe auf die Brust.

Der Schuss hallt durch den Raum, unmittelbar gefolgt von entsetzten Frauenschreien.

»Ruhe!«, donnert Crazy Horse.

Es ist noch nicht vorbei. Beispiellos will er sein. Einem nach dem anderen jagt er den Kumpanen des Palermitaners eine Kugel in den Kopf, die beim Anschlag auf Einauges Bar dabei waren.

Die Club-Gäste verfolgen wie gelähmt und mit schreckgeweiteten Augen das Massaker.

»Und jetzt seid ihr dran«, schreit er, als der letzte Mann tot zu Boden stürzt. »Es sei denn, ihr erniedrigt euch. Dann bleibt ihr am Leben.«

Die Geiseln sehen sich verunsichert an, sie verstehen nicht, was er von ihnen will. Sie sind Geschäftsmänner, Anwälte, Bankangestellte, aber auch die Kellner des Lokals und die Animiermädchen und die schmuckbehangenen Damen in Abendrobe, Frauen und Geliebte der reichen Pum-Pum-Gäste.

»Worauf wartet ihr Scheißer noch? Wenn ihr hier lebend rauskommen wollt, lasst die Hosen runter und kackt auf den Alabasterboden. Ein bisschen Tempo, sonst knalle ich euch ab wie räudige Hunde!«

4.

»Massaker im Nachtclub« krakeelt *La Notte* in Großbuchstaben.

Kopfschüttelnd wirft Giuffrida die Zeitung auf den Schreibtisch.

»Die sind verrückt!«

Ebale zündet sich eine Zigarre an und lächelt.

»Entspann dich, Salvo. Sie wollten sich an der Sau rächen, die einen ihrer Männer getötet hat. Und der mich umbringen wollte.«

»Aber du hattest doch gesagt, sie sollten saubere Arbeit machen.«

Agostino zuckt mit den Achseln.

»Du meinst die Arschlöcher auf dem Fußboden?«

»Furchtbar.«

»Och, ich fand's ganz lustig. Außerdem, wovon reden wir denn, Salvo? Eins ist ja wohl klar, wenn du dir Killer als Wachen anstellst, kannst du nicht erwarten, dass sie sich wie Stiftsfräulein benehmen.«

»Klar, schade nur, dass die Bullen diesmal nicht mehr lockerlassen werden.«

»Entspann dich, Bruder. Ich habe alles unter Kontrolle.

Im Notfall flüchten wir nach Apulien und eröffnen dort unten einfach neue Spielcasinos.«

Endlich grinst Giuffrida.

»Warum hast du mich herbestellt?«

Agostino breitet die Arme aus, als wolle er das ganze Wohnzimmer umarmen.

»Gefällt es dir? Das ist eine von Tarantinos Wohnungen. Er nutzte sie für Feste. Jetzt gehört sie mir, und ich wollte sie mit dir einweihen.«

»Wir zwei feiern?«

»Natürlich nicht. Mit Nutten. Ich habe zwei herbestellt, sie sind in einer halben Stunde da. Jetzt entspann dich mal und denk nicht mehr an die Indianer.«

Als die Mädchen auftauchen, bleibt Ebale die Spucke weg. Zwei griechische Statuen: eins achtzig groß oder beinah. Sie heißen Marika und Gilda und sind zusammen keine vierzig.

»Das Fest kann beginnen!«

Aus einer Schublade lässt er fünfzig Gramm Kokain auftauchen und verteilt sie auf einem Silbertablett.

»Bitte schön, die Herrschaften. Das gehört euch! Ich kümmer mich mal um die Musik.«

Ebale tritt zum Plattenspieler und legt ein Album von Mina auf, während Giuffrida ein paar Lichter löscht, um es gemütlicher zu machen. Doch das ist nur Taktik, denn dann wirft er sich aufs Sofa und befiehlt ohne lange Umschweife: »Zieht euch aus, ihr Flittchen!«

Agostino grinst, er kennt die Methode schon, mit der sein Gefährte bei Frauen das Eis bricht.

»Damit stelle ich von vorneherein klar, dass sie mir nicht mit Gefühlsduselei auf die Eier gehen.«

Gilda und Marika gehorchen, ohne mit der Wimper zu

zucken. Weg mit der Bluse, dann der Rock, die Seidenstrümpfe, der Slip. Wie eine dutzendmal geprobte Ballettaufführung.

Die beiden Männer lassen sich vom Striptease erregen, bis die Mädchen nackt sind und sich in ihre Arme werfen. Agostino wählt sich Marika, die Brünette mit dem hellblonden Schamhaar.

»Du bist eine echte Überraschung«, flüstert er in ihr Ohr, als er sie in eins der drei Schlafzimmer führt.

Nach einer langen Nacht aus Koks und Sex erwachen sie am nächsten Nachmittag, es ist fünf Uhr durch. Ebale zieht sich benebelt den Bademantel über und geht ins Bad für eine heiße Dusche. Als er sich abtrocknet, erscheint Giuffrida auf der Schwelle, nackt wie ein Wurm mit tiefen roten Kratzern auf Rücken und Brust.

»Angezogen bist du mir lieber.«

»Du mir auch, Agostino. Ich hab die Mädchen geweckt.«

»Gut, dann können sie sich anziehen und die Biege machen.«

»Schon?«

»Wir haben sie doch seit gestern Abend bearbeitet.«

»Ja, aber ich habe noch Lust, einen draufzumachen. Außerdem haben die Süßen Hunger. Und ich auch.«

Agostino schüttelt den Kopf.

»Dann ziehen wir uns stattdessen noch was Weißes.«

»In Ordnung, ich sag den Mädchen Bescheid.«

Das Fest beginnt von vorn, und Ebale verfällt einem alten Laster seiner Jugend.

»Ich knipse jetzt Fotos von euch«, verkündet er und packt die Polaroid-Kamera aus. »Aber ihr müsst euch wieder anziehen.«

Die zwei Grazien schlüpfen in BH und Bluse, doch als sie zu den Slips greifen, hebt der Catanier die Hand.

»Nein, die nicht. Nur die Röcke.«

Giuffrida zündet sich eine Zigarre an und genießt den Anblick der bloßen Hinterteile, während die beiden die Wendeltreppe hinauf- und hinabstolzieren, die auf die Dachterrasse führt. Agostina wirkt wie ein Kind, das Weihnachtsgeschenke auspackt: Er fotografiert sie von unten, mit bester Sicht auf sämtliche Reize, und sagt ihnen, wie sie sich stellen oder beugen sollen, was sie zeigen sollen und was nicht.

Doch irgendwann beginnt ihn auch dieses Spiel zu langweilen. Auf dem Tisch liegen Dutzende Aufnahmen.

Marika spürt den Leerlauf, beugt sich zu Ebale und flüstert ihm ins Ohr:

»Wenn du Lust hast, rufe ich noch zwei Freundinnen an. Dann musst du aber das Abendessen organisieren. Ich sterbe vor Hunger.«

Agostino greift sofort zum Telefon und lässt sich im Capriccio den Chefkoch Tino Scaroni an den Hörer holen.

»Tino, streng dich an, ich will Austern, Langusten und Champagner. Für sechs Personen.«

»Wo soll ich das denn jetzt so schnell auftreiben?«

»Ist mir egal, kauf sie in irgendeinem anderen Restaurant!«, wehrt Ebale ab. »Ach so, und wenn du schon dabei bist, schick mir eine Tischdecke, Silbergeschirr und auch einen Kellner mit.«

Eine Stunde später steht Scaroni mit drei jungen Männern und jeder Menge Essenskörben vor der Wohnung. Auch ein Kellner in Livree ist dabei, der sofort alles vorbereitet.

In diesem Moment kommen auch Marikas Freundinnen.

»Verfluchte Scheiße, die ist ja das Abbild der Hure schlechthin«, feixt Giuffrida bei ihrem Anblick.

»Pst!«, warnt ihn Ebale, der selbst das Lachen kaum zurückhalten kann.

Marika stellt sie einander vor.

»Ciao, ich heiße Lorena.«

»Und ich Martina.«

»Sehr erfreut.«

Ebale deutet einen Handkuss an, während Giuffrida die Augen nicht von Lorena lassen kann. Sie ist um die dreißig, mit toupierten Haaren und einem knallengen, schwarzen Overall, der ihre üppigen Brüste quasi unbedeckt lässt. Auch der Kellner, ein drahtiger Sarde mit hervorspringenden Augen, starrt sie fasziniert an.

Agostino bemerkt das und hat sofort einen perversen Einfall.

»Hör mal«, flüstert er Giuffrida zu. »Der Typ verschlingt die ja förmlich mit seinen Blicken. Wir könnten uns doch einen kleinen Scherz auf seine Kosten erlauben?«

»Wie denn?«

»Indem wir so tun, als sei die Sexbombe meine Frau.«

Gesagt, getan. Agostino raunt der Frau etwas ins Ohr, und die Vorstellung kann beginnen. Als der Kellner die Vorspeisen serviert, fängt Lorena an, über die große Hitze zu jammern.

»Hier erstickt man ja! Fühl nur, ich bin schon ganz verschwitzt«, und sie packt Agostinos Hand und schiebt sie sich in den Ausschnitt.

Der Keller neben ihr errötet und lässt fast das Tablett mit den Austern fallen.

»He, du Arschloch, was machst du da?«, fährt Giuffrida ihn an.

442

»Entschuldigung.«

»Scheiß auf die Entschuldigung«, geht Ebale auf ihn los. »Ich habe gesehen, wie du dich an meiner Frau gerieben hast!«

»Nein, nein …«, stammelt der Mann verwirrt. »Das würde ich mir nie erlauben.«

Und er flieht schnell in die Küche, während die Tischgäste in herzliches Gelächter ausbrechen.

Doch die Szene ist noch nicht vorbei. Als der junge Mann die Spaghetti mit Hummer aufträgt, setzt Ebale seine Stichelei fort.

»Ach nee! Jetzt habe ich dich aber ertappt, du Drecksau! Du hast gerade deinen Schwanz an die Schulter meiner Frau gedrückt!«

»Aber nicht doch, Liebster, da hast du dich verguckt!«, zwitschert sie hämisch.

Der Kellner ist rot wie eine Paprika. Ebale fährt fort.

»Dann erklär mir doch bitte mal die Schwellung da in seiner Hose. Er hat sich doch nicht etwa eine Pistole reingesteckt, der Bastard.«

»Aber nein, natürlich nicht, Signore …«

»Schnauze. Lorena wird das jetzt überprüfen. Mal sehen, was sich da unten versteckt.«

Als sei es das Normalste auf der Welt, knöpft die Raubkatze ihm die Hose auf und schiebt ihre Hand in seine Unterhose.

»Was …«, stottert er verzweifelt.

Die Frau lächelt und verkündet fröhlich: »Beruhig dich, Agostino, keine Pistole weit und breit, hier ist nur sein Vögelchen!«

»Bist du dir sicher?«

»Und ob.« Und wie zum Beweis beugt sie sich hinunter und beginnt an seinem Hosenstall zu knabbern.

Der Sarde läuft knallrot an. Und nicht aufgrund der Erektion, die er verzweifelt zu verbergen sucht, sondern aus Angst, dass die Verrückte tatsächlich Ebales Frau sein könnte.

»Sehen Sie, ich habe nichts damit zu tun, sie ist das …«, jammert er.

»Dann stell sie zufrieden«, lacht Agostino und klopft ihm auf die Schulter. Doch der andere regt sich nicht, als sei er zur Salzsäule erstarrt.

»Der hat Angst, dass du ihn abknallst«, feixt Giuffrida.

Lorena hat sich in der Zwischenzeit ihrer Kleider entledigt und drängt sich herausfordernd an den Kellner.

»Worauf wartest du dann, oder bist du etwa schwul?«

Immer verlegener lässt der Kellner seine Hose bis zu den Knöcheln herabfallen. Er trägt Socken und eine lächerliche Blümchenunterhose. Alle brechen in Gelächter aus. Das Spiel neigt sich dem Ende. Fehlt nur noch der Schlussstrich.

»Jetzt knie dich hin und belle wie ein Hund«, befiehlt Ebale. »Und wenn du willst, darfst du das Flittchen dann auch vögeln. Sie ist nicht meine Frau.«

Das kriminelle Hilfssystem

1.

»Guck dir die Nummer fünf an.«

»Nein, die olle Mähre wird Sechste, glaub mir.«

Aiello betrachtet Antonio Impellizzeri skeptisch, als überlege er, ob er hier für dumm verkauft wird. Dieser kleine Mann aus Siracusa, der schon früher den Indianern angehörte, ist nach Lezzis Tod der neue Vize von Crazy Horse. Und jetzt erteilt er ihm Ratschläge, auf welches Pferd er beim Rennen setzen soll.

»O. k., Toni, hier hast du Geld. Welches?«

»Die Nummer vier. Ich geh zum Wettschalter, bin gleich wieder da.«

Auch die Pferderennbahn von San Siro gehört seit einiger Zeit der Organisation des Cataniers. Zu verdanken haben sie das einer von Aiellos Kugeln, die sich in die Kehle von Don Tano bohrte, einem alten palermitanischen Mafioso, der seit Jahren das illegale Wettspiel betrieb. Im Mund hatte er eine schlecht sitzende Zahnprothese mit eisernem Eckzahn, und sein Grinsen war das reine Grauen. Aber nicht für Crazy Horse.

»Jetzt kannst du im Jenseits weiterlachen und mir dankbar sein, dass du nicht mehr diesen ewigen Gestank nach Pferdescheiße um dich hast.«

Der Übergang verlief natürlich nicht ganz reibungslos und kostete mehreren Menschen das Leben. Bis Ebale Ruhe gab, durchlebte San Siro schreckliche Monate: halbtot geprügelte Jockeys, die keine Anzeige erstatteten, entführte Gestütbesitzer, korrupte Polizeibeamte, ermordete Pferdepfleger, Erpressungen und Schlägereien. Am Ende war alles geregelt, und die Einkünfte schossen in die Höhe, so dass Ebale mit einem für ihn ungewöhnlichen Impetus, der wahrscheinlich aus einer Art Friedenswillen herrührte, das ins Leben rief, was er gerne das »kriminelle Hilfssystem« nannte. Letztlich drehte sich alles um die Weitergabe von Tipps auf Siegerpferde, um dem einen oder anderen Kumpel, der in finanzielle Schwierigkeiten geraten war, die Möglichkeit zu geben, sich durch einen gezielten Wetteinsatz zu sanieren. Natürlich ohne zu übertreiben: pro Wochenende nur ein oder zwei getürkte Rennen. Und auch Aiello verschafft sich mit diesem Geldsegen ein bisschen Luft. Die Zeiten haben sich geändert, und der Catanier ist nicht mehr so freigebig wie früher. Es gibt weniger zu tun, weniger arme Schlucker, die ins Jenseits sollen, doch die Laster sind dieselben geblieben und kosten. Da kommt auch ihm das kriminelle Hilfssystem zupass. Schließlich waren sie die Indianer, oder? Wenn sie also beim Buchmacher oder mit hohen Einsätzen am Schalter wetteten, konnte es passieren, dass sie verloren – die Tipps funktionierten nicht immer, und manchmal lieferten auch abgehalfterte Klepper einen Heldenlauf –, tja, das brachte sie nicht um den Schlaf. Sie konnten immer noch zur Kasse gehen und ein Wort raunen: »Erstattung«. Dann bekamen sie ihren Wetteinsatz zurück.

An diesem Abend läuft alles gut, und beim sechsten Rennen gewinnen Aiello und Impellizzeri zehn Millionen.

»Hab ich es nicht gesagt, Nino? Wir können uns nicht beklagen.«

»Absolut!«, stimmt Aiello zu. Und lächelt, während er sich eine Zigarre ansteckt.

»Lass uns ins Zentrum fahren und etwas essen. Langusten und Champagner, wie findest du das?«

»Das finde ich eine klasse Idee. Wenn du noch ein bisschen Schnee drauflegst.«

Die beiden brechen in Gelächter aus. Auf dem Weg zum Autoparkplatz verdüstert sich die Miene von Crazy Horse wieder.

»So sollte es jeden Abend sein.«

»Was willst du damit sagen?«

»Dass Agostino uns an der kurzen Leine hält. Findest du das richtig, dass wir hierher zum Wetten kommen müssen, um das Leben zu genießen? Nein, das geht so nicht. Er amüsiert sich mit den Nutten, und wir kriegen nur die Scheiße ab.«

Impellizzeri antwortet nicht. Er weiß, manchmal hört man besser nur zu und bleibt neutral, anstatt sich voreilig zu positionieren. Soll sein Chef sich Luft machen. Der Wagen gleitet durch die Lichter der Nacht, überquert die Piazza Lotto und biegt in die Via Monte Rosa ein.

»Ich will das nicht mehr«, fährt Aiello fort. »Der verdient Millionen, und für uns bleiben nur die Krümel. Ich verstehe ja, dass die Spielcasinos nicht mehr so viel einbringen wie früher, aber es scheint, als müssten nur wir allein das ausbaden. Weißt du, was Agostino gestern getan hat? Ein typischer Geniestreich! Er ist ins Zentrum zu Tincati gegangen und hat sich dreißig Anzüge gekauft, einen in jeder vorrätigen Farbe. Dreißig! Und nicht etwa, weil er sonst nichts anzuziehen hätte oder sein Kleiderschrank abgebrannt ist. Nein, er wollte einen Camorrista demütigen, der nach ihm hereingekommen war und seiner Meinung nach erwartete, dass die Verkäufer ihn besonders behandelten, weil er drei Anzüge kaufte. Stell dir mal vor! Und dann hat er der Einkaufsliste noch für jeden Anzug einen Mantel hinzugefügt und ein Dutzend Kaschmirpullover. Hundertzwanzig Millionen Lire hat er in dem Laden gelassen, nur um anzugeben, verstehst du?«

Der Syracuser beißt die Zähne aufeinander. Er hat gerade beschlossen, seine Neutralität aufzugeben.

»Was hältst du davon, wenn wir uns ein bisschen zurückholen von dem, was uns zusteht?«

Aiello grinst. Der Kleine gefällt ihm immer besser.

»Was hast du vor?«

»Wortgetreu Agostinos Anweisungen folgen.«

2.

Es regnet, und Ebales Stimmung ist noch düsterer als der Himmel. Er und Giuffrida sitzen in Tarantinos ehemaliger Wohnung, doch keiner von beiden ist in Feierlaune.

Giuffrida stöhnt. Er ist besorgt über die jüngsten Entwicklungen. Zu viele Tote.

»Diese Morde mit Knalleffekt strahlen allmählich negativ auf uns zurück.«

Der *Corriere della Sera* berichtet über die neueste Aktion der Indianer: Am Vorabend haben sie sich den Baron vorgenommen, und zwar auf ihre Art. Anders als sein Name vermuten ließe, handelt es sich dabei um einen armen Schlucker, der ein Spielcasino unter freiem Himmel kontrolliert. Er hatte sich zuschulden kommen lassen, sich an den Einkünften zu bedienen. Kurz, er hat geklaut. Agostino hatte davon erfahren, und es gefiel ihm nicht. Moral von der Geschicht': ein Leuchtfeuer, das ihn und sein Auto in Asche verwandelte.

Ebale lässt die Zeitung sinken. Er wirkt weniger verärgert als gelangweilt.

»Ich hatte gesagt, sie sollten ihm eine Lektion erteilen. Sie sind mal wieder zu weit gegangen, wie immer.«

»Die spinnen total! Wenn sie so weitermachen, gehen wir alle unter.«

»Das wird nicht passieren.«

»Meinst du? Weißt du, was vor zwei Stunden passiert ist? Die Polizei hat drei unserer Spielcasinos gestürmt und sie dichtgemacht. Es geht wieder los!«

»Wir haben noch mehr Casinos, oder? Die Lage wird sich wieder beruhigen, wie immer.«

»Nein, Agostino. Es weht ein härterer Wind.«

»Was meinst du damit?«

»Auf den Straßen sind massenweise Bullen unterwegs.«

»Das war doch schon immer so.«

»Ja, aber jetzt ist es anders. Es geht nicht mehr ums Glücksspiel. Es gibt Tote. Die Indianer haben das Problem verschlimmert. Und unsere Kunden machen sich vor Angst in die Hose. Sie befürchten, in eine Razzia zu geraten.«

Um seinen Worten Nachdruck zu verleihen, zeigt Giuffrida dem Catanier das schwarze Heft, in dem er die Abrechnungen der Spielhöllen notiert. Ebale läuft knallrot an.

»Zum Teufel, ein solcher Rückgang ist einfach unmöglich …«

»Ist er nicht.«

»Ein leichter Einbruch war ja zu erwarten, aber fünfzig Prozent ist ungeheuerlich.«

»Und der Aderlass scheint gar nicht mehr aufzuhören.«

»Was schlägst du vor?«

Giuffrida kratzt sich am Kopf.

»Keine Ahnung. Erst mal Geduld haben, bis sich die Wogen geglättet haben. Eine andere Lösung sehe ich nicht. Zurzeit kämen die Leute nicht einmal, wenn wir sie an den Haaren herbeizerren würden. Und wir müssen die Indianer stoppen: Wusstest du, dass sie auf manipulierte Pferderennen wetten?«

Agostino starrt den Freund an, als habe er den Verstand verloren.

»Wir können nicht länger warten.« Mit erhobener Hand lässt er den Zeigefinger kreisen. »Es kostet uns ein Heidengeld, den ganzen Laden am Laufen zu halten. Wir müssen diversifizieren, bevor es zu spät ist.«

»Was meinst du damit?«

»Koks, Salvo. Immer dasselbe. Wir erhöhen den Umsatz. Wir nutzen die Welle: Alle wollen sich abschießen. Reiche, Arme, Politiker, selbst die Bullen. Und wir erfüllen ihnen ihren Wunsch. Wir werden Mailand mit Kokain überschwemmen.«

»Aber unsere Kassen sind leer! Wovon sollen wir den ganzen Stoff kaufen?«

Einmal mehr erstaunt Agostino den Freund. Er zieht ein Büchlein aus der Tasche und geht die Namen durch.

»Wenn wir kein Geld haben, lassen wir uns welches geben. Ich will mindestens drei Milliarden Lire flüssig haben.«

»Drei Milliarden? Wer soll dir die denn geben?«

»Nicht einer allein, ist ja klar. Ich würde mal sagen, dass rund fünfzehn hochrangige Unterweltler schon in meinen Spielhöllen waren, oder? Irgendjemand, der investieren will. Freunde, die mir noch einen Gefallen schulden. Zweihundert Millionen pro Kopf genügen.«

Giuffrida wirkt nicht besonders überzeugt, doch Ebale ist Feuer und Flamme. Er schreibt eine Namensliste, dann ruft er Aiello zu sich und beauftragt ihn damit, das Geld einzusammeln. Im Guten.

»Wo soll ich anfangen?«

»Unten. Bei Moreno Zilli. Das ist ein Geschäftsmann, der mit gefälschten Rechnungen reich geworden ist. Der macht bestimmt keine Geschichten.«

Zilli aber macht sehr wohl Geschichten, so dass Crazy Horse eine Stunde später mit leeren Händen zurückkommt.

»Er hat mir geschworen, dass er gerade nicht flüssig ist«, erklärt er. »Er sagt, wenn du darauf bestehst, könnte er dir eine Uhrenkollektion überlassen …«

Agostino springt auf.

»Will der mich verarschen, der Mistkerl?«

»Keine Ahnung.«

»In Ordnung. Wir sorgen dafür, dass er kapiert, dass es mir ernst ist. Zilli hat einen Partner. Er heißt Gualtiero Bruni. Du gehst zu ihm und nimmst die Jungs mit. Ich will eine starke, klare Botschaft.«

Aiello nickt, während Giuffrida den Kopf schüttelt.

»Wir müssen nicht noch mehr Blut vergießen.«

»Wir müssen uns Respekt verschaffen, Salvo!«

Zu viert steigen sie in den geklauten Golf GTI: Crazy Horse, Impellizzeri und zwei andere. Alle bis an die Zähne bewaffnet.

Die Operation läuft wie ein Präzisionsuhrwerk.

Bruni verlässt sein Büro um kurz nach fünf. Sie folgen ihm mit gebührendem Abstand, bis er den Wagen unter seiner Wohnung im Messeviertel abstellt.

»Wir sind hier, Signore«, ruft ihm Impellizzeri zu, bevor er ihn mit einer Maschinengewehrsalve niedermäht.

Um sieben Uhr sitzt Aiello wieder Ebale gegenüber.

»Unser Freund liegt im Leichenschauhaus«, setzt er an. »Meine Arbeiter haben ihn dorthin befördert.«

»Bestens. Jetzt geh wieder zu Zilli und mach ihm klar, was dem passiert, der nicht zahlen will. Sag ihm auch, da sein Partner jetzt tot ist, muss er seinen Teil mit übernehmen. Vierhundert Millionen, wenn er keine Kugel in den Kopf will. Zehn Millionen sind für dich und deine Jungs für die getane Arbeit.«

Crazy Horse geht, ohne ein Wort zu sagen, hinaus. Er diskutiert nicht über Befehle und auch nicht über Entlohnung.

Giuffrida entkorkt eine Flasche Champagner und füllt zwei Gläser.

»Wir sitzen wieder im Sattel«, ruft er aus.

451

»Ja! Tu mir einen Gefallen, Salvo: Lass uns noch mal die zwei Nutten von neulich kommen.«

»Welche? Marika und …«

»Genau die. Ich habe Lust zu feiern.«

Während sein Freund telefoniert, jagt Agostino sich zwei schöne Bahnen in die Nase und legt dann bei voller Lautstärke eine Scheibe von Viola Valentino auf den Plattenteller.

»Kauf mich, ich bin zu erwerben …«, singt die Frau.

Er lächelt und tritt ans Fenster, wo ihm die frenetisch pulsierende Großstadt zu Füßen liegt.

»In dieser Scheißstadt lässt sich alles kaufen«, flüstert er zufrieden. »Und ich kaufe mir alles. Alles!«

3.

»In Wahrheit ist das Glücksspiel tot. Die Spielhöllen sind leer. Nichts zu machen.«

»Jetzt mal den Teufel nicht an die Wand, Agostino.«

Ebale schüttelt den Kopf und nippt an seinem Bier. Er und Giuffrida sitzen in der Einkaufsmeile der Galleria Vittorio Emanuele. Es ist Mitte Mai und warm. Alle, die ihr Unternehmen mitfinanzieren sollen, haben sich überzeugen lassen.

Das Drogengeschäft läuft wie geschmiert, das Glücksspiel darbt vor sich hin.

»So ist es aber. Und genaugenommen gibt es keinen Grund dafür. Natürlich mögen die Schießereien zwischen unseren und Tarantinos Leuten dazu beigetragen haben, aber ich glaube nicht, dass die Leute deshalb den Spielcasinos fernbleiben. Wir leben in den Achtzigern, die Zeiten haben sich geändert, und viele haben einfach die Nase voll von Spielkarten und Jetons. Jetzt gibt es Fernsehen und Diskotheken zur Zerstreuung. Mailand hat sich verändert. Sieh dich doch um. Weißt du noch, wie es war, als wir regelmäßig auf dem Corso Europa waren?«

»Heute wird in den Lokalen Whiskey Soda ausgeschenkt, und überall sind Animierdamen. Wenn du Glück hast, triffst du ein echtes Mädchen, das ordentlich angezogen zu Hause losgegangen ist und sich dann auf den Toiletten den Minirock überstreift, aber das sind Nadeln im Heuhaufen. An diesen Orten tummeln sich jetzt Ausländer, Schwedinnen und Engländerinnen: hübsch, blond und ungebunden. Und dann die Musik? Die ist auch nicht mehr wie früher. Ich mag nicht mehr darauf tanzen. Nein, Salvo, wir müssen mit der Zeit gehen. So wie diese Scheißarchitekten, die gelernt haben, mit Plexiglas zu arbeiten, Stroboskoplicht einzusetzen und ein Podest in die Lokale zu bauen, auf denen der DJ steht. Diese armen Arschgeigen. Die Welt ist eine andere, und wir müssen mit ihr Schritt halten. Die Zukunft liegt im Stoff. Das habe ich schon immer gewusst. Ab sofort setzen wir komplett auf diesen Geschäftszweig und überlassen die Spielcasinos ihrem Schicksal. Ich habe schon mit U'Curtu geredet.«

»Wirklich?«

»Ja, ein Gebirge aus Schnee kommt nach Mailand, direkt aus Mexiko. Die Sizilianer haben eine Vereinbarung mit Escobar getroffen. Das ist unser neues Business, und die Politik haben wir schon auf unserer Seite. Weißt du, Giuffrida, das ist das neue Schickimicki-Mailand. Stell dir vor, gestern musste ich der Tochter eines Sozialistenfreundes einen Kuscheltiger schenken, um ihn mir gewogen zu machen …«

Ebale hält inne, weil der Kellner das Fernsehgerät lauter gestellt hat. Die Leute an den Tischen verstummen. Es läuft eine Sondersendung.

»Papst Johannes Paul II. wurde vor wenigen Minuten Opfer eines Anschlags. Er fuhr gerade durch die Menschenmenge auf dem Petersplatz, als ein Mann auftauchte und mit einer Waffe auf ihn schoss …«

»Scheiße, die wollten tatsächlich den Papst abknallen«, kommentiert Agostino. »Ich hoffe nur, dass er überlebt.«

Giuffrida scheint die Nachricht weniger zu beeindrucken. Er war nie sehr katholisch. Er greift in die Innentasche seines Jacketts und zieht eine Postkarte mit dem Bild des Vesuvs hervor.

»Das hätte ich fast vergessen. Die kam heute Morgen für dich. Aus Poggioreale.«

Agostino betrachtet sie aufmerksam. Sie kommt von O' Professore, darauf nur drei kurze Wörter.

»Lass uns reden.«

Der Catanier lacht laut auf. Ein paar Leute drehen sich um und sehen ihn strafend an.

Ebale aber verfolgt seine eigenen Träume von Glückseligkeit.

»Wenn sie auf den Papst geschossen haben, gibt es jetzt keine Religion mehr. Glaubst du nicht?«

»Was meinst du damit?«

»O' Professore will mit uns ins Geschäft kommen. Er hat begriffen, dass er mit Tarantino aufs falsche Pferd gesetzt hat.«

»Das ist doch eine sehr gute Nachricht, oder?«

»Ja. Und weißt du, wie man sagt? Der König ist tot, es lebe der König.«

»Und du wirst der neue König sein, hab ich recht?«

Agostino grinst. Alle um ihn herum wirken besorgt und traurig, nur er sieht sich vor seinem inneren Auge schon mit der Krone auf dem Kopf.

4.

»Warum machst du so ein Gesicht? Warum weinst du?«

Der Mann begreift nicht, was vorgeht. Normalerweise ist seine Frau immer heiter und strahlend. Nicht an diesem Tag. Nina schüttelt den Kopf, schnäuzt sich und zeigt auf den Fernsehbildschirm.

»Da ist ein Kind in einen Brunnen gefallen. Dreißig Meter tief. Und sie können es trotz aller Anstrengung nicht aus dem Schacht befreien.«

»Himmel, wie schrecklich. Wo ist das?«

»In einem Ort bei Rom, Vermicino.«

Der Mann, ein erfolgreicher Unternehmer und Besitzer einer Knopffabrik, setzt sich neben seine Frau und den kleinen Massimo, den Sohn von ihr und diesem Verbrecher. Der Junge geht jetzt schon in die dritte Klasse und ist ein kleiner Mann. Er hat die grünen Augen seines Vaters, aber glücklicherweise nicht seinen Charakter. Für ihn ist er wie ein eigener Sohn, und der Junge gibt ihm das zurück. Auch er sitzt wie versteinert. Im Fernsehen sieht man, wie ein Bohrhammer einen zweiten Schacht neben den Brunnen gräbt, in den der Junge gefallen ist, und den herzzerreißenden Anblick der Mutter, die durch ein Mikrofon mit ihm spricht, das die Feuerwehrleute in den engen Schacht hinuntergelassen haben.

Den dreien gefriert das Blut in den Adern, als die Klagelaute des Kindes zu hören sind. Die Stimme hallt durch den Brunnen und die Wohnungen der Italiener, die seit bald zwei Tagen am Bildschirm kleben.

Stunde um Stunde schrumpft die Hoffnung, das Leben des Kindes noch zu retten, bis schließlich ein Reporter vor der Kamera erscheint. Noch bevor er anhebt zu reden, ist den Menschen zu Hause schon alles klar. Sein Gesicht ist traurig und angespannt. Seine Stimme gedämpft.

»Wir wollten eine Geschichte vom Leben erzählen, nun erzählen wir vom Tod. Wir haben gekämpft bis zuletzt, nun haben wir uns ergeben. Man wird uns lange fragen, wozu das alles gut war, was wir vergessen wollten, woran wir uns erinnern wollten, was wir lieben sollten und was wir hassen sollten. Leider war es der Bericht einer Niederlage: sechzig Stunden vergeblicher Kampf, Alfredinos Leben zu retten.«

Antonio senkt den Blick. Was da passiert ist, ist fürchterlich. Und alles live zu erleben hat es noch grausamer gemacht. Einundzwanzig Stunden Direktübertragung durch die Rai. Das hat es nie zuvor gegeben.

Carla schluchzt und hält ihre Mädchen eng umschlungen. Beatrice ist inzwischen fast zehn Jahre alt, während Eleonora ungefähr so alt ist wie das tote Kind in dem Brunnen.

»Am Ende kommt das Kind doch raus, nicht wahr?«

»Ja, meine Süße. Am Ende schon.«

Die Glücksspielgesellschaft wechselt
den Eigentümer

1.

Engelsgesicht zählt die Tage.

Seit es ihn in dieses trostlose Loch mitten im Nirgendwo verschlagen hat, ist viel Zeit vergangen, doch seine Wut brennt wie ehedem. Mit unendlicher Geduld arbeitet er an seinem Racheplan. Er hat es auf den Richter Di Stefano abgesehen, der ihn abservieren wollte und dem er es heimzahlen wird, sobald er frei ist. Seit er aus Rebibbia weg ist, darben die Geschäfte. Der Bastard hat ihn fast ruiniert, aber kleingekriegt hat er ihn nicht. Selbst von diesem Gefängnis am Arsch der Welt aus führt er die Händel weiter, unter erschwerten Bedingungen, klar, aber irgendwie geht es. Man muss nur die richtigen Rädchen schmieren. Dann findet man schnell einen geneigten Schließer oder einen Spannmann, der gerne den Laufburschen und Postboten in die Außenwelt macht.

Seine Organisation hat schwere Verluste einstecken müssen. Marcopolo, der für Frank wie ein Bruder war, wurde in der Zwei gnadenlos niedergeschossen. Und viele andere genauso. Alles wegen diesem Wurm von Catanier, und dann entgeht der auch noch einem Anschlag!

Doch Tarantino blickt nach vorn. Er wird dafür sorgen, dass die Dinge wieder ins Lot kommen. Und eines Morgens beim Aufwachen ist ihm plötzlich klargeworden, dass er in wenigen Wochen entlassen wird. Also hat er angefangen zu zählen.

Zuerst aus Langeweile, einfach um zu sehen, wie viel

Strecke ihm noch bleibt, dann aber mit wachsender Begeisterung. Nicht mehr lange: Achtundfünfzig Tage, dann ist er frei, nach acht Jahren Knast.

Während der ganzen Zeit hat er gespürt, wie die Macht ihm langsam aus den Fingern glitt, wie die Zeitungen mit den Monaten immer weniger über ihn berichteten. Die Freunde fingen an, ihn zu ignorieren, und die Feinde bekamen immer mehr Bedeutung.

Als Trauzeuge bei Vandellis Eheschließung hatte er seinen letzten großen Auftritt. Eine Art finaler Auftritt, bevor sie ihn nach Sardinien verlegten, in dieses Gefängnis im Grenzgebiet von Badu 'e Carros. Von dem Moment an schien die Welt ihn vergessen zu haben.

Aber bald werden sie von mir hören. Oh ja. Frank Tarantino ist zurück und wird Ebale und seine Indianer endlich auf die Plätze verweisen. Ich fege sie hinweg und übernehme wieder die Macht in Mailand, meinem kleinen Las Vegas!

Die Gedanken arbeiten langsam bei der Hitze. Vor kurzem war Ferragosto, der Höhepunkt des Sommers, doch die Temperaturen wollen einfach nicht sinken. Zum Glück macht die leichte Brise auf der Insel die Hitze etwas erträglicher.

In dieser ruinösen Einrichtung verläuft das Leben der Häftlinge immer gleich. Man kennt sich und nutzt vor allem die Zeit des Hofgangs, um ein wenig zu plaudern.

»Hey, Frank!«, begrüßt ihn Pasquale Barra, genannt O' Animale, das Tier. Neapolitanischer Akzent und mürrische Miene.

Engelsgesicht kehrt aus seinen Countdown-Träumen in die Realität zurück und merkt, dass er plötzlich von fünf Männern umringt ist.

»Was willst du?«

»*Guagliò*, mit besten Grüßen von O' Professore.«

Der erste Messerstich trifft ihn am rechten Bein. Die anderen versenken sich schrecklich und schmerzhaft in seinen Magen.

Tarantino versucht sich zu wehren und packt Barra, doch ein Stich in die Leber lässt seine Kräfte schwinden.

Im Hof der Haftanstalt herrscht tiefe Stille. Die Wachen sind weit und breit nicht zu sehen. Vielleicht waren sie informiert, vielleicht nicht.

Der letzte Messerstich, der zweiundvierzigste, trifft Engelsgesicht in die Halsschlagader. Er stürzt tot zu Boden.

2.

Die Sonne steht hoch am Himmel, und das Wasser der Ligurischen See glitzert. Ebale sitzt an einem Tischchen im Freien des bekannten Restaurants Santa Margherita und genießt die Aussicht. Er ist in seinem neuen Porsche 924 hierhergekommen, begleitet von einem hübschen Mädchen. Zwanzig Jahre, blonde, toupierte Haare und eine große Leidenschaft für Koks und Oralsex.

Gerade ist sie ins Bad gegangen, um sich mit Stoff die Nase zu pudern, während der Kellner Ebale noch einmal Champagner nachschenkt und ihn nur mit »Dottor Ebale« anspricht.

Agostino lacht.

»Das einzige Fach, in dem ich mir einen Titel erworben habe, ist das Verbrechen«, möchte er ihm zurufen, verkneift es sich aber.

Letztlich ist dies ein trauriger Tag. Eben wurde er ans Telefon gerufen, als er gerade seine Meeresfrüchte essen wollte.

459

Lustlos ging er zum Apparat, doch die Nachricht von U' Curtu bringt ihn ordentlich auf Touren.

»Du bist der einzige Hahn im Stall. In Sardinien haben sie dem anderen den Hals umgedreht. Jetzt gibt's nur noch dich.«

Zurück am Tisch schiebt er das Mädchen unter den Tisch, damit sie im Schutz der Tischdecke ihren Job macht. Die anderen Gäste tun so, als merkten sie nichts, und als die Blondine aufsteht und ins Bad geht, steckt er dem Kellner im Vorbeigehen ein Trinkgeld von dreihunderttausend Lire zu.

Lächelnd schlürft er seinen Champagner und lauscht der Musik. Aus dem Äther erklingt Jim Morrisons raue Stimme mit *This is the end.*

Agostino liebt den Lockenkopf und besonders dieses Lied, das vor einigen Jahren die Hintergrundmusik in Coppolas berühmtem Film war, den er mindestens fünf Mal gesehen hat: Apolcalypse Now.

Der Lizard King, wie der Sänger genannt wird, liebte genau wie er die Drogen und war mit knapp siebenundzwanzig Jahren nach einem Leben der Extreme gestorben, immer im Versuch, »to ride the snake«. Wie Agostino, der jetzt endlich den Rücken des verfluchten Reptils erklommen hat.

»Er hat wirklich recht«, seufzt er und winkt dem Kellner, noch eine Flasche Cristal zu bringen. »Das ist wirklich das Ende. Für alle, die auf Tarantino gesetzt haben.«

3.

»Fünfundneunzig Tage haben sie damit gewartet, ihn um-zubringen. Findest du das logisch, Santi?«

Antonio schüttelt verständnislos den Kopf. Der Richter stand um acht in der Früh plötzlich in seinem Büro, während er noch ungläubig die Titelseite von *La Notte* studierte.

Der Artikel ist nicht von Basile, aber im Stil sehr ähnlich. Die Schlagzeile ein Knaller: »Abgeschlachtet wie einen Hund«. Der Reporter schreibt nach einer ausführlichen Schilderung des Mordes: »... hat es nun Frank Tarantino getroffen, den einstigen König der Mailänder Unterwelt, ermordet mit rund vierzig Stichen in der sardischen Haftanstalt in Badu 'e Carros. Die Polizei fürchtet jetzt eine Kettenreaktion ...«

»Wer hat gewartet?«, fragt der Commissario.

»Der Killer, Barra. Genannt das Tier«, seufzt Di Stefano und lässt sich auf einen Stuhl fallen. »Den Befehl, Engelsgesicht kaltzumachen, hat er schon vor über drei Monaten bekommen.«

Antonio schüttelt den Kopf.

»Wie denn?«

»Hier. Das ist die Abschrift eines Telegramms, das am 13. Mai angekommen ist. Adressat: Pasquale Barra.«

Der Richter schiebt ein in der Mitte gefaltetes Papier über den Schreibtisch.

Santi klappt es auf und liest aufmerksam.

DER HÖCHSTE HAT ENTSCHIEDEN, DASS DER ONKEL IM NORDEN SO BALD WIE MÖGLICH MARANCA HEIRATET.

»Ein Code, oder was?«

»Natürlich. Selbst ein Idiot würde das verstehen!«

»Aber warum hat dann …«

»Guck dir das Datum an, Antonio: der 13. Mai. Ich wette, als das Telegramm eintraf, hatten die in der Poststelle des Gefängnisses gerade anderes im Kopf! Das ist der Tag des Papstattentats, weißt du noch? Da hingen die ganz sicher von morgens bis abends vor der Glotze und starrten auf den Bildschirm. Da kann so ein Telegramm schon mal untergehen.«

»Klar«, nickt Antonio. »Aber was genau ist damit gemeint? Alles verstehe ich nicht …«

Di Stefano seufzt.

»In der Sprache der Camorra steht *der Höchste* für O' Professore und *Onkel im Norden* für Tarantino. Maranca wiederum hieß ein Mörder, der einige Monate vorher in Poggioreale umgebracht wurde. Wenn man das alles zusammensetzt, befiehlt der Boss der Neuen Organisierten Camorra hier dem Killer seines Vertrauens, Frank mit dem Tod *zu verheiraten*. Klar so weit?«

»Glasklar. Du glaubst also, dass allein die Neapolitaner hinter diesem Mord stecken?«

»Ja und nein. Heute Morgen habe ich mit einigen Kollegen von der Staatsanwaltschaft in Palermo telefoniert, die mir bestätigt haben, dass zu Ebale die Catanier gehören, die wiederum mit den Corleonesen verbündet sind.«

»Ich kann nicht mehr ganz folgen …«

»Die Cosa Nostra hier in Mailand macht Geschäfte mit der Camorra. Sie leben zusammen und setzen auf Agostino Ebale als ihren Vertrauensmann fürs Glücksspiel, aber vor allem für den Kokainhandel, einen Markt, der sehr stark expandiert und nach dem es die Sizilianer und Neapolitaner gelüstet.«

Langsam beginnt Antonio zu verstehen.

»Und weil sie Agostino vertrauen ...«

»Sehr gut, jetzt hast du es allmählich. Warum das Pferd wechseln, wenn das alte erfolgreich läuft? Tarantino sollte bald freikommen, wer weiß, was er dann angestellt hätte. Lieber nichts riskieren und den Status quo aufrechterhalten, oder?«

»Und auf Nimmerwiedersehen, Engelsgesicht.«

»Genau. Wir zwei, Antonio, werden keine Ruhe mehr haben, bis wir Ebale geschnappt haben, verstanden? Wenn wir ihn stoppen, bringen wir einen der komplexesten Verbrecherapparate in Schwierigkeiten, den es je gab.«

»Ich bin dabei, aber wie willst du das machen?«

»Der Catanier ist ein Riese mit tönernen Füßen. Nicht alle seine Leute sind so harte Kerle wie Aiello. Die von der alten Garde zum Beispiel.«

»Du willst auf die Wasserträger zielen?«

»Genau: Jeder Mensch hat seine Schwächen, über die er stolpern kann. Vor allem die Handlanger.«

4.

Endlich erhält er die Weihung, nach der Agostino seit Jahren gestrebt hat.

Wie hat er sie erwünscht, erhofft, nach ihr gelechzt, sie mit ganzer Kraft herbeigesehnt und schließlich mit Klauen und Zähnen an sich gerissen. Vor allen Dingen aber mit Blut. Nun hält er sie in der Hand, und die Druckerschwärze färbt seine Finger dunkel.

Die Glücksspielgesellschaft wechselt den Eigentümer.

Die Schlagzeile im *Corriere della Sera* bringt Agostino zum Lachen.

»Ironie des Lebens, was? Jetzt, wo die Spielcasinos in ihrer tiefsten Krise stecken, werde ich ihr neuer König. Die Zeitungen kommen einfach immer zu spät.«

Mit Engelsgesichts Tod geht das Zepter ohne Umwege an ihn über, der zwar überall und jedem beteuert, nichts mit der Sache zu tun zu haben, sich aber darin gefällt, dass sein Name inner- und außerhalb des Knasts in aller Munde ist, weil man den Catanier für den neuen König von Mailand hält.

Ein so günstiger Moment darf nicht ungenutzt verstreichen, und Agostino schreitet sofort zur Tat.

»Die Zeit des Glücksspiels ist vorbei. Wir überlassen die Spielcasinos ihrem Schicksal, bis sie von selbst eingehen«, verkündet er. »Wir setzen ganz auf Kokain.«

Die den Freunden abgepresste Finanzierung fließt jetzt, nachdem Tarantino als Schutzgarant auf der anderen Seite ausgefallen ist, immer häufiger und schneller. Ein Geldstrom, der zu einem wahren Ozean wird.

Neue Partner, angeheuert wie immer von den Indianern, schenken ihm ihr Vertrauen, und innerhalb weniger Monate wächst die Organisation exorbitant. Jeder profitiert: Ein Einsatz von zweihundert Millionen wird einen Monat später mit doppeltem Wert zurückerstattet. Ein Wahnsinnsgeschäft für alle.

An diesem Abend sitzt Agostino in seiner Wohnung auf dem Sofa und richtet sich mit großzügig gepuderter Nase auf.

»Ich liebe die Reichen«, gesteht er Giuffrida, der schattengleich immer bei ihm ist. »Willst du wissen, warum? Ich glaube, es liegt an ihrem Geruch: Die Reichen riechen nach Koks und Sex. Sie haben einfach einen anderen Geruch als die Leute, die jeden Penny einzeln umdrehen müssen.«

Sein Kumpel lacht herzlich.

»Und die Indianer? Wie riechen die?«

»Nach Elend und Gewalt.«

»Ich beobachte seit längerem, dass du sie außen vor hältst.«

»Der Krieg ist vorbei, Salvo. Die Soldaten müssen allmählich in die Kasernen zurück. Ich will verhindern, dass man mich mit ihnen in Verbindung bringt. Sie sind nichts weiter als Wachhunde. Ich bin ihr Herr und entscheide, ob sie von der Leine kommen oder nicht.«

»Du kannst ein wildes Tier, das an Frischfleisch gewöhnt ist, nicht bei Brot und Wasser halten, das weißt du.«

Ebale hebt eine Augenbraue.

»Wolltest du nicht schon vor Monaten, dass ich sie in die Schranken weise?«

»Sicher, aber nicht so. Wut und Unzufriedenheit sind gefährlich.«

»Und, du Superhirn, soll ich ihnen ihre Sterne wieder auf die Schultern pappen?«

»Das nicht, aber wirf ihnen zumindest einen Knochen hin. Nur um sie ruhig zu halten.«

»Ich denk mal drüber nach.«

5.

»Wie wär's mit einem schönen kühlen Bier, *Professò*?«

Das Leben im Gefängnis könnte für O' Professore nicht angenehmer sein. 32-Zoll-Fernseher, gefüllter Kühlschrank, Zigarren bester Qualität und ein großer Ventilator, um nicht vor Hitze einzugehen. Wenn die Nationalmannschaft jetzt noch die Deutschen fertigmachte, tja, dann wäre alles perfekt.

Auch Ispettore Cammareri verlebt keinen unangenehmen Abend; er hat Schicht im Präsidium, doch seit einer Stunde ruft niemand mehr an. Alle hängen vor den Bildschirmen und hoffen, dass Pablito das Wunder schafft. Letztlich ist es ja ihm zu verdanken, dass sie bei den Weltmeisterschaften in Spanien so weit gekommen sind.

Mit solchen Gedanken sucht er sich zusammen mit Kollegen einen Stuhl im Pressesaal vor dem großen Farbfernseher und freut sich auf das Finale.

Auch bei Antonio zu Hause steht alles für den Anpfiff bereit. Der Tisch ist gedeckt, der Fernseher so platziert, dass alle Gäste freie Sicht haben, die Flasche Sekt ist kalt gestellt. Während er das Essen aufträgt, denkt Antonio an das letzte Spiel zwischen Deutschland und Italien, 1970 in Mexiko-Stadt, das Halbfinale der WM in Mexiko, das mit 4:3 für die Azzurri endete. Sie hatten es das Spiel des Jahrhunderts getauft, auch wenn sich am Ende Brasilien den Titel holte.

»Heute Abend läuft es besser«, vertraut er seinem Bruder an.

Molosser und Gandula sitzen in ihrer Stammbar im Giambellino. Sie werden das Spiel zusammen anschauen, obwohl sie sich länger nicht gesehen haben. Das Tier hat eine legale Arbeit als Hilfsarbeiter in einer Fabrik angenommen, und der Junge hilft immer mal wieder als Kellner in einer Pizzeria aus. Die Träume vom Ruhm der Bande sind für immer ausgeträumt. Auch für Vandelli, der das Länderspiel im Kinosaal eines Hochsicherheitsgefängnisses sehen wird. Genau wie sein Ex-Kumpel Barrakuda in der Zwei mit seinem Zellengenossen. Ein anderer wiederum ist raus aus dem Knast, dank einer Amnestie durch Ministerpräsident Leone, nämlich der Solist an der Maschinenpistole,

Leandro Lampis. Er genießt seine Freiheit am Ufer des Sees Stresa und freut sich bei einem Prosecco auf das Spiel.

Aiello und seine Indianer dagegen haben sich im Capriccio verbarrikadiert: geschlossene Gesellschaft, ein ganzes Lokal für sie allein.

Alles ist bereit.

Das Stadion der spanischen Hauptstadt, Santiago Bernabéu, ist ausverkauft, selbst der italienische Staatspräsident Pertini ist für diese Gelegenheit nach Madrid geflogen. Ein ehemaliger Partisan wie er lässt sich doch das WM-Finale zwischen Italien und Deutschland nicht entgehen, für nichts auf der Welt!

Zu Beginn läuft es nicht gut für die Azurblauen, bis in der vierundzwanzigsten Minute Bruno Conti von Briegel im Strafraum gefoult wird. Der Schiedsrichter pfeift einen Elfmeter, und ein Aufschrei geht durch die italienischen Wohnzimmer. Doch auf dem grünen Rasen in Madrid hat niemand eine klare Vorstellung: Der Elfmeterschütze der Mannschaft, Antognoni, ist nicht auf dem Feld, Rossi guckt weg, Altobelli gibt sich unbeteiligt. Also muss Cabrini ran, der sich von Schumacher hypnotisieren lässt und verschießt. Der Himmel über Italien hallt wider von Schmähungen und Flüchen.

Die Azurblauen sind gelähmt vor Enttäuschung.

In der zweiten Halbzeit findet Italien zu altem Glanz zurück, als Pablito in der siebenundfünfzigsten Minute die Pille mit dem Kopf im Netz versenkt und zum Torschützenkönig der Weltmeisterschaft wird.

Zehn Minuten später schießt Tardelli von der linken Seite das 2:0 und legt einen Freudenspurt über den Rasen hin, der in die Geschichte eingeht. Es ist geschafft. Bleibt noch Zeit für das dritte Tor durch Spillo Altobelli und ein Gegentor der Deutschen durch Breitner.

Als der Schiedsrichter abpfeift, beginnt eine Freuden-
nacht für die Italiener, die sich vom Sportsgeist anstecken
lassen. Fahnen und Autocorsos in der ganzen Stadt. Freude,
Umarmungen, Gesänge, Sekt und Tränen.

»Catenaccio über alles«, schreit Ebale und lässt den
Champagner überschäumen.

Er hat für diesen Anlass die Aussichtsterrasse auf dem
Dach eines Hotels an der Piazza Missori gemietet. Vom
zwölften Stock aus genießen sie die Glückstaumel der Leute dreißig Meter tiefer.

Zu viert sind sie in ihrer Freude: Agostino, Giuffrida,
Castorino und Turinella.

Ebale hakt Letzteren unter und zieht ihn zu sich an die
Balustrade.

»Weißt du noch, Sandro, wie wir damals als arme Schlucker angefangen haben?«

»Wie könnte ich das vergessen!«

»Eben. Wir haben Kopfschmerztabletten verkauft, wir
Spinner! Und jetzt sieh uns an!«

Die zwei umarmen sich. Die Euphorie dieser Nacht
wirkt ansteckend.

»Die Überraschungen hingegen hören niemals auf«, verkündet der Catanier und klatscht in die Hände.

Alle drehen sich zu den Aufzügen um, aus denen vier
wunderschöne Mädchen treten.

»Siehst du, Bruder, dass ich auch an dich gedacht habe?«,
grinst Ebale und schlägt Turinella die Hand auf die Schulter.

»Das Schokomädchen ist für dich. Ich weiß doch, dass du
es exotisch liebst.«

»Danke, mein Freund.«

Die Callgirls lächeln, und Ebale füllt die Gläser mit
Champagner.

»Und wenn wir verloren hätten?«, fragt Giuffrida, der schon seine Hand unter einen Rock geschoben hat.

»Dann wären sie trotzdem gekommen. Als kleine Aufmunterung, nicht wahr?«

Ende des Spiels

1.

Unternehmer, Händler, Politiker, feine Damen und Schauspieler: Das sind Agostino Ebales neue Freunde, mit denen er sich allerdings nicht so oft zeigen kann, wie er gerne würde. Die Madama macht immer noch Jagd auf ihn, und die Zahl der Feinde wächst in diesen mörderischen Jahren schneller, als man gucken kann.

»Sterben muss jeder, nicht wahr, Salvo? Vielleicht sterbe ich halt beim Feiern, was ja für einen Arbeitersohn, dessen Vater sein Lebtag für einen Hungerlohn geschuftet hat, kein schlechtes Ende wäre, oder?«

Er sitzt auf der Rückbank des Wagens und bricht bei seinen eigenen Worten in Gelächter aus. Spielcasinos besucht er nicht mehr. Nicht, weil es ihm keinen Spaß machen würde, nein! Es ist einfach zu gefährlich geworden. Razzien und Durchsuchungen sind an der Tagesordnung, und sein Gesicht ist allen Bullen Mailands bekannt.

Konkret haben die Richter nichts gegen ihn in der Hand. Natürlich wissen sie, wer hinter alldem steckt, doch es zu beweisen dürfte schwierig werden: zu viele Strohmänner und zu viele Scheinfirmen, die seine Gewinne waschen.

Dennoch trifft Ebale zahlreiche Vorsichtsmaßnahmen. Er weiß, dass es immer einen Ausreißer gibt, inner- oder außerhalb seiner Organisation, der ihm nur zu gerne eins auswischen würde, deshalb umgibt er sich am liebsten mit seinen alten Gefährten, den Einzigen, denen er wirklich traut: Giuffrida, Castorino und Turinella.

Am Lenkrad sitzt einer von Aiellos Leuten, sein Schutzengel. Die Indianer sind zu einer Art Leibgarde geworden, die Agostino nicht aus den Augen lassen: Immerhin ist er Staatsfeind Nummer eins. Ein Mann auf der Flucht, der es sich dennoch an nichts fehlen lässt und sich sogar das Kokain für den Eigengebrauch nach Maß veredelt, das ihm in einer Spezialkonfektion übersandt wird.

»Sieh mal, Salvo«, grinst er und hält dem Freund ein Tütchen unter die Nase. »Das Zeug hier ist komplett anders als sonst. Sogar die Farbe. Glaubst du das?«

Sein Gegenüber nickt und rollt einen Geldschein zum Röhrchen auf, um damit den fuchsiafarbenen Stoff zu probieren.

»Und, wie ist er? Zum Austillen? Kolumbianer erster Güte, das wird direkt von der Plantage von Pablo Escobar und den anderen Bossen des Kartells aus Medellín eingeflogen. Der Catanier kann ja wohl schlecht den Dreck sniffen, der hier auf den Straßen vertickt wird, nicht wahr?«

Was vertickt wird, ist blütenweiß wie frischer Schnee. Die Mengen, mit denen sie mittlerweile handeln, sind schwindelerregend. Manchmal übertreiben sie es auch, wie einen Monat zuvor, als Agostino sich von dem niedrigen Preis verlocken ließ und eine Partie türkisches Heroin erstand. Zehn Kilo zusammen mit den Indianern – der berühmte Knochen, um sie ruhigzustellen –, und jetzt weiß er nicht, an wen er sie verkaufen soll. Und Aiellos Männer scharren ungeduldig mit den Hufen, weil sie ihr ganzes Geld in die Sache gesteckt haben. Einen Teil können sie selbst verbrauchen, aber nicht diese Mengen.

Die zündende Idee, wie sie sich aus dieser Patsche wieder befreien, kommt Giuffrida, als er die Nase voll mit Pulver hat.

»Weißt du, was wir mit dem türkischen Zeugs machen, Agostino? Wir drehen es jemandem an, der es auf der Straße verkauft. Jemandem, mit dem wir nicht befreundet sind, der aber bei dem Preis nicht nein sagen wird.«

»Wer?«

»Da fällt mir nur ein Name ein: Francesco Preziosi. Baggio, Quarto Oggiaro, Calvairate, Corvetto: Der ist in allen Stadtteilen unterwegs …«

»Hat das Koks dir das Hirn weggeblasen? Weißt du nicht mehr, dass er der Bruder von Tonino ist, von dem Typen, den wir in der Via Moncucco umgelegt haben?«

»Das weiß ich genau, aber Geschäft ist Geschäft! Das Schlimmste, was passieren kann, ist, dass er nein sagt, oder? Schick Crazy Horse zu ihm, damit er das regelt. Es geht schließlich auch um sein Geld.«

Aiello übernimmt den Auftrag gerne, vereinbart das Treffen aber vorsichtshalber in einer belebten Bar an der Piazza San Babila. Und er nimmt Impellizzeri mit, der unter seiner Jacke zwei Pistolen und eine Handgranate versteckt.

»Ich habe dich herbestellt, weil du aus der Branche bist«, beginnt Crazy Horse und setzt sich gar nicht erst hin. »Das wird allerdings das einzige Geschäft zwischen uns bleiben.«

Preziosi sieht sein Gegenuber von der Seite kurz an. Er hat wässrige, schwarze Augen, ist elegant gekleidet, um die vierzig und fast kahl. Vor ihm sitzt ein zweiter Mann, der

471

kein Geheimnis daraus macht, dass er eine Knarre im Gürtel trägt. Ein Wachhund, der beim kleinsten Alarmzeichen losspringt.

»Wenn ihr Geschäfte machen wollt, nehmt Platz.«

Die beiden Indianer setzen sich.

»Kann ich euch zu einem Kaffee einladen?«

»Wir sind nicht hier, um zu plaudern«, schneidet Aiello ihm das Wort ab.

»Einverstanden. Ich höre.«

»Ich habe hier Stoff zu verkaufen. Zu einem Top-Preis.« Preziosi lächelt.

»Ach. Und warum bietet ihr ihn mir an?«

»Du bist aus der Branche.«

»Verstehe: Ihr habt eine Ladung Stoff gekauft und wisst nicht, wohin damit, hab ich recht? Also dachtet ihr, frag ich jemanden, der sich damit auskennt. Der seine Arbeiter in jedem Viertel hat, um ihn abzusetzen.«

»Lass die Klugscheißerei, Preziosi. Ja oder nein?«

»Wie viel ist es?«

»Zehn Kilo. Heroin aus der Türkei.«

Der Dealer schweigt. Stumm starrt er auf Aiello. Also redet Crazy Horse unbeirrt weiter.

»In den Zeitungen stand, dass wir es waren, die deinen Bruder in dieser Kaschemme umgenietet haben. Das stimmt nicht. Wenn, dann hätten wir doch auch dich umgelegt, oder?«

Preziosi schüttelt den Kopf.

»Hör mit dem Scheiß auf. Das zieht nicht.«

»Gut. Also, wie lautet deine Antwort?«

»Ich nehme drei Kilo. Aber wie du sagst, das bleibt unser einziges Geschäft. Ich habe einige Plätze zu versorgen, da kommt mir dein Stoff gerade recht. Das ist alles. Du kannst

472

deinem Boss ausrichten, dass die Partie zwischen uns noch nicht beendet ist. Ich werde meinen Bruder rächen. Früher oder später ist Ebale dran.«

Ein paar Tage später findet unter den gelben Lichtern eines Supermarktparkplatzes die Übergabe statt.

Preziosi erscheint mit zwei prallgefüllten Geldtaschen. Aiello überreicht ihm den Stoff. Alles geht sehr schnell unter den Blicken der jeweiligen mit Maschinenpistolen bewaffneten Leibwächter.

Keiner wagt zu atmen, und nach fünf Minuten steigen sie rasch in ihre Autos und fahren los.

Problematisch wird es, als Aiello bei Agostino auftaucht.

In der kleinen Wohnung auf der Via Larga erwarten ihn der Catanier mit Giuffrida und Turinella. Sie kommen gerade von einem champagnerreichen Essen bei Bice zurück, mit einem whiskeygetränkten Zwischenstopp im Nepentha auf dem Rückweg.

»Da ist das Geld«, verkündet der Indianer und leert die zwei Taschen aus.

Agostino starrt entgeistert auf den Berg von Fünftausend-Lire-Scheinen. Und wird schlagartig nüchtern.

»Willst du mich verarschen? Wie viel ist das? Vierzig Millionen? Bei den zwei Taschen hätte ich auf zwei-, dreihundert getippt ...«

»Das stimmt schon so.«

»Das ist mir scheißegal!«, schreit Ebale. »Das ist Geld von der Straße. Von den armen Schweinen, die sich am Straßenrand die Spritzen setzen. Die klauen für einen Schuss.«

Aiello richtet sich auf.

»Was mich betrifft, ist das Geld nicht schlechter als anderes.«

Die Spannung im Raum ist jetzt fast greifbar.

»Ich verabscheue Leute, die sich an Heroin bereichern«, knurrt Ebale.

»Das haben die doch selbst entschieden, sich das Zeug in die Vene zu jagen«, erwidert Aiello. »Und solange sie es wollen, geben wir es ihnen. Immerhin haben wir noch sieben Kilo, die …«

»Nein!«

»Was zum Teufel soll das heißen, nein?«

»Dass das Heroin-Kapitel hiermit abgeschlossen ist. Nur Aasgeier wie die Palermitaner können ihren Erfolg auf dieser Scheiße aufbauen. Kokain ist weniger schmutzig, es macht die jungen Leute nicht zu menschlichen Wracks.«

»Aber wir haben noch sieben Kilo! Was zum Teufel machen wir damit?«

»Ist mir egal.«

»Mir aber nicht.«

Aiello steht einen Schritt vor Ebale und überragt ihn um etliche Zentimeter. Er sieht ihn finster an wie noch nie.

»Ach ja? Dann behalt sie doch, deine sieben Kilo. Mach damit, was du willst.«

»So geht das nicht, Agostino.«

»Was heißt hier so?«

»Das wagst du noch zu fragen? Wir dealen den ganzen Tag. Wir legen das Gesocks um und halten dir den Rücken frei. Und wofür das Ganze? Für Peanuts.«

»Das meinst du jetzt nicht ernst, oder?«

»Sehe ich aus, als ob ich zu Späßen aufgelegt wäre? Dir sind da ein paar Sachen zu Kopf gestiegen, Agostino. Was mich betrifft, ist unsere Zusammenarbeit hiermit beendet. Wir gehen unseren Weg und du deinen.«

An der Tür dreht Aiello sich noch einmal um und fügt hinzu: »Ach so, wenn ich du wäre, würde ich gut auf mich aufpassen. Preziosi hat gesagt, dass er noch eine Rechnung offen hat mit dir. Dass er den Tod seines Bruders rächen wird. Und wer soll dich dann verteidigen, etwa diese Marionette hier?«

Verächtlich zeigt er auf Turinella, der sogleich die Fäuste ballt, aber von Giuffrida zurückgehalten wird.

»Ganz ruhig, ihr zwei.«

Crazy Horse bleckt grinsend seine spitzen Vampirzähne, dann geht er türenschlagend hinaus.

»Verdammtes Arschgesicht«, kommentiert Turinella und füllt sein Glas.

Ebale lässt sich auch ein volles Glas reichen.

»Und jetzt?«, fragt Giuffrida.

Agostino zuckt mit den Schultern und sinkt auf einen Stuhl.

»Die kommen wieder. Die können nichts als schießen. Außerdem, was dealen die denn? Alles, was an Drogen nach Mailand kommt, wird von uns kontrolliert. Wenn die sieben Kilo weg sind, haben sie nichts mehr.«

»Wenn du meinst.«

»Ja klar, entspann dich. Such lieber einen sicheren Ort für mich, bevor die zurückkommen. Ohne seine bewaffneten Gorillas ist es nicht empfehlenswert, sich in der Öffentlichkeit zu zeigen. Solange Preziosi es auf mich abgesehen hat und die Madama nach mir fahndet, tauche ich lieber eine Weile unter.«

»Ich kümmer mich darum, Agostino.«

2.

»Das ist kein Versteck, das ist ein Gefängnis!«, entfährt es Ebale, nachdem er einen Blick in die Wohnung geworfen hat: drei kahle Räume und ein winziges Klo mit bröckelnden Mauern im Messeviertel.

»Das ist so erbärmlich, dass niemand dich hier suchen wird«, lacht Giuffrida.

»Scheiße, ein Rattenloch ist das!«

»Komm schon, Agostino, es ist ja nur für ein paar Tage, bis Aiello und die anderen sich wieder beruhigt haben. Und sieh mal, hier gibt es so viel Kokain, dass du ständig high sein wirst und dich wie in einem Palast fühlst.«

Ebale schnauft genervt, gibt aber nach, da er keine Wahl hat.

Die Tage in diesem Loch vergehen ohne besondere Ereignisse: fernsehen und koksen, koksen und glotzen. Keine Nutten, damit sie danach nicht etwa losrennen und herumerzählen, wo der König von Mailand sich versteckt hält. Außerdem schämt er sich, dass er leben muss wie eine Maus im Käfig. Er ist an Seidenlaken gewohnt und an eisgekühlten Champagner auf dem Nachttisch.

Die einzigen Menschen, die er sieht, sind seine drei alten Gefährten: Giuffrida, Turinella und Castorino. Als Erkennungszeichen dient ihnen dreimaliges Klopfen und ein paar Sätze im breitesten Catanesisch. Vorsichtsmaßnahmen wie aus einem Spionagethriller, deren Aufführung ihnen ungeheuren Spaß bereitet.

Gegen die Langeweile hören sie Musik. Besonders steht Ebale auf zwei Songs: *Maracaibo* und *Tropicana*.

»Kapiert ihr, wovon Tropicana handelt? Nein? Dann hört mal zu.«

Er schließt die Augen und trällert im Falsett mit.

»Ein komischer Traum, ein Vulkan und die Stadt, Menschen tanzten auf dem Vulkan. Ein Jazzorchester spielte Blue Gardenia, und das Wasser im Osten kochte hoch. Explosion und dann so sacht, die atomare Färbung in der sanften Musik, zieht alles hinab. Und das Fernsehen sprach, und das Fernsehen sang, trink die Tropicana, yeah.«

»Verschon uns, bitte!«

»Jaja, aber kapiert ihr das? Das ist eine verfluchte Ode an den Koks.«

»Hör auf!«

»Nein, es ist, wie ich sage. Was soll denn der Vulkan sonst sein? Die Insel? Die Tropicana? Noch mal, ihr Arschlöcher, es geht um Koks. Um das, was wir in dieser Scheißstadt verticken! So ist es!«

»O. k., Agostino, du hast recht. Aber jetzt mach aus und wir essen, einverstanden?«

Und wie jeden Abend schmausen sie dann königlich, als sei es das letzte Mal, nur um ihren Boss ein wenig aufzuheitern.

Und die Lage ist tatsächlich nicht rosig. Die Nachricht, dass die Indianer sich losgesagt haben, hat sich in der Stadt herumgesprochen und viele Feinde auf den Plan gerufen. Kein Tag vergeht ohne schlechte Nachrichten: einer seiner Jungs umgelegt, ein anderer festgenommen, eine Polizeirazzia in einem Casino …

»Scheiße! Wenn das so weitergeht, sitze ich demnächst auf der Straße!«

»Ganz ruhig«, beschwichtigt Giuffrida ihn. »Die Indianer werden zurückkommen. Die haben doch auch mittlerweile kein Geld mehr und überlegen sich, was sie machen sollen.«

»Ein Streik von Verbrechern, verdammt noch mal. So eine Scheiße gab es noch nie!«

»Vertrau mir. Selbst U'Curtu hat sich wieder bei Aiello gemeldet. Das kommt alles wieder ins Lot, wirst schon sehen.«

»Hoffentlich, mittlerweile lassen sich selbst die alten
Freunde schon am Telefon verleugnen …«

Wie vorhergesehen endet die Meuterei irgendwann.
Nach vierundzwanzig Tagen. Am fünfundzwanzigsten
steht Aiello in Giuffridas Begleitung vor Ebales Tür.

»Und?«

Crazy Horse zuckt mit den Schultern. Er entschuldigt
sich nicht, weicht Agostinos Glutaugen nicht aus.

»Nach den sieben Kilo konnten wir nirgendwo mehr
Kokain auftreiben, kein einziges Gramm«, gibt er zu.

Der Catanier ist unrasiert, ungekämmt und insgesamt
in einem schlechten Zustand. Nichts erinnert mehr an den
eleganten Boss, der er früher war. Aiello begreift, dass Ebale
seine Hilfe genauso dringend benötigt wie umgekehrt.

»Also, Agostino: Können wir da anknüpfen, wo wir aufgehört haben?«

Sein Gegenüber würde gern den großen Boss spielen
und ihn mit Tritten zum Teufel jagen. Doch er kann nicht.
Ohne seine Gorillas und seine Feuergruppe ist er ein ein-
sames Boot auf dem Ozean, das beim erstbesten Sturm
kentern muss.

»In Ordnung, aber der Preis fürs Kokain ist jetzt ein neuer: siebzigtausend Lire pro Gramm.«

Crazy Horse starrt ihn mit unverhohlenem Hass an. Das
bedeutet einen Verlust von zehntausend Lire pro Gramm
für ihn und seine Männer.

»Das soll euch eine Lehre sein«, erläutert Ebale. »Warum
sollte ich euch einen Gefallen tun?«

»Gut«, knurrt Aiello durch die Zähne. »Ich sage es den
anderen. In ein paar Tagen sind wir wieder auf der Piste.«

Agostino macht die Tür hinter dem Mann zu.

Giuffrida lächelt.

»Du bist wieder oben.«

Der Catanier formt zwei schöne Lines aus dem fuchsiafarbenen Koks und zieht sie sich mit größtem Genuss in
die Nasenlöcher.

»So ist es. Und das ist meine letzte Nacht in diesem verdammten Loch hier! Morgen geht das Leben wieder los.
Ach, bevor du gehst, leg mir noch diesen Song von der Carrà auf. Die Kassette steckt schon im Rekorder. Ich liebe es,
wenn sie *Rhum e Cocaina* singt, *zan zan*!«

3.

*Buongiorno, Italia, gli spaghetti al dente e un partigiano come
presidente ...*

Ispettore Cammareri macht mit einer knappen Handbewegung das Radio aus. Dieser Ohrwurm von Toto Cutugno hat ihm gerade noch gefehlt, um den Abend endgültig
zu ruinieren.

»Einen Puff zu überwachen war nicht gerade das, was ich
mir erträumt habe, als ich zur Polizei ging«, sagt er seufzend
zu sich selbst. Er ist allein, kauert zusammengesunken auf
der Rückbank des alten Fiat 600, der nach nassem Hund
stinkt. Und der in einem wirklich schlechten Zustand ist.
Das macht den Song auch nicht gerade besser.

Ein feiner Nebel umspinnt die parkenden Autos und die
Menschen, die steif vor Kälte an ihm vorbeigehen.

Seit zehn Tagen schon schickt Santi ihn regelmäßig vor
das drittklassige Casino auf der Via Senato.

»Das ist die moderne Art, Verbrecher zu fangen«, witzelt der Commissario immer, wenn er sich beklagt. »Wir schnappen sie, wenn sie gerade mit heruntergelassener Hose ihren Piephahn zeigen.«

Es ist elf Uhr am Abend, und er hat nicht mehr gegessen als ein kaltes Toast.

»Scheiße«, seufzt er. »Noch zehn Minuten, dann bin ich weg.«

Gerade als er den Motor anlassen will, taucht plötzlich ein Schatten auf dem Bürgersteig auf. Der Bulle lässt den Mann herankommen, um sein Gesicht zu begutachten.

Sein Foto klebt am Armaturenbrett. Er kennt es in- und auswendig, so oft hat er es studiert. Trotzdem schaut er noch einmal genau hin, um sicherzugehen.

»Scheiße, das ist er!«

Der Mann betritt das Haus, und Cammareri hängt sich ans Funkgerät, um über das Präsidium mit Santi zu Hause zu sprechen.

Antonio hebt sofort ab. Er hat das Bakelit-Telefon auf dem Nachttisch neben dem Bett stehen. Carla wagt gar nicht mehr, etwas dagegen zu sagen.

»Commissario?«

»Was Neues?«

»Sie hatten recht. Gerade ist unser Mann hineingegangen.«

»Ich bin sofort da. Und sollte er vorher herauskommen, schieß ihm ins Bein. Oder in beide. Hauptsache, du bringst ihn nicht um.«

4.

»*Cu è?*«

»*Sugnu Turinella*«, lautet die Antwort in breitem Sizilianisch, mit der Di Stefano sich als Turinella ausgibt. Nicht umsonst kommt auch er von der Insel, das ist seine Sprache.

Der Richter ist seit letzter Nacht auf den Beinen, als Santi ihn aus dem Bett gezerrt hat.

»Wir haben Turinella im Puff in der Via Senato festgenommen. Seine Leidenschaft für farbige Frauen hat ihn am Ende doch noch reingeritten.«

»Ja, jetzt muss er nur noch reden.«

Von da an hatte Di Stefano keinen falschen Schritt gemacht. Er war zum Commissario ins Präsidium gefahren, um sich ausführlich dem Festgenommenen zu widmen.

Im Ergebnis ein kleiner Fisch. Ein paar Vorstrafen wegen Überfällen und mittlerweile einer von Ebales engsten Vertrauten. Der Richter hat ihm starr ins Gesicht gesehen.

»Sandro Turri, genannt Turinella. Ich habe eine Reihe von Anklagepunkten gegen dich. Fünfzehn Jahre Knast, da kommst du diesmal nicht drum herum. Aber vielleicht musst du auch nicht die komplette Zeit hinter Schloss und Riegel absitzen. Das hängt allein von dir ab.«

Es dauerte drei Stunden, um ihn zu überzeugen.

»Ich weiß jetzt, wie wir Ebale drankriegen«, verkündete er, als er aus dem Verhörraum kam.

»Mit Magie?«, hatte Santi gefragt.

»Ich ziehe die List vor. Du kennst doch Odysseus?«

»Eine Odyssee?«

»Ich dachte vielmehr an das Trojanische Pferd.«

Das reichte aus, den Bullen den Zugang zum Catanier zu öffnen.

Agostino macht die Tür auf, erblickt den Richter und reibt sich ungläubig die schlaftrunkenen Augen. Er ist komplett nackt, allein, abgesehen von der 7.65 auf seinem Bett und acht Kilo höchst eigenartig gefärbten Stoffs.

Santi und Cammareri packen ihn und drücken ihn gegen die Wand, um ihm Handschellen anzulegen. Ein knappes Dutzend Polizeibeamte strömt in die kleine Wohnung, die gleich darauf systematisch durchsucht wird.

Di Stefano tritt zu Ebale und sieht ihm tief in die Augen.

»Du bist durch, Catanier, für immer.«

»Fick dich« ist alles, was Agostino erwidert, bevor er mit einem Bademantel über den Schultern abgeführt wird.

5.

»Ich war noch nie in dieser Gegend von Mailand.«

Santi lächelt, während er neben Di Stefano die Via Osoppo entlangspaziert. Um sie herum wimmelt es von Menschen, denn heute ist Markt.

»Wir sind da.«

Antonio bleibt stehen.

»Wieso wolltest du, dass wir uns hier treffen?«, fragt der Richter.

»Weil hier alles angefangen hat. Als kleiner Junge stand ich genau an dieser Stelle, als sieben Männer einen Geldtransporter entführten. Wie aus dem Lehrbuch, ohne einen einzigen Schuss.«

»Du redest davon, als sei das eine tolle Sache.«

»Tja, für manche war es das auch. Für mich hingegen war es die Berufung: In diesem Moment habe ich beschlossen, dass ich Bulle werden würde.«

»Und das war ein Glück, Antonio. Es müsste mehr Bullen wie dich geben.«

»Danke, Giuseppe. Aber ich wollte nicht in Erinnerungen schwelgen. Ich wollte mich von dir verabschieden.«

»Gehst du in Urlaub?«

Antonio lächelt.

»Nein, ich ziehe um.«

»Oh, endlich wirst du Polizeipräsident.«

»Nicht ganz. Ich gehe zur Criminalpol ins Innenministerium. Aber wer weiß, was das Schicksal noch für mich bereithält.«

Die beiden schütteln sich die Hand.

»Ich muss dir auch etwas sagen, Antonio.«

»Über unseren Catanier-Freund?«

»Ja, er fängt an zu singen. Nach nicht einmal einem Monat Isolationshaft. Außerdem ist er ohne Koks nur noch ein Schatten seiner selbst. Am Ende ist er schwach geworden. Er wird uns all seine Komplizen liefern.«

Santi lächelt.

»Damit geht wirklich eine Epoche zu Ende.«

Der Bulle lässt seinen Blick über die belebte Straße und den Zaun seines Elternhauses gleiten. Es ist das Einzige, was sich in all den Jahren nicht verändert hat. Der Rest ist kaum wiederzuerkennen. Das kriminelle Mailand, wie er es kannte, ist für immer verschwunden. Kein Blut tränkt mehr den Asphalt. Die Studentenrevolten, die Barrikadenkämpfe, die unmaskierten Überfälle, die Anschläge auf Geldtransporter – alles vorbei, selbst die Spielcasinos schließen ihre Pforten. Diese Welt ist für immer verschwunden, doch für ihn wird diese Stadt stets das eine bleiben: die rote Stadt.

Epilog

Wir sollen uns erheben. Und mein Herz beginnt zu hämmern. Wie bei jedem Urteil.

Obwohl ich schon viele Prozesse gesehen habe in meinem Leben, kann ich mich immer noch nicht daran gewöhnen.

Für das, was ich getan habe, haben sie mir viermal »lebenslänglich« und 238 Jahre Gefängnis aufgebrummt.

1989, also vor mehr als fünfundzwanzig Jahren, ist mir noch einmal die Flucht gelungen. Eine irrwitzige Sache: Während einer Verlegung habe ich mich auf dem Weg nach Sardinien durch das Bullauge eines Schiffes ins Freie gewunden. Dann bin ich zu Fuß von Genua bis Mailand gelaufen, dann war ich am Meer und habe sogar in einer Radiosendung meine Sicht der Dinge dargestellt. Doch nach ein paar Wochen wurde ich wieder geschnappt. Wie jedes Mal.

Danach habe ich keine Fluchtversuche mehr unternommen, es war einfach sinnlos. Der Wunsch zu fliehen ist mir vergangen. Ich bin ein Verbrecher alten Schlags und die Unterwelt des heutigen Mailands erkenne ich nicht wieder.

Wenn ich nervös bin, beginnt die Narbe im Nacken zu pulsieren, wo mich bei meinem Ausbruchsversuch aus San Vittore die Kugel der Bullen getroffen hat. Damals stand es wirklich auf Messers Schneide, und nur Commissario Santi hat mir das

Leben gerettet. Dieser verfluchte Bulle. Am Ende hat er sogar noch Karriere gemacht. Er wurde Polizeipräsident in Mailand und später auch noch Senator der Republik. Zum Glück dürfen wir Häftlinge nicht wählen!

Jetzt ist er vermutlich in Pension und hält Vorträge. Manchmal sehe ich ihn im Fernsehen.

Wo Ebale gelandet ist, weiß man nicht. Als sie ihn schnappten, wurde er zum Kronzeugen. Ich habe ja immer gesagt, dass er nichts taugt. Ein Verräter, der die Kugel nicht wert ist.

Er hat sämtliche Namen genannt. Alle hat er verkauft. Angefangen bei U' Curtu. Und dann nach und nach die anderen. Aiello, Castorino. Sogar Giuffrida. Er hätte sogar seine Mutter verraten, wenn sie noch am Leben wäre.

Dieser Richter, der es aus ihm herausgequetscht hat, war ein wirklich harter Knochen. Auch schon tot, der arme Kerl.

Was waren das für beschissene Zeiten damals. In den siebziger und achtziger Jahren, während der Fehde zwischen Ebale und Tarantino, zählte man mehr als einhundertfünfzig Morde jährlich. Nachdem sie geschnappt waren, weniger als vierzig. Er und seine Indianer waren wirklich blutrünstige Irre.

Als der Catanier auspackte, hat er zugegeben, selbst siebzehn Morde angeordnet zu haben, aber ich wette, es waren mehr. Jedenfalls sind durch seine Enthüllungen mindestens hundertzwanzig Leute in den Knast gewandert. Und sie haben Rache geschworen. Während eines Prozesses wollten sie ihn sogar abknallen, in der Bunker-Aula von San Vittore, doch Agostino ist davongekommen. Er hat neunundzwanzig Jahre Knast bekommen, aber nur ein paar davon abgesessen. Er verlebt seine Strafe außerhalb der Gefängnismauern, wenn auch mit strengen Auflagen, glaube ich. Und im Knastfunk erzählt man sich, dass der Generalstaatsanwalt ihm auch die noch streichen will. Dann wäre Agostino Ebale wieder ein freier Mann. Sie haben ihm eine neue Identität gegeben, und er lebt jetzt unter Polizeischutz an einem geheimen Ort.

Was mich betrifft, bin ich kurz vor dem Ziel. Wie Tarantino, der schon das Licht am Ende des Tunnels sah und den sie aus dem Nichts abgeknallt haben, als ihm gerade mal zwei Monate bis zur Entlassung fehlten.

Zweihundert Tage habe ich auf der Überholspur gelebt, und die bezahle ich für den Rest meines Lebens. Meinen Sohn Massimo habe ich nie wiedergesehen. Ich bekomme immer noch Briefe von Frauen, aber nicht mehr so viele wie früher. Jetzt gibt es Computer und Handys, da schicken sie mir höchstens ein paar von diesen Fotos.

Seit ein paar Jahren darf ich das Gefängnis verlassen, um in einer Fabrik Schrauben zu drehen, acht Stunden am Tag, zum Schlafen zurück in den Knast. Ich arbeite nicht gern, eigentlich mache ich das nur, um nicht den ganzen Tag in der Zelle zu hocken. Ich trage jetzt eine Brille, habe schlechte Augen und graue Haare. Ich bin alt. Ein alter Mann, der bis vor ein paar Tagen auf seine Hafterleichterung wartete, bis mir dann im Supermarkt, durch den ich meinen Wagen schob, ein halbwüchsiger Bengel zwei Paar Unterhosen in den Rucksack geworfen hat. Und der Sicherheitsmann am Ausgang mich durchsucht hat. Ich, der Bandit mit den Eisaugen, der im Knast und draußen von allen respektierte Staatsfeind Nummer eins, soll wegen ein paar Boxershorts, die nicht einmal meine Größe haben, für immer im Gefängnis begraben werden? Das darf doch nicht wahr sein.

Ich mustere die Miene des Richters, doch ich kann nicht in ihr lesen.

Genau wie wenn ich in meiner Zelle mein eigenes, von Falten durchzogenes Gesicht anschaue und nichts darin lese.

Meine Augen stecken hinter dicken Kurzsichtgläsern, und der Eisblick ist nur noch ferne Erinnerung. Sie sind nun wie die

Augen jenes Tigers, den ich als Kind aus seinem Käfig befreit habe: resigniert und erloschen.

In Erwartung der Urteilsverkündung senke ich den Kopf. Ich habe es so satt. Ich möchte einfach nur verschwinden.

Heute bleibt mir mehr denn je nur die Zeit zu sterben.

Die Sprache der roten Stadt

Cumisari: (mail.) Kommissar
Dané: (mail.) Geld
Gandula: (mail.) dummer Junge
Madama: aus dem kriminellen Jargon in den allgemeinen Sprachgebrauch übergegangene Bezeichnung für die italienische Polizei, benannt nach dem Palazzo Madama in Rom, in dem im 18. und 19. Jahrhundert Gericht und Polizei des Kirchenstaates untergebracht waren
Madonnina: bronzene Marienstatue auf der höchsten Spitze des Mailänder Doms, im weiteren Sinne Bezeichnung für Mailand allgemein
Questura: Polizeipräsidium
scighera: (mail.) Nebel

Die Musik von »Schwarze Sonne über Mailand«

Elvis Presley – *Tutti Frutti*
Little Tony – *Riderà*
Camaleonti – *Io per lei*
Adriano Celentano – *Si è spento il sole*
Adriano Celentano – *Sotto le lenzuola*
Luigi Tenco – *Lontano*
Little Tony – *Cuore matto*
Francesco Guccini – *La locomotiva*
Lucio Battisti – *La Canzone del sole*
Mina – *Grande Grande Grande*
Nomadi – *Io vagabondo*
Elvis Presley – *Viva Las Vegas*
Cugini di campagna – *Anima mia*
Franco Califano – *Tutto il resto è noia*
Mina – *Amor mio*
Mina – *Non gioco più*
Fred Bongusto – *Tre settimane da raccontare*
Ornella Vanoni – *Domani è un altro giorno*
Patty Pravo – *Pazza idea*
Raffaella Carrà – *A far l'amore comincia tu*
Patty Smith – *Because the night*
Gianna Nannini – *America*
The Knack – *My Sharona*
Nino Rota – *The Godfather Theme*

Viola Valentino – *Comprami*
Jim Morrison – *This is the end*
Gruppo Italiano – *Tropicana*
Lu Colombo – *Maracaibo*
Toto Cutugno – *L'italiano*

Anmerkung des Autors

»Schwarze Sonne über Mailand« war eine lange, aufwühlende Reise.

Sechs Jahre harte Arbeit hat es gekostet, den Roman zu entwickeln, zu schreiben und zu veröffentlichen. Diesen Roman und seinen Vorgänger, »Milano Criminale«, der die Vorgeschichte zu der großen und – würde sie nicht auf wahren Fakten beruhen – unglaublichen Geschichte der Mailänder Unterwelt darstellt. Beide zusammen ergeben das Gesamtbild der *Roten Stadt*, einen langen und spektakulären Abriss der in Fiktion verpackten Ereignisse dieser sechsundzwanzig Jahre italienischer Zeitgeschichte zwischen 1958 und 1984.

Sechs Jahre, in denen das Schreiben selbst vielleicht der geringste Teil war, der angenehmste, das Sahnehäubchen, und in denen ich hauptsächlich damit beschäftigt war, eine Welt zu entwerfen, Informationen zu sammeln, Ereignisse nachzulesen, Zeitzeugen zu befragen und mit Hilfe von Liedern, Filmen, Kleidern und den Autos, die die Verbrecher damals fuhren, ein Gefühl für die Zeit zu entwickeln.

Meine ständige Begleiterin bei dieser wunderbaren Erfahrung war meine Frau, der ich danken möchte für ihre Unterstützung, ihre Geduld und ihre Aufmerksamkeit. Danke, Eleonora: Es war eine wunderschöne Reise, und die nächsten Reisen, auch sie gemeinsam, werden noch schöner.

Inhalt